Trans+

Trans+

Trans+

Trans+

Strange & Mesmerizing

電擊女孩（2023年新版）

The Power

作者：奈歐蜜・埃德曼（Naomi Alderman）
譯者：徐立妍
責任編輯：林立文
封面設計：朱疋
法律顧問：董安丹律師、顧慕堯律師
出版：小異出版
台北市 105022 南京東路四段 25 號 11 樓
TEL：（02）87123898 FAX：（02）87123897
www.locuspublishing.com
發行：大塊文化出版股份有限公司
台北市 105022 南京東路四段 25 號 11 樓
讀者服務專線：0800-006689
TEL：（02）87123898 FAX：（02）87123897
郵撥帳號：18955675 戶名：大塊文化出版股份有限公司

總經銷：大和書報圖書股份有限公司
地址：新北市新莊區五工五路 2 號
TEL：（02）89902588 FAX：（02）22901658
初版一刷：2018 年 6 月
二版一刷：2023 年 5 月
定價：新台幣 380 元

國家圖書館出版品預行編目(CIP)資料

電擊女孩 / 奈歐蜜.埃德曼(Naomi Alderman)著 ; 徐立妍譯. -- 初版. -- 臺北市 : 小異出版 : 大塊文化出版股份有限公司發行, 2023.05
面； 公分. -- (sm ; 35)
譯自 : The power
ISBN 978-626-96171-9-7（平裝）

873.57 112005266

電擊女孩

THE POWER

Naomi Alderman
奈歐蜜・埃德曼 著

徐立妍 譯

目錄

獻給瑪格麗特與格雷姆，謝謝你們讓我見證奇蹟。

人們來見撒母耳，說：求你為我們立一個王來治理我們。

而撒母耳告訴他們，管轄你們的王必這樣行：他必派你們的兒子為他驅車、趕馬，依他的需要差遣他們；他必派他們作千夫長、五十夫長，為他耕種田地，收割莊稼，打造軍器和戰車；必取你們的女兒為他製造香膏，做飯烤餅；也必取你們最好的田地、葡萄園、橄欖園賜給他的臣僕。他還會取得更多。你們的糧食和葡萄酒，他必取十分之一給他最鍾愛的臣子和忠心的僕人；又必取你們的僕人婢女、壯丁和驢，供他自己的差遣；你們的羊群，他必取十分之一；而你們自身也必成他的奴僕。到那時，相信我，你們必哀求脫離這個王，這個你們所求的王。到那時神將不應允你們。

百姓竟不肯聽撒母耳的話，說：不，為我們立一個王，使我們像列國一樣，立一個王來治理我們，帶領我們征戰。

撒母耳聽見百姓這些話，便向神說明。

神應答：為他們立王。

——《聖經．撒母耳記上》第八章

男性作家協會
新貝凡德廣場
十月二十七日

親愛的奈歐蜜：

我寫完這本該死的書了。現在就連同那些殘存的歷史資料和圖畫寄給你，希望妳能給我一些建議（就算把我這本書當石頭一樣丟進井裡，總能聽到一聲回音吧）。

首先，妳會問我內容是什麼。我保證，不會又是一本無聊的大部頭歷史書。出了四本書之後我才明白，一般讀者根本懶得爬梳一堆又一堆看不完的證據，沒有人在乎年代測定和地層比較這些專業細節。我看過讀者在我努力講解研究成果的時候，眼神就放空了。因此我所完成的作品有點像混合物，希望對一般人來說比較有吸引力；不完全是史書，也不完全是小說，是一種「小說化」的作品，考古學家也能接受這是最接近事實的敘事方式。我在信件中也附上一些考古發現的插圖，希望有參考價值，但讀者可能會跳過（我知道很多人都會）。

我想問妳，我書上寫的是不是很驚人？是否很難接受事情竟然曾經是這個樣子，不管那是我們歷史上多久以前發生的事，我還能怎麼寫，才可以讓這一切看起來更接近真實？妳知道的，人們總說「事實」與「事實的表象」恰恰相反。

我還加入了相當具有爭議性的母神夏娃題材……不過我們都知道這種事情是怎麼運作的！想來不會有人因此而太過困擾……反正現在每個人都說自己是無神論者，而所有的「神蹟」其實也都可以解釋。

總之，抱歉，我就不多說了。我不想影響妳，妳讀了再告訴我有什麼想法。希望妳的書也順利進行中，期待它問世的那一天，我等不及要拜讀了。非常謝謝妳！我真的很感激妳能抽空讀我的書稿。

致上我許多的愛

尼爾

非同凡品之家
雷克維克

最親愛的尼爾：

哇！真是太棒了！我已經稍稍翻閱幾頁，等不及要一頭栽進去讀了。就像你先前說的，我發現你加入了一些男性士兵、男性警察和「男孩犯罪幫派」的場景……你這狡猾的傢伙！我用不著告訴你，我有多喜歡這類故事了吧？我知道你一定記得。我根本興奮到都快坐不住了。

我很想看看你怎麼運用這個前提。老實說，我正好很需要暫時拋開自己的書，喘口氣。席林說，如果我這本新書不能堪稱為傑作，那他就要離開我，另外找個「會寫作」的女人。我想他大概完全不知道這樣無心的一句話會讓我作何感受。

好了！非常期待讀你的書！我想我可能會比較喜歡你一直在說的，這個「男人主導的世界」。想必會比我們現在生活的世界更友善、更有愛——而且我不知道這樣說好不好——也會更迷人吧。

親愛的，很快再聊！

奈歐蜜

力量

歷史小說

尼爾・亞當・艾爾蒙　著

摘自《夏娃之書》十三至十七節

力量之形皆然，為樹木之形。由根至頂，自主幹分枝又分杈，愈散愈廣，愈廣愈細，如指尖外探。力量之形有如活物，輪廓外張，觸鬚細長，再往外些許，更往外些許。

亦為河川奔流向海之形。潺潺水流匯成小溪，小溪而成河流，河流又成滾滾大江，淼淼匯聚而成洶湧之勢，壯大自身，前撲加入宏偉之大海。

亦為閃電自上天擊中土地之形。空中分枝錯節的裂口成為血肉上的印記或土地上的圖形。電擊壓克力板，同樣會出現這些獨特的圖形。人們驅使電流按照電路和開關的安排行動，而電卻想化為活物之形，如蕨葉，如枝幹——電流擊其中心點，其力量則向外擴張。

此相同圖形也在人的體內成長。神經與血管分枝，從主要管道岔出小分枝，再岔出小分枝，信號從指尖傳送至脊椎，再到大腦。我們帶著電，這股力量在我們體內流動，一如在自然界中流動。孩子們，這裡所發生的一切，無不依循著自然法則而生。

力量諒必以相同方式在人與人之間流動。眾人成村，聚村成鎮，鎮民將對城市屈膝，而市民必服從邦國。命令自中央下達而至邊緣，成果從邊緣回報中央，交流時有往來。倘無溪流，海洋焉存？若無幼芽，大樹安在？缺少神經末梢，大腦也無法安坐大位。有如其上，其下同形；外圍如焉，則正中心亦然。

因此，若要改變自然法則、要改變運用人類力量有兩種方法。其一，命令從宮廷發出，告知人民：「依命行之。」然另一是更為肯定的、更無可避免的，成千、上萬的人民有如點點光芒，當會各自發出新的訊息。人心變之，則王宮失守。

正如註定：「閃電安躺伊掌中，伊令擊之。」

尚有十年

蘿西

那兩個男人動手的時候把蘿西鎖在櫥櫃裡，但他們不知道，這不是她第一次被關在櫥櫃裡。她不乖的時候，媽媽會把她關在那裡。只會關上幾分鐘，直到她冷靜下來。慢慢地，在裡面待得夠久之後，她學會用指甲或迴紋針把螺絲轉鬆，就能開鎖了。只要她想，隨時都能把鎖拿掉。但她沒有，不然她媽媽就會在外頭多裝一道門閂了。對於坐在那片黑暗中的蘿西來說，只要知道自己真的想出去就能出去——知道這點，差不多就像得到自由一樣——這樣就足夠了。

所以他們才會以為把她關起來就萬無一失了——她是這麼想的。不過她還是跑出來了。

那兩個男人是晚上九點半出現的。那天晚上，蘿西本來要去親戚家過夜，幾個禮拜前就安排好了。不過，由於媽媽在普利馬克沒買到她想要的緊身褲，蘿西便對媽媽大小聲。因此，媽媽說：「妳不准去了，留在家裡。」反正蘿西才不想去什麼鬼親戚家呢。

那些傢伙闖進屋裡時，看見蘿西坐在沙發上縮在媽媽身邊。其中一個叫道：「靠，那女孩也在。」一共有兩個男人，較高的那個獐頭鼠目，較矮的那個是國字臉。她不認識他們。

矮個子掐住她媽媽的脖子，高個子則追著蘿西跑到廚房。正當蘿西就要跑出後門時，高個子抓住她的大腿，使蘿西往前撲倒，他便攔腰抓起她。她一邊踢腿一邊大叫著，「滾開！放開我！」高個子伸手摀住她的嘴，她便狠狠咬了他的手，在嘴裡嚐到血的腥味。他咒罵一聲，但沒有鬆手，抓著她走到客廳另一頭。矮個子將她媽媽抵在壁爐邊。蘿西那時感覺到有什麼東西開始從體內湧出，但她不知道那是什麼，只是在指尖上有某種感覺，拇指有刺痛感。

蘿西開始尖叫。她媽媽開口：「不准傷害我的蘿西，你們他媽的不准傷害她。你們不知道自己惹到誰了，火會燒到你們身上的，你們會希望自己從未出生過。她爸爸可是天殺的柏尼・蒙克。」

矮個子笑了。「那正好，我們就是來給她爸爸帶句話的。」

高個子快手快腳就把蘿西塞到樓梯底下的櫥櫃裡，一直到她被黑暗包圍、聞到吸塵器淡淡的灰塵味，才知道發生什麼事。她媽媽開始尖叫。

蘿西的呼吸變快，她很害怕，但她必須救媽媽。她用指甲轉動鎖頭上的螺絲，扭一下、兩下、三下，鬆開了。金屬鎖頭和她的手指間爆出火花。靜電。她有一種很奇怪的感覺。專心，就像她閉上眼睛也能看見一樣。底部的螺絲，扭一下、兩下、三下。她媽媽說：「拜託，拜託不要，拜託。這是什麼？她只是個孩子，天啊，她還只是個孩子。」

其中一個男人低聲笑著。「我看她可不太像個孩子。」

她媽媽尖聲大叫，聽起來就像故障引擎的金屬運轉聲。

蘿西試著想搞清楚那些男人在客廳裡的什麼位置。一個在她媽媽旁邊，另一個……她聽到左邊有聲音。她的計畫是這樣：她要壓低身體爬出去，先從後方攻擊高個子的膝蓋，接著猛踩他的頭，如此一來，就是二對一了。如果他們有槍，他們也還沒拿出來。蘿西以前打過架，因為有些人會說她和她父母的壞話。

一、二、三。她媽媽又尖叫了，蘿西把鎖頭從門上卸下，用盡全力把門撞開。

她運氣很好，用門板從高個子背後將他撞倒了。他站都站不穩，又往前傾，蘿西就趁他的右腳蹺起時抓了一把，他便重重摔在地毯上。她聽見某個東西斷裂的聲音，看見血從他鼻子冒出來。

矮個子拿著一把刀抵著她媽媽的脖子，刀鋒衝著蘿西眨眼，現出銀光閃閃的微笑。

她媽媽瞪大了眼睛，說：「快跑，蘿西。」聲音壓得很低，就像悄悄話一般。但蘿西聽來卻像她腦海中的聲音：「快跑，快跑。」

蘿西在學校打架時從來不逃跑。如果跑了，同學們就會一直說：「妳媽媽是婊子，妳爸爸是騙子，小心蘿西偷了你的簿子。」一定要打到他們求饒為止，不能逃跑。

出事了。她耳中聽見血液快速流動的聲音。一種刺痛感從她背上一路蔓延，越過肩膀，散布到鎖骨。它說著：妳可以的。妳很強。

她撲向矮個子，一邊叫喊著，一邊抓他的臉。她要抓著媽媽的手離開這裡。她們只要跑到街上就好了，在那裡，光天化日之下不會出事。她們會找到她爸爸，他會解決一切。只有幾步路，她們可以的。

矮個子用力踢了蘿西媽媽的肚子，她痛得彎下腰，接著跪下。他揮刀對著蘿西。

高個子呻吟著：「東尼，記住，別動女孩子。」

矮個子去踢高個子的臉，一下、兩下、三下。

「不要、叫我、該死的名字。」

高個子沒聲音了，整張臉都冒著血。蘿西現在知道自己有麻煩了。她媽媽叫著：「快跑！快跑！」蘿西感到有什麼又像針、又像刺的東西，沿著她手臂跑。針頭大的光點從脊椎跑到她的鎖骨，從喉嚨到手肘、手腕，再跑到指腹。她在發光，從體內發出來的。

他伸出一手來抓她，另一手握著刀。她已經準備好要踢他或者揍他一拳。但有股直覺告訴她試試新的方法。她抓住他的手腕。她扭動胸膛深處的某個東西，彷彿她一直都知道該怎麼做。他想要掙脫她的手，但已經太遲了。

閃電安躺伊掌中，伊令擊之。

一陣閃光伴隨著劈啪聲爆了出來。她聞到某種有點像暴雨，又有點像頭髮燒焦的味道，舌頭底下滿溢著苦柑橘味。矮個子現在倒在地上了，發出一種無語的低吟，手不停張開又縮起，一道長長的紅色疤痕從他手腕一路蔓延到手臂上，就算被金黃體毛覆蓋著，她也能看得一清二楚。那是一道腥紅的疤痕，形狀像蕨類，有葉子、有卷鬚、有幼芽和分枝。一旁還在流淚的母親，看得目瞪口呆。

蘿西拽著媽媽的手臂。但她受了驚嚇，動作很慢，嘴裡還說著：「快跑！快跑！」蘿西不知道自己做了什麼，但她知道如果跟比自己強壯的人打架，而對方倒下了，就該離開。可是她媽媽的動作不夠快，蘿西還沒來得及扶她起來，矮個子已經開口了：「喔，不！妳休想逃跑。」

他有些疑懼，撐著自己的身體站起來，一拐一拐地擋在她們和門之間。他的一隻手已經了無生氣地垂在一旁，但另一隻手仍握著刀。蘿西記得剛才做那件事時的感覺，不管那是什麼。她把媽媽拉到背後。

「小妹妹，手裡拿啥呀？」那男人說。東尼。她會記得他的名字，好跟爸爸說。「拿著電池是吧？」

「走開，」蘿西說，「你想再試試看嗎？」

東尼向後退了好幾步。打量著她的手臂，想看看她背後是否藏了什麼東西。「妳把東西丟了對吧，小妹妹？」

她記得那種感覺，扭動，接著向外爆發。

她朝著東尼走近一步。他站在原地不動。她又向前一步。他看著自己毫無作用的手，手指仍在抽搐。

他搖搖頭，「妳啥都沒有。」

他朝著她揮舞刀子，她伸手碰觸他還在動作的那隻手的手背。再做一次扭動。

什麼也沒發生。

他開始大笑，咬著刀子，一手就抓住了蘿西雙手手腕。

她又試了一次。什麼也沒有。他逼她跪下。

「拜託，」她媽媽的聲音很微弱，「拜託，拜託不要。」

蘿西的後腦杓被什麼東西敲了一下，她就失去知覺。

她醒來的時候，整個世界都傾倒了。就像往常一樣，先看到壁爐的爐床，接著是壁爐的木頭邊框。她一睜開眼看到的就是這些。頭很痛，而且嘴裡還塞著地毯，齒間能嚐到血腥味。有什麼東西滴滴答答的。她閉上眼睛，再睜開的時候知道已經過了不只幾分鐘。外面的街道很安靜，房子裡很冷，而且傾斜著。她試著搞清楚身體的狀況：雙腳掛在椅子上，臉向下垂著，壓在地毯和壁爐上。她想撐起身體，但這樣太費力了，於是她扭了扭，讓雙腳落到地上。跌下來的時候很痛，但至少她現在平衡了。

記憶的片段很快回到她腦海裡。想起那股痛、痛覺的來源，以及她做了什麼。接著想起她媽媽。她慢慢坐起身來，發現這麼做的時候，雙手都黏黏的。什麼東西滴滴答答的。地毯被浸濕了，壁爐周圍有一大圈紅色的污漬。她媽媽在那裡，頭靠在沙發的扶手上。她胸膛上放著一張紙，紙上用簽字筆畫了一朵報春花。

蘿西十四歲。她是其中年紀比較小的幾個，也是最早的那幾個。

圖德

圖德在泳池中划了幾下往前游，刻意濺起一些水花，這樣伊努瑪才會注意到他，而他則努力表現出他不想被注意到的樣子。她在翻閱《今日女性》雜誌，每次圖德抬頭時，她的眼神就縮回雜誌上，假裝認真閱讀托柯．瑪金瓦在她的Youtube頻道上突然宣布要在冬天舉行婚禮。他知道伊努瑪正在看他，且認為她也知道他知道。真刺激。

圖德二十一歲，正好脫離人生中好像一切都不合尺寸的那段日子——不是太長就是太短、往不對的方向長、笨手笨腳的。伊努瑪比他小了四歲，但比他這個男人更有成熟大人的氣質。不多話但不是因為無知，也不是太害羞，從她走路的姿態便能看出來。還有，她比其他人更早聽懂笑話時，臉上就會掠過一抹閃現的微笑。她從伊巴丹到拉哥斯來玩，圖德在大學裡修攝影新聞學的班上認識了一個男的，伊努瑪是那男孩的朋友的親戚。今年夏天他們這一群人都在一起玩。圖德在她第一天到這裡的時候就看上她了，注意到她神祕的微笑，她的玩笑話（只是一開始他並不知道那是在開玩笑），還有她臀部的曲線，以及她撐起身上那件T恤的樣子，沒錯。要安排和伊努瑪獨處可花了圖德不少心思，如果這還不算堅定，什麼才算。

伊努瑪之前來玩的時候說過，她從來就不喜歡去海邊：太多沙子，風也太大了。游泳池比較好。圖德等了一天、兩天、三天，才提議說要出去玩：我們可以一起開車去艾可多海灘野餐，好好玩一天。伊努瑪說她不想去。圖德假裝沒注意到。出發的前一天晚上，他開始哀叫著說自己肚子痛。肚子痛的時候游泳很危險，冰冷的水會讓你的身體機能停擺。「圖德，你應該留在家裡。」「但這樣我就不能去海邊了。」「你不應該到海裡游泳。伊努瑪會留下，如果你需要醫生的話，她可以幫你。」

有個女孩說：「但是這樣就只有你們倆一起待在家裡了。」

圖德希望她當時立刻閉嘴。「我親戚晚點會過來。」他說。

沒有人問是什麼親戚。在這樣炎熱而慵懶的夏夜，人們總是在伊柯以俱樂部轉角處的大房子裡來來去去。

伊努瑪沒說什麼，圖德注意到她沒有反對。她沒有央求朋友別去海邊，也跟她留在家裡。等到最後一輛車開走半小時後，圖德站起來伸展身體，說他覺得好多了，而她還是沒說什麼。她看著他從跳板一躍而起，跳進游泳池裡，臉上很快閃現一抹笑容。

他在水下轉了一個彎，動作很漂亮，他的腳幾乎沒有突出水面。不知她有沒有看到，但她不在那裡。他四處張望，看見她的一雙美腿，光著腳丫從廚房走出來，手裡拿著一罐可口可樂。

「嘿，」他裝出一副大少爺的口氣。「嘿，女傭，拿罐可樂給我。」

她轉過身露出微笑，水汪汪的大眼左右張望，然後指著自己胸口，彷彿在說：叫誰？我嗎？

天啊，他真的好想要她。他不知到底該怎麼做。在她之前，他也只有過兩個女孩，而且她們都沒有變成「女朋友」。在大學裡，同學笑他是跟研究結婚了，因為他總是形單影隻。他不喜歡這樣。但是他一直在等待自己真正想要的人，而她具備他想擁有的某種特質。

圖德將手掌壓在濕淋淋的瓷磚上，將自己撐出水面，以一個優雅的動作就站到了石頭上。他知道這樣能夠展現出他肩頭、胸膛，以及鎖骨的肌肉。他感覺良好，認為這次一定能成功。

伊努瑪坐在躺椅上。圖德踱步走向她的時候，她的指甲已經伸入鋁罐拉環底下，好像就要拉開了。

「不行喔，」圖德仍然微笑著，「妳知道這種東西不適合妳這樣的人。」

伊努瑪將可樂放在腹部，她的肌膚貼著罐子的部位一定很冰。她咬著下唇，故作端莊地說：「我只是想嘗嘗看。」

她一定是故意的。肯定是。他興奮起來了，就要發生了。

他居高臨下地看著她，「拿給我。」

她將鋁罐順著脖子滾動，似乎是幫自己降溫。她搖搖頭，他接著就撲向她了。

他們糾纏在一起。圖德很小心，不想真的強迫她，他知道她也跟自己一樣玩得很開心。她伸出手臂高過他的頭，手裡抓著鋁罐，讓罐子遠離他。他把她的手臂更往回推了一點，她倒抽一口氣向後扭動。他伸手去抓那罐可樂，她笑了，聲音低沉而柔軟，他喜歡她的笑聲。

「啊哈，想讓妳的主人拿不到飲料，」他說，「真是個邪惡的女傭。」

她又笑了，且扭動得更厲害，胸部挺起來，就快要把雙峰擠出泳裝的V領。「你拿不到的，」她說，「我會用性命保護它。」

圖德心想：聰明又漂亮，願上天垂憐我的靈魂啊。她在笑，他也在笑。他整個人的重量壓在她身上；伊努瑪是如此溫暖。

「妳以為這樣我就拿不到了嗎？」他再度出擊，她身子一扭就避開他，他則抓住她的腰。

她將手放在他手上。

四周有一股橙花的香味。這時颳起了一陣風，被風捲起的幾許白色花瓣飄落游泳池裡。圖德的手感覺到異狀。就像有隻小蟲叮了他，他低頭想趕走蟲子，但他手上只有她溫暖的手掌。那股感覺愈來愈明顯，愈來愈強，來得愈來愈快。一開始只是像針刺在他的手和前臂上，再來是蜂擁而至的刺擊，接著是疼痛。他呼吸急促，連聲音都發不出來。他無法移動左手臂，耳朵裡聽見心臟偌大的搏動聲，胸膛緊繃著。

伊努瑪還咯咯笑，聲音溫柔而低沉。她傾身將他拉近，看著他的眼睛。她的瞳孔裡閃耀著棕色與金色的光線，下嘴唇濕濕的。他害怕了，但也興奮著，他知道不管她現在想做什麼，自己都阻止不了她。這樣的念頭很嚇人，就像觸電一樣。他現在硬到發痛了，完全不知道什麼時候變成這樣，左手臂已經什麼也感覺不到了。

伊努瑪傾身向前，呼吸中帶著泡泡糖的味道，輕輕吻上他的唇，然後迅速離開他。她跑向泳池一躍而下，動作熟練，一氣呵成。

圖德等著手臂恢復知覺。她靜靜划著水，沒有呼喊他，也沒有朝他潑水。他覺得很興奮，也覺得羞恥，他想要跟她說話，卻又害怕。也許都是他想像出來的，如果他問她發生什麼事，也許她會羞辱他。

他走到街角的小攤販那兒去買一罐冷凍橘子飲料，這樣他就不用跟她說什麼。其他人從海邊回來的時候，他樂得按照計畫進行，隔天就去拜訪一個遠房親戚。他非常希望能有些事來讓他分心，不必獨處。他不知道發生了什麼事，也找不到人可以跟他討論。他想過要問問他的朋友查爾斯，或是艾薩克。但一想到要跟他們開口，他的喉嚨就緊縮起來。如果他說出發生什麼事，他們會覺得他瘋了，或者太弱，又或者在說謊。他想起她笑他的那個樣子。

圖德察覺自己盯著她的臉，想要找出蛛絲馬跡。那是什麼？她是故意的嗎？她是不是特意計畫好了要傷害他或是要嚇他？還是說只是意外，不小心的？她到底知不知道自己做了什麼？或者其實不是她，只是他自己的身體因為慾望而出了差錯？這整件事把他折磨慘了，她卻看起來一副什麼都沒發生過的樣子。到了這趟旅程的最後一天，她已經牽起另一個男孩的手。

羞愧感如同鐵鏽一般逐漸爬滿他全身。他逼自己回想那天下午的事，晚上躺在床上的時候，想著她的唇、胸部抵著那片柔滑的布料、她乳頭的輪廓、他完全的脆弱，還有那股她隨時都能壓倒他的感覺。想到這裡他就興奮起來，會撫摸自己。他告訴自己是因為想起她的身體，還有她身上像是木槿花的味道才會興奮。但他也不能確定，現在所有事情都糾結在他腦海裡：慾望和力量、渴望和恐懼。

或許是因為他腦海裡太常重播那天下午的片段，因為他亟需找到某個鑑識證據，例如一張照片或一段影片，或是一段錄音；或許是因為這樣，在超市的時候他才會先想到要拿出手機；又或許是在大學一直被灌輸的知識，像是公民新聞學，還有「嗅到好故事」的能力，終於讓他記在心裡了。

和伊努瑪共度那天之後過了幾個月，圖德和朋友艾薩克去逛「統統有」超市，他們在水果的走道，聞到熟成番石榴的濃郁甜香，讓他們從超市另一頭走了過來，就像小小的蒼蠅駐足在過熟而裂開的水果表面上。圖德和艾薩克正在討論女孩子，說女孩子喜歡什麼。圖德努力將自己的羞恥深深埋藏在體內，不讓他的朋友猜到自己知道的祕密。接著，撞見一個獨自逛街的女孩跟一個男人起了爭執，那男人大約三十歲了，女孩或許是十五、六歲。

男人一直對女孩甜言蜜語，圖德一開始還以為這兩人認識，直到她說「走開」，他才知道自己想錯了。男人掛著輕鬆的微笑，朝女孩靠近了一步，「像妳這樣的漂亮女孩應該要有人陪。」

她彎下腰，低著頭，粗喘著氣，手指頭緊抓著一個木條箱的邊緣，木箱內裝了滿滿的芒果。有一種感覺；它刺著皮膚。圖德從口袋裡拿出手機，開始錄影。要發生什麼事了，就像曾經發生在他身上的那樣。他想要拍攝下來，能夠拿回家反覆觀看。自從和伊努瑪單獨相處的那一天之後，他就一直想著，希望像這樣的事情能夠發生。

男人說：「嘿，不要不理我啊，笑一下嘛。」

女孩用力吞了口口水，依然低著頭。

超市中的氣味變得更濃了，圖德只要吸一口氣就能察覺到不同的氣味，像是蘋果、甜椒，還有甜橙。

艾薩克悄聲說：「我想她要拿芒果砸他了。」

汝安可指揮閃電？抑或閃電告汝：「爾等在此。」

她轉過身來的時候，圖德已經在錄影了。她出手時，手機畫面扭曲了幾秒；除此之外，他把整個過程拍得很清楚。畫面中，女孩伸手搭在男人的手臂上，男人還笑著，以為她裝著生氣的樣子逗他開心。如果你在這個時候暫停畫面，可以看到閃電的火花跳起。男人的皮膚上出現了利希滕貝格圖騰[1]，盤旋分枝，就像一條河流從手腕爬上手肘，彷彿毛細管都爆開來了。

圖德的鏡頭一直跟著男人，拍他倒在地上抽搐、喘不過氣來的樣子。他將鏡頭拉回，讓女孩回到畫面

1 十八世紀的德國物理學家利希滕貝格（Georg Christoph Lichtenberg）建造了一個靜電產生器，用來研究電火的行為，包括如何記錄放電後所留下的分枝狀圖形。後來將人被閃電擊中時，會在皮膚上產生樹枝狀的圖案稱為利希滕貝格圖（Lichtenberg figures）。

裡，拍到她跑出超市。影片背景的噪音是人們喊人來幫忙，說有個女孩毒害男人，打了他又下毒害他，用一根塗滿毒藥的針刺他；還有人說，糟糕，水果堆裡有條蛇，可能是蝮蛇或蝰蛇藏身在成堆的水果裡。接下來有某人說：「那女孩是女巫，女巫都是這樣殺人的！」

圖德的鏡頭轉回倒在地板上的男人。他的腳跟還不斷踢著地板，嘴邊冒出粉紅色的泡泡，眼睛往上翻，頭顱也不停地左右搖擺。圖德原以為如果能用手機明亮的畫面記錄下一切，他就不再感到害怕，但看著那個男人咳出紅色的黏液，還一邊哭泣，他感到恐懼就像一股灼熱的電線順著他的脊椎蜿蜒而下，這時候他明白自己在泳池邊是什麼感受了：如果伊努瑪想要，就能殺了他。他的鏡頭一直對著那個男人，直到救護車抵達。

他把影片放上網路。就是這段影片開啟了圖德「女孩之日」的事業。

瑪格

「一定是假的。」

「福斯新聞說不是。」

「福斯新聞只想吸引更多人鎖定頻道，什麼都說得出來。」

「是沒錯，但是……」

「這些從她手裡跑出來的線條是什麼？」

「電。」

「但那也太……我是說……」

「是啊。」

「從哪裡來的？」

「奈及利亞吧，我想。昨天上傳的。」

「騙子、詐騙集團……丹尼爾，外面瘋子很多。」

「還有更多影片，這段影片曝光後，又有……四、五段。」

「假的。人一遇到這種事情就興奮了，那個就是他們講的什麼……梗圖啦。你有聽過瘦長人[2]嗎？還有小女生想殺了自己的朋友，當成給他的獻祭。那玩意兒真糟糕。」

「瑪格，是每小時就出現四、五段影片耶。」

「靠！」

「沒錯。」

「好吧，你希望我怎麼做？」

「宣布停課。」

「你可以稍微想像一下家長會有什麼反應嗎？你可以稍微想像一下，如果我今天把他們的孩子趕回家，幾百萬名有投票權的家長們會怎麼樣嗎？」

「你可以稍微想像一下教師工會的反應嗎？如果他們當中有人受傷了、缺了手腳，或者被殺掉呢？權衡一下輕重吧。」

「殺掉？」

「說不準啊。」

瑪格低頭盯著自己緊抓著桌緣的手。要是她配合著做，看起來就會像白癡一樣。這一定是某個電視節目的花招，到時候她就變成大笨蛋一枚，為了一個該死的玩笑而關閉一整個大都會區所有學校的市長。但要是她沒關閉學校又出了什麼事……丹尼爾就會變成這個泱泱大州的州長，因為他警告過市長，試圖說服她採取行動卻被置之不理。她幾乎可以預見他在州長官邸接受現場直播訪問，眼淚從兩頰流下的樣子。靠！

丹尼爾看了看他的手機，說：「愛荷華州和達拉瓦州都宣布停課了。」

「好吧。」

「『好吧』的意思是？」

「『好吧』的意思是『好吧』，就這麼做，好吧。我會宣布停課。」

有四、五天的時間，她幾乎沒回家過。她不記得自己有離開辦公室，或者開車回家，或者爬上床休息。不過她想自己一定有做過這些事。聯繫的工作沒有停過，她抓著手機睡覺，醒來也還拿著。巴比照顧兩個女兒，讓她不必擔心她們。再說——求神原諒——她也沒想起過她們。

這起事件在世界各地爆發，沒有人知道他媽的到底是怎麼一回事。

一開始，幾個滿臉自信的傢伙上電視，他們是疾管署的發言人，說這是一種病毒，不是很嚴重，大多數人的復原狀況都很好。只是看起來好像少女伸出手來電擊他人而已。我們都知道這是不可能的，對吧，太瘋狂了——電視主播笑得很誇張，臉上的妝都裂開了。為了增加趣味，他們邀請了幾位海洋生物學家來談談電鰻及其身體特徵，一個是大鬍子男人、一個是戴眼鏡的小姐，還有一個裝著魚的水族箱，足足耗掉了一個晨間節目時段。你們知道嗎，發明電池的人就是看到電鰻的身體得到靈感？我不知道耶，湯姆，真是太有趣了。聽說電鰻發出的電足以電暈一匹馬。真的假的？我實在難以想像。還有，日本有一間實驗

2 瘦長人（Slender Man），網路上流傳的美國都市傳說。相傳瘦長人沒有五官，身形相當瘦長，穿著黑色西裝，配黑色領帶；住在森林深處，經常誘拐兒童。

室就是用一缸電鰻為他們的聖誕樹燈飾發電。好了，我們可不能這樣對待這些少女，對吧？我想不能，克莉絲汀，我想不能。是說，聖誕節是不是一年來得比一年早啊？現在連天氣也是如此。

新聞台的人要過了好幾天才知道這件事是真的，而瑪格和市長辦公室的團隊早就嚴陣以待，他們收到了最早關於遊戲場打架事件的報告。這種新的打架形式很奇怪，會讓男孩（大部分是男孩，有時也會是女孩）喘不過氣來、肢體抽搐，手臂、腿上，或是柔軟的腹部還會出現如同葉片展開的纏繞疤痕。原本以為是疾病，後來又認為這是一種小孩帶來學校的新型武器。但是，當事件從第一週延燒到第二週時，他們知道並非如此。

每出現一個瘋狂的理論，他們都不放過，不知道該如何分辨哪個有點根據、哪個是謬論。夜深時，瑪格讀著一份來自印度德里的報告。那裡的研究小組最早發現女孩鎖骨上有一條橫紋肌，並將之命名為「發電器官」，或稱為「絞軸」，因為上頭帶著扭曲纏繞的線條。他們的理論認為，在鎖骨的這個點擁有電場感，也就是某種電力感應的回聲定位能力，利用核磁共振掃描，已經觀察到在新生女嬰的鎖骨上帶有絞軸的肉芽。瑪格影印了這份報告，並且用電子郵件傳送到州內每所學校。幾天以來，這是在一堆亂槍打鳥的解釋中唯一可用的科學證據，就連丹尼爾也一時表現出感激之情，然後才想起來他討厭瑪格。

一名以色列人類學家主張，在人類身上演化出這樣的器官便證明了水猿假說是正確的，我們之所以毛髮稀疏，就是因為來自海洋而非叢林，過去人類曾像電鰻、電魟般震懾深海。傳道者及電視上的布道牧師將這條新聞抓在手裡一捏，發現在黏呼呼的內臟中藏著末日即將到來的徵兆。在熱門的新聞政論節目中爆發唇槍舌戰，一名科學家要求將帶電的女孩放到手術台上仔細檢查，而一名服事神的男人則相信末日啟示錄就藏在這些女孩體內，人類之手絕對碰觸不得。各種論點已經吵得不可開交，這種能力是否一直潛藏在人類基因組之中而被再次喚醒？或者這是一種突變，是可怕的畸形？

就在入睡前，瑪格想起了飛蟻。每年夏天總會有那麼一天，大批飛蟻會群聚在湖邊的房子，地上滿滿都是。牠們爬滿了貼著木板的窗框，巴在樹幹上震動著，空氣中滿布著飛蟻，讓人以為吸口氣就會吸進飛蟻。那些飛蟻住在地底下一整年，全然孤寂，從蛋裡孵出來之後就是吃東西（或許是灰塵、種子之類），然後等待，再等待。某天，氣溫合適且能夠維持一段時日，濕度也剛剛好的時候……牠們就會立刻飛上天，好找到彼此。瑪格不能跟任何人分享這樣的想法，他們會以為她被壓力逼瘋了，再說，天曉得，等著要取代她的人已經夠多了。話雖如此，經過了一整天面對各種報告，有小孩遭到燒傷，有小孩癲癇發作；還有女孩組成的幫派鬥毆，為了保護她們只能先全部拘捕起來。瑪格躺在床上想著：為什麼是現在？為什麼剛好是現在？她一次又一次想起那些螞蟻，想像牠們掐量著時間，等待春天到來。

過了三個禮拜，瑪格接到巴比的來電，說喬思琳被抓到跟人打架。

男孩跟女孩在第五天就被分開了；這麼做也很有道理，畢竟他們已經發現出手的是女孩。已經有家長告誡自己的兒子不要單獨外出、不要跑太遠。「那樣的事情只要看過一次就知道了，」電視上一名灰髮女人說，「我在公園裡看過一個女生無故攻擊一個男生，他的血從眼睛冒出來。眼睛耶。只要親眼看過那樣的事情，沒有哪個媽媽會讓自己的兒子離開視線。」

事情無法一直掩蓋下去，於是他們重新組織起來。只讓男孩搭乘的巴士將他們安全載到男子學校，他們很容易就接受這樣的安排，只要在網路上看幾段影片就足以讓恐懼掐緊你的喉嚨。

對女孩來說就沒這麼簡單了，但是又不能不讓她們彼此接觸。有些女孩滿腔憤怒，有些則心懷惡意，如今事情都攤在陽光底下了，有些人便想一較高下，證明自己的力量和技巧。受傷和意外事件頻傳，有個女孩還被另一個女孩弄瞎了。教師們都很害怕。電視上的時事評論者說：「把她們都關起來，最高戒備。」目前的狀況是，至少大家都認為所有擁有電擊力量的女孩都在十五歲上下。即使如此，也沒什麼差別，因為沒辦法把人全部關起來，一點道理也沒有——不過，還是有人如此要求。

現在喬思琳被抓到跟人打架，瑪格還沒來得及回到家看看女兒，媒體就得到消息了。她到家的時候，轉播車已經在她家門前的草坪就定位。市長女士，傳聞說您的女兒害一名男孩住院了，請問您有什麼話想說？

沒有，她什麼都不想說。

巴比在客廳裡陪著麥蒂，她在沙發上坐在父親雙腿間，喝著牛奶看《飛天小女警》。她母親進門的時候，她抬頭看了一下，但沒有移動，視線又飄回電視上。才十歲的小女孩，一副十五歲少女的樣子。好吧。瑪格親親麥蒂的頭頂，但麥蒂只是想讓視線越過她的身體，回到電視上。巴比捏了捏瑪格的手。

「小喬呢？」

「在樓上。」

「然後呢？」

「就跟其他人一樣嚇壞了。」

「是啊。」

瑪格輕輕關上臥房的門。

喬思琳坐在床上，雙腿伸直，懷裡抱著熊熊先生。她還是個孩子，只是個孩子。

「我應該先打電話的。」瑪格說，「一出事就該打給妳，對不起。」

喬思琳快哭出來了。瑪格優雅地坐在床上，好像這樣就不會讓女兒滿眶的淚水傾瀉而下。「爸爸說妳沒有傷到人，不是很嚴重。」

她停頓了一會兒，但小喬沒有接話，於是瑪格只好繼續說：「還有……其他三個女生是嗎？我知道是她們先開始的。那個男孩不應該待在妳附近，他已經到醫院檢查過了，妳只是嚇到那個孩子。」

「我知道。」

很好，肯開口溝通了，總是個開始。

「那……是妳第一次做嗎？」

喬思琳翻了個白眼，一手拉扯著安撫被。

「這對我們倆都是頭一次好嗎？妳有這個能力多久了？」

她小聲咕噥著，瑪格幾乎都聽不見了，「六個月。」

「六個月？」

錯了。絕對不能表現出懷疑、絕對不能表現出警戒。喬思琳彎起膝蓋。

「對不起，」瑪格說，「我只是……只是很驚訝，只是這樣。」

小喬皺起眉頭。「很多女孩子都比我早學會。有一點……有一點好笑，就是出手的時候，感覺很像靜電。」

靜電，梳梳頭髮就能把氣球吸在頭髮上那個嗎？在生日派對上，讓無聊的六歲小孩能有點事做。

「這些女生做的事情就是有點好笑又瘋狂。網路上有不公開的影片，教人要怎麼運用能力。」

沒錯，就是在這個時候。不管瞞著父母的是什麼祕密，不管你知道什麼他們所不知道的，都變得如此珍貴。

「妳怎麼……妳怎麼學會的？」

小喬說：「我不知道，只是感覺自己做得到，懂嗎？就很像一種……捏緊的感覺。」

「為什麼妳都沒說？為什麼沒有告訴我？」

她看向窗外的草坪，在高高的黑色籬笆之外已經聚集了拿著相機的男男女女。

瑪格想起過去試圖跟自己的母親討論男孩子或是派對上發生的事情。到底多超過才算超過？男孩的手應該停在哪裡？她想起那些對話是多麼無法理解。

「讓我看看。」

小喬瞇起眼睛，「不行……我會傷到妳。」

「妳有練習過嗎？可不可以控制一下，這樣妳就知道不會殺了我或嚇到我？」

小喬深呼吸，鼓起臉頰再慢慢吐氣。「可以。」

瑪格點點頭，這是她所熟悉的女孩：善良而認真，還是小喬。「那就讓我看看。」

「我沒辦法控制到不會痛，可以嗎？」

「會有多痛？」

小喬將手指伸展開來，看著自己的手掌。「我的能力時有時無，有時候很強，有時候什麼都沒有。」

瑪格下定決心，「好。」

小喬伸出手又縮回去。「我不想。」

曾經，這孩子身上的每一條縫隙都是瑪格該清理、該照顧的，她不能不知道自己的孩子有何能耐。

「不能再有祕密了，讓我看看。」

小喬快哭出來了，她把食指和中指放在媽媽的手臂上。瑪格等著要看小喬做些什麼，像是屏住呼吸、皺起眉頭，或是手臂上的肌肉用力。但什麼都沒有，只有疼痛。

瑪格讀過、來自疾管署的初步報告當中指出：這種力量「尤其會影響人類大腦的痛覺中心」。也就是說，這看起來就像電擊，卻遠比電擊還要痛；這股脈衝是有目標性的，會在人體的痛覺接受器激起反應。不過，她還是認為力量會有某種樣貌，想看到自己的皮肉脆化、皺起，或是看到弓起的電流，快得就像被蛇咬了一口。

不過，她只聞到像是暴雨過後，溼透的葉片發出的味道，蘋果園中被風雨打落的果實開始腐爛，就像她父母的農場上那樣。

接著出現疼痛。從小喬碰觸她手臂的那一處升起一股悶痛，是骨頭在痛，就像感冒般感染了肌肉和關節。疼痛逐漸加深，有什麼東西要捏碎她的骨頭，扭轉著、屈折著，她想教小喬住手，卻張不開嘴。疼痛在骨頭裡潛行，好像要從裡面碎開一樣。瑪格無法不去注意到那個腫塊，從她手臂內的骨髓中突出一塊實心而黏稠的腫塊，將尺骨和橈骨裂成了尖銳的碎片。她覺得噁心，想要大叫。疼痛從手臂不斷擴散到全身，讓她想吐。現在疼痛已經遍布她全身，彷彿在她頭顱內迴盪，順著脊椎而下到整個背部，圈住了她的喉嚨又蔓延出去，擴散到她的鎖骨。

就在鎖骨。雖然只是幾秒鐘的時間，但此時似乎變得更漫長了，只有疼痛才能讓身體如此專注。就這樣，瑪格注意到自己胸膛那股呼應的力量，在排山倒海而來的疼痛中，順著她的鎖骨發出了銀鈴般的聲響。同類相應。

這讓她想起小時候玩過的一種遊戲。真奇怪，她已經有好多年沒想起這個遊戲了。她從來沒有告訴別人，她知道絕對不可以，只是也說不上來為什麼知道不可以說。這個遊戲裡，她是女巫，可以在手掌上製造一個光球。她的兄弟玩的遊戲中，他們是太空人，手上拿著用早餐穀片紙盒印花換來的塑膠光線槍。但她玩的這個小遊戲不一樣，只有她自己一個人穿梭在房子周圍的櫸樹林間。在她的遊戲裡，她不用拿槍或戴上太空頭盔，或拿著光劍。瑪格小時候玩的這個遊戲，只要有她自己就夠了。

她的胸膛、手臂和手掌上都有一股搔癢感，就像一條死去的手臂正要甦醒。現在疼痛還沒消失，但已經無關緊要了。眼下有另一件事。瑪格下意識就把手伸進喬思琳的白衲安撫被裡。她聞到了櫸樹的味道，彷彿自己又回到樹林的保護中，沉浸在老木材和濕潤土壤的氣味裡。

伊使閃電，竟達土地之端。

瑪格張開眼睛的時候，雙手分別出現了圖樣——同心圓，亮起又暗下、亮起又暗下。她的手抓住的安撫被燒出洞來。她知道，她感覺到那股扭動，想起或許自己一直都知道，這股力量一直屬於她，由她所掌握，由她指揮攻擊。

「天啊，天啊。」她說。

愛莉

愛莉撐起自己的身體坐到墓碑上，往後靠，看看上頭的名字——她總是會花點時間記住他們：嘿，妳在那邊還好嗎？安娜貝絲．麥克達夫，慈愛的母親現已安眠？——接著點了一支萬寶路菸。

對蒙哥馬利—泰勒太太而言，香菸屬於世界上四、五千種享樂之一，在神的眼中罪大惡極；光只是點燃菸頭、吸氣、張開嘴呼出一陣煙霧，就足夠說明一切。去死吧，蒙哥馬利—泰勒太太，去死；還有教會的女士們，還有他媽的耶穌基督。用平常的方式點菸其實就已經夠漂亮了，也足以讓男孩們知道待會兒可能很快就能發生什麼事。但愛莉不想用平常的方式。

凱爾抬了抬下巴，說：「聽說上禮拜在內布拉斯加，有幾個男的因為一個女孩這樣就殺了她。」

「因為抽菸嗎？真殘忍。」

杭特說：「學校裡一半的人都知道妳會這個。」

「所以咧？」

杭特說：「妳爸的工廠會用得上妳，可以省電費。」

「他不是我爸。」

她又在指尖發出銀色火花。男孩們看著她。

日落後，墓園便活躍起來，蟋蟀和青蛙鳴叫著，等著雨水落下。今年夏天很長、很熱，大地渴望著暴風雨來臨。

蒙哥馬利－泰勒先生經營肉品加工公司，在佛州的傑克森維爾、還有紐約州亞伯尼，一直到喬治亞州的史代茲伯羅都有據點。他們稱之為肉品加工，但其實是肉品製造，也就是殺生。愛莉年紀比較小的時候，蒙哥馬利－泰勒先生帶她去工廠看過一次。他曾經有段時期喜歡把自己當成一個好人，在男人的世界裡教育一個小女孩。愛莉看著整個過程，沒有畏縮、移開眼神，或者大吵大鬧，她還滿為自己感到驕傲的。蒙哥馬利－泰勒先生全程都將手像鉗子一樣搭在她肩上，向她指出欄舍的位置，豬隻就養在這裡，最後送到刀子面前。豬是很聰明的動物，如果嚇到牠們，肉就不會那麼好吃了。一定要小心。

雞就沒那麼聰明了。他們讓她看著雞隻從籠子裡被放出來，全身雪白，還有蓬蓬的羽毛。大手把雞抓起來，翻轉雞的身體，露出雪白的屁股，再把雞腳栓在輸送帶上，機器會拖著牠們的頭經過一池通電的水，雞隻大聲尖叫、不停扭動。一隻接一隻，牠們的身體僵硬，接著疲軟下去。

「這麼做是好意，」蒙哥馬利－泰勒先生說，「牠們不知道是怎麼回事。」

說完後他笑了起來，他的員工也笑了。

愛莉注意到有一、兩隻雞抬起頭來，水並沒有電昏牠們，牠們通過生產線的時候仍然是清醒的，被丟進滾燙的水缸裡時，意識也還清楚。

「效率高、衛生又人道。」蒙哥馬利－泰勒先生說。

愛莉想起蒙哥馬利－泰勒太太講起地獄時──會轉動的刀具和滾燙的水，將整個人吃乾抹淨；還有熱油和熔鉛流成的河──那副激動若狂的樣子。

愛莉想要沿著生產線跑，將雞隻從腳銬中救出來，讓牠們自由，四處亂竄、發洩怒氣。她想像雞隻尤其會衝向蒙哥馬利－泰勒先生，用尖喙利爪報仇雪恨。但是那聲音告訴她：還不是時候，女兒，屬於妳的時刻還沒到。這個聲音還不曾為她指錯路，她活到目前為止還沒有。於是愛莉點點頭說：「很有趣，謝謝你帶我來。」

在她參觀工廠之後不久，她就發現自己的電擊能力。沒有發生什麼緊急狀況，就像某天她發現自己的頭髮變長了一樣。能力一定是一直默默在發展著。

當時他們在吃晚餐，愛莉伸手去拿叉子，手中卻竄出一道火花。

那聲音說：再做一次，妳可以再做一次。專心。她感覺胸膛裡輕輕扭動或是被掐了一下，接著，火花就出現了。好棒，聲音說，但不要給他們看，這不是給他們的。蒙哥馬利－泰勒先生沒注意到，蒙哥馬利－泰勒太太也沒注意到。愛莉低垂著眼睛，一臉木然。聲音說：這是我給妳的第一份禮物，女兒，學著好好運用。

愛莉在自己的臥房裡練習。讓火花在雙手間跳躍；讓她床邊的檯燈變得更亮，然後暗下；在衛生紙上燒出一個小洞，一直練習到燒出的洞像針扎的一樣，越來越小。這些事情需要不間斷的專注力，她很擅長。她從來沒聽過有誰能像她用電擊能力來點菸。

聲音說：將來有一天會用上，到時候妳會知道怎麼做。

如果那些男孩想碰她，她通常會讓他們如願。他們也認為這就是他們來墓園的目的。一隻手溜上她的大腿，她嘴上叼著香菸就像含著糖果一樣，在他們親吻的時候便將菸擺到一旁。凱爾在她身側撐起自己的身體，手放在她的腹部，開始將她的上衣往上拉。她伸手示意他停下時，他微笑著。

「來嘛。」凱爾說，又把她的上衣往上掀了一點。

她往他的手臂電了一下，不是很用力，但足以讓他停下來。

他縮回手，看著她，又忿忿不平地看著杭特。「嘿，怎麼了？」

她聳聳肩，「沒心情。」

杭特過來坐在她另一側，她現在夾在他們中間了，兩人的身體都壓向她，褲子裡的鼓脹透露出他們的心思。

「沒關係。」杭特說，「可是啊，妳把我們帶來這裡，我們很有心情。」

他伸出一隻手臂壓在她的腹部，拇指磨蹭著她的乳房，攏著她的手掌很大、很強壯。「來嘛，」他說，「我們一起找點樂子，就我們三個人。」

他傾身張開嘴巴想親她。

她喜歡杭特，他身高有一百九十三公分，肩膀寬闊又強壯。他們以前是一起找過樂子，但這不是她今天來這裡的原因。她對今天有個預感。

她攻擊他的腋下，用她下針般的準度直擊肌肉，精準而謹慎，就像一把鋒利的刀穿出他的肩膀。她增加力道，就像要讓檯燈變得愈來愈熱、愈來愈熱，彷彿一把火焰形成的刀。

「幹！」杭特一邊喊一邊往後跳，「幹！」他的右手捏著自己左邊腋下按摩著，左手臂顫抖著。

凱爾現在火大了，把愛莉拉過來。「那妳幹嘛教我們大老遠跑來這裡，既然妳……」

她攻擊他的喉嚨，下巴底部，好像一把金屬刀鋒劃過他的發聲器官，他張大了嘴，闔都闔不攏，發出快窒息的聲音。他還在呼吸，但不能說話。

「那妳就去死吧！」杭特大叫，「別奢望我們載妳回家！」

杭特往後退，凱爾拿起自己的書包，仍然摸著自己的喉嚨。「呃！噢！」他們走回車上時，凱爾這樣叫著。

天黑後，愛莉又在那裡等了好長一段時間，仰躺在安娜貝絲・麥克達夫，慈愛的母親現已安眠的墓碑上，用指尖的火花點燃一根又一根香菸，每根菸都抽完。圍繞在她身邊的夜晚嘈雜聲愈來愈大。她想著：來抓我啊。

她對聲音說：嘿，媽，是今天對不對？

聲音說：沒錯，女兒，妳準備好了嗎？

愛莉說：來吧。

愛莉為了回到屋裡，便爬上庭院的棚架，鞋子用鞋帶綁在一起掛在脖子上，腳趾伸進棚架的格眼中，手指也勾住緊抓著。在她年紀比較小的時候，蒙哥馬利－泰勒太太曾經看到她爬樹。一、二、三，她一直往上爬。「看看啊，她像隻猴子在爬樹呢。」說得好像她老早就懷疑是這麼一回事了，好像她一直等著發現證據。

愛莉爬到自己的臥房窗口——她早就留了一條縫沒有關上——靠著窗框把自己撐起來，從脖子上把鞋子拿下來丟進去，整個人就從窗戶栽了進去。她看看錶，甚至還趕上吃晚餐呢。因此誰也不能抱怨什麼。她發出某種笑聲，聲音低沉而沙啞，接著有另一個笑聲回應她。她這才發現房間裡有別人，她當然知道是誰。

蒙哥馬利－泰勒先生從單人沙發椅上站了起來，樣子就像他生產線上的長臂機器。愛莉倒吸一口氣，但還沒來得及說話，他已經反手重重打了她一巴掌，就像在鄉村俱樂部裡揮動網球拍一樣，她下巴的悶響就是球打在球拍上的那聲「磅」。

他那特有的怒氣總是控制得非常好、非常安靜。他話愈少代表他愈生氣。他喝醉了，她聞得出來，而且他氣炸了，喃喃說：「看到妳了，看到妳跟那些男孩子在墓園裡。妳這骯髒的小婊子。」每個字的停頓都伴隨著一拳，或是一巴掌，或是一腳。愛莉沒有縮成一團，沒有求他住手，她知道這樣只會讓他打得更久。他扳開她的雙膝，手放在腰帶上，他要讓她知道她是什麼樣的小婊子。他之前不是告訴過她好多次了嘛。

蒙哥馬利－泰勒太太就坐在樓下，聽著廣播上的《波卡樂曲》，並喝著雪莉酒，慢慢地，一口接一口，小口啜飲著，傷不了什麼人。她不在乎發現蒙哥馬利－泰勒先生晚上在樓上幹什麼，至少他不是在社區附近四處偷腥，而且那個女孩也是活該。如果《太陽時報》的記者為了某種原因要來採訪這間小房子裡發生的小事，將麥克風放在蒙哥馬利－泰勒太太的嘴邊，問她：蒙哥馬利－泰勒太太，妳是出於基督徒的善心才讓這個十六歲的混血女孩住在妳的屋簷下，關於妳丈夫對她的所作所為，妳有什麼想法？妳認為他在做什麼，那女孩才會這樣大叫，還叫個不停？如果有人這樣問（但到底有誰會問呢？），她會說：哎呀，他就是打她屁股嘛，她也該受處罰啊。如果記者追問下去：那麼，妳說四處偷腥是什麼意思？蒙哥馬利—泰勒太太會努努嘴，好像聞到什麼難聞的味道，然後笑容又回到她臉上。她會自信地說：你知道男人都是這樣嘛。

幾年前的某一次，當愛莉被壓著，頭頂著床頭板，他一隻手就這樣掐住她的喉嚨時，那個聲音第一次對她說話了，如此清楚，直接在她腦海中響起。回想起來，她已經隱約聽到這個聲音好久了，早在她來到蒙哥馬利—泰勒家之前，在她換過一個又一個家庭、一個又一個監護人之前，一個微弱的聲音從遠方傳來，告訴她何時該謹慎，警告她危險來臨。

那聲音說：妳很強大，妳能撐過去的。

愛莉脖子上的手掐得更緊了。她說：媽？

聲音說：是啊。

今天沒發生什麼特別的事，沒人看得出來她受到的刺激是否比平常大。只是，人每天都會長大一點，每天都有一點不同，這樣日積月累，突然間，某件不可能的事情就變得可能了，女孩也就這樣長成了女人。過程一步接著一步，直到完成。他開始抽插的時候，愛莉知道自己做得到，她有力量。或許她擁有足夠的力量已經好幾週或好幾個月了，但直到現在她才有信心。現在她可以做到，不會失手，也不會讓他有反擊的機會。似乎是世界上最簡單的事，就像伸手打開電燈開關一樣。她想不通自己為什麼之前沒有打算把這盞舊燈滅掉。

她對聲音說：就是現在，對吧？

聲音說：妳知道的。

房裡瀰漫著一股像下雨的味道，於是蒙哥馬利—泰勒先生抬頭看，以為終於下雨了，乾枯的大地能夠痛快暢飲了。他想味道或許是從窗外來的。即使他的身體還在動作，一想到下雨，他的心情就愉悅起來。

愛莉抬起雙手按著他左右兩邊的太陽穴，感覺她母親的手掌就包覆著她小小的指頭。她很慶幸蒙哥馬利－泰勒先生沒有看著她，而是看著窗外，找尋根本沒有降下來的雨。

伊為閃電造溝渠，為風暴鋪路。

白光一閃，銀色的火花掠過他的額頭，繞過他的嘴巴和牙齒。他抽搐著從她體內撤出。他劇烈顫抖著，手腳不聽使喚，下巴喀拉喀拉發出撞擊聲，接著倒在地上，發出巨大的聲響。愛莉擔心蒙哥馬利－泰勒太太可能會聽見什麼，但是廣播的音量很大，因此沒有上樓來的腳步聲，也沒有呼喊聲。愛莉拉起她的內褲和牛仔褲，傾身查看。他嘴唇邊冒出紅色泡沫，背部向後蜷曲，雙手像爪子一樣，看起來似乎還有呼吸。她想：我可以現在叫人來，或許他還有活命的機會。於是她將手掌放在他的心臟上，凝聚她所剩下的一點電力，直接打入他的心臟——人類的身體在這裡以電流般的節奏運作著。他不動了。

她在房間裡收拾了幾樣東西。包括她塞在窗台底下某處的現金，不多，但目前夠用了；還有一部收音機，是蒙哥馬利－泰勒太太小時候的東西，在某次她想表現出善意時送給愛莉的，當然這些善意只是為了掩蓋、粉飾愛莉所遭受的磨難。她留下手機，因為她聽說這種東西可以被追蹤到。最後，她看著懸掛在床頭牆上的耶穌像。小小的象牙雕像被釘在桃花木十字架上。

聲音說：帶著。

愛莉說：我做得好嗎？妳為我感到驕傲嗎？

喔，我感到好驕傲。女兒，妳還會讓我感到更驕傲，妳在這世上能成就不凡。

愛莉把小十字架塞進行李袋裡。她一直知道自己絕對不能跟人提起這個聲音，她很會保守祕密。

愛莉要從窗戶離開之前，看了蒙哥馬利—泰勒先生最後一眼。也許他不知道是什麼攻擊了他，她希望他知道，她希望自己可以將他活生生送進滾燙的水缸裡。

她從棚架爬下來，穿過後院的草坪。她想，在離開之前，也許可以試著從廚房弄把刀帶走。但她隨後想起，一想到就讓她發笑，除了晚餐要切食物，她其實根本用不上刀子，完全不需要。

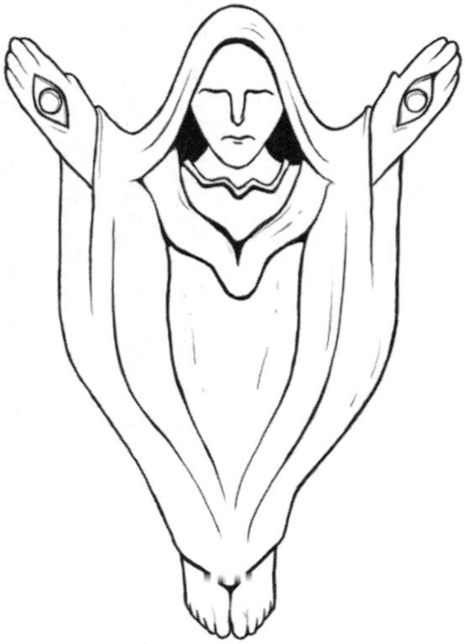

聖母的三種形象，約有五百年歷史，於南蘇丹出土。

尚有九年

愛莉

她一路走一路躲，一路躲一路走，就這樣過了八十二天。如果搭得上便車就搭，但大部分時間都在走路。

一開始，要找到願意讓一個十六歲女孩搭便車的人並不難，她在州界內忽南忽北、四處亂晃，掩蓋自己的蹤跡；但隨著她往北走，夏季逐漸轉換為秋季，就沒什麼駕駛對她豎起搭便車的拇指有反應了，更多人是慌慌張張地掉頭離開，就算她不是在公路上也一樣。一對夫妻開車經過她身邊，太太還對著她比畫十字，丈夫則埋頭開車。

愛莉之前在好心二手商店買了睡袋，睡袋有股味道，但她每天早上都會讓睡袋吹吹風，而且也還沒下過大雨。她這一路還滿開心的，雖然大部分時間都是肚子空空的狀態，雙腳也很痠。有幾天早晨，她醒來時天色剛亮，看著樹木線條分明的輪廓線，小徑也被早晨的太陽洗刷一新，讓她多麼慶幸自己身處當下。曾經有隻灰色的狐狸亦步亦趨地跟了她三天。一人一狐只差幾隻手臂的距離，不足以近到能夠接觸，卻也不會離得太遠。除了有一次狐狸去抓老鼠，牠回來的時候嘴裡叼著疲軟的獵物，口鼻上沾了血。

愛莉對聲音說：牠是某種徵兆嗎？聲音說：是啊，繼續前行吧，孩子。

愛莉沒有看報紙，也沒有打開她的小收音機收聽新聞。她不知道自己完全錯過了「女孩之日」，也不知道就是因此救了她一命。

⚡

時間回到八十二天之前的傑克森維爾，蒙哥馬利－泰勒太太在就寢時間走上樓，以為會看到丈夫在書房裡看報紙，女孩則是為她所犯的錯得到應有的教訓。在女孩的臥房裡，她看到該看到的一切。愛莉將蒙哥馬利－泰勒先生留在原地。他的褲子褪到腳踝處，老二還有部分腫脹，血沫玷汙了奶油色地毯。蒙哥馬利－泰勒太太坐在凌亂的床上整整半小時，就這樣看著克萊德．蒙哥馬利－泰勒。她的呼吸——只有剛開始很快倒抽一口氣——緩慢而平穩。神所賜的，也由神收回，最後她只對著空蕩的房間說了這句。她把丈夫的褲子拉上，拿出乾淨的床單把床鋪好，腳步謹慎地踩在屍體旁邊。她有想過讓他在書桌前的椅子上坐好，接著再清洗地毯，而且他倒在這裡、舌頭垂到地毯上也很不恰當，她想到就難過，可是她不確定自己的力氣是否夠大。再說，他倒在女孩的房間裡能說明很多事情，就像教義問答一樣清楚。

她報警，警察一臉同情的樣子，抵達的時候已經是午夜時分。她在口供裡說自己是引狼入室，收留了一隻有狂犬病的狗。她有愛莉的相片，這樣應該夠了，不出幾天就能找到她；但是就在那天晚上，警局裡開始湧入報案的電話，在亞伯尼的也有，在史代茲伯羅的也一樣……一直到全國各地的警局。不斷擴散出去，分支又再分支，電話響起的燈號照亮了警局，形成一張巨大而不斷擴散的網。

⚡

愛莉一直不知道這座海邊小鎮叫什麼名字。她在住宅區外圍的灌木叢中找到一個睡覺的好地方。這是一處有遮蔽的海岸，岩石在底下形成彎凹處，有一塊溫暖乾燥的地方能夠安睡。她在那裡待了三天，因為那聲音說：這裡有給妳的東西，我的孩子，去找出來吧。

她老是處在疲累飢餓的狀態，腦袋輕飄飄的感覺已經成為她身體的一部分，這樣也滿好的。她的肌肉這樣微微震動的時候，那聲音聽來更加清楚。距離她的上一餐已經有一段時間了。以前，她會為此就乾脆不吃了，現在更寧願餓著。因為她很確定這個聲音的語調，其低沉而愉悅的共鳴，就是她母親說話的音調。

愛莉其實不太記得她的母親了，只知道自己有一個，當然。她的世界是從一道明亮的閃光開始，大概是她三、四歲的時候。她跟某人在購物中心裡——她知道是購物中心，因為她一手拿著氣球，另一手則拿著卷筒冰淇淋——而那個某人不是她母親，她很確定，也該知道。那人說：「好了，妳要叫這位女士蘿絲阿姨，她會對妳很好的。」

就在那一刻，她第一次聽到那聲音。她抬頭看著蘿絲阿姨的臉時，聲音說「很好」。對啦！嗯哼，我可不這麼認為。

從那之後，聲音從來沒有誤導過她。結果蘿絲阿姨是個惡毒的老太太，只要喝了一點酒就會辱罵愛莉，而蘿絲阿姨幾乎每天都喜歡來一杯。聲音告訴愛莉該怎麼做，如何在學校選擇適合的老師，讓老師知道這件事，用詞卻很巧妙，彷彿愛莉根本不是在告狀。

但是，在蘿絲阿姨之後的那位女士竟然更糟糕，接著遇到的蒙哥馬利—泰勒太太又更糟。不過，這些年來，聲音仍舊保護著她，讓她安全躲過最可怕的傷害。她的手指和腳趾都還在，雖然也差點就不保了。現在，聲音告訴她：留在這裡，等著。

她每天都走進小鎮裡，探索每個溫暖而乾燥的地方——圖書館、教堂，還有暖氣開太強的小小獨立戰爭博物館——只要不會把她轟出來的地方都好。而在第三天，她終於能夠溜進水族館裡。

現在是淡季，門口的把關不嚴，反正也只是個小地方，就是在一排商店的尾端把五個房間串在一起而已。外頭的招牌寫著：「深海奇觀！」愛莉一直等著，等到看門的傢伙溜去買汽水，掛上「二十分鐘後回來」的牌子，她就推開小小的木門直接走進去。因為裡面真的很溫暖，而且聲音也教她要到處找，她已經把這裡翻遍了。

她一走進水族館裡就能感覺到這裡有她要的東西。裡面擺滿了有照明的水缸，上百種顏色的魚類在水中來回巡游。有種感覺掠過她的鎖骨、胸膛，往下竄到手指。這裡有另一個能像她做那些事情的女孩。不對，不是女孩。愛莉再度弄清楚那是什麼感覺。它讓人刺痛。她在網路上看過一點，其他女孩說她們可以感覺到房間裡的其他女人是不是準備要放電了。但是沒有人的感覺像愛莉這麼強烈，她第一次得到這種能力的時候，就能馬上感覺到身邊是否也有人擁有放電能力。而且這裡有東西。

愛莉在倒數第二個魚缸找到了。這個魚缸比其他的要暗一些，沒有顏色斑斕、體態花俏而且身上爬著藻類的魚，只有長長的、黑黑的、扭來扭去的生物，蟄伏在水缸底部，緩緩扭動著。水缸的一側有一個測量計，指針指著零。

愛莉從來沒有看過這種生物，也不知道牠們叫什麼。

她把手放在玻璃上。

一條電鰻動了一下，扭動身軀做了什麼。她聽見了，如爆裂般的滋滋聲響。測量計上的指針跳了一下。

不過愛莉不需要知道那個測量計是什麼，也能知道發生了什麼事。這隻魚發動了電擊。魚缸旁邊的牆上有一塊解說板。這一切實在太令人興奮了，愛莉必須一連讀上三次，還要控制住自己，別讓呼吸變得太快。這些是電鰻，擁有很厲害的能力，牠們會在水底電擊獵物，對，沒錯。愛莉的食指和拇指在桌子底下製造了一彎電弧，電鰻在魚缸裡騷動起來。

電鰻能做的還不只這些。牠們可以干擾獵物大腦中的電子訊號，就能「遙控」獵物的肌肉，如果想要的話，可以讓那些小魚直接游進牠們嘴裡。

愛莉知道了這點之後，站在原地好長一段時間。她把手放回玻璃上，盯著那些動物。

確實是很厲害的能力，不過也得控制得住才行。怎麼這麼說，妳一直都控制得很好啊，女兒，而且妳得磨練技術，哎呀，妳一定學得會的。

愛莉在心裡說：母親，我該往哪裡去？

聲音說：離開此地，我會告訴你從這裡前往何處。

聲音說話的方式總是有點聖經的味道，就像那樣。

那天晚上，愛莉想準備睡覺，但聲音說：不，繼續走，繼續。她的肚皮空空如也，感覺很奇妙，腦袋輕飄飄的，心裡卻亂糟糟，一直想著蒙哥馬利－泰勒先生，好像他垂掛的舌頭還舔著她的耳朵。她真希望自己有隻狗。

聲音說：就快到了，女兒，別擔心。

在一片黑暗中，愛莉看到亮光，是一塊發光的招牌，上頭寫著「仁慈修道院修女會。為無家者供湯，為有需者供床」。

聲音說：看吧，我說了。

愛莉踏進修道院門口之後，只知道有三個女人一起來迎接她，她們在她背包裡發現十字架之後便熱情地稱呼她「孩子」、「親愛的」，因為十字架能夠佐證她們希望在她臉上看見的信仰。她坐在一張柔軟而溫暖的床上，幾乎要失去知覺。她們拿食物給她。那天晚上，她們沒有人問她是誰、從哪裡來的。

⚡

在那幾個月，一個無家可歸又沒有家人的混血小孩流落到東岸的修道院裡，根本沒什麼值得注意的。愛莉不是唯一一個流浪到海岸邊的女孩，也不是最需要輔導的。修女們很開心讓空房間派上用場，她們所住的修道院實在太大了，大概是將近一百年前建造的，那時神還能號召許多女人前來永久侍奉祂。過了三個月之後，修女們搭起了雙層床，安排課程表和主日學，還派了打雜的工作以交換食物、毯子和遮風避雨的屋頂——因為修道院裡湧入了一大批人，於是這些老規矩又大行其道。女孩被趕到街上，修女會收留她們。

愛莉喜歡探聽其他女孩的故事，她成了幾個女孩的解語花、密友，這樣就能讓自己的故事聽起來和她們的相像。有個女孩叫薩瓦娜，她的電擊力量打在繼兄的臉上，她形容：「像蜘蛛網在他臉上蔓延，直接覆蓋過他的嘴、鼻子，甚至他的眼睛。」薩瓦娜說故事的時候瞪大了眼睛，激動地嚼著口香糖。愛莉把叉子叉進又硬又老的燉肉裡，修女們每個禮拜有三天晚上會吃這個。她說：「妳現在打算怎麼辦？」薩瓦娜說：「我要找個醫生把那個東西拿出去，直接切除掉。」這是素材之一。還有其他人的故事。有些女孩的父母會為她們祈禱，認為這是因為惡魔附身的緣故；有些女孩會跟其他女孩打架，有些在這裡也照樣打架。有一個對男孩使用了力量，因為他要求她這麼做——女孩們對這個故事很感興趣。男孩子有可能喜歡這個嗎？有沒有可能他們也想要有電擊能力？有些女孩找到幾個網路論壇，上面認為是這樣沒錯。

有一個叫維多莉亞的女孩，讓她母親見到怎麼使用電擊能力，維多莉亞說起她的母親，就好像只是在談論天氣般，說她母親經常被她的繼父打得很慘，嘴巴裡連一顆牙都不剩了。維多莉亞碰觸母親的手，喚醒了母親的電擊能力，並教她如何使用。結果她母親把她趕到街上，說她是女巫。女孩們不需要看網路論壇也能理解這點，大家都點點頭。某人把一壺肉汁遞給維多莉亞。

在比較不混亂的時候，或許會有警察、社工人員或是學校董事會裡的積極人士來詢問這些女孩是怎麼回事。但政府或學校當局只是很感激有人伸出援手，收留女孩。

有人問愛莉她發生了什麼事，她知道自己不能說出真正的名字，所以自稱為夏娃。聲音說：選得好，第一個女人，選得真好。

夏娃的故事很簡單，不會有趣到讓人記得。夏娃來自喬治亞州的奧古斯塔，她的父母送她到親戚家住兩個禮拜，等她回家時，他們已經搬走了，她不知道他們去了哪裡。她有兩個弟弟，她猜想父母是為他們感到害怕。但是她從來沒傷過人。其他女孩點點頭，又接著去問其他人。

愛莉心想，我做了什麼不要緊，重要的是我要做什麼。

聲音說：是夏娃要做什麼。

愛莉說：對。

她喜歡身處修道院的感覺。修女大部分時候都很慈祥，和女人一起作伴也讓愛莉開心，她發現跟男人為伍時從沒有過這種感覺。女孩們有工作要做，但是做完之後，可以去海邊游泳、在海灘上散步，後頭還有鞦韆。禮拜堂裡的歌聲讓人平靜，也安撫了愛莉腦中的所有聲音。她發現自己在這種寧靜時刻裡會想著：也許我可以永遠留在這裡。我的願望之一就是有生之年都待在神的屋子裡。

有個叫做瑪麗亞．伊格納西亞的修女特別引起愛莉的注意。她就像愛莉一樣，有深色皮膚，有一雙溫和的棕色眼睛。瑪麗亞．伊格納西亞修女喜歡說耶穌小時候的故事，以及耶穌的母親馬利亞總是對他很好，教他要愛所有的生物。

「妳們看，」瑪麗亞．伊格納西亞修女對著在晚禱前集合來聽她說故事的女孩說，「我們的主是從一個女人身上學會如何去愛。馬利亞跟所有的孩子都很親近，她現在也與妳們親近，將妳們帶到我們的門前。」

一天晚上，其他人都走了之後，愛莉把頭靠在瑪麗亞．伊格納西亞修女的膝上說：「我可以一輩子住在這裡嗎？」

瑪麗亞．伊格納西亞修女揉揉她的頭髮說：「喔，妳要留在這裡就得成為修女。或許妳會希望人生中還能擁有其他東西，例如丈夫、孩子、工作。」

愛莉想著，答案總是如此。人們從來就不希望妳永遠留下。人們總是說愛妳，但卻從來不希望妳留下。

聲音非常平靜地說：女兒，如果妳想留下，我可以幫妳處理好。

愛莉對聲音說：妳是聖母馬利亞嗎？

聲音說：如果妳想要，女兒。如果妳喜歡這樣想就是吧。

愛莉說：可是人們從來不想要我留下，對吧？我從來就不能留下。

聲音說：如果妳想要留下，就要把這個地方變成妳的。想想該怎麼做。別擔心，妳會想到的。

女孩會打打鬧鬧，在彼此身上測試自己的能力，在水裡、在陸上，對彼此施予微弱的電擊和刺激。愛莉也利用這個時候來練習，不過她更為謹慎。她不想讓她們知道自己在做什麼，只記著她讀過的電鰻能力。過了很長一段時間，她終於能夠釋放出一點小小的電力，讓某個女孩的手臂或腳跳動。

「喔！我感覺到震動，彷彿有人從我墳墓上走過去！」薩瓦娜說。她的肩膀聳了起來。

「呵，我頭好痛，沒辦法……我沒辦法思考了。」維多莉亞說，愛莉稍稍刺激了她的大腦。

「靠！在水裡該死地抽筋了。」艾比蓋兒大叫著彎起膝蓋。

這麼做花不了多少電擊力量，而且也傷不了她們。她們完全不知道是愛莉做的。愛莉就像魚缸裡的電鰻，她的頭剛好露出水面，睜大了眼睛，不動聲色。

幾個月後，其他的女孩中有幾個開始討論要離開修道院。愛莉這才想到（或者應該說夏娃，她很努力讓自己習慣這樣想，即使在私下也一樣），其他人可能也有祕密，或許也是躲在這裡避鋒頭。

其中一個女孩，她們叫她葛蒂，因為她姓葛登，她問愛莉要不要跟她一起走。「我要去巴爾的摩，」葛蒂說，「我媽的家族有人在那邊，他們會安頓我們。」她抖抖肩膀懇求，「我希望一路上有妳的陪伴。」

夏娃交了很多朋友，這是愛莉一直覺得很困難的部分。夏娃心地善良、安靜而擅於觀察，愛莉則像是身上長了刺又心思複雜。

她不能回到原來的地方，再說，確實也沒有什麼好回去的。不過也不會有針對她的大肆搜捕。反正她現在看起來也不太一樣了。她的臉型變長、變瘦，身形也長高了。到了人生這個階段，孩子開始有了大人的模樣。她可以往北走到巴爾的摩，或者繼續走到某個不知名的小鎮，找個女服務生的工作。過了三年，傑克森維爾就不會有人能夠確實認出她來。又或者她可以留在這裡。葛蒂說：「一起走吧。」愛莉卻知道自己想留下。她在這裡比過去任何時候都快樂。她在門外和轉角處偷聽，她一直都有這個習慣，比起受到關愛與珍惜的小孩，處在危險中的小孩必須學著更加注意大人。

所以她才能聽到修女們的爭執，她才知道或許她根本沒有機會留下。

說話的是維若妮卡修女，她的臉就像花崗岩般冷硬。愛莉聽到她的聲音從修女的小休息室門裡傳來。

「妳們看見了嗎？」她說，「妳們見過女孩發動電擊的樣子嗎？」

「我們都見過。」修道院院長低聲說。

「那妳們怎麼還能懷疑呢？」

「只是童話故事，」瑪麗亞·伊格納西亞修女說，「孩子們玩遊戲罷了。」

維若妮卡修女的聲音大到門板都震動了。愛莉後退一步。

「福音書也只是童話故事嗎？我們的主是騙子嗎？妳打算跟我說根本沒有惡魔，主從人類身上驅走惡魔的時候也只是在玩遊戲嗎？」

「沒有人這樣說，維若妮卡，沒有人懷疑福音書。」

「妳們看到新聞報導了嗎？妳們看到她們做了什麼嗎？她們擁有人類不該知道的力量，這股力量是哪裡來的？我們都知道答案，神告訴了我們這些力量的來源，我們都知道。」

房間裡陷入一片沉默。

瑪麗亞・伊格納西亞修女輕聲說：「我聽說是環境污染造成的。報紙上有一篇有趣的報導，說大氣中的污染造成了某種突變……」

「是惡魔。惡魔在人間行走，試驗純潔與有罪之人，將力量賜予受詛咒的人，祂一直都是這麼做的。」

「喔，不。」瑪麗亞・伊格納西亞修女說，「我看到她們臉上的良善。她們只是孩子，我們有責任照顧她們。」

「假如撒旦走到妳門前，跟妳說個可憐的故事、說他肚子好餓，妳也會看到祂臉上的良善。」

「而如果我這麼做也錯了嗎？如果撒旦需要食物，難道不給嗎？」

維若妮卡修女笑了，模樣就像狗吠一樣。

「好意！好意鋪成了通往地獄的道路。」

院長搶在她們之前說話了。「我們已經請示過教區議會的指示，他們為此祈禱。同時，主告訴我們要繼續照顧孩子。」

「年輕女孩會喚醒年長女人體內的電擊能力，這就是惡魔肆虐人間的方式，從一人傳到下一人，就像夏娃將蘋果交給亞當。」

「我們不能就這樣把孩子趕到街上。」

「惡魔會將她們擁入懷裡。」

「或者她們會餓死。」瑪麗亞・伊格納西亞修女說。

愛莉反覆思考了很長一段時間。她可以離開，但是她喜歡這裡。

聲音說：妳聽到她說的了。夏娃將蘋果交給亞當。

愛莉想，也許她這麼做是對的，也許這就是世界所需要的。一點點新東西帶來的刺激。

聲音說：這才是我的女兒。

愛莉想：妳是神嗎？

聲音說：妳說我是誰？

愛莉想：我知道妳會在我需要的時候跟我說話，我知道妳指引我踏上真理的道路。告訴我現在該做什麼，告訴我。

聲音說：如果這個世界不需要刺激，為什麼現在這股力量覺醒了？

愛莉想：神在告訴我們，這個世界需要新秩序，舊方式要被顛覆了，舊時代已經過去了。就像耶穌告訴以色列人民，神的想望已經改變了，福音書的時代已經結束，必須有新的教條。

聲音說：這片土地上需要一個先知。

愛莉想，誰呢？

聲音說：親愛的，試試看合不合適吧。記住，如果妳要留在這裡，就必須擁有這個地方，他們才無法從妳手中奪走。小親親，唯一讓妳安全的方法就是擁有此地。

蘿西

蘿西以前看過她爸爸揍人，看到他轉身就要走了，戴滿戒指的拳頭卻直接往對方的臉上招呼，一派輕鬆自然。她看過他揍某個傢伙，打到那人都流鼻血了，倒在地上，柏尼還是不斷踢他的肚子，一腳又一腳。他打完之後，拿出後口袋裡的手帕擦手，低頭看著那傢伙可憐兮兮的臉說：「你他媽的別想耍我，別以為你他媽的可以耍我。」

她一直都想要這樣。

她爸爸的身軀就像她的城堡，既是棲身之所也是武器。他伸手攬住她的肩膀的時候，她覺得既恐怖又安心。她曾經尖叫著跑上樓好躲避他的拳頭。她看過他是怎麼傷害那些想要傷害她的人。

她一直都想要這樣，那是唯一值得擁有的東西。

「妳知道發生了什麼事，對吧，親愛的？」柏尼說。

「該死的報春花。」瑞奇說。

瑞奇是她同父異母的大哥。

柏尼說：「親愛的，他們殺了妳媽，這是在宣戰。我們花了很長時間才確保能逮到他，現在我們有把握了，我們準備好了。」

房裡的人各自交換了一個眼神，瑞奇先看著泰瑞，這是老二；泰瑞再看著戴瑞，他是最小的兒子。柏尼的妻子生了三個兒子，最後是蘿西。她知道為什麼過去這一年她得跟祖母住，而不是跟著他們。一半是自己人，一半是外人，這就是她。還不夠親近到邀她週日一起吃午餐，但是也不能就這樣把她擋在這件事之外。像這樣的事情跟他們所有人都有關。

蘿西說：「我們應該殺了他。」

泰瑞笑了。

他爸看了他一眼，泰瑞笑到一半就停了，只喘了口氣。可別惹到柏尼．蒙克，就算他親生兒子也不行。「她說的對。」柏尼說，「妳說的對，蘿西，我們或許應該殺了他。可是他的勢力很強，還有許多朋友。我們的行動必須慢慢來，還要謹慎。如果我們要做，那麼一次就要成功，一次就一網打盡。」

他們讓蘿西示範自己的能力。她保留了一點實力，輪流把他們每人的手電到失去知覺。她碰到戴瑞的時候，他罵了聲髒話，她覺得有點抱歉。只有戴瑞一直對她很好，只要他放學後，柏尼帶他去她媽媽那裡的時候，他都會去糖果店多買一個巧克力老鼠給她。

她示範完畢之後，柏尼揉揉他粗壯的手臂說：「妳就只會這樣？」

於是她又將在網路上看過的一些東西秀給他們看。

他們跟著她走到花園裡，柏尼的妻子芭芭拉在花園布置了一處景觀池塘，池裡養了許多碩大的橘色魚兒，彼此擠著身體在水裡游來游去。

天氣很冷，蘿西的腳踩在結霜的草地上，發出嘎吱聲響。

她跪了下來，把指尖放進池塘裡。

突然飄來一陣味道，就像熟成的水果，香甜多汁；那是盛夏的味道。黑漆漆的水裡突然亮了一下，傳來嘶嘶作響還有火花爆裂的聲音。

接著魚兒一隻接一隻浮到了水面上。

「幹！」泰瑞說。

「見鬼了！」瑞奇說。

「老媽一定會不爽。」戴瑞說。

芭芭拉．蒙克從未看望過蘿西，她母親死後沒有，葬禮後也沒有，統統都沒有。想到芭芭拉回來看到她的魚都死了，蘿西開心了一下下。

「我會跟你媽說。」柏尼說，「小蘿，你這個能力我們用得上。乖女兒。」

柏尼找來幾個手下，他們的女兒都正值適當的年紀。也讓她們示範了她們的能力，讓她們打著玩，彼此練習對戰，或者兩個打一個。柏尼在花園裡看著她們，以及不時迸出的火花和閃光。全世界的人們都因為這件事而陷入瘋狂，卻有一些人總是看著一切，說：「這有什麼好處？優點在哪？」

在對戰和練習結束後，可以確定一件事：蘿西很強，不僅強過平均值、強過其他所有他們能夠找來跟她練習的女孩。她學到一些有關施力半徑和範圍的知識，知道怎麼製造電弧，以及在濕皮膚上效果更強。她對自己的強大感到驕傲，傾盡一切去學習。

她是他們所能找到最強的，強過他們聽說過的所有女孩。

因此，等時間到了，等柏尼安排好了整件事，他們知道報春花會在哪裡，蘿西也要一起去。

⚡

他們離開前，瑞奇把蘿西拉進廁所。「妳長大了，對吧，小蘿？」

她點點頭。她知道瑞奇在講什麼。算是吧。

他從口袋裡拿出一個小塑膠袋，把一些白色粉末倒在洗手台邊緣。

「妳之前有看過吧？」

「有啊。」

「以前試過嗎？」

她搖搖頭。

「那好。」

他從皮夾裡抽出一張五十英鎊的鈔票捲起來，示範一次給她看。跟她說等他們吸完了，她可以留著鈔票，當工作津貼。他們吸完之後，蘿西感到神智無比清晰、無比澄淨。她並沒有忘記媽媽的遭遇，那股怒氣依舊純然、燒到發白，如閃電一般，但是她一點也不覺得傷心了，彷彿那是一件她曾經聽聞的事情。很好。她充滿力量，這一整天都在她掌握之中。她在雙手掌心之間釋放出長長的電弧，嘈雜作響、火花四濺，比她之前能夠釋放出的電弧都還要長。

「哇喔！」瑞奇說，「不要在這裡好嗎？」

她收起電弧，讓電擊力量在她指腹間發光。這讓她想大笑，想著她擁有多少力量，要釋放出來又是多麼容易。

瑞奇把一些粉末倒進一個乾淨的袋子裡，並塞到蘿西的牛仔褲口袋。「如果妳有需要再用。除非妳害怕時，不然不要用，懂嗎？還有，看在老天的分上，絕對不要在市子裡做。」

她不需要。反正一切都由她掌控。

接下來的幾個小時就像快照一樣，好像她手機上的照片，她眨眨眼就是一張照片，再眨一次又是另外的風景。她看著手錶，是下午兩點，過一會兒後再看，已經是兩點半了。她就算想擔心什麼也沒辦法。這樣很好。

他們已經跟她沙盤推演過。報春花只會跟兩名手下出現。他的朋友溫斯坦已經出賣他了，溫斯坦會把他帶來這座倉庫，說有事要跟他商量。柏尼和他的手下拿著槍就躲在幾個包裝箱後頭等待。倉庫外頭會有兩個人負責關門，把他們三個關在裡面，打個措手不及，再讓蘿西撕碎他們。一切搞定，還來得及回家喝個下午茶。報春花一定想不到。其實，柏尼會讓蘿西跟著來，只是因為她應該見證這件事，畢竟她經歷了那一切。再說，柏尼總是會多做一層準備，這也是他能活到現在的原因。於是，蘿西躲在倉庫的樓上，從柵板之間往下窺看，身邊靠紙箱遮掩著，以防萬一。報春花來的時候，她就在那裡往下看。快門打開，快門關上。

行動開始的時候，一切都發生得很快、要致人於死，完全亂成他媽的一團。柏尼和兒子在樓下，大喊著叫溫斯坦讓開。溫斯坦聳肩，彷彿想要說：朋友，運氣真背啊，夠衰的。但是柏尼和兒子進攻時，他還是躲開了。這時，報春花揚起微笑，他的手下就衝進來了，比溫斯坦說的人數還要多。操他媽的誰說謊了。喀嚓，快門又動了。

報春花是個高瘦的男人，面色蒼白。以為他只帶了一個人，結果來了二十個，他們拿槍掃射，全站在倉庫出口附近，用上半部有欄杆的鐵板穀倉門當掩蔽物。他們的人數多過柏尼的人手。其中三個把泰瑞逼到躲在一個木條箱後面。泰瑞身材壯碩、動作又慢，寬闊的蒼白額頭上是長過青春痘的疤痕。蘿西看著他的時候，泰瑞正從箱子後面探出頭偷看。他不該這麼做，蘿西想大叫，卻叫不出聲。

報春花不慌不忙地仔細瞄準，臉上還掛著微笑，接著泰瑞的臉部中央就出現一個紅色窟窿，他的身體就像一棵被伐倒的樹往前撲倒。蘿西看著自己的手。儘管她認為自己根本沒有使用電擊力量，雙手間還是出現長長的電弧。她應該做些什麼，但又覺得很害怕。她只有十五歲。她從牛仔褲裡拉出那個小袋子，吸進更多粉末。她看到電流順著她的手臂和手掌流竄。她想，就像體外有個聲音在她耳邊低語：這就是妳的使命。

蘿西站在一處鐵板鋪成的走道上，鐵板連接著樓下的金屬穀倉門，報春花的人就躲在後面。底下有很多他們的人，摸著鐵板或靠在上頭。她腦中一閃就知道可以做什麼，整個人因此興奮起來，差點都站不穩了。她一邊的膝蓋開始顫抖，就是現在，這些就是殺害她媽媽的人，現在她知道要做什麼了。她等到某個人的指尖放在欄杆上、另一個是把頭靠在門上面，還有一個抓著把手好壓低身子開槍；其中一個開了一槍，打中柏尼的側腹。蘿西抿著雙唇，慢慢吐氣，心想著：你們自找的。她在門的欄杆上通電，三個人都倒下了，弓著背大叫，抽搐著又咬牙切齒，翻起白眼。逮到你們了，活該。

他們發現她了。相機畫面定格。

現在他們剩下的人不多了，兩邊勢均力敵，或許柏尼還占了上風。畢竟現在報春花有點害怕了，從他臉上就看得出來。鐵製樓梯上傳來雷聲大的腳步聲，有兩個傢伙想抓住她。其中一個傾身朝她靠近，因為這個姿勢能嚇倒普通孩子、嚇死任何小女孩。出於直覺，蘿西只伸出幾根手指放在他的太陽穴上，釋放一股電流通過他的額頭，他就倒在地上大哭，流出帶血的眼淚。另外一個抓住她的腰——他們還學不乖嗎？——她便抓住他的手腕，她知道毋須太多力量就能阻止他們碰她。她覺得自己表現得太好了，直到她往下看，看見報春花往門外走，那是往街區後面的方向。

他要逃走了。柏尼躺在地上哀號著，泰瑞臉上的洞還流著血。泰瑞死了，就像蘿西的媽媽一樣，她很確定；但報春花想逃跑，喔不，你休想，你個小渾蛋，蘿西這麼想著，不行，你他媽的別想走。

她衝下樓，壓低身子，跟著報春花穿過倉庫，沿著走道，走過一處空無一人的開放式辦公室。她看見他往左轉，便加快跟上。要是他上了他的車，那她就追不上了，而且他會回頭報復，又快又狠，絕不會留下任何一個活口。她想起他的手下掐著她媽媽的喉嚨，是他下令這麼做的，他讓這件事成真。她的雙腳動得更快了。

他又走過一處通道，走進一個房間，那裡有道門通往防火梯，她聽到門把轉動的聲音，便對自己說：靠！靠！靠！但是她拐過轉角走進房間的時候，報春花還在那裡。門鎖住了，對吧？他拿著一個金屬桶子對窗戶猛敲，想打破玻璃。她往前撲倒，就像練習時那樣，滑了過去對準他的脛骨，她一手抓住他的腳踝，一碰到他甜美赤裸的肉體便發動電擊力量。

第一次的時候他沒有發出聲音，只是倒在地上，好像膝蓋沒力了，但手臂還抓著桶子，試圖要敲破窗戶，於是桶子就敲到牆上。他一倒下，蘿西就抓住他的手腕，再次電擊。

從他尖叫的樣子，蘿西知道他以前沒有遇過這種攻擊，他不是因為疼痛而叫，是因為驚嚇、恐懼。她看著線條爬上他的手臂，就像在她媽媽家裡的那個傢伙一樣。一想到這裡，甚至只是記起這件事，就讓她更加用力，怒火燒得更旺。他叫得彷彿蜘蛛爬到了他皮膚底下一樣，好像蜘蛛從裡頭噬咬著他的血肉。

她稍微收斂了力道。

「求求妳，」他說，「求求妳。」

他看著她，飄來飄去的眼神定在她身上。「我知道妳，」他說，「妳是蒙克的小孩，妳媽媽是克莉絲汀娜對吧？」

他不應該說出她媽媽的名字，不應該這麼做。她掐住他的喉嚨，他尖叫起來：「幹！幹！幹！」

他急急忙忙說：「對不起，我很抱歉，都是因為妳爸爸。但是我能幫妳，妳可以來幫我做事。像妳這麼聰明的女孩、這麼強的女孩，我從來沒有這種感覺。柏尼不想帶著妳，我可以跟妳保證，來幫我做事。告訴我妳想要什麼，我可以幫妳得到。」

蘿西說：「你殺了我媽。」

他繼續說：「那個月妳爸爸殺了我三個手下。」

她說：「你派你的人來，殺了我媽媽。」

報春花沉默了，他不發一語、動也不動。蘿西以為他隨時又要開始尖叫了，或者他打算起身先撞掉她的牙齒。但他笑了一下，聳聳肩。他說：「既然如此，親愛的，我沒什麼好給妳的。但是妳不應該看到的，紐蘭說妳不會在家。」

有人上樓來了，她聽見腳步聲，不只一雙靴子踩在樓梯上的聲音。可能是她爸爸的人，也可能是報春花的。她可能得逃走了，不然隨時會有子彈朝她飛來。

蘿西說：「可是我在家。」

「拜託，」報春花說，「拜託，不要。」

她又回到那裡了。蘿西的腦子一片清明，就像水晶炸開了一樣，她又回到媽媽的房子裡了。只因為她媽媽也說過這句話，就這樣。她想起她爸爸戴著戒指的手，他的指關節從一個人嘴上掃過去，接著，血濺出來——只有這種能力值得擁有。她把手放在報春花的太陽穴上，殺了他。

圖德

他把影片上傳到網路後，隔天就接到一通電話，對方自稱是CNN。他以為他們在開玩笑。他朋友查爾斯就會做這種事，開愚蠢的玩笑。他有一次打電話給圖德，假裝是法國大使，裝著傲慢的口音裝了十分鐘，最後才忍不住大笑。

電話另一頭的聲音說：「我們想要影片剩下的部分，你開價多少我們都樂意付。」

他說：「什麼？」

「這是圖德的電話吧？帳號是BourdillonBoy97？」

「有什麼事嗎？」

「我們是CNN，想買下你上傳的那段超市事件影片剩下的片段，還有你其他的影片。」

他想，什麼剩下的？剩下的什麼？然後他想起來了。

「只有……只剩下最後一、兩分鐘而已，有其他人入鏡了，我不認為……」

「我們會把人臉做模糊處理。你開價多少？」

他臉上還有枕頭印，頭也發疼，他丟出腦中浮現的第一個白癡數字：五千美金。

他們答應得很快，他知道自己應該要求雙倍的數字。

那個週末，他穿梭在街道和俱樂部之間，想再拍些影片。午夜時分海灘上兩個女人在爭吵，電力照亮了一旁觀眾充滿渴望的臉龐；觀眾看著她們低吼著，奮力去抓對方的臉和喉嚨。圖德拍下了明暗交錯的照片，拍出兩個女人半掩在暗影中、因憤怒而扭曲的臉。拿著相機讓他覺得充滿力量，感覺他就在現場，但其實又不在現場。你們想做什麼就做什麼，他心想著，但是我會把這個變成某個故事，我才是說故事的人。

有個女孩和一個男孩在暗巷裡做愛。她伸出爆著火花的手撫弄他的腰背，男孩轉身，看見圖德的相機正對著他，便停下動作；女孩製造出一陣火花閃過他面前，說：「別看他，看著我。」兩人就快要高潮的時候，女孩揚起微笑，讓電力流過男孩的脊椎，並對圖德說：「嘿，你也想要嗎？」這時候，圖德注意到有另一個女人在巷子更深一點的地方看著他們，他拔腿盡全力快跑，聽見他們在他背後大笑。等到他跑到安全的地方之後，他也笑了。他看著螢幕上的影片，很性感，也許他也想要有人對他這麼做。也許吧。

CNN也付錢買下了那些影片。他看著自己戶頭裡的錢，想著，我是記者了，這個身分就是這個意思，我找到新聞，他們為此付錢給我。他的父母說：「你什麼時候要回學校？」

他說：「我要休息一個學期，累積實務經驗。」他可以感覺到，他的人生就要開始了。

他很早就知道不要用照相手機，頭幾個禮拜裡就遇到三次，女人一伸手碰相機，整支手機就掛了。他在阿拉巴市場的某輛卡車上買了一整箱便宜的數位相機。但是他知道，光憑在他拉哥斯能拍到的影片賺不到他想要的那種錢，他所知道的那種錢在外頭。他在網路論壇上讀到各種討論，關於在巴基斯坦、索馬利亞，以及俄羅斯所發生的事，他可以感覺到一股興奮感悄悄爬上脊椎，就是這個了。這是他的戰爭、他的革命，屬於他的歷史。就在這裡，掛在樹梢上低垂著，誰都能採擷。查爾斯和喬瑟夫打電話給他，問他星期五晚上要不要參加派對，他大笑著說：「兄弟，我有更大的計畫。」他買了一張機票。

⚡

他在第一場大暴動的晚上抵達沙烏地阿拉伯的利雅德，算他運氣好。如果他三個禮拜前就來這裡，或許早就把錢花光、熱情也磨光了。他可能只會拍到跟其他人一樣的影片：穿著頭巾的女人在彼此身上練習放出火花，害羞地笑著。更可能是他什麼也拍不到。那些影片大多是女人拍的。身為男人，要在那裡攝影，他必須在她們湧進城裡時的當晚抵達。

事件的引爆點是兩個大約十二歲女孩的死亡事件。一位大叔發現她們在一起練習妖術——他是個信仰虔誠的人——便找來他的朋友，兩個女孩試圖反抗他們的處罰，不知怎地，最後卻雙雙被活活打死。鄰居看到、也聽聞了這件事，接著——誰說得上來，為什麼星期四才發生的事情，或許到了下星期二發生的類似事件就變得不值一提？——她們反擊了。一開始是十幾個女人，變成了百人，百人成了千人。警察撤退了。女人們吶喊著，有些人做了標語。她們突然一下子全知道自己擁有的力量。

圖德抵達機場的時候，門口的保安人員告訴他，現在離開並不安全，外國旅客應該留在航站，盡快搭機返家。他得分別賄賂三個人才能偷溜出去。他付了一個計程車司機雙倍車資，載他到女人們集結、吶喊、遊行的地方。雖然還是大白天，那司機害怕了。

「回家吧。」圖德跳下計程車的時候，司機這麼說。圖德不知道他是在說自己的打算，還是在勸他。

他在三條街外看到人群的尾巴，他感覺今天在這裡會發生他從前沒有看過的事。他興奮到根本不知道害怕，他要成為記錄下整件事的人。

他跟在她們後面，抓著相機緊貼著自己的身體，這樣他的意圖就不會太明顯。可是還是有幾個女人注意到他，她們對著他大叫，一開始用阿拉伯文，然後用英文。

「新聞？CNN？BBC？」

「對，」他說，「CNN。」

她們開始大笑。他害怕了一下下，不過隨著她們彼此大喊，這話就像一縷清煙般傳開。「CNN！CNN！」有更多女人靠過來了，豎起大拇指，對著鏡頭微笑。

「CNN，你不能跟我們一起走。」其中一個女人說，她的英文比其他人好一點。「今天不能有男人跟我們一起。」

「喔，可是……」圖德笑得很開，那是能夠收服人心的笑容。「我沒有惡意，妳們不會傷到我的。」

女人說：「不行！沒有男人！不行！」

「我要怎麼做才能說服妳們相信我？」圖德說，「看，這裡是我的CNN識別證，我沒有帶武器。」

他拉開外套，慢慢脫下來並將其翻轉，好亮出外套的兩面。

女人們看著他，英文比較好的那個說：「你可能帶了別的東西。」

「妳叫什麼名字？」他說，「妳們已經知道我的名字了，這樣對我不利。」

「努爾，」她說，「意思是光亮。我們是帶來光亮的人。好了，你說，萬一你背上揹了槍套，帶著槍怎麼辦？或者小腿上纏著電擊器怎麼辦？」

他看著她，揚起一邊眉毛。她的深色眼睛泛著笑意，她在取笑他。

「你認真的嗎？」他說。

她微笑著點點頭。

他慢慢解開襯衫的鈕扣，脫下衣服露出背部。她們的指尖迸出火花，但他並不害怕。

「我沒有把槍黏在背上。」

「看到了，」她說，「小腿呢？」

現在可能有三十個女人在盯著看了，隨便一個發出一擊都可以殺死他。不過頭都洗一半了……

他拉下牛仔褲的拉鍊，脫掉褲子。圍觀的女人們當中有些發出小小的吸氣聲，他慢慢轉了一圈。

「小腿上沒有電擊器。」圖德說。

努爾微笑著，舔了舔上唇。

「那麼你應該跟我們來。ＣＮＮ，把衣服穿回去，跟上來吧。」

他趕緊穿起衣服，腳步踉蹌地跟在後面。她朝他伸出手，拉著他的左手。

「在我們國家，禁止男人和女人在大街上牽手。在我們國家，女人不能開車。女人開車不好。」

她抓著他的手更用力了一點，他可以感覺到從她肩上傳來爆裂般的力量，暴風雨來臨前的空氣中就會飄散著這樣的感覺。她沒有傷害他，甚至連個火花都沒有洩漏到他身上。她拉著他走過空蕩蕩的街道，進入一間購物中心。在入口處外頭，十幾輛車停成整齊的隊伍，插著紅、綠、藍色的旗幟作為識別。

在購物中心較高的樓層，圖德發現有幾個男女在看著。他身邊的年輕女人們一邊笑一邊指著他們，並在指尖發出火花互相傳遞。男人嚇得畏縮，女人則帶著渴望緊盯著不放，看到這幕，眼睛都盯得發乾了。

努爾笑著，她讓圖德往後站，好避開一輛黑色吉普車的頂篷。這輛車就停在入口外頭。她大大的微笑洋溢著自信。

「你有在拍嗎？」她說。

「有。」

「在這裡他們不讓我們開車，」她說，「不過，看看我們能做什麼。」

她把手掌平放在頂篷上，發出喀拉一聲，頂篷就拉開了。

她對著他咧開嘴笑，同樣把手掌放在汽車電池旁邊的引擎上。引擎發動了，車子運轉起來，發出的聲音愈來愈高、愈來愈大，引擎聲隆隆又刺耳，整部機器想從她手下逃脫。努爾這麼做的時候還在笑著。噪音愈來愈大，那是引擎在受苦的聲音，接著傳來一聲爆炸巨響，引擎部位發出一道強烈白光，整部機器便融化了，軟化扭曲成瀝青的模樣，滴著油和熱燙的金屬。她皺起臉，抓起圖德的手，在他耳邊大叫：「跑！」他們便跑到停車場另一頭，她說：「看，快拍！快拍！」於是他轉過身去面對吉普車，就在這個時候，燒燙的金屬碰到了油管，整輛車就爆炸了。

爆炸聲音太大、溫度太高，他的相機螢幕一時間只見一片亮白，然後變黑；等畫面又回來之後，幾個年輕女人進入畫面中央，她們被大火逼得往後退，每個人邊走邊操縱著手裡的電。她們從一輛車走過一輛車，讓引擎發動起來，再讓引擎部位燒成一團熱熔的鐵。有些人不必碰到車體就能辦到，她們從體內放出一道又一道電擊力量。每個人都大笑著。

圖德平移鏡頭，拍攝那些從窗戶往外看的人，看看他們在做什麼。有男人想要把他們的女人從窗邊拉走；也有女人聳聳肩把手一攤，連句話都懶得說，只是看著、看著，手掌貼在玻璃上。這時他知道，這件事將會傳遍全世界，一切都將改變。他實在太開心了，忍不住高興得大叫起來，與其他人在大火中歡呼著。

在城市西邊的曼夫哈，一名年長的衣索比亞婦女從一間半搭半建、只由鐵板支撐著的建築物走出來，她走上街迎接她們，雙手舉高，嘴裡喊著沒人聽得懂的話。她駝著背，肩膀也往前凹縮，脊椎彎進了肩胛骨之間。努爾雙手握著老婦的手掌，老婦看著她，就像病人在看醫生如何治療一樣。努爾伸出兩指放在她手掌上，讓她看看怎麼運用電擊力量。老婦一定一直都有這股力量，一輩子等了這麼多年才讓力量顯現出來。就是這麼運作的，年輕的女人能夠喚醒年長女人體內的力量，但是從現在起，所有女人都有這股力量了。

老婦開始哭泣，感覺到那股溫和的力量沿著她的神經和十字韌帶醒來。影片中，可以看見她感覺到體內力量時臉上的表情。她能夠發出的電力並不多，在她指尖和努爾的手臂間跳起微弱的火花。老婦想必有八十歲了，她一次又一次釋放力量時，眼淚也在臉上流淌。她舉起雙手手掌，開始號哭。其他女人也加入，整條街上充滿著這樣的聲音，整座城市都充滿這樣的聲音。圖德心想，整個國家一定都充滿了這樣歡喜的警告聲。這裡只有他一個男人，只有他在拍攝。這場革命感覺就像屬於他個人的奇蹟，能夠顛覆世界的事件。

他整個晚上都跟著她們奔走，記錄下他親眼所見的事件。在城市北邊，他們看到一個女人在樓上的房間裡，窗戶上釘了欄杆，她從欄杆縫隙間丟下一張紙條。圖德沒辦法靠近去讀上面寫什麼，但是群眾間掀起一片騷動，像漣漪般將紙條上的訊息一個接一個傳下去。她們破門而入，他跟著進去，看見她們找到那個把她關起來的男人正躲在廚房櫥櫃裡。她們甚至懶得傷害他，只帶走那個女人。她們集結起來，人數愈來愈多。在健康科學院裡，一個男人向她們跑來，拿著軍用步槍開槍，用阿拉伯文和英文喊著，說她們這麼做是冒犯了比她們更優秀的人。他打傷了三個女人，都傷在腳上或手臂，其他女人就像潮水般湧向他。

圖德只聽見像是煎蛋的聲音，等他走近去看她們做了什麼，發現那個男人完全不動了，臉上和脖子上布滿扭曲的網狀疤痕，幾乎認不出他原來的樣貌。

最後在天快亮的時候，努爾身邊的女人完全沒有疲倦的樣子，她牽起圖德的手，帶他來到一間公寓裡只有一張床的房間。她說這裡是她一個朋友的，朋友是個學生。六個人住在一起。不過現在半個城市的人都逃走了，這個地方也空了。這裡沒有電，她在手上製造火花照出一條路。在這個房間裡，她手中的火光一閃，她脫掉了他的外套，將他的上衣從頭上拉掉。她像之前那樣毫不遮掩而飢渴地看著他的身體。她吻了他。

「我以前從來沒有做過。」她說。他告訴她自己也是一樣，而他並不覺得羞恥。

她的手掌撫著他的胸膛說：「我是自由的女人。」

他感覺到了，令人振奮不已。在街上還能聽見叫喊聲和火花迸裂的聲音，還有零星槍響。而在這個房間裡，牆上貼滿了流行歌手和電影明星的海報，他們的身體溫暖地貼在一起。她解開他的牛仔褲，他兩腳往外踩就脫掉了褲子；她很小心，他可以感覺到她的絞軸開始鳴叫。他既害怕又興起慾念，一切都綁在了一起，就像他的綺想一樣。

「你是個好人，」她說，「你很漂亮。」

她的手背撫過他胸前稀疏的毛髮，釋放出微弱的火星，點燃毛髮末端，發出微微的光亮。感覺很好，她碰觸他的時候，他身體的每一條肌肉都被喚醒，彷彿先前他沒有置身在那個房間裡。

他想要進入她，他的身體已經告訴他要做什麼、該怎麼繼續進行、怎麼抓著她的手臂、怎麼讓她躺在床上、怎麼交合。但是這個身體又有矛盾的衝動，恐懼就和慾念　樣鮮明，身體上的痛就和慾望一樣強烈。他停在那裡，想要又不能要。他讓她主導節奏。

花了很長一段時間，結果很好。她讓他知道要用他的嘴和手指做什麼。她騎在他身上，香汗淋漓地吶喊著。這時候太陽已經升起，在利雅德又是新的一天。她結束的時候失去了控制，釋出一股電流從他的臀部通過他的骨盆。但他幾乎感覺不到疼痛，愉悅勝過了一切。

到了那天下午，當局派出搭乘直升機的軍隊，街上也出現士兵，配備有殺傷力的槍枝彈藥。圖德在那裡拍下了女人反擊的時刻。她們人數眾多，數量龐大而且充滿怒氣。有幾個女人被殺了，但這只是讓剩下的人更生氣，而且難道士兵能夠一直開槍，掃平一排又一排的女人嗎？女人們將槍管內的撞針燒熔，搞亂器械的電子運作。她們樂意為之。「活在這個黎明已是可喜，」圖德在他的報導影片中配音說道，「若能年輕則如置天堂。」

十二天後，這個政府垮台了。謠傳是誰殺害了國王，但一直未獲證實。有人說是某個家族成員，有人說是以色列刺客，還有人偷偷說是某個在王宮裡的婢女，多年來一直忠心耿耿，但是感覺到自己指尖上的力量後便再也控制不了了。

總之，當政府垮台的時候，圖德已經再度搭上飛機了。在沙烏地阿拉伯發生的事情已經傳遍世界，現在，同樣的事情也在各地同時爆發。

瑪格

「這是個問題。」

「我們都知道這是問題。」

「考慮一下吧，瑪格，我是說認真考慮。」

「我正在考慮。」

「我們無法得知這房間裡有沒有誰有那種電擊能力。」

「我們知道你沒有，丹尼爾。」

這話一出便引來笑聲，房裡的人都很焦慮，笑聲讓大家放鬆了，一起鬨的效應比這句話應有的力道還大。花了好一會兒，才讓圍在會議桌前的二十三個人再度冷靜下來。丹尼爾很不高興，他覺得這是在嘲笑他。他想要的總是比自己應得的還要多一點。

「當然，」丹尼爾說，「當然。但是我們也沒辦法得知。女孩們，好，我們已經盡可能處理了，可是天啊，你們有看到逃家兒童的數字嗎？」

他們都看過逃家兒童的數字。

丹尼爾趁勝追擊。「我說的不是少女，我們已經控制住了。大部分啦。我說的是成年女人，少女可以喚醒年長女性的電擊力量，她們可以互相給予力量。現在成年女人也做得到了，瑪格，妳看過的。」

「很罕見。」

「我們以為很罕見。我要說的是，我們就是不清楚啊。可能是妳，史黛西；或是妳，瑪麗莎。就我們目前所知的，瑪格，搞不好妳自己就能做到。」他大笑了，同樣也讓其他人緊張地小小騷動一下。

瑪格說：「對啦，丹尼爾，我現在就可以電你。州長辦公室的新聞更新狀況要由你同意才會傳到市長辦公室來吧？」她做了一個手勢，把手指張開，「滋滋滋。」

「瑪格，我覺得不好笑。」

但同桌的其他人已經在笑了。

丹尼爾說：「瑪格，我們要進行這項測試，並推行到全州實施，所有政府雇員都要接受測試，包括市長辦公室。沒得商量，我們必須確認政府辦公大樓裡的員工不能有這種能力。這能力就像帶著上膛的槍到處走。」

已經一年了，電視上播放著暴動的影片，都發生在世界上遙遠而不安定的地方，女人占領了整座城市。丹尼爾是對的，棘手的不是十五歲少女能夠做到——這你能夠控制——重點是她們能夠喚醒一些年長女性體內的力量。問題來了：這種事成為可能有多久了？為什麼一直到現在才被發現？

晨間節目裡，他們找來了人類生物學及史前圖畫的專家。教授，這幅在宏都拉斯發現的雕刻畫，年代可追溯至六千多年前，看起來是不是很像一個女人手裡發出閃電？嗯，當然啦，這些雕刻通常代表神話性和象徵性的行為。但也可能是史實，也就是說，可能代表了實際發生的事件。有可能，或許吧。你們知道嗎？在最古老的記載中，以色列人的神有一個妹妹叫阿納特，只是個少女。你們知道嗎？她是個戰無不勝的戰士，說話時帶著閃電，在最古老的記載中，她殺了自己的父親取而代之。她喜歡讓自己的雙腳浸浴在敵人的鮮血中。電視節目的主持人尷尬地笑了，這聽起來不太像夫容的王道，對吧，克莉絲汀？當然不像，湯姆。但話說回來，關於這個毀滅女神，你認為那些古人知道什麼我們不知道的事情嗎？這當然很難說。有沒有可能這種能力可以追溯到很久很久以前？你是說，以前的女人也能做到，只是我們忘了？忘記這種事情可不太妙啊，是吧？怎麼可能忘記呢？嗯，這個嘛，克莉絲汀，如果這樣的力量存在過，或許是我們刻意透過繁衍抹去的，或許我們不希望這種力量存在。克莉絲汀，如果妳做得到，妳會告訴我的，對吧？嗯，你知道的，湯姆，像這種事情我可能會想保密。主持人對看一眼，兩人無言交流著什麼。現在輪到天氣報導了。

目前從市長辦公室發出的官方口號，影印成傳單後發到主要都會區的各個學校裡。口號是：節制。什麼都不要做，事情就會過去的。我們讓女孩和男孩分開，一、兩年後就會研發出注射藥劑，可以阻止傷害事件發生，然後我們就能回復正常。女孩使用這樣的力量也跟她們的受害者一樣會難過。這是官方的說法。

深夜時分，在鎮上的某個角落，瑪格知道這裡沒有監視器。她把車停好之後下車，將手掌搭在路燈燈柱上，使出自己所有的電擊力量。她只是得知道自己體內藏著多少本事，想要感受一下那是什麼東西。感覺如此自然，就像她曾做過的其他事情，好像她第一次做愛的時候那樣熟悉、了然於心，彷彿她的身體在說：嘿，讓我來。

路上所有燈光都滅了，啪、啪、啪，瑪格就這樣站在寧靜的街道上大笑出聲。這種行為要是被人發現了，就會去檢舉她。但是日後如果有人知道她可以做到，她還是會被檢舉，所以界線該畫在哪裡？她在警報聲響起前就發動引擎驅車離開。她想，如果他們抓到她，不知她會怎麼面對？這樣一問，她知道她的絞軸裡還存有足以電昏一個男人的力量，至少一個，或許還能更多；她可以感覺到力量順著鎖骨流淌而過，在手臂上下流竄。這樣的念頭讓她又大笑了，她發現自己現在更常這麼做了，就是單純大笑，無時無刻都感覺到某種輕鬆感，好像在她體內一直都是盛夏。

她的女兒小喬就不是這樣了。沒有人知道為什麼，還沒有人徹底研究過這件事，甚至連提出可能性都不敢。她的情況時好時壞，有時候她體內的力量很強，只是開個燈都能讓家裡的保險絲跳電；有時候她又什麼力量都沒有，在街上遇到某個女孩挑釁，甚至連自保都沒辦法。現在對做不到或者不肯自保的女孩有個難聽的稱呼，他們稱之為毯子，或是空電池，這還是最不過分的，其他像是廢物、滅火的、沒膽的、啪滋，而最後一個顯然是擬聲詞，模仿想要製造火花卻失敗的聲音。要達到最大的效果，在妳經過的時候，需要有一群女孩若無其事地齊聲低喊：啪滋。年輕人造成的殺傷力還是很強的。小喬愈來愈常獨處，因為她的朋友都找到了新朋友，說她們比較有「共同點」。

瑪格提議說找個週末，喬思琳可以自己來跟她住，她照顧喬思琳，巴比會帶著麥蒂。對女孩們來說，可以完全擁有爸爸或媽媽也不錯。麥蒂想要搭巴士進城去看恐龍，出事之後她就再也不能搭巴士了，對她來說，搭巴士比參觀博物館更像是獎賞。瑪格很努力，她說：我要帶小喬去做美甲，這樣很好，我們母女倆都能休息一下。

她們坐在廚房玻璃牆邊的桌前吃早餐，小喬幫自己從碗裡再拿了些糖煮梅，將優格蓋在上頭。瑪格說：「妳還是不能跟別人說。」

「嗯，我知道。」

「如果妳告訴別人，我會丟掉工作。」

「媽，我知道。我沒有告訴爸，也沒有告訴麥蒂，我沒有跟別人說。我不會。」

「對不起。」

喬思琳微笑著說：「沒關係。」

瑪格突然想起，她也很想要和自己的母親有個共同的祕密，有了這樣的渴望，就連用橡皮圈把衛生棉捲起來的噁心程序，或者是小心藏起的腿部除毛刀，似乎都有點可愛，甚至迷人。

那天下午她們在車庫裡對著彼此練習，互相挑戰、打鬧，練出一身薄汗。小喬要是稍加練習，她的力量就會愈來愈強、愈來愈容易控制。瑪格可以感覺到自己的力量閃現，力量增強的同時也會傷到小喬，然後就突然短路。一定有什麼辦法可以讓小喬學會控制，在她自己都會區的學校裡一定有些女孩得學會如何控制自己的力量，她們就能教小喬幾招。

至於瑪格，她只需要知道自己可以控制好，州政府當局要在辦公室進行測試了。

「來吧，克里瑞市長，請坐。」

這間房間很小，只有在高處靠近天花板的地方有一扇小窗戶，透進了一小束昏暗的光線。護理師每年來打流感疫苗的時候就是在這個房間，有誰要審核員工工作表現的時候也在這裡。房間裡有一張桌子、三把椅子，桌子後方坐了個女人，衣領上別著淡藍色的安全識別證。桌面上有一部機器，看起來很像顯微鏡或血液測試儀器；機器上有兩根針、一個對焦的窗口和透鏡。

那女人說：「市長女士，我們希望妳知道，這棟大樓裡的每個人都要接受測試，不是只針對妳。」

「連男人也是嗎？」瑪格抬起一邊眉毛。

「喔，沒有，男人不用。」

瑪格想了一下。

「好吧，那個……到底是什麼？」

女人淡淡地笑了。「市長女士，妳簽過文件，妳知道這是什麼。」

瑪格覺得自己的喉嚨縮了起來，她一手搭在腰側。「不，老實說，我要妳告訴我這是什麼，以做存查。」

戴著安全識別證的女人說：「全州都必須實施這樣的測驗，測試一個人是否具有絞軸，或說靜電力。」她開始讀機器旁邊的一張卡片，「請注意，以下為丹尼爾·丹頓州長發布至全州的命令，您是否同意接受測試將會作為您是否依然適合目前公職的依據。測試結果為陽性不一定會影響您未來的受雇狀況。測試結果為陽性的女性有可能並不知道自己能夠使用靜電力。若您對測試結果感到困擾，我們可安排諮商，若是測試結果使您不再適合目前的職位，諮商也有助於您釐清選項。」

「什麼意思啊？」瑪格說，「『不再適合』？什麼意思？」

女人噘噘嘴，說：「牽涉到與孩童及大眾接觸的特定職位，是州長辦公室認定絕對不適合的職位。」

瑪格好像能看見丹尼爾·丹頓，這個偉大之州的州長，就站在那個女人後面大笑著。

「孩童和大眾？那我還有什麼選擇？」

女人微笑，說：「如果您尚未體驗過電擊力量，那就沒問題。什麼都不用擔心，繼續過日子。」

「不是每個人都沒問題。」

女人打開機器上的開關，機器開始發出輕輕的低鳴。

「市長女士，我要準備開始了。」

「要是我拒絕呢？」

她嘆了口氣，「如果您拒絕，我必須記錄下來，州長就會通知國務院。」

瑪格坐了下來，她想，他們看不出來我用過電擊力量，沒有人知道。我沒有說謊。媽的，她在心裡罵道，並吞了口口水。

「好吧，」她說，「我希望妳記錄一下，我對於被迫進行侵入性測試提出嚴正抗議。」

「好的。」女人說，「我會寫下來。」

在她淺淺的輕蔑笑意之後，瑪格再度看見丹尼爾的臉。他在笑著。她伸出手臂接上電極，心想著，至少，至少等這件事結束了。就算她丟了工作，對政治的雄心抱負也化為烏有，但至少這樣她就不必再看他那張蠢臉了。

檢測人員將黏黏的電極貼片貼上瑪格的手腕、肩膀和鎖骨。他們要找的是電流活動，檢測人員低聲說明著，聲音在她耳邊嗡嗡作響：「女士，您應該會相當舒適，頂多感覺到一點輕輕的刺痛感。」

頂多我會感覺到前途完蛋。瑪格這麼想著，但什麼都沒說。

整個過程很簡單，他們會用一連串低功率的電子脈衝去刺激她的自律神經。現在醫院裡已經開始固定在女嬰身上做這樣的測試，只是結果都一樣——因為現在所有女嬰都擁有電擊能力，無一例外。在她們的絞軸處施予幾乎難以察覺的電擊，絞軸就會自動放電回應。無論如何，瑪格可以感覺到自己的絞軸已經準備好了，那是神經系統、是腎上腺素。

她告訴自己，記得要看起來很驚訝的樣子，記得要看起來很害怕、很羞愧，被這全新的發現嚇呆了。機器啟動的時候發出低頻的嗡嗡聲，瑪格很清楚大概會怎麼進行。一開始會是一陣完全察覺不到的電擊，微弱到讓感官無法測知。而那些小女嬰的絞軸幾乎都會在這個階段或下個階段就有反應。機器有十段設定，電流刺激會一段、一段逐漸增強，到了某個階段，瑪格那已經有了年紀、缺乏訓練的絞軸就會反應，有如同類之間互相呼應。到那時州政府就會知道瑪格有電擊能力了。她吸了口氣，吐出，等待著。

一開始，她完全沒有感覺，只能感覺到壓力逐漸升高，流竄過她胸前，順著脊椎而下。她沒有感覺到第一階段、第二階段，第三階段也沒有，機器平穩地順著一輪設定往上跳，轉盤繼續跑。瑪格覺得如果此時能放出電來會很棒，就像要醒來的感覺，想要睜開眼睛了。她反抗著，並不難。

她吸口氣、吐氣。操作機器的女人微笑了，在她影印好的檢核表上做記號，在第四個欄位打了第四個〇。快到一半了。當然，到了某個階段終究瞞不了的，瑪格看過相關的文獻。她對著技術人員露出同情的微笑。

「您感覺還好嗎？」女人說。

「給我一杯蘇格蘭威士忌會更好。」瑪格說。

轉盤繼續跑，現在愈來愈難了。她覺得右邊的鎖骨和手心都刺痛著，來嘛，那股痛說著，來嘛。現在就像有股壓力壓下她的手臂，很不舒服。她可以輕輕鬆鬆就把這股沉重而壓迫著她的重量甩開，重獲自由。不能被發現她在流汗，不能表現出掙扎的樣子。

瑪格想起巴比向她承認他有外遇的時候，她做了什麼。她記得自己的身體變熱又變冷，感覺自己的喉嚨縮了起來。她記得他是怎麼說的：「妳不說些什麼嗎？對這件事妳無話可說嗎？」她媽媽會對她爸爸大呼小叫的，因為他早上出門的時候沒把門關好，或是因為他把拖鞋忘在客廳地毯上；但是瑪格從來就不是那種女人，她也不想。她小時候經常在陰涼的紅豆杉下散步，仔細踩著每一步，假裝自己要是踏錯一步，樹根就會從地底鑽出來往上捲住她。她總是知道該如何保持安靜。

轉盤繼續跑，女人的檢核表上有八個排列整齊的〇。瑪格原本很害怕自己連一個〇是什麼感覺都不知道，整件事還沒開始就結束了。她吸氣又吐氣，現在很難，非常困難，但她很熟悉這樣的折磨。她的身體想要某個東西，她卻不給，那股癢、那股壓力，橫過她的前軀，往下竄進她肚腹的肌肉中，進入骨盆，繞著她的臀部。感覺就像膀胱說該洩洪了，你就是不去；感覺就像屏住呼吸多忍了幾秒，讓自己全身不舒服。難怪女嬰做不到，她們能用這東西發現任何成年女人的電擊能力也是奇蹟。瑪格感覺自己想要放電而不做。就是不做。

機器跳到了第十段設定。不是不可能的，甚至連近乎不可能也說不上。她等著，嗡嗡聲停了下來，散熱風扇又繼續轉了一下，接下來就是一片安靜。筆從圖表上站了起來，十個〇。

瑪格裝出一副失望的樣子，「不行了，是吧？」

技術人員聳聳肩。

瑪格將一腳縮到另一腳的腳踝後，技術人員則幫她取下電極片。「我從來就不覺得自己有那種能力。」她這句話說到最後，稍稍破音了。

丹尼爾會看到這份報告，由他簽名確認，上頭會寫著：通過，可任政府職位。

她扭了扭肩膀，呵地輕笑一聲。

而現在要把這項測試推行到主要都會區的計畫，也沒有理由不讓她負責了。完全沒有藉口。是她簽名通過這項測試的預算，也是她同意進行說明會的宣傳，向民眾解釋這項科技能夠保證我們兒女的安全。要是追根究柢，在官方紀錄上是瑪格的名字，說明這項測試設備有助於拯救生命。她在簽署文件的時候告訴自己，這麼說或許是對的，要是某個女人面對這麼一點壓力都忍不住放出電力，不但會危害自己，而且沒錯，也會危害社會。

如今掀起了一股奇怪的浪潮，不只是在世界各地，尤其就在美國，在網路上都看得見。男孩打扮成女孩的樣子，想要看起來更為強大；女孩打扮成男孩的樣子，希望甩開擁有那份力量的意義，或者藉此撲向對自己毫無懷疑的獵物，也就是成為披著羊皮的狼。向來保守激進的威斯特布路浸信會[3]突然湧進了大量瘋狂的新成員，他們認為審判之日即將到來。

市政府正在進行的工作，也就是努力讓一切保持正常，讓人們感到安全，願意去上班工作，將錢花在週末的娛樂活動上。這是很重要的工作。

3 威斯特布路浸信會（Westboro Baptist Church），一個以極端反同性戀立場和遊行示威活動而為人所知的宗教團體。

丹尼爾說：「我努力過了，真的很努力，一定要說些正面的話，你懂嗎，可是我真的……」紙頁從他手中滑落，散落在桌面上，「你的人給這些東西，我根本沒一樣用得上。」

為丹尼爾處理預算問題的亞諾靜靜地點點頭，手捏著下巴，形成一個很奇怪而不自然的動作。

「我知道這不是你的錯，」丹尼爾說，「你人手不足，資源也不足，我們都知道在艱困的環境中，你已經盡了最大努力，可是這些東西實在不能用。」

瑪格已經讀了市長辦公室的報告。是很大膽，沒錯。報告中建議採用完全公開的策略，對外說明目前的保護措施、治療狀況，以及未來情況扭轉的可能性（可能性是零）。丹尼爾說個不停，列出一個又一個問題，雖然他沒直接說「我不敢這麼做」，但其實每次開口就是這個意思。

瑪格的手平貼著桌面底下，手心向上，在他說話的同時，感覺力量也滋滋積聚著。她的呼吸相當緩慢而平穩，她知道自己可以控制，一開始這樣的控制力讓她感到愉悅。她仔細想像著自己會怎麼做，聽著丹尼爾滔滔不絕，她很輕鬆就想到可以怎麼做。她體內的力量足以讓她一手抓住丹尼爾的喉嚨，一擊就將他打倒；還有餘力能夠往亞諾的太陽穴攻擊，至少能把他打昏。很簡單，用不上多少力氣。她的動作可以很快，不會發出任何聲音，她可以殺了他們兩個，就在這裡，在第五會議室。

想到這裡，她覺得自己離桌子好遠，丹尼爾的嘴巴還像金魚般，一開一闔地講話著。瑪格就像身處在又高又遠的國度裡，在這裡，她的肺部充滿冰晶，一切都是那麼澄澈透明。實際上發生了什麼一點也不重要，她可以殺了他們，這才是最重要的真相。她讓力量在指尖刺癢著，燒灼著桌面下的塗漆，她可以聞到那股淡淡的化學氣味。這兩個人說的話其實一點也不重要，因為她只要三個動作就能殺了他們，讓他們在鋪著舒服軟墊的椅子上抽搐。

雖然她不應該這麼做，也不會這麼做，但那不重要，重點是她想要就做得到。能夠造成傷害的力量是一種財富。

瑪格突然說話了。她就坐在丹尼爾對面，聲音尖銳得像是敲門聲。她說：「丹尼爾，不要用這件事浪費我的時間。」

他不是她的上級，兩人職位相當，他不能開除她，說得一副好像他可以對她為所欲為的樣子。

她說：「你我都知道還沒有人能給出答案。如果你有什麼好點子，我們洗耳恭聽，不然的話……」

她故意不把話說完。丹尼爾開口彷彿想說些什麼，但又閉上嘴。在她指尖、桌面下的塗漆正在軟化、扭曲，一片片崩裂成軟軟的碎片，掉到厚實的地毯上。

「我想也是。」她說，「那就一起合作這項計畫，好嗎，朋友？沒必要把彼此丟去餵狼吧。」

瑪格想著自己的未來：丹尼爾，總有一天你只能當我的加油小弟，我有大計畫要做。

「對啦，」他說，「對啦。」

她想，男人說話就是這樣。難怪。

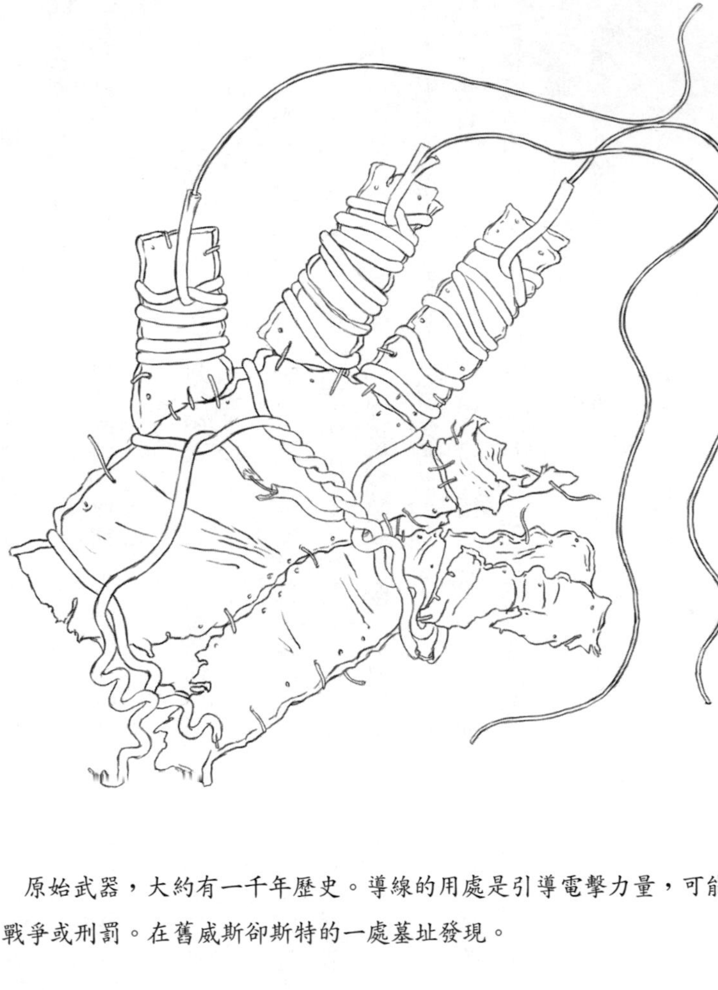

原始武器，大約有一千年歷史。導線的用處是引導電擊力量，可能是用於戰爭或刑罰。在舊威斯卻斯特的一處墓址發現。

尚有八年

愛莉

不需要太多奇蹟。對梵諦岡而言不用；對一群已經窩在一起好幾個月、為自己的性命擔憂、極度團結的少女而言也不用。不需要太多奇蹟，兩個已經很多，三個就多餘了。

有個叫露安的女孩，面色非常蒼白，一頭紅髮，臉頰上長滿雀斑。她只有十四歲，比愛莉早三個月來到修道院，跟葛蒂的交情特別好。她們在宿舍裡同睡一張床，為了取暖，「晚上真的超冷的。」葛蒂說，露安則微笑著，其他女孩則推著彼此的腰側，笑得開懷。

她身體不好，在她擁有電擊力量之前就不好了，也沒有醫生幫得了她。她興奮起來、受到驚嚇，或是笑得太誇張的時候就會發作，眼睛往上翻，整個人倒在地上，也顧不得自己在哪裡，開始抖動得就像要震碎自己的背部一樣。「就只能抱住她，」葛蒂說，「伸手抱住她的肩膀，抱著她等她醒來。她自己會醒，只是得等。」露安通常會睡上一小時或更久，葛蒂就坐在她身邊，手臂抱著露安的肩膀，無論是半夜待在飯廳裡或是早上六點在花園裡，就這樣等她。

愛莉對露安有一種感覺，好像有什麼東西刺刺麻麻的。

她說：是這個嗎？

聲音說：我想是的。

有天晚上來了雷電交加的暴風雨，從海洋的遠端逐漸靠近。女孩跟著修女一起站在修道院後面的棧板上看著天際。只見雲朵泛著藍紫顏色，天色朦朧，閃電打在海面上，一次、兩次、三次。

看著閃電大作的暴風雨讓絞軸裡出現一種癢癢的感覺。所有女孩都感覺到了。薩瓦娜忍不住了，過了幾分鐘，她釋出一股電弧，擊中棧板。

「住手，」維若妮卡修女說，「馬上住手。」

「維若妮卡，」瑪麗亞．伊格納西亞修女說，「她又沒傷到人。」

薩瓦娜咯咯笑著，又釋出一股小小的電力。如果她努力一點，其實是可以忍住的，但暴風雨就是有點讓人興奮起來，讓人想要加入。

「薩瓦娜，妳明天不准吃飯。」維若妮卡修女說，「如果妳一點都控制不了自己，我們的善意不會用在妳身上。」

維若妮卡修女已經趕走了一個女孩，因為她總是在修道院裡打架。其他修女默許維若妮卡修女可以挑選出那些她認為有惡魔作祟的女孩。

但是「明天不准吃飯」是很重的處罰，星期六晚上要吃肉餅。

露安拉了拉維若妮卡修女的袖子，「求求您，」她說，「她不是故意的。」

「不要碰我，女孩。」

維若妮卡修女把手拉開，輕輕推了露安一下。

然而暴風雨已經影響了露安，她的頭往後仰又偏向一邊，她們都知道怎麼回事。她的嘴開開闔闔，卻沒有發出聲音，接著身體向後倒，撞上了棧板。葛蒂跑上前，維若妮卡修女卻舉起枴杖擋住她的去路。

「別管她。」維若妮卡修女說。

「可是，修女……」

「我們為了包容這個女孩已經做得夠多了，她不應該讓這種東西待在身體裡，而既然她做了，就該承擔後果。」

露安在棧板上抽搐著，後腦不停撞在木板上，嘴邊冒出的唾沫中有血。

聲音說：去吧，妳知道該做什麼。

愛莉說：「維若妮卡修女，我可以試試看讓她不再添亂嗎？」

維若妮卡修女垂眼睨了夏娃一眼。愛莉這幾個月來一直假裝成夏娃這個安靜而努力工作的女孩。她聳聳肩，「夏娃，如果妳覺得妳可以阻止這場鬧劇，就試試看吧。」

愛莉跪在露安身邊，其他女孩都看著她，覺得她是叛徒。她們都知道這不是露安的錯，夏娃為什麼要假裝自己能幫上忙？

愛莉能感覺到露安體內的電流，在她的脊椎裡、頸項中，還有她的頭顱內。愛莉可以感覺到電流訊號忽強忽弱、斷斷續續的，它試圖想自我校正，結果是一團混亂又不同步。她看得出來——清楚得就像親眼所見——這裡和那裡堵住了，而頭骨下方的這個部分不該在這個時候產生作用。只需要稍微調整一下，你甚至感覺不到用了多少力量——這樣的力道微弱至極——只要在這裡傳入一絲微弱的電流就能搞定。

愛莉雙手捧起露安的頭，小小的手指放在後腦杓，釋出一股精細的力道，輕彈一下。

露安張開眼睛，全身的抖動突然都停了。

她眨眨眼。

她說：「怎麼了？」

她們都知道以前絕對不是這樣，露安應該要睡一個小時或更久，接下來一個禮拜都會迷迷糊糊的。

艾比蓋兒說：「夏娃治好妳了，她碰觸了妳，妳就被治好了。」

這就是第一個徵兆。這個時候她們開始說：這個人在上天眼中是特別的。

她們把其他需要治療的女孩帶來找她，有時候她將手放在她們身上就能知道她們的痛處；有時候只是某個發疼的部位，不想再痛下去了，例如頭痛、肌肉抽筋，或是頭昏眼花。愛莉這個來自傑克森維爾、沒沒無聞的女孩，透過夏娃這個穩重而安靜的年輕女子，已經能夠相當熟練地將手放在一個人身上就找出準確的位置，對其釋放出如刺針般的電擊力量，矯正某些東西，效果至少能維持一段時間。就算只是暫時治癒，這樣的治療也是真的。她不能讓身體運作得更好，但是能夠暫時導正錯誤。

於是女孩們開始相信她，認為她體內有些什麼。就算修女們還不信，至少女孩們這麼相信。

薩瓦娜說：「夏娃，是神吧？神對妳說話了？神是不是在妳體內？」

夏娃說：「妳覺得呢？」

某天晚上宿舍裡熄燈後，她這樣靜靜地說了。其他女孩都聽著，假裝在自己的床上睡著了。

薩瓦娜說：「我覺得妳體內有治癒的力量，就像我們在聖經裡讀到的。」

宿舍裡響起一陣喃喃低語，但沒有人反對這個說法。

隔天晚上，她們正準備就寢的時候，夏娃對著其他十來個女孩說：「明天天亮時跟我一起到海邊去。」

女孩們說：「要做什麼？」

她說：「我聽到有個聲音說：『天亮時到海邊去。』」

聲音說：做得好，女孩，妳說了該說的話。

天空有如鵝卵石的淡藍灰色，雲朵像羽毛般散落著，海洋的聲音如此平靜，就像母親輕哄著她的寶寶。女孩們這時穿著睡衣走到了海邊。

愛莉用夏娃輕柔而低沉的嗓音說：「聲音告訴我，我們應該走進水裡。」

葛蒂笑了，說：「夏娃，這是怎麼了？妳想去游泳嗎？」

露安伸出手指按著葛蒂的嘴唇，示意她安靜。自從夏娃的拇指按著露安的後腦杓後，她的痙攣發作都不會超過幾秒鐘。

艾比蓋兒說：「那我們該怎麼做？」

夏娃說：「接著女神會讓我們知道祂想要我們做什麼。」

這個「女神」之說可是新的教義，十分令人吃驚。但是她們都明白，每一個都明白。她們一直等著要聽這個好消息。

女孩們走進水裡，睡袍和睡衣的下襬貼在腳上。當腳踩到尖銳的石子時，女孩們的臉都皺成一團。她們輕輕笑著，但是在彼此臉上都能看見一種聖潔的感覺。這裡即將要發生什麼事了。天色亮了。

她們站成一圈，水淹至腰際，手在冰冷清澈的海水裡撩動。

夏娃說：「聖母，告訴我們祢想要我們做什麼。以祢的愛為我們施洗，教我們如何生活。」

圍成一圈的女孩突然一個個都感覺到自己的膝蓋彎了下去，彷彿有一隻大手放在她們背上，將她們往下壓，把她們的頭浸入海水中又提起；水從她們的頭髮上往下滴淌，她們大口喘氣，知道神碰觸了她們，她們就在這一天重生了。她們都在水裡跪下，都感覺到那隻手將她們往下壓，一時間都以為她們會這樣死在水中，感到無法呼吸。當她們再度抬頭時，她們重生了。

她們濕著頭，站成一圈，感到驚奇不已。只有夏娃還站在水中，上半身卻依然乾燥。

她們感到女神就在她們身邊、在她們之中，而祂是如此開心。鳥兒從她們頭頂飛過，開懷鳴唱著，慶祝又一個黎明到來。

那天早上大約有十個女孩在海裡見證了奇蹟。在這之前，她們在這五、六十名跟著修女居住的年輕女人當中並不是領袖人物，她們並不吸引人，也不是最受歡迎、最有趣、最漂亮，或者最聰明的女孩。如果要說她們有什麼共同點，她們都是受到最多折磨的人，她們的故事特別悲慘；對於一個人會為了什麼懼怕他人、懼怕自己，她們的認知特別清楚。儘管如此，在海邊那個早上過後，她們便完全不同了。

夏娃要那些女孩發誓保密，不會將她們看到的說出去，但這些女孩就是忍不住要說；薩瓦娜告訴了凱拉，凱拉又跟梅根說，梅根告訴丹妮葉，說夏娃跟創造萬物之主說話了，她得到了祕密訊息。

她們前來請求她的指點。

她們說：「為什麼妳說神是女的？」

夏娃說：「神不是女人，也不是男人，而是兩者皆是。不過現在祂讓我們見到祂新的面貌，是我們忽略太久的一面。」

她們說：「那耶穌呢？」

夏娃說：「耶穌是神之子，但兒子是從母親而來。想想看，是神偉大還是世界偉大？」

她們已經從修女那邊學過這個：「是神比較偉大，因為神創造了世界。」

夏娃說：「那麼，創造者就比所造之物偉大嘍？」

她們說：「一定是這樣。」

接著夏娃說：「那麼肯定比較偉大的，是聖母？還是聖子？」

她們呆住一會，思考她說的話會不會是種褻瀆？

夏娃說：「在聖經裡已經有暗示了。經文已經告訴我們，神以人類的形貌來到世間，我們已經知道要稱神為『天父』，這是耶穌教我們的。」

她們承認是這樣沒錯。

夏娃說：「那麼我教妳們一件新的。之所以讓我們擁有這份電擊力量，就是要導正我們扭曲的想法。聖母才是上天的使者，而非聖子。我們要稱神為『母神』，母神以馬利亞的形貌來到世上，她放棄了自己的孩子，我們才得以過著沒有罪惡的生活。神總是說祂會再回到世間，祂現在回來了，要以祂的方式教導我們。」

她們說：「那妳是誰？」

夏娃說：「妳們認為我是誰？」

愛莉在心裡問：我表現如何？

聲音說：妳做得很好。

愛莉問：這是妳的旨意嗎？

聲音說：妳覺得有哪件事的發生不是神的旨意呢？還會發生更多事，親愛的，相信我。

⚡

那些日子裡，國內掀起了一股極大的狂熱，大家都渴望知道真相，亟欲了解萬能的神讓人類的命運起了這樣的變化是什麼用意。那些日子裡，南方有許多牧師這樣解釋：這是對罪惡的懲罰，是撒旦在我們之間走動，這是末日的預兆。但是這一切都不是真正的信仰。因為真正的信仰是愛，而非恐懼；堅強的母親將孩子抱在懷裡，那是愛，那就是真理。女孩們將這個訊息傳給另一人，再到下一個人、接下一個人。母神回來了，祂的訊息是給我們的，只給我們。

幾個禮拜後的某天清晨，又有更多女孩到海邊接受洗禮。那時已經是接近復活節的春天，是尋找彩蛋的節慶，慶賀生育和子宮的開端，是屬於馬利亞的節日。她們從水裡上岸的時候，也懶得隱瞞自己發生了什麼事，就算想瞞也瞞不住。到了吃早餐的時候，所有女孩都知道了，修女們也都知道了。

夏娃坐在花園裡的一棵樹下，其他女孩來找她說話。

她們問：「我們該怎麼稱呼妳？」

夏娃說：「我只是母神的信使。」

她們說：「那麼母神在妳體內嘍？」

夏娃說：「祂在我們所有人裡面。」

但即使她這麼說，女孩們還是開始叫她母神夏娃。

⚡

那天晚上，仁慈修道院的修女們正激烈辯論著。其他修女注意到瑪麗亞・伊格納西亞修女跟那個叫夏娃的女孩特別友好，她也為這個新的信仰組織說話，她說這和過去的形式一直都是一樣的，聖母和聖子，都是一樣的。馬利亞是教會之母，是上天之后，現在是她在為我們禱告，也在我們垂死之時禱告。這些女孩當中，有一些從來沒有受洗過，她們自己有這樣的想法，為自己施洗，這有什麼錯呢？

凱瑟琳修女提起了馬利亞異端之說，認為需要等待指示。

維若妮卡修女整個人站了起來，直挺挺地就像真正的十字架杵在房間中央。「惡魔就在這修道院裡，」她說，「我們讓惡魔在我們胸膛裡生了根，在我們心裡築巢。如果我們現在不把腐爛的根拔除，全都會下地獄的。」

她以更大的音量再說一次，眼神逐一停留在房間裡每個女人身上。「下地獄。如果我們不像迪卡特和士里波特那裡的人一樣燒死這些女孩，惡魔就會抓住我們所有人。定要將她們完全毀滅掉。」她停頓了一會兒，說話的方式相當有力道。「今晚我當為此祈禱，我當為妳們所有人祈禱。我們會將女孩們鎖在房裡直到天亮，我們應該燒死所有女孩。」

在窗邊偷聽的女孩將這個消息告訴了母神夏娃。

她們等著聽她會說什麼。

聲音說：女孩，她們現在都聽妳的了。

母神夏娃說：讓她們把我們關起來吧，萬能的母神會顯現神蹟。

聲音說：維若妮卡修女難道不知道，妳們隨便一個人都能輕輕鬆鬆打開窗戶從排水管爬下去？

愛莉在心裡說：她沒想到這點，是神的旨意。

隔天早上，維若妮卡修女還在教堂裡禱告。六點時，其他修女排成一列進來做祈禱，她就在那裡，張開雙臂伏倒在十字架前，額頭碰觸著冰冷的石磚。她們傾身輕碰她的手臂，此時才發現她臉上的血跡。她已經死了好幾個鐘頭，是心臟病發，像她這個年紀的女人隨時都有可能發生這種事。隨著太陽升起，當修女們看著面前十字架上的雕像時，她們發現了電擊力量留下的蕨葉記號——如今刻進了耶穌的血肉中，就像是以刀子雕出的凹痕線條。維若妮卡修女一定是在目睹這個神蹟之後，當下驚嚇過度，懺悔了自己所有罪過。

母神正如祂所說的回來了，祂又以人類的形貌現身了。

這是值得慶賀的一天。

教廷捎來訊息，呼籲眾人冷靜、保持秩序，但是修道院裡的女孩們實在太興奮了，什麼訊息也不能讓她們安靜下來。屋裡充滿了慶祝的氣氛，所有日常的規矩似乎都不復存在。沒有人把床鋪好，女孩們不等到用餐時間就從廚房櫥櫃裡拿自己想吃的食物；到處是歌聲和音樂聲，半空中出現火花。等到午餐時間，又有十五個女孩要求受洗，下午的時候儀式就完成了。有幾個修女提出抗議，說她們要報警了，但是女孩們只是大笑著，釋放電力攻擊她們，直到她們落荒而逃。

傍晚時分，夏娃對她的教眾說話，她們用手機錄影下來，散播到全世界。母神夏娃戴著連衣帽遮住自己，最好還是保持謙卑，畢竟她所傳布的並非自己的訊息，而是母神的訊息。

夏娃說：「不要怕，只要相信，神自將與妳同在。母神為我們顛覆了天與地。

「他們告訴妳，男人統治女人，一如耶穌統治教會；但我告訴妳，女人統治男人，一如馬利亞以良善和愛引領著她的幼子。

「他們告訴妳，他的死亡帶走了罪惡；但我告訴妳，沒有人的罪惡就此消失，而是參與了為世界帶來公平正義的偉大使命。有太多的不公不義，是神的旨意讓我們齊聚，將之導向正軌。

「他們告訴妳，男人和女人當以丈夫和妻子的身分住在一起；但我告訴妳，女人住在一起更為有福，應互相幫助、互相結盟，當作為另一人的撫慰。

「他們告訴妳，一定要以自己所擁有的就心滿意足；但我告訴妳，將會有一片屬於我們的土地，一個新的國家。神會帶領我們到一個地方，我們會在那裡建立新國家，偉大而自由的國家。」

一個女孩說話了：「可是我們不能永遠留在這裡，這片新的土地在哪裡？要是他們帶著警察來該怎麼辦？這裡不屬於我們，他們不會讓我們待在這裡！他們會把我們統統抓去關！」

聲音說：不用擔心，會有人來的。

夏娃說：「母神會派來救贖，祂的士兵將會到來。而妳，會因妳的疑慮受罰，母神不會原諒妳居然在這勝利的時刻不相信祂。」

那個女孩開始哭泣，手機鏡頭朝她拉近。夜色降臨時，那個女孩便被趕出了修道院。

而在傑克森維爾，某人從電視上看到了新聞，看見連衣帽底下那張半掩在陰影中的臉，那人心想：我認得那張臉。

瑪格

「看看這個。」

「我正在看。」

「妳讀過了嗎？」

「沒有讀完。」

「瑪格，這可不是什麼第三世界的國家。」

「我知道。」

「這是威斯康辛州。」

「我看得出來。」

「這發生在該死的威斯康辛！這個！」

「丹尼爾，試著冷靜一下。」

「他們應該開槍殺了那些女孩，直接開槍，對準頭部，砰！結束了。」

「丹尼爾，你不能對所有女人開槍。」

「沒關係，瑪格，我們不會對妳開槍。」

「是喔，我安心了。」

「喔，對不起，妳的女兒，我忘了她……我不會開槍殺她。」

「謝啦，丹尼爾。」

看著丹尼爾的手指在桌上敲著時，瑪格心想——而且她發現自己愈來愈常這樣想——我可以為此殺了你。這個念頭已經變成經常迴盪在她心底的低頻聲響，她經常拿出來玩味，就像用拇指摩挲著放在口袋裡的光滑石頭。就是這樣，死亡。

「討論要射殺年輕女人不妥當。」

「是啦，我知道，對，可是……」

他指著螢幕。他們正看著一段影片，是六個女孩在彼此身上展現電擊力量。她們盯著鏡頭說：「我們將此獻給母神。」她們是從網路上找來的另一段影片學的。她們電擊彼此，直到其中一人昏厥，還有一個人的鼻子和耳朵都冒出血來。這個「母神」是網路上的一個哏，因為這股電擊能力的存在，所以成為匿名論壇的熱門話題，年輕人的想像力更是將其錦上添花——年輕人一直都是如此，以後也不會改變。還出現了一個象徵符號：是一隻手，就像法蒂瑪之手[4]，手掌中長著一顆眼睛，嚇人的藤蔓從眼睛伸展出去，就像額外的肢體一樣，彷彿大樹的枝幹。現在有人用噴漆在牆上、鐵路側線，還有在高速公路的路橋上畫出這樣的符號，都是畫在高處、不會被碰到的地方。網路上有些留言板鼓勵女孩聚集起來去做可怕的事

4 法蒂瑪之手（hand of Fatima），是西亞以及北非地區常見的一種掌型護身符。穆斯林認為它是先知穆罕默德之女法蒂瑪的右手，因此得名。

情。聯邦調查局正努力關閉這些留言板，但是關了一個，另一個又會馬上竄起，取而代之。

瑪格看著螢幕上的女孩用電擊力量玩鬧，受到攻擊時尖叫著，發動攻擊時則大笑。

「小喬還好嗎？」丹尼爾終於說。

「她很好。」

她不好，她的力量讓她很困擾，沒有人知道得夠多，可以解釋她發生了什麼事。她控制不了體內的力量，而且狀況愈來愈糟。

瑪格看著螢幕上的威斯康辛州女孩，其中一個在手心上刺著丹神之手的圖樣，她使用力量的時候，她的朋友尖叫起來。但是瑪格分不清楚尖叫的人是因為害怕、疼痛，還是因為開心而叫。

「今天來到我們現場的是瑪格．克里瑞市長。你們有些人應該還記得，克里瑞市長做為領導者，在事情爆發後不久的決策相當迅速而果斷，或許因此拯救了不少性命。

「她今天帶著女兒喬思琳來到現場。妳好嗎，喬思琳？」

小喬坐在椅子上不安地挪了挪身體，這些椅子看起來舒服，但其實還滿硬的。有個尖尖的東西頂著她。這個停頓有點太長了。

「我很好。」

「好的。妳帶來有趣的故事，是嗎，喬思琳？妳遇上一些麻煩嗎？」

瑪格將手放在小喬的膝蓋上。「我的女兒喬思琳就跟許多年輕女性一樣，」她說，「最近她開始感覺到電擊力量的形成。」

「克莉絲汀，我們有一段影片，是嗎？」

「這是在市長官邸前院草坪上的記者會。我知道妳讓一個男孩住院了，對嗎，喬思琳？」畫面切換到瑪格被叫回家的那天，瑪格就在那裡，站在市長官邸門口台階上，將自己頭髮塞到耳後的動作讓她看起來很緊張，但其實她並沒有。影片中，她一手攬著小喬的肩膀，唸著準備好的聲明稿。

「我的女兒跟同學起了一點爭執，」她說，「我們也很關心羅利．文森斯和他的家人，幸好他所受到的傷害似乎並不嚴重。現在許多年輕女性都會遇到這樣的意外，我跟喬思琳希望大家都能保持冷靜，讓我們的家人能夠從這次意外中走出來。」

「哇，克莉絲汀，感覺好像是很久以前的事了，對不對？」

「確實沒錯，湯姆。喬思琳，妳傷了那個孩子的時候是什麼感覺？」

小喬已經跟她媽媽準備了一個多禮拜，這個時候她知道該說什麼。她雖然口乾舌燥，不過她訓練有素，還是開口了。

「很可怕。」她說，「我沒有學過要怎麼控制，很擔心我可能會把他傷得很重。我希望……希望有人可以教我怎麼好好運用，怎麼控制。」

小喬眼裡開始湧出淚水，她們沒有排練過這個，但效果很棒。製作人馬上把鏡頭拉近，調整三號機的角度好拍到淚光閃閃的畫面。太完美了，她是這麼年輕、稚嫩、美麗又悲傷。

「聽起來真的很可怕，妳覺得怎麼樣會對妳有幫助呢？」

瑪格又插話了。她看起來也很棒，頭髮光滑柔順，眼上擦著淡淡的奶油和棕色眼影。沒有太招搖的打扮。她就像是住在你家附近那個把自己照顧得很好的女士，會去游泳、做瑜伽，生活方式令人神往。

「克莉絲汀，我從那天開始就在想，我們可以怎麼幫助這些女孩。現在的建議只是要她們完全不使用電擊力量。」

「對，我們可不希望她們在大街上就放出閃電，對吧？」

「當然不希望，湯姆。但我的三點計畫是這樣。」沒錯，果斷、有力、簡短，列出幾點，就像網路論壇的文章那樣。

「一、設置安全的場所，讓女孩可以一起練習使用電擊能力。首先會在都會區試辦，如果受歡迎就會推廣到全州。二、找出能夠好好控制能力的女孩，讓她們幫助年紀較小的，學著控制好自己的能力。三、絕對不允許在這些安全場所之外的地方使用能力。」

他們暫停了一下。以上內容他們事先就討論過，觀眾在家聽了這些，會需要時間消化。

「那麼，克里瑞市長，不知道我對妳的提案理解得對不對，妳希望用公帑來幫助女孩們，教她們如何更有效運用電擊能力？」

「克莉絲汀，這是更安全的方法。而且我今天來其實是想衡量利弊。在這樣的時刻，我們或許應該記得聖經中的話：居高位者未必是最有智慧的，而且老一代的人也未必最能夠評斷什麼是對的。」她微笑著，引述聖經可是必贏的策略，「總之，我認為政府有責任要提出有趣的點子，是不是？」

「妳是建議要為這些女孩設置某種訓練營嗎？」

「好了，湯姆，你知道這不是我的意思。我只是要說：我們不會讓年輕人還沒拿到駕照就開車上路，對吧？你不會想要找個沒受過訓練的傢伙幫你家重新配電。我要說的就只是這樣：讓女孩來教女孩。」

「可是我們怎麼知道她們教的是什麼？」現在湯姆稍微提高聲調，聽來有點害怕。「我聽起來覺得這一切都很危險。我們不應該教她們怎麼使用，而是想辦法治好她們，這是我的底線。」

克莉絲汀直接對著鏡頭微笑，「可是沒有人有解藥，對嗎，湯姆？今天早上的《華爾街日報》有說，由多國科學家組成的團隊現在可以肯定，這樣的力量是二戰期間所施放的神經性毒劑經由環境催化而產生的，已經改變了人類基因組，從今以後出生的所有女孩都會擁有電擊力量，所有女孩都有，而且一生都不會消失，就像那些年長女性，一旦體內的力量被喚醒就不會消失。現在想要治好她們已經太晚了，我們需要新的想法。」

湯姆還想要說些什麼，但克莉絲汀繼續說：「克里瑞市長，我覺得這個想法很棒，如果妳需要我的資助，我全力支持這個計畫。」

「現在來看看天氣預報。」

發信者：throwawayaddress29457902@gmail.com
收信者：Jocelyn.feinburgcleary@gmail.com

今天在新聞上看到妳了，妳無法好好控制自己的力量，想知道為什麼嗎？想知道還有誰也有這種困擾嗎？妳懂得還不夠多呢，姊妹。掉進兔子洞會一路往下滑，妳的性別認同困擾只是開端。我們必須讓男人和女人回歸到各自的崗位。

如果想知道真相，就造訪www.urbandoxspeaks.com。

「妳他媽的居然敢來這招？」

「丹尼爾，你的辦公室都沒有動靜，沒有人願意聽啊。」

「所以妳就這樣？上全國電視網？還承諾要把這件事推廣到整個州？瑪格，妳還記得我才是州長，妳只是妳這個都會區的市長。妳居然在全國電視網上說什麼要全州實施？」

「法律又沒禁止。」

「法律？法律他媽的沒禁止？那妳想想，妳還要管我們目前已有的任何共識嗎？想想，妳一個早上就得罪了這麼多人，還有誰要幫妳為這件事找該死的經費？妳再想想，我會親自出馬，擋住妳提出的所有提案；瑪格，我在這地方有有影響力的朋友，如果妳以為妳可以三兩下就毀掉我們所做的一切努力，好讓妳博點名聲，那妳就……」

「冷靜點。」

「我他媽的不要冷靜。瑪格，不只是因為妳耍花招，不只是因為妳他媽的找了媒體，而是這整個亂七八糟的計畫。妳要用公帑去訓練那些基本上是恐怖份子的人，讓她們更有效地運用她們的武器嗎？」

「她們不是恐怖份子，只是女孩子。」

「要打賭嗎？妳認為她們當中不會有恐怖份子嗎？中東、印度和亞洲發生了什麼事，妳在電視上都看到了。妳要賭妳的小小陰謀最後不會引來什麼該死的聖戰士嗎？」

「你說完了沒？」

「難道我……」

「說完了沒？因為我現在還有工作要忙，所以如果你說完了……」

「沒有，我他媽的還沒說完。」

但他已經無話可說。就算他還站在瑪格的辦公室裡口沫橫飛，唾沫噴到漂亮的家具上，濺在表揚優良市政的切割玻璃獎座上，這時其他人已經在忙著打電話、寄電子郵件、發推特、在網路論壇上發文。「你有沒有聽到今天電視上那位女士說的？我要去哪裡幫我女兒報名參加那個？我說真的，我有三個女兒，分別十四、十六、十九歲，她們快把彼此撕爛了，她們需要一個去處，一定得讓她們消耗精力。」

這個禮拜還沒過完，瑪格已經收到超過一百五十萬美金的捐款，要贊助她的電擊女孩集訓營，有些支票是來自憂心的父母，更有華爾街億萬富翁的匿名大禮，還有人想要投資她的計畫。這個提案將會是政府與民間的合作，成為政府與企業如何緊密攜手共謀的典範。

還不到一個月，瑪格已經在都會區裡找到要先當作測試中心的地點：之前將男孩和女孩隔離時而關閉的舊學校，這些地方有寬敞的體育館和戶外空間。有六個其他州的代表為了蒐集資料而前來參訪，這樣她就能讓他們看看自己在計畫些什麼。

不滿三個月，人們已經開始說：「你知道嗎，為什麼那個瑪格．克里瑞不去競選個更能展現抱負的職位呢？找她過來，我們開個會吧。」

圖德

在摩爾多瓦共和國一個鄉間小鎮的一處陰暗地下室裡，來了一個上唇長著淡淡毛鬚的十三歲小女孩。她捧著軟掉的麵包和油漬太久的魚，給一群蜷縮在骯髒床墊上的女人。女孩已經來這裡好幾個禮拜了，年紀很輕，腦袋有些遲鈍，是開麵包車的男人的女兒。有時候他會幫擁有這間房子的那些男人把風，看管被關在這裡的女人。屋主們付給他一點錢買那些軟掉的麵包。

女人們之前試過拜託那個女孩帶東西來，像是手機——她不能想辦法幫她們找個電話嗎？或是幾張紙，好寫個字條。她可以幫她們寄封信嗎？只要一張郵票跟一張紙。等到她們的家人知道她們發生了什麼事，就能付她錢了，拜託。女孩總是低頭看著地下，用力搖搖頭，眨著她氤氳而傻氣的眼睛。女人們心想，這女孩大概是聾子，不然就是有人叫她裝聾。而發生在這些女人身上的事情足以讓她們希望自己又聾又瞎。

麵包車男人的女兒將裝著她們排泄物的水桶拿到外頭庭院倒進排水溝裡，用水管沖洗一下，把乾淨的桶子拿回去，不過，在邊緣下方的溝槽還卡著幾塊糞便。但至少這裡的氣味在一、兩個小時內會好一點。

女孩轉身要離開，等她走了之後，她們又會陷入黑暗當中。

「留點光給我們。」一個女人說，「妳沒有蠟燭嗎？給我們一點光吧？」

女孩轉身朝門口走去，抬頭看著通往地面的樓梯，那裡沒人。

她拉起說話的那個女人的手，讓她的手心向上翻，這個十三歲女孩用剛剛在她鎖骨間甦醒的力量，在女人手心中央輕輕旋了一下。床墊上的女人今年二十五歲，以為自己要去德國柏林做安穩的祕書工作，她抽了一口氣顫抖著，肩膀也抖起來，睜大雙眼；抓著床墊的那隻手突然爆出了一陣銀色閃光。

她們在黑暗中等待，練習著，她們必須確定可以一擊中的，沒有人能來得及去拿槍。她們在黑暗中將電擊力量從一人手中傳到下一人手中，並為之感到驚奇。有些人受囚的時間實在太長，從來沒有聽說過這種東西；對其他人來說則不過是一個奇怪的謠言，是有趣的新東西。她們相信是神行了神蹟來拯救她們，就像祂拯救了以色列的孩童免為奴隸。她們待在這狹窄之地吶喊出聲，在一片黑暗之中得到了光。她們啜泣著。

其中一個看守的人過來解開女人的鐐銬，就是那個以為要去柏林當祕書的女人，後來她被丟到水泥地板上，一次又一次體驗到自己的工作其實是什麼。他手裡拿著鑰匙，她們一擁而上，他連一個聲音都發不出來，血從眼睛和耳朵冒出。她們用他那串鑰匙解開了彼此的束縛。

她們殺了那屋子裡的每個男人，還是不滿足。

摩爾多瓦共和國是性奴隸販運的世界首都，這裡有上千個小鎮，地下室和違章建築裡的公寓都有中繼站。他們的交易也包含男人，還有小孩。小女孩一天天成長，直到手裡擁有電擊力量，又能教給成年女性。這樣的事情一而再、再而三地發生，變化來得太快，男人還來不及學習他們所需的新技能。這是一份禮物，誰能說這不是神賜的呢？

圖德從摩爾多瓦的邊境城鎮交出了一系列報導和訪談，這裡的抗爭是最激烈的。女人們因為他在利雅德的報導而信任他，沒有多少男人能夠這麼靠近她們。他很幸運，但也很聰明、有決心。他隨身帶著自己的其他報導，不管遇到哪個說自己領導這個或那個城鎮的女人就拿給她看，她們都想說出自己的故事。

「不只那些傷害我們的男人。」二十歲的桑雅告訴他，「我們殺了他們，但還有其他人。警察知道發生了什麼事，卻什麼也不做，鎮上男人的妻子要是想多拿一點食物給我們就會挨打。鎮長知道發生了什麼，地主知道發生了什麼，連郵差都知道發生了什麼。」

她開始哭泣，用手腕抹著眼睛。她讓圖德看自己手掌心的刺青，也就是蔓生出枝條的眼睛。

「這代表了我們會一直看著，」她說，「就像神看顧著我們。」

晚上，圖德寫得又快又急，就像某種日記，記下這場戰役。這場革命會需要一位史官，那就是他。他心裡想的是一本資料廣泛而全面的書，內容有訪談，沒錯；也有對這波歷史浪潮的評價，還有針對個別區域、各個國家的分析。宏觀而言，會觀察到電擊力量帶來的震波如何橫掃全球；微觀述之，會把焦點放在單一時刻、單一故事。有時候，在他寫作的當下情感豐沛不已，忘記了自己的手中、在頸項的骨頭中並沒有力量。這本書會很厚，九百頁或一千頁，就像法國政治史學家德托克維爾的《民主在美國》，還有英國史學家吉朋的《羅馬帝國衰亡史》。同時搭配網路上的各種影像片段，就像法國導演朗茲曼的《浩劫》。從內部報導事件，加上分析與論點。

摩爾多瓦的章節一開始描述了電擊力量如何在女人之間一手接一手傳遞，接下來寫近來愈發成熟的網路信仰，它如何支持這些奪取城鎮統治權的女人，最後再寫到摩爾多瓦政府無法逃避的革命。

在這個政府垮台前五天，圖德訪問了摩爾多瓦的總統維克多．莫斯卡列夫。這個矮小的男人汗流不止，他把持國家的方式就是締結許多同盟，對組織龐大的犯罪集團睜一隻眼閉一隻眼，放任他們將他這個平凡無奇的小國家當成邪惡事業的中繼站。訪談過程中，他一直緊張地移動雙手，不斷梳理著頭頂上僅剩的幾根毛髮，從眼前撥開。他光禿的頭上滴著汗，不過其實房裡的溫度還挺涼的。他的妻子塔提亞娜過去曾是體操選手，曾經差一點就要參加奧運了，她坐在他身邊，握著他的手。

「莫斯卡列夫總統，」圖德說話的語調刻意放鬆，微笑著，「我們倆私下談談就好，你覺得在你的國家發生了什麼事？」

維克多．莫斯卡列夫喉嚨的肌肉緊縮。他們坐在他位於奇西瑙的宮殿中豪華的接待室裡，有半數家具都貼了金箔。塔提亞娜揉揉他的膝蓋微笑著，她身上彷彿也貼了金箔，頭髮上有古銅色挑染，順著她臉頰的弧度閃耀著。

維克多慢慢說：「所有國家都得適應新的現實。」

圖德往後躺，一腳疊上了另一腳。

「維克多，這不會在廣播節目或在網路上播出，只是為了我的書。我真的想聽聽你的評斷。現在有四十三個邊境城鎮都在準軍事團體的有效控制之下，大部分成員都是從性奴役中解放出來的女人。你覺得自己奪回控制權的可能性有多大？」

「我們的軍隊已經出發前往鎮壓這些叛變，」維克多說，「不出幾天，狀況就會恢復正常了。」圖德揚起一邊眉毛，很是懷疑，他乾笑一聲想著：維克多是認真的嗎？這些團體從她們摧毀的犯罪集團那裡得到了武器、防身護具還有彈藥，可說是打不倒的了。

「不好意思，你打算要做什麼？把自己的國家炸成碎片嗎？畢竟她們無所不在。」

維克多故作神祕地微笑了。「如果有必要，那就得這麼辦了。只要一、兩個禮拜，麻煩就會過去。」

見鬼了。也許他真的會炸爛整個國家，最後在瓦礫堆當總統。又或者，他只是還沒接受實際上正在發生的事情。這在書裡會是一條有趣的註解，整個國家在莫斯卡列夫總統周圍崩解，他卻似乎麻木無感。

圖德在外頭的走廊上等著大使館的車來接他回旅館，這段日子裡，舉著奈及利亞的旗子走動要比接受莫斯卡列夫的保護安全多了，不過車子要花兩、三個小時才能通過安全檢查。

塔提亞娜．莫斯卡列夫就是在這裡找到圖德。他正坐在繡工精緻的椅子上等著某人打他的手機，告訴他車子準備好了。

她蹬著鞋跟尖細的高跟鞋喀拉喀拉地從走廊另一頭走過來，穿著青綠色的緊身洋裝，褶邊和剪裁讓她那雙體操選手的強壯雙腿更為亮眼，凸顯了體操選手的優雅肩膀。她站在他身邊俯視著。

「你不喜歡我丈夫，對吧？」她說。

「我不會這麼說。」他露出平易近人的笑容。

「我會。你會在書裡說他的壞話嗎？」

圖德把手肘靠在椅背上，挺起胸膛說：「塔提亞娜，如果我們要談這件事，這座宮殿裡有東西可以喝嗎？」

他們來到一間就像八〇年代電影中會出現的華爾街會議室，酒櫃裡放著白蘭地，那裡的塑膠裝潢雕飾金光閃閃，還有一張深色木桌。塔提亞娜幫兩人都倒了一大杯酒，一起眺望著窗外的城市風景。總統官邸是一棟位於市中心的高樓大廈，外觀看起來不過像是中價位的四星級商務旅館。

塔提亞娜說：「他來我的學校看表演。我是體操運動員，居然可以在財政部長面前表演！」她喝了口酒，「我十七歲，他四十二歲，但是他帶我離開了那個鳥不生蛋的小鎮。」

圖德說：「世界在變。」兩人短暫交換一個眼神。

她微笑了。「你一定能做一番大事。你有那種飢渴，我以前看過。」

「那妳呢？妳有那種……飢渴嗎？」

她上下打量著他，從鼻子發出輕笑。她現在應該還不到四十歲。

「看看我能做什麼。」她說。不過他想，他已經知道她能做什麼了。

她將手掌貼在窗框上，閉上眼睛。

天花板的燈光顫動了一下就熄滅了。

她抬頭一看，嘆了口氣。

「為什麼……會跟窗框接在一起？」圖德問。

「胡亂接線，」她說，「就跟這個地方的所有東西一樣。」

「維克多知道你有電擊力量嗎？」

她搖搖頭。「是髮型師傳給我的。她開玩笑地說：『像妳這樣的女人，永遠不需要。有人會照顧妳。』」

「是嗎？」圖德說，「有人照顧妳嗎？」

她現在真的在笑了，開懷大笑。「小心哪，」她說，「被維克多聽到你這樣講話，他會切掉你那兩粒。」

圖德也笑了。「我該害怕的真的是維克多嗎？還有沒有其他人？」

她仰頭喝了一大口酒，說：「你想知道一個祕密嗎？」

「當然。」他說。

「沙烏地阿拉伯的新國王阿瓦蒂·阿提夫逃亡後，就躲在我國北部。他一直提供金錢和武器給維克多，所以維克多才覺得他可以鎮壓叛亂。」

「妳說真的嗎？」

她點點頭。

「妳可以提供證據嗎？電子郵件、傳真、照片之類的？」

她搖搖頭。

「去找他。你是個聰明人，會想到辦法的。」

他舔舔唇。「妳為什麼要告訴我這件事？」

「我想要你記得我。」她說，「等你功成名就那一天，記得我們曾經像現在這樣說過話。」

「只有說話而已嗎？」圖德說。

「你的車到了。」她指著大樓三十層樓底下，正通過警戒線的黑色加長禮車說。

⚡

五天後，維克多·莫斯卡列夫死了。死得很突然、出人意料。他在睡夢中心臟病發而亡。同樣讓世界各國吃驚的是，在他死後，該國的最高法院馬上召開緊急會期，一致投票通過任命他的妻子塔提亞娜成為過渡元首。等到適當時機就會舉行選舉，塔提亞娜也會參選。不過，最重要的任務，是在這個艱困時期先穩住秩序。

不過，圖德在報導中這樣寫道，外界似乎太低估塔提亞娜．莫斯卡列夫了。其實她善於操弄政治，顯然也很懂得利用自己的優勢。她第一次出現在大眾面前時，她佩戴一枚小小的金色胸針，形狀是一隻眼睛；有些人說這表示她默許了在網路上愈來愈受歡迎的「女神」運動；有些人則指出，實在很難分辨出利用電力所做的高明攻擊和一般的心臟病發有何差異，不過這些謠言都缺乏實質證據。

當然，權力轉移總是不會一帆風順。這次攪和進來的，是由前總統的國防參謀長主導的軍事政變，他帶著國內超過一半的兵力，成功將塔提亞娜的過渡政府從奇西瑙趕出去；不過在這些邊境城鎮裡，從鐐銬中解放的女性軍隊大部分想都不想就決定支持塔提亞娜．莫斯卡列夫。每年大約有三十萬名女性在這個國家遭到販賣，她們濕軟而脆弱的肉體遭到剝削。當中有許多人都留下來了，因為她們也無處可去。

在女孩之日後的第三年第五個月的第十三天，塔提亞娜．莫斯卡列夫帶著她的財產和人脈、比她的一半軍隊略少一些的兵力，還有許多武器，來到摩爾多瓦邊境上一處山丘的城堡裡，她聯合古老森林和大港灣之間的靠海之地，在這裡宣布成立新國家。而此舉實際上就是跟自己的祖國，以及鄰近四個國家宣戰。她把這個新國家命名為貝沙帕拉，是以過去曾住在那一帶的古老民族為名，並詮釋了山頂女祭司的神聖言辭。國際社會等著看結果如何，大多認為貝沙帕拉國沒辦法撐太久。

圖德以謹慎的筆記和影像將一切記錄下來。他補充道：「空氣中有某種味道，如久旱逢甘霖。一開始是一個人，接著有五個，然後是五百個，多人成村、聚村成城，數城為國。從花苞傳到花苞，從葉片傳到葉片，新的事物正在發生，整件事的規模逐漸擴大。」

蘿西

漲潮的海灘上有個女孩，雙手放出的電照亮了海水。修道院的女孩們在山崖頂看著她，她涉水走進海裡，海水淹到她的腰部，甚至更高。她連泳衣都沒穿，只穿著一條牛仔褲和黑色羊毛衫。她把整片海水電得像在燃燒一般。

天色漸晚，讓她們看得更清楚了。一條條海草散布成一片精細而混亂的網，漂浮在水面上。她將力量打入水中時，各種顆粒和碎片都曖曖含光，海草更加明亮。光線在她身邊圍成一個好大的圈，從底下發著光，就像海洋睜著大眼注視著天空。馬尾藻橫生的枝葉燃燒時發出跳跳糖一般的聲音，芽苞膨脹之後爆開。有一股海洋的味道，聞得到鹽巴、青草，還有一種刺鼻味。她距離修道院至少有八百公尺遠，但是她們在崖頂上都聞到了。她們想著，她隨時都會用光力量，但一切還繼續著；海灣裡閃現著亮光，螃蟹和小魚從水裡浮上時發出了氣味。

女人們彼此交談：神會為她帶來救贖。

「她在水面上刻出了一個圓圈，」瑪麗亞．伊格納西亞修女說，「她站在光明與黑暗的交界。」

她是母神送來的徵兆。

她們帶話給母神夏娃：有人來了。

他們讓蘿西自己選要去哪裡。柏尼在以色列有家人，她可以去找他們。想想看，小蘿，沙灘、新鮮空氣。妳可以跟尤瓦爾的小孩一起上學，他有兩個跟妳差不多大的女兒。而且妳一定要相信我，以色列人不會因為女孩子有像妳這樣的能力就把她們關起來，他們已經讓她們加入軍隊，已經在訓練她們了。小蘿，他們一定知道妳甚至沒聽過的東西。不過她還是上網查了一下，以色列人甚至不講英文，書寫的文字也不是英文。柏尼試圖解釋，說大部分以色列人都會講英文，真的。可是蘿西還是說：「還是不要好了。」

那麼，她媽媽在黑海附近也有家人，柏尼在地圖上指著，妳的外婆就是從那裡來的。妳從來沒見過外婆，對吧？就是妳媽媽的媽媽。那裡還有妳的親戚，以及還有保持聯絡的家人。我們跟那些人做生意也做得不錯。妳可以參與我們的生意，妳說過自己想要的。但是蘿西已經決定自己想去哪裡。

「我不笨，」她說，「我知道你們一定得把我弄出國，因為他們在找殺了報春花的人。又不是去度假。」

柏尼和兒子們不再說了，只是看著她。

「這事妳不能說出去，小蘿。」瑞奇說，「不管妳去哪裡，只要說在度假就好。懂嗎？」

「我想要去美國，」她說，「我想去南卡羅萊納州。聽著，那裡有個女人叫母神夏娃，她在網路上有演講的影片，懂吧。」

瑞奇說：「沙爾在那邊有認識一些人，我們可以幫妳找個地方住下，小蘿，會有人照顧妳。」

「我不需要人照顧我。」

瑞奇看著柏尼，柏尼聳聳肩。

「畢竟她都經歷這麼多了。」柏尼說。事情就這麼決定了。

愛莉坐在石頭上，手指浸在海水裡。只要有女人在水裡放出電力，她就感覺得到，即使隔著一段距離也可以，那就像一股尖銳的衝擊。

她在心裡說：妳覺得如何？我從來沒見過誰擁有像她這麼強的力量。

聲音說：我不是跟妳說了，我會派士兵給妳。

愛莉在心裡說：她知道自己的使命嗎？

聲音說：小親親，有誰知道呢？

天色已經暗下來了，這裡幾乎看不見公路上的燈光。愛莉把手泡進海水裡，釋放出她能力所及的最大力量。她只不過是在水裡放出一道火花，但已經夠了。海潮中的女人走向她。

太暗了，看不清楚她的臉。

愛莉大喊：「一定很冷吧，如果需要毯子的話，我這裡有。」

水中的女人說：「天殺的，妳是哪位啊？搜救隊的嗎？那裡該不會也有野餐吃吧妳？」

她是英國人，真沒想到。不過，萬能的神行事總是神祕。

「蘿西，」水中的女人說，「我叫蘿西。」

「我是……」愛莉開口，又忍住了。這麼久以來，這是第一次，她有股衝動想告訴這個女人自己的真名。太荒謬了。「我是夏娃。」她說。

「喔我咧，」蘿西說，「我的老天，我該死的就是要來找妳的，對吧？天殺的，我今天早上才到咧。跟妳說，搭夜班飛機真會死人的。睡了一下，想說明天再來找妳，結果妳天殺的就在這裡。太神奇了！」

聲音說：看吧，我不是說了嗎？

蘿西起身離開水面，坐到愛莉身邊一塊平坦的石頭上。愛莉突然發現，自己馬上受到她的吸引。她的肩膀和手臂肌肉分明，不過還不只如此。

愛莉釋放出自己演練許久的感知力，想要掂量一下蘿西的絞軸裡到底有多少力量。

她覺得自己快要從世界的邊緣掉下去了，力量源源不絕、源源不斷，有如大海無量。

「喔，」她說，「士兵將會到來。」

「現在是怎樣？」

愛莉搖搖頭，「沒什麼，只是我聽過的一句話。」

蘿西打量著她，「妳是不是有點古怪？我看到妳的影片的時候就有想過，我覺得有點怪怪的。妳如果去上電視一定很有效果，像是《最強猛鬼秀》，妳有看過嗎？是說，妳該不會沒帶吃的吧？我餓死了。」

愛莉拍著口袋一路往下找，在夾克外套裡找到一根點心棒。蘿西馬上拆開，大口咬下。

「好多了。」她說，「妳知道那怎麼回事嗎，就是妳耗了好多力量，就會覺得餓到不行？」她停下來看著愛莉，「不懂嗎？」

「妳為什麼要這麼做？在水裡放電？」

蘿西聳聳肩，「只是想到就做了。我以前從來沒看過海，想要看看能做什麼。」她瞇著眼望向海洋，

「我想我殺了一狗票的魚，妳們大概這個禮拜吃那些就夠了，只是要有……」她的手上下動了動，「不知道啦，船啊、網子啊之類的，我想有些魚可能有毒，有毒魚這種東西嗎？還是只有像……大白鯊那種的？」

愛莉忍不住笑了，很久沒有人能逗她笑了，讓她在決定眼下時機可以大笑之前就先笑了。

她只是想到就做了，聲音說，就是腦中出現一個念頭。她是來找妳的。我告訴過妳，會有士兵到來。

對啦！愛莉說，暫時不要講話好嗎？

蘿西甩了甩肩膀，就像在邊躲著什麼邊胡亂跑著，尤其像在閃躲想像中的攻擊。

「我得離開英國一陣子，而且在Youtube上看到妳……」她吸了口氣又全部吐出來，兀自微笑著，說：「聽著，我不知道啦，妳所說的那些事情，什麼神讓這一切發生都是有原因的，女人應該要反過來統治男人……我壓根不相信什麼神的，懂嗎？」

「懂。」

「可是我覺得……就是，妳知道他們在英國的學校裡怎麼教女孩的嗎？呼吸練習！沒開玩笑喔，他媽的呼吸，他媽的『控制好，不要用，什麼都不要做，乖乖的，手臂收起來。』妳懂我在說什麼嗎？還有啊，我幾個禮拜前跟一個傢伙做愛，他還真的拜託我對他那麼做，就一點點，他在網路上看過；沒有人可以永遠把手臂收起來。我爸很好，哥哥們也很好，他們都不壞，但是我想跟妳談，因為妳會……妳會去想這有什麼意義。對未來而言，懂嗎？很令人興奮。」

她一股腦統統說出來了。

「妳覺得這有什麼意義？」

「一切都會改變。」蘿西說話的時候，一手戳弄著海草。「很有道理，對吧？我們所有人得找出一起合作的新方法，懂吧。男人有他們能做的，他們很強壯；現在也有我們女人能做的了。還有槍，他們不會放棄用槍，很多傢伙都有槍，我可打不過那些。我覺得……很興奮，懂嗎？我跟我爸說過這個，我們可以一起做事。」

愛莉笑了，「妳覺得他們會想跟我們合作嗎？」

「嗯，有些人會啊，有些人不想，對吧？但是腦子清楚的人就會。我跟我爸討論過了，妳有沒有感覺過，就是妳在一個地方可以感覺到妳身邊的女孩，哪個擁有很多力量、哪個沒有？妳知道，就像……就像有蜘蛛般靈敏的感應。」

這是愛莉第一次聽到有人這樣特別精確地談論著她所擁有的感知。

「懂，」她說，「我想我知道妳的意思。」

「見鬼了，別人都不知道我是什麼意思，雖然我也不是跟一大堆人討論過啦。總之我是要說，如果可以跟男人談會很有用，對吧？一起合作很有用。」

愛莉扁了扁嘴，「我的看法倒不太一樣，妳知道吧？」

「懂啊，朋友，我知道妳的看法，我看過妳的東西。」

「我覺得光明和黑暗之間即將爆發大戰，妳註定要與我們並肩作戰。我覺得妳會是強者中的強者。」

蘿西大笑起來，往海裡丟了顆石頭，「我總是想要有天命。」她說，「欸，我們能去別的地方嗎？妳家還是哪裡都好？這裡他媽的冷死了。」

他們讓她去參加泰瑞的葬禮。有點像過耶誕節，姑嫂叔伯都來了，有酒、有麵包卷，還有水煮蛋。人們會伸出手攬著她的肩膀，說她很乖。他們出發前，瑞奇給了她一點貨，他自己也吸了一點，說：「只是讓妳別那麼緊繃。」於是，一切感覺就像雪降下來了，感覺很冷、輕飄飄的，就像耶誕節。

在下葬時，泰瑞的媽媽芭芭拉上前丟了一把土到棺木上，當泥土碰觸到木頭時，她發出一聲長長的哭號。一輛車停在附近，拿著長鏡頭相機的傢伙在拍照。瑞奇和他幾個同夥把他們嚇走了。

瑞奇他們回來時，柏尼問：「狗仔嗎？」

瑞奇說：「可能是跟狗仔合作的警察。」

蘿西可能會為此惹上一點麻煩。

人們在葬禮儀式上對她還不錯，可是到了墓園，她經過來弔唁的人身邊，他們都不知道眼睛要往哪裡擺。

愛莉和蘿西抵達修道院的時候，晚餐已經上桌了。其他人幫她們在桌子的主位留了空位。眾人交談著，空氣中飄著香噴噴而又溫暖的食物味道。吃的是蛤蜊、淡菜、馬鈴薯和玉米煮成的燉菜，還有烤酥的麵包和蘋果。蘿西有一種說不太上來的感覺，不太清楚怎麼回事，讓她覺得心裡有點軟化了，有點想哭。

一個女孩幫她找了一套換洗衣物：一件溫暖的針織毛衣、一件運動褲，因為洗了太多次而顯舊，不過穿起來還是很舒服——她也是這麼認為的。女孩們都想跟她聊天，她們從來沒聽過像她這樣的口音，一直要她講「水」和「香蕉」。蘿西講了好多話，她一直覺得自己有一講話就停不下來的毛病，不過跟這次不一樣。

吃過晚餐，母神夏娃用聖經上了點課。她們在聖經經文中尋找適合她們所用的片段，並重寫不合用的。母神說起〈路得記〉的故事，大聲朗讀著路得跟她婆婆，也是她朋友所說的那一段：「不要催我回去不跟隨妳。妳往哪裡去，我也往那裡去；妳的國就是我的國，妳的神也是我的神。」

母神夏娃和這些女人相處起來很輕鬆，蘿西則覺得有點麻煩。她不習慣跟女孩作伴；柏尼家都是男孩，柏尼的幫派中也都是男孩，而她媽媽也一直很懂得跟男人周旋，學校的女孩對蘿西更從來沒有好臉色。母神夏娃在這裡不像蘿西那麼尷尬，她握著坐在她身邊兩個女孩的手，說起話來輕柔而風趣。

她說：「路得的故事是整本聖經中關於友誼最美麗的故事，再也沒有比路得更為忠誠的人，沒有人比她更懂得如何展現友誼的羈絆。」她說話的時候眼眶泛淚，圍在桌邊的女孩也已經深受感動。「我們不該擔心男人，」她說，「讓他們自娛自樂吧，他們一直都是這樣。如果他們想要互相開戰、瞎混度日，隨便他們。我們有彼此，妳往哪裡去，我也往那裡去，妳的國就是我的國，我的姊妹們。」

她們接著說：「阿門。」

她們在樓上幫蘿西張羅了一張床，只是一個小房間；一張單人床上面蓋著一條手工縫製的被子，有桌椅，窗外看得到海。她們把門打開的那瞬間，蘿西好想哭，可是沒有表現出來。她坐到床上，感覺手下撫摸著的床單，不知怎地就忽然想起某天晚上，她爸爸帶著她回到他家，也就是他和芭芭拉與蘿西的哥哥們所住的家。那天已經是深夜，蘿西的媽媽生病了，吐個不停，於是打電話叫柏尼來接蘿西。他來了。蘿西穿著睡衣，當時頂多只有五、六歲。她記得芭芭拉說：「她不能待在這裡。」柏尼回答：「操他媽的，讓她睡客房就好。」芭芭拉雙臂交叉在胸前，繼續說：「我說了，她不能待在這裡。如果一定要的話，帶她去你兄弟那裡。」那天晚上下著雨，她爸爸帶她回到外頭的車上，落下的雨滴穿透她睡袍的帽兜，滴在她胸口。

今天晚上還有人等著蘿西。總之要是他們把她搞丟了，就等於找死。不過她都十六歲了，只要一通簡訊就能解決問題。

母神夏娃把門關上，小房間裡只剩她們倆。蘿西坐在椅子上說：「妳在這裡想待多久就待多久。」

「為什麼？」

「我對妳有好的預感。」

蘿西哈哈笑著說：「如果我是男的，妳對我還會有好預感嗎？」

「可是妳不是男的。」

「妳對所有女人都有好預感嗎？」

母神夏娃搖搖頭，「沒有這麼好。妳想留下來嗎？」

「想啊。」蘿西說，「至少會留一陣子，看看妳們在這裡搞什麼。我喜歡妳們的……」她想著適當的形容，「我喜歡妳們這裡的感覺。」

母神夏娃說：「妳很強，對不對？跟其他人一樣強。」

「比其他人都強吧，朋友。所以妳才喜歡我嗎？」

「我們需要強大的人。」

「是喔？妳想做什麼大事嗎？」

母神夏娃往前傾身，雙手放在蘿西的膝上說：「我想拯救女人。」

「什麼？全部嗎？」蘿西大笑。

「對，」母神夏娃說，「如果可以，全部都救。我想要找到她們，告訴她們現在有新的生活方式了，我們可以聚在一起，我們可以讓男人走自己的路，我們不需要墨守成規，可以開創一條新道路。」

「是嗎？妳們還是需要幾個男人吧？要生小孩啊，妳知道。」

母神夏娃微笑著，「有了神的幫助，一切都有可能。」

愛莉的電話響了，她看了看，臉皺了起來，便把螢幕翻轉過去，這樣就不會看到。

「怎麼了？」蘿西說。

「有人一直寄電子郵件給修道院。」

「想要把妳們踢出去嗎？這地方不錯，我能理解他們為什麼想拿回去。」

「是想捐錢給我們。」

蘿西笑了。「那有什麼問題？嫌太多了嗎？」

愛莉若有所思地看著蘿西好一會兒。「只有瑪麗亞．伊格納西亞修女有銀行帳號，而我……」她的舌頭舔過上排牙齒前面，嘴唇咂了一聲。

蘿西說：「妳誰都無法信任，對吧？」

愛莉微笑著說：「妳呢？」

「這就是做生意的代價，朋友。妳得信任某個人，不然就一事無成。妳需要銀行帳號嗎？需要多少個？想要幾個國外的嗎？不知道為什麼啦，我想開曼群島應該很合適。」

「等等，妳是什麼意思？」

但愛莉還來不及阻止蘿西，蘿西已經拿出手機拍了一張愛莉的照片，發出簡訊。

蘿西咧嘴笑著，「相信我。我總得想辦法付房租，對吧？」

隔天早上還沒七點，一個男人來拜訪修道院。他開車到前門 就這樣在那裡等待。蘿西敲敲愛莉的門，把還穿著睡袍的愛莉拖到車道上。

「幹嘛？做什麼？」愛莉質問蘿西，但卻在微笑。

「過來看看啊。」

「你好嗎，埃納。」蘿西對男人說。他身材壯碩，大概四十幾歲，一頭深色頭髮，額頭上戴著一副太陽眼鏡。

埃納咧開嘴笑，緩緩點頭。「妳在這裡好嗎，蘿珊？柏尼．蒙克說要照顧妳，妳在這裡有人照顧嗎？」

「我超好的，埃納。」蘿西說，「好得不得了。只是想在這裡跟我朋友住幾個星期吧，我想。你有帶我想要的東西來嗎？」

埃納對她笑著。

「蘿珊，我在倫敦見過妳一次，妳那時才六歲。我們在等妳爸爸的時候，因為我不肯買奶昔給妳，妳還踢了我小腿咧。」

蘿西也放鬆地笑了。愛莉看得出來，比起晚餐時，這樣的應對對蘿西要簡單多了。

「那你就應該買奶昔給我啊，對吧？來吧，東西給我。」

埃納拿來一個袋子，顯然是裝著蘿西的衣服還有其他一些東西。有一部筆電，全新的，性能也是最好的。還有一個小拉鍊包，蘿西把包包穩穩放在打開的後車廂邊緣，接著拉開拉鍊。

「小心。」埃納說，「做得很趕，如果抹到的話，墨水還是會暈開的。」

「聽到了嗎，夏夏？」蘿西說，「東西全乾之前不要抹到。」

蘿西從拉鍊包裡把一些東西拿給她。

那些是美國護照，還有駕照、社會安全卡，看起來都沒有問題，就像是政府製作發放的。所有證件和護照都有她的照片，每一張上頭都有一點變化，例如髮型；有幾張還戴了眼鏡；有多組名字不同的社會安全卡跟駕照。不過每一張都是她。

「我們幫妳做了七份。」蘿西說，「做半打，再多一個求好運。第七份是英國的，想說也許妳會喜歡。埃納，你有弄到銀行帳號嗎？」

「都搞定了。」埃納邊說，邊從口袋裡撈出另一個小一點的拉鍊包。「不過一天不要存入超過十萬塊，除非先跟我們說一聲，好嗎？」

「美金還英鎊啊？」蘿西說。

埃納稍微遲疑了一下，說：「美金啦。」說完又連忙補充：「不過只有前六個禮拜要這樣！之後銀行就不會再檢查帳號了。」

「沒問題。」蘿西說，「這次我不會踢你小腿了。」

⚡

蘿西和戴瑞在花園裡四處閒晃了一下，用腳踢踢石頭，或是用手摳摳樹皮。他們倆甚至都不是那麼喜歡泰瑞，但他過世了還是覺得怪怪的。

戴瑞說：「你有什麼感覺？」

蘿西只說：「他們抓住泰瑞的時候，我不在下面。」

戴瑞說：「不是啦，我是指妳對報春花動手的時候。」

她又感覺到了，是她掌心下的火花，那傢伙的臉先是變暖，然後又變冷。她吸了吸鼻子，看看自己的手，好像上面有寫答案。

「感覺很好。」她說，「因為他殺了我媽。」

戴瑞說：「真希望我也辦得到。」

⚡

接下來的幾天，蘿西．蒙克和母神夏娃說了很多話。她們找到彼此的共通點，一件一件拿在手心上檢視，細細讚嘆著。例如消失的母親、兩人都曾經待過什麼地方、似是有家又似無家。

「我喜歡妳們在這裡都以『姊妹』相稱，我從來沒有姊妹。」

「我也沒有。」愛莉說。

「我一直都想要一個。」蘿西說。

於是，兩人誰也沒再接話，就這樣沉默了一會兒。

修道院裡有幾個女孩想跟蘿西對練，練習一下技術，她欣然接受。她們利用修道院後面的那片大草坪練習。再往下走就是海邊了。蘿西一次面對兩個或三個，她躲過攻擊，又狠擊對手，把她們都搞糊塗了，反而發電攻擊彼此。她們回屋裡吃晚餐的時候，身上都是瘀青，卻開懷大笑，有時候手腕或腳踝上也會帶著蜘蛛網狀的小疤痕，她們為此驕傲不已。這裡有些年輕女孩只有十一、二歲，她們跟隨著蘿西，把她當成超級巨星了。蘿西叫她們走開，去找別的事情做，但其實她很喜歡這樣。她會將自己研究出來的特殊打鬥技巧傳授給其他女孩：拿一瓶水對著某人的臉潑出去，趁著水潑出瓶外的時候，伸出手指碰觸水滴，讓電隨著整個動作發出去。她們在草坪上對著彼此練習，嘻笑著互相潑水。

有一天，快到傍晚時分，蘿西跟愛莉一起坐在門廊上，她們背後的太陽轉為金紅色。她們看著小孩在草坪上玩鬧。

愛莉說：「讓我想起自己十歲的時候。」

「是嗎？大家族啊？」

經過一段滿長的沉默，蘿西納悶自己是不是問了不該問的事情，但管他的呢，她可以等。

愛莉說：「是育幼院。」

「是喔。」蘿西說，「我認識從那裡出來的孩子。很難熬，很難振作起來。不過妳現在過得很好啊。」

「我自己照顧自己，」愛莉說，「我學會要怎麼照顧自己。」

「是啊，看得出來。」

過去這幾天，愛莉腦中的聲音一直沉默著。這麼多年來，她不記得有這麼安靜過。或許是因為身在這裡、是這樣的夏日，知道蘿西在這裡，而她能讓任何人死得像塊冰冷的石頭。或許是因為這樣，所以聲音完全沉默了。

愛莉說：「我小時候在很多家庭待過。從來不知道我爸是誰，對我媽媽的記憶也只有一小片段。」愛莉就只記得一頂帽子，是一頂淡粉紅色、星期天上教堂時戴的帽子，戴在頭上的角度很誇張，帽子底下的臉對著她笑，還伸出舌頭。似乎是一段快樂的回憶，夾雜著好長一段時間的悲傷或病痛，或兩者皆有。她不記得自己有上過教堂，但她卻記得那頂帽子。

愛莉說：「我想，在來這裡之前，我應該有過十二個家，或許十三個。」她揚起一隻手揮過臉部，手指緊壓在額頭上。「有一次他們安排我住進一位女士家裡。她喜歡收集搪瓷娃娃，有上百個吧，到處都是。在我睡覺的房間裡就在牆上盯著我看。她會把我打扮得很漂亮。我還記得這個，讓我穿上粉色系的小洋裝，裙邊還綴著緞帶。但是她因為偷竊而坐牢了，她就是這樣才能買這麼多娃娃，所以我又被送走了。」

草坪上一個女孩潑水到另一個人身上，接著送出微弱的電力，發出火花。被潑水的女孩子咯咯笑著，讓人覺得她很癢的樣子。

「人會想辦法弄到自己需要的東西。」蘿西說，「這是我爸說的。如果你需要什麼東西，真的一定要擁有的東西，不是想要喔，而是一定要有，就會想辦法弄到手。」愛莉笑了，「他是在說毒蟲對吧？但還有別的意思。」蘿西看著草坪上的女孩，看著作為房子的家，其實不只是個家。

愛莉微笑著說：「如果已經擁有了，就一定要保護好。」

「是啊，嗯，我現在來了。」

「妳的力量比我們所見過任何人的都強，懂吧。」

蘿西看著自己的手，好像覺得有點厲害、又有點害怕。

「我不知道，」她說，「或許還有其他人跟我一樣。」

愛莉突然有股直覺。就像一部遊樂園裡的機器，零件運作著、鍊條鏗鏘響著。她小時候有人帶她去過一次，投進五毛錢，拉下把手，鏗，壓一下，鏘；就會跑出一條籤文，印在一塊粉紅色框的小長方形厚紙板上。愛莉的直覺就像這樣，突然一閃、內容完整，就好像她眼睛後方有一部機器在運作，只是她自己也碰不到。鏗！鏘！

聲音說：來，妳現在知道了，用吧。

愛莉以相當輕柔的語調說：「妳是不是殺人了？」

蘿西把手伸進口袋裡，皺眉看著她，「誰說出來的？」

因為她不是說「誰說的」，所以愛莉知道自己沒說錯。

聲音說：什麼都別多說。

愛莉說：「有時候我就是會知道一些事情，好像腦海裡有聲音。」

蘿西說：「見鬼了，妳真的很恐怖。那誰會贏得英國越野障礙賽馬？」

愛莉說：「我也殺過人。是很久以前的事了，那時的我跟現在不同。」

「如果妳這麼做，那傢伙大概活該。」

「確實是。」

兩人就這樣坐著。

蘿西又開口了，口氣很和善，彷彿這件事跟什麼都無關。「我七歲的時候，有個傢伙把手伸進我褲子裡，是鋼琴老師。我媽覺得讓我學鋼琴會很好。於是我就坐在凳子上彈著基本的Do、Re、Mi，突然，他的手就伸進我短褲裡了。『不要說話，』他說，『繼續彈就好。』隔天晚上，我爸爸來帶我去公園玩，我就告訴他了。結果，該死的咧，他整個氣瘋了，對我媽大吼大叫，罵她怎麼可以這樣；她說她不知道，如果知道就不會讓他教我。我爸帶了幾個手下去那個鋼琴老師家堵他。」

愛莉說：「然後呢？」

蘿西笑了。「他們把他揍個半死，至少，那天晚上之後他就少了一顆蛋蛋。」

「真的嗎？」

「當然真的啊。我爸說要是他在家裡再敢多收一個學生，他是說從此以後喔，他就會回來切掉另一顆，還有那塊肉。也不要妄想離開這個小鎮到別的地方重起爐灶，因為柏尼・蒙克是他媽的無所不在。」

蘿西兀自呵呵笑著。「對了，有一次我在街上看到那位鋼琴老師，他馬上就跑了。看到我，好，轉身，真的跑嘍。真他媽做對了，老兄。」

愛莉說：「很好，聽起來很不錯。」她稍稍嘆了口氣。

蘿西說：「我知道妳不信任他們，沒關係，不必信任他們，寶貝。」

她伸出手去，把手放在愛莉手上，她們就這樣坐了很久。

過了一陣子，愛莉說：「有個女孩的爸爸是警察，他兩天前打電話給她，告訴她星期五不能待在這裡。」

蘿西笑起來。「爸爸就是這樣。他們總想著要保護女兒，藏不住祕密。」

「妳會幫我們嗎？」愛莉說。

「妳覺得會發生什麼事？」蘿西說，「特種部隊嗎？」

「不會那麼誇張，我們只是在修道院裡的幾個女孩，像守法公民一樣遵行信仰。」

「我不能再殺人了。」蘿西說。

「我覺得沒有必要。」愛莉說，「我有個主意。」

⚡

他們在報春花死後不費吹灰之力地剷平了他的組織。他的餘黨在他死後就一哄而散了。泰瑞的葬禮過了兩星期後，柏尼在早上五點打電話給蘿西，告訴她到達格納姆一處上了鎖的車庫。在那裡，他從口袋裡撈出一大串鑰匙，打開車庫，讓她看看躺在裡面的兩具屍體。下手的人冷酷、俐落。屍體即將被浸泡酸液溶掉，之後一切就結束了。

她看著屍體的臉。

「是他們嗎？」柏尼問。

「對。」她說完，伸手攬住她爸爸的腰，「謝謝。」

「為了我的女兒，什麼都辦得到。」他說。

高個子、矮個子，就是那兩個殺了她媽媽的人。其中一個手臂上還有她留下的疤痕，一片青紫蔓生著。

「親愛的，那麼就都搞定了？」他說。

「都搞定了，爸爸。」

他親親她的頭頂。

那天早上，他們繞著東溪頭墓園散步，聊天。同時幾個負責善後的人在車庫裡做必要的工作。

「妳知道妳出生那天，與我們幹掉傑克・康納罕同一天嗎？」柏尼說。

蘿西其實知道，不過她想要再聽一次這個故事。

「傑克・康納罕盯著我們好幾年了。」柏尼說，「殺了米奇的老爸——妳沒見過他——還有那些愛爾蘭小子。不過我們最後還是逮住他了，他在運河裡釣魚。我們等了一整晚，等他提早到了那裡，我們就抓住他，把他丟進河裡。就是這樣。等我們辦完了事，回家弄乾身體，我看了看電話，妳媽媽留了十五封訊息給我！十五封！她陣痛了一整個晚上，對吧？」

蘿西覺得自己的指尖搭在這個故事的邊緣，這個故事總是好像就要溜走的樣子，似乎想要掙脫她的掌握。她在黑暗中出生。大家都等著某人：她爸爸等著傑克・康納罕；她媽媽等著她爸爸；雖然傑克・康納罕自己從來都不知道，但是他正在等著死神。這個故事的寓意，就是事情發生在你沒想到的時候，就在你以為不會出事的那個晚上，什麼都發生了。

「我把妳抱起來，是女孩！有了三個兒子之後，從來沒想到自己會有個女兒。妳直直盯著我的眼睛，尿在我身上，一路尿濕了我的褲子。我那時就知道妳會帶來好運。」

她是好運。雖然出事過幾次，但她總會有好運。

奇蹟需要出現幾次？不用太多，一個、兩個，三個已經很多，四個更是極大的數量，多過頭了。

十二名武裝警察穿過修道院後面的花園朝著她們靠近。當時正下著雨，地面都浸在水裡，甚至比浸在水裡還糟。花園兩邊的水龍頭都開著，女孩們用抽水馬達吸上來的海水從石頭階梯頂端奔流而下，現在成了瀑布。警察沒有穿橡膠鞋，他們不知道會有這般泥濘。他們只知道修道院有位女士來告訴他們，說有女孩藏身在這裡，她們具有威脅性，而且很暴力。於是十二個訓練有素的男人全副武裝要來逮捕她們。要解決這個問題應該夠了。

男人們大喊：「警察！馬上離開這棟屋子，雙手舉高！」

愛莉看著蘿西，蘿西對她咧嘴一笑。

她們待在飯廳的窗簾後頭等著——那扇窗正對著後花園——等著警察都踩上石階，靠近通往後門的露台。等著、等著……他們都踩上來了。

她們背後擺放著好幾桶海水，蘿西打開桶塞，現在地毯也浸濕了，水從門底下朝著階梯流洩。現在每個人都踩在一大灘水裡了，包括蘿西、愛莉，還有警察。

愛莉把手放進腳踝附近的水裡，並開始專心。

外頭的露台和階梯上，所有警察的皮膚上都或多或少沾著水。這一次比愛莉過去所做的一切需要更多控制力。警察的手指都搭在扳機上，都想要扣下去，但是愛莉透過水一個接一個傳送訊息，就像思考般快速；而警察也一個接一個像是木偶般抖動，手肘的關節往外一翻，手就鬆開、失去知覺了。一個接著一個，他們扔掉了槍。

「他媽的見鬼了。」蘿西說。

「就是現在。」愛莉爬上了椅子說。

蘿西擁有更強大的電擊力量，她根本不知道該拿這些力量怎麼辦；此時她放出一道電力穿過水流，每個警察都抽搐起來，一彎腰就撲倒在地上。漂漂亮亮。

這件事只能讓一個女人做，十幾個修道院裡的女孩沒辦法這麼快就同時行動，又不會傷了彼此。必須由一位士兵動手。

蘿西揚起微笑。

葛蒂在樓上用手機把過程都拍攝下來，一個小時內就會上傳到網路。不需要太多神蹟就能讓人相信，接著人們就會捐錢，提供法律上的幫助，讓妳能夠成立合法組織。每個人都在尋找某種答案，今時今日尤是如此。

母神夏娃錄下一段話，當成影片的旁白一起散播出去。她說：「我來並非教你們放棄一絲絲自己的信仰，我來並非教你們轉而信我，無論你們是基督教、猶太教、伊斯蘭教、錫克教、印度教、佛教，或者完全沒有信仰，神並非要你們改變信仰的方式。」

她停頓一會兒，她知道這不是他們想聽的。

「神愛所有人。」她說，「祂要我們知道，神只是改穿女神的裝扮，祂超越了女性和男性，超越了人類的理解。但是祂要你們去注意已經遺忘的：猶太徒啊，米利暗才是榜樣，而非她的弟弟摩西；穆斯林啊，法蒂瑪才是榜樣，而非她的父親穆罕默德；佛教徒啊，記得多羅菩薩，祂是解脫之母；基督徒啊，向馬利亞祈禱以求救贖吧。

「他們教導你，說你不潔，說你非聖人，說你的身體並非純淨，使聖潔無法近身；他們教導你要厭惡自己的一切，只能渴望著自己身為男性。但這些教導都是謊言。神就在你體內，神回到這個世上，以這股新力量的形式教導你。不要來找我尋求答案，因你必在自身找到答案。」

還有什麼比教你別靠近更具有吸引力的呢？還有什麼比說這裡不歡迎人更能引人靠近的呢？

當天晚上就已經收到電子郵件：我要去哪裡加入妳的信徒？我在家裡可以做什麼？我要如何為這種新信仰成立祈禱小組？教導我們如何祈禱。

還有來求助的：我的女兒病了，請為她祈禱。我媽媽的新丈夫把她銬在床上，請派人來解救她。愛莉和蘿西一起讀這些電子郵件。

愛莉說：「我們得想辦法幫忙。」

蘿西說：「寶貝，我們不能全部都幫。」

愛莉說：「我可以，有神的幫助就可以。」

蘿西說：「或許妳不必親自出馬才能幫助所有人。」

在愛莉和蘿西的影片上傳到網路後，全國警方的處境更糟了。他們當然會覺得受到羞辱。他們想要證明些什麼。有幾個州和其他幾個國家的警察已經開始積極招募女性，但是這裡還沒有，大部分警力仍然是男性，而且他們很生氣、又很害怕。接著事情就發生了。

警方試圖拿下修道院後，過了二十三天，一個女孩來到修道院門口，表示有話要跟母神夏娃說。只有母神夏娃，拜託，她們一定要幫幫她。她哭到整個人虛脫無力，發抖著，非常害怕。

蘿西泡了一杯甜甜的熱茶給她，愛莉找來一些餅乾，而這個叫做梅茲的女孩告訴她們發生了什麼事。

七名武裝警察在她們家附近巡邏，梅茲和她媽媽從雜貨店聊著天，走路回家。梅茲十二歲，擁有電擊力量已經幾個月了，她媽媽則更久，是她的表妹喚醒她的力量。梅茲說，她們只是在聊天，提著購物袋，嘰嘰喳喳聊著、笑著。突然出現七名警察說：「袋子裡是什麼？妳們要去哪裡？我們接到報案，說這附近有幾個女人在製造麻煩。妳們該死的袋子裡面到底有什麼？」

梅茲的媽媽沒有認真對待盤問，只是笑著說：「我們的袋子裡會有什麼？當然是雜貨啊，雜貨店買的。」

其中一個警察說，一個女人走在這麼危險的區域，表現倒是挺冷靜的，她都去做什麼了？

梅茲的媽媽只是說：「不要來煩我們。」

警察出手推了她一把，她便攻擊其中兩個，只用了一點搔癢般的力量，只是個警告。

警察只需要這樣就夠了。他們拿出警棍和槍，開始行動。梅茲尖叫起來，她的媽媽也在尖叫，人行道上到處都是血，他們猛敲著她的頭。

「他們把她壓在地上，」梅茲說，「把她打到全身是傷，七個打一個。」

愛莉靜靜聽著整段經過。梅茲說完之後，她問：「她還活著嗎？」

梅茲點點頭。

「妳知道他們把她帶去哪裡了嗎？哪間醫院？」

梅茲說：「他們沒帶她去醫院，把她帶去警察局了。」

愛莉對蘿西說：「我們要去那裡。」

蘿西說：「那我們要帶上每一個人。」

⚡

有六十個女人一起走在街上，前往關押梅茲媽媽的警察局。她們安靜地走著，但速度很快，而且把過程都拍攝下來。這是她們在修道院裡口耳相傳的話：錄下一切，如果可以就直播，放上網路。

等到她們抵達目的地，警察已經知道她們要來。有人拿著來福槍站在警局外。

愛莉走上前，高舉雙手，掌心朝向他們。她說：「我們來這裡無意挑釁，只是想見瑞秋・拉提夫。我們想知道她是否有接受醫療照護，想帶她去醫院。」

站在門口的高階警官說：「拉提夫太太是受到合法拘禁，妳們有何權利要求釋放她？」

愛莉看看左邊、又看看右邊，看看自己所帶來的女性軍團。每分每秒都有更多女人加入，現在這裡大概有兩百五十人了。消息已經挨家挨戶傳播出去，也有透過簡訊：女人們在網路上看到消息，便離開家趕過來。

「憑著唯一重要的權利。」愛莉說，「以人性和神的普世法則。在你的牢房裡有一名身受重傷的女人，她需要看醫生。」

蘿西可以感覺到身邊空氣中瀰漫著的電擊力量快要爆裂出來，這裡的女人緊繃著、興奮著、憤怒著；她想著，不知那些男人能否感受到？拿著來福槍的警察緊張起來，事情很容易在這時擦槍走火。

高階警官搖搖頭說：「我們不能讓妳進去，妳在這裡對我的警員是一種威脅。」

愛莉說：「我們帶著和平到來。警官，我們很和平。我們想見瑞秋．拉提夫，希望有醫生能治療她。」

群眾之間響起喧鬧的喃喃聲，接著又歸於安靜，等待著。

高階警官說：「如果我讓妳見她，妳會教這些女人回家嗎？」

愛莉說「先讓我見她。」

他們帶著蘿西和愛莉到拘留室裡探望瑞秋．拉提夫的時候，她幾乎已經沒有知覺了。她沾了血的頭髮糾結著，躺在牢房裡的小床上動也不動，呼吸是緩慢而痛苦的低喘。

蘿西說：「我的老天啊！」

愛莉說：「警官，必須馬上送這個女人去醫院。」

其他警察都看著高階警官。每分每秒有更多女人來到警局外頭，外面的聲音就像一大群低聲啁啾的鳥兒，每個人都跟自己身邊的人交談，每個人都準備好在祕密信號出境時行動。警局裡只有二十名警察，而不用再半小時，外面就會有幾百個女人聚集。

瑞秋．拉提夫的頭顱被敲開了，可以看到白色的骨頭碎裂，血從她的大腦中冒出來。

聲音說：他們沒有遇到挑釁就這麼做了，而妳被激怒了。妳可以拿下這座警察局，如果妳想要，可以殺了這裡所有男人。

蘿西握著愛莉的手捏了捏。

蘿西說：「警官，你不希望這件事繼續這麼下去吧。你不會希望他們聊起你的事蹟就只剩這件事，讓這個女人去醫院吧。」

警官緩緩地吐了一口氣。

愛莉再度出現在外頭的時候，群眾鼓譟起來，而她們聽見救護車的警笛聲靠近時更是大聲喧嘩。救護車從人群中擠了進去。

兩個女人把母神夏娃抬上了她們的肩膀，她舉起雙手，嘈雜的人群安靜下來。

母神夏娃透過愛莉的嘴說話。「我要帶瑞秋．拉提夫去醫院，我會確保她受到妥善照顧。」

嘈雜聲再起，就像風吹拂過草桿。聲音揚起又歸於平靜。

母神夏娃攤手展開五指，就像法蒂瑪之手一樣，她說：「妳們在這裡做得很好，現在可以回家了。」

女人們點點頭，修道院的女孩轉身一起走了，其他女人也開始跟著離開。

半個小時後，瑞秋．拉提夫正在醫院裡接受檢查，警察局外面的街道上已經空蕩蕩的了。

到頭來，她們根本不需要留在修道院裡。這裡很好，能看到海，而且還有一種家的感覺，但是蘿西在這裡待了九個月後，愛莉的組織已經能夠買下一百棟像這樣的屋子，再說，她們也需要更大的空間。光是在這座小鎮就已經有六百個女人附隨著修道院，衛星組織更是遍布全國，乃至於全世界。掌權者愈說母神夏娃所為非法、教廷愈說她是惡魔派來的，就有更多女人投奔她。就算在這之前，愛莉還有所懷疑，不確定神是不是真的派她傳達訊息給她的子民，這裡所發生的一切也讓她不再懷疑了。她在這裡就是要照顧女人，神交給她這個任務，也不容愛莉拒絕。

春天又要來了，她們正討論著新房子。

蘿西說：「不管妳去哪裡，都會幫我留間房，對吧？」

愛莉說：「不要走，妳為什麼要離開？為什麼要回英國？妳回去能得到什麼？」

蘿西說：「我爸覺得鋒頭已經過去了。老實說也沒有人管我們對彼此做什麼，只要別牽扯到善良老百姓就可以了。」她咧開嘴笑著。

愛莉扁著嘴說，「可是，為什麼要回家？這裡就是妳家啊。留下來，拜託，留下來陪我們。」

蘿西捏捏愛莉的手，說：「朋友，我想念我的家人，我想念我爸。還有，像是馬麥醬之類的東西。我想念那一切。我不會永遠離開，我們還會再見面的。」

愛莉用鼻子吸氣，她腦中深處有一陣低語聲，那個聲音像這樣安靜又遙遠已經維持好幾個月了。

她搖搖頭說：「但是妳不能相信他們。」

蘿西笑了。「啥，男人嗎？所有男人？一個都不能相信嗎？」

愛莉說：「要小心，找妳能夠信任的女人跟妳共事。」

蘿西說：「知道，我們談過這個了，寶貝。」

「妳得全部拿走。」愛莉說，「妳可以的，妳有能力。不要讓給瑞奇，不要讓給戴瑞，那是妳的。」

蘿西說：「妳知道嗎，我想妳說的沒錯。但是我坐在這裡就不能全部拿走，對吧？」她停了一下，接著說：「我已經訂了機票，再過一個禮拜的星期六就走。在那之前，我有計畫想跟妳說。我們可以談談計畫嗎？別再吵著說要我留下來了。」

「可以。」

愛莉在心裡說：我不想要她走，可以阻止這件事嗎？

聲音對愛莉說：記住，親愛的，只有擁有這個地方才能讓妳安全。

愛莉說：我可以擁有全世界嗎？

聲音說了，音量非常微弱，就像許多年前說話的樣子：喔，親愛的，喔，寶貝女兒，妳從這裡是到不了那裡的。

蘿西說：「我有個點子。」

愛莉說：「我也是。」

她們看著彼此微笑了。

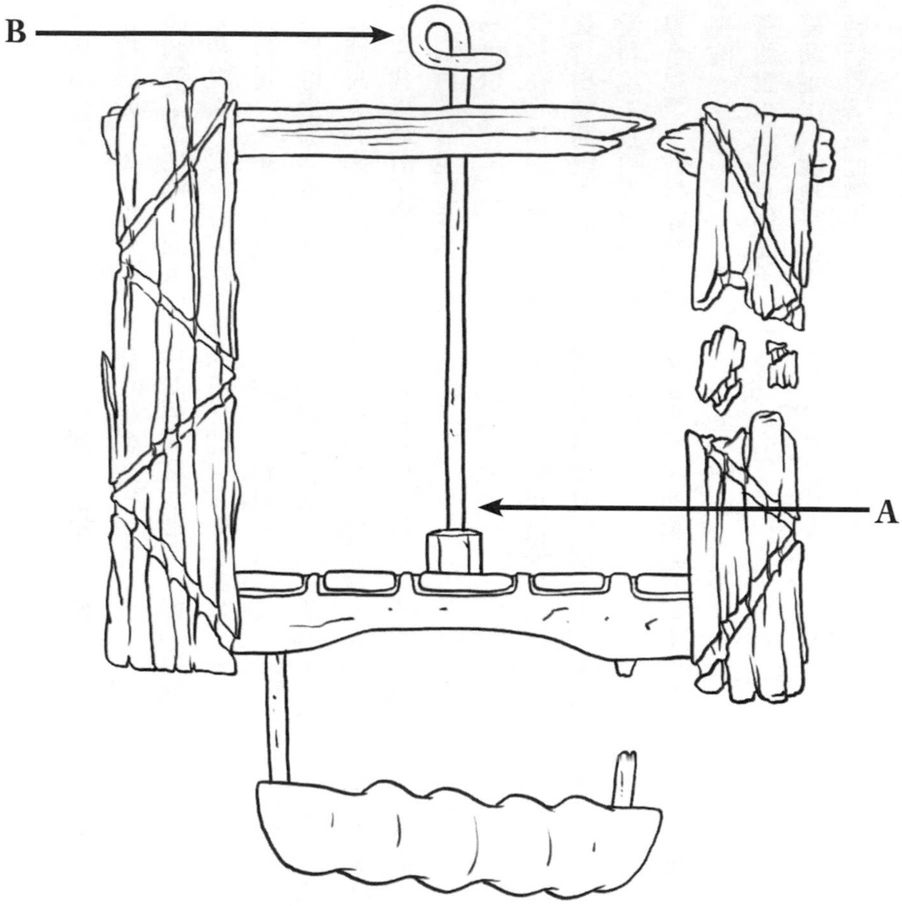

這是訓練使用靜電力的裝置，大約有一千五百年歷史。底部的把手爲鐵製，伸入木框中與金屬釘樁連接，也就是圖解中的A。我們推測是在圖中標示爲B的尖刺上穿進一張紙或乾燥的葉片，當成操作者的目標，使之起火燃燒。這需要一定程度的控制力，應該就是以此裝置練習電擊能力。從尺寸推斷，此裝置是爲十三至十五歲女孩設計。發現於泰國。

與靜電力相關之檔案文件，探討其起源、傳播與可能的治療方法

一、第二次世界大戰時期宣傳短片《防範毒氣》的文字敘述（影片本身已佚失）。

影片長度為兩分五十二秒。一開始是銅管樂隊開始奏樂，接著打擊樂隊也加入演奏，樂風輕快。螢幕上出現影片標題的手寫字卡，「防範毒氣」，鏡頭聚焦時有些微晃動。隨後場景馬上切換到一群穿著白袍的男人，站在一大桶液體前面。他們對著鏡頭微笑揮手。

「戰爭部實驗室中，」經過剪輯的男性旁白說，「這群無名功臣正在加班，研究他們最新的發明成果。」

男人用勺子撈起一瓢液體，再用滴管吸起些許滴到試紙上。他們微笑著。一旁的籠子裡關著一隻白老鼠，背上用墨水畫著大大的黑色X，他們在老鼠的水瓶裡加入一滴液體。老鼠喝水的時候，銅管樂隊加快了節奏。

「唯有比敵人搶先一步，才能保障全國人民安全。這隻老鼠已經被餵了一滴被研發來抵抗毒氣攻擊的新型神經強化藥劑。」

鏡頭切換到另一隻關在籠子裡的老鼠，背上沒有X。

「這隻老鼠則沒有被注射。」

科學家們把兩個籠子放在一個小房間裡，在房裡打開了裝著白色氣體的金屬罐，他們則戴著防毒面具，退到一面玻璃牆後。沒餵過藥的老鼠很快就受不了了，痛苦地在空中揮動前爪，開始抽搐。鏡頭並未拍下牠死前的掙扎。背上畫了X的老鼠則繼續吸著瓶中的水、嚙咬著飼料丸，甚至在滾輪裡跑著，同時煙霧就在鏡頭前慢慢消散。

「正如各位所見，」旁白愉快地說著，「藥劑有效。」

其中一個科學家拿下面罩，篤定地走進瀰漫著煙霧的房間裡。他從裡面揮揮手，然後大口深呼吸。

「對人類也安全。」

場景又換到了自來水廠，一條水管的一端接上一輛小型水罐車，另一端則接著地面上的出水閥。

「他們稱之為『守護天使』的神奇解藥讓盟軍得以不受敵軍的毒氣攻擊所害，如今也使用在一般大眾身上。」

鏡頭前出現兩名微禿的中年男子，其中一個留著牙刷鬍、穿著深色西裝。兩人握手的時候，水罐車上的水表也顯示出液體逐漸減少。

「只要在飲水中加入一點點，就足以保護整個小鎮人口。只要這一缸藥劑加入飲水，就足夠讓五十萬人受用。考文垂、赫爾及卡地夫等地會是首先接受飲水處理的地方。按照這樣的步調，三個月內就能將藥劑施放到全國。」

在北方城鎮的街上，一位母親將她的寶寶從嬰兒車上抱起，放進綁在她肩上的布巾裡，看著晴朗的天空，一臉無憂無慮。

「如此一來，母親們都能安心了，她們的寶寶再也不必害怕神經毒氣攻擊。母子都可放心。」

背景音樂漸漸加強，螢幕暗下，影片結束。

二、配合BBC節目《力量起源》播出，發放給記者的說明。

二次大戰後，守護天使的故事很快就被遺忘了，就和其他執行無礙的許多點子一樣，沒有必要再次檢視。但是在當時，守護天使是極為成功的計畫，也是成功宣傳的典範。經過檢驗英國大眾後，證明此物質會累積在人體內，只要飲用過加入守護天使的水，即使只有一個星期，仍然能夠永久抵抗神經毒氣。

在美國的中心地區和英國的倫敦周邊各郡製造出大缸儲存的守護天使，再以液貨船運送到友邦：夏威夷、墨西哥、挪威、南非，以及衣索比亞。敵人的U型潛艦攻擊了這些船隻，只要是往返於同盟國之間的船隻都會遭受攻擊，因此無可避免的事發生了。一九四四年九月的某個漆黑夜晚，一艘液貨船被擊沉，船員無一倖免。這艘船正在前往南非好望角的途中，在葡萄牙離岸十四海里處沉沒。

後續研究發現接下來幾個月中，在葡萄牙的阿威羅、埃斯皮尼奧和波多等海邊城鎮都發現有奇怪的東西被沖上岸，像是比過去所見都還要大上許多的魚，這些體型不尋常的魚類顯然是大批大批自己撲上岸的。沿岸的村莊與城鎮居民把這些魚吃掉了。一九四七年，一名有良心的葡萄牙官員做過一次分析，發現在地下水中能檢測出守護天使，範圍最遠可達內陸的埃斯崔拉，已逼近西班牙邊境。他建議應該檢測全歐洲的地下水，但遭到否決，因為沒有資源可用於執行該項任務。

有些研究指出，這一艘船的沉沒就是關鍵時刻，其他研究則仍認為不管在什麼時候、在任何水源體，只要這種液體進入了水循環，其散播已是無可避免。其他有可能的汙染源包括：戰後數年在布宜諾斯艾利斯的一個儲存容器鏽蝕，而使內容液體溢出，以及中國南方一處彈藥庫爆炸。

無論如何，全球海洋都是互相流通的，形成無止境的水循環。雖然守護天使在二戰後就被遺忘，卻仍持續濃縮，在人體內發揮的藥效也愈來愈大。目前的研究已經確定這無疑就是引發電擊力量的關鍵，只要達到一定濃度，就能讓女性體內發展出靜電力。

在二戰期間，七歲或年紀更小的女性或許在鎖骨間都有絞軸的肉芽，不過也不是人人都有，端看在幼年時所接觸到的守護天使的濃度，還有個人的遺傳因素。較為年輕的女性運用經過節制的靜電力可以「啟動」這些絞軸的肉芽。每經過一個生育年度，擁有絞軸肉芽的女性比例就逐漸增加；在女孩之日當天，十三、四歲的女性幾乎都擁有完整的絞軸，一旦絞軸的力量被啟動，想除去就一定會對該女性的生命造成極大危害。

理論上是認為，守護天使只是增強了某一組基因可能性，這是老早就存在於人類基因組當中的。在古時候可能有更多女人擁有絞軸，只是經過一段時間的繁衍後，這個傾向便消失了。

三、**英國內政大臣與首相間的簡訊對話，依保密三十年後的原則公開。**

首相：剛讀過報告。你有什麼想法？

內政大臣：我們不能公開。

首相：美國打算在一個月內公開。

內政大臣：操他媽的，叫他們等一等。

首相：他們遵行「徹底公開政策」，他們超認真的。

內政大臣：不意外。

首相：不能教美國人不要當美國人啊。

內政大臣：畢竟他們離黑海有八千多公里遠。我會跟老美的國務卿談談，我們必須告訴他們這跟北約有關，公開報告會危及脆弱政權的穩定性，尤其是那些能夠輕易取得生化武器的政權。

首相：反正都會走漏出去的，得想想對我們會有什麼影響。

內政大臣：一定會天下大亂。

首相：因為沒解藥嗎？

內政大臣：沒有他媽的解藥。這已經不是他媽的危機了，是新的現實。

四、網路廣告大全，由網路資料庫計畫保存。

四分之一：私人守衛保你安全

私人守衛不但安全可靠，而且使用簡單。腰帶上的電池組連結綁在手腕上的電擊器。

・本產品經警方認可，並經過個別測試。

・請謹慎使用；除了你，其他人毋須知道你有能力自保。

・可立即上手；遇到攻擊時毋須伸手從槍套或口袋裡摸索。

・你找不到其他更為可靠有效的產品。

・另附手機充電座。

注意：隨著讓使用者喪命的事件發生後，私人守衛就被下架。研究發現，女性的身體在接收到強大的電力衝擊時，經常會製造相應的強大電弧，「反彈」至攻擊者身上，即使該女性已失去知覺也一樣。有十七名男性因此喪命，其家屬提出集體訴訟，而私人守衛的製造商則與家屬達成庭外和解。

四分之二：只要這個怪招就能增強力量

全世界的女人都在學習如何利用這份祕密知識讓自己的電擊力量持續更久、更強。我們的祖先就知道這個祕密；現在劍橋大學的研究學者已經發現了這個怪招，可以增強電擊力量。但昂貴的訓練課程不想讓妳知道這個成功的簡單方法！點擊此處，只要五塊美金就能學會這一招，讓妳遠遠勝過其他人。

四分之三：防禦性易穿脫襪墊

保護自己不受攻擊最自然的方法。毋須毒藥、毋須藥丸、毋須藥粉；抵抗電力絕對有效的保護措施！只要將橡膠襪墊置放於一般的鞋襪底下，沒有人會知道你穿著襪墊，而且也不像鞋子一樣，會被攻擊者輕易脫掉。一包有兩片，吸水襯邊能防止腳部染上濕氣。

尚有六年

圖德

塔提亞娜・莫斯卡列夫是對的，而且她也提供他不少情報。他在摩爾多瓦北方山區——或者應該說，這個國家曾經是摩爾多瓦，如今正在和自家的南方打仗——化了兩個月調查；他賄賂在那裡遇到的人，並小心打探消息。這一次，幫他付錢的是路透社；他跟一個他信任的編輯說自己得到的線報，她便幫他申報支出。如果他找到了，就會是那種最大條的新聞；要是他沒找到，也能夠記述這個被戰火蹂躪的國家樣貌，至少有東西可以交差。

不過他找到了。一天下午，邊境上一個村子裡的男人同意開著吉普車載圖德到涅斯特河的某處，從那裡能俯瞰著山谷。他們在那邊看到一處匆忙建成的聚落，建築物低矮，中央還有一片訓練場。那個男人不讓圖德離開吉普車，也不肯開得更近一點，不過他們的視野夠清楚了，讓圖德拍了六張照片。照片上，棕色皮膚的男人留著落腮鬍，因戰爭連連而顯得焦慮不堪，他們戴著黑色貝雷帽，拿著新型武器，穿著新型盔甲。他們身上的裝束以橡膠製成，背上穿戴著電池組，手上則拿著電刺棒。

只有六張照片，不過夠了。圖德拿到了全球性新聞。路透社的頭條是「阿瓦蒂・阿提夫訓練祕密軍隊」，其他媒體則喊著「男孩回來了」、「看看誰有電」。新聞編輯室以及晨間節目中對這些新型武器展開緊張的辯論：有用嗎？他們會贏嗎？圖德沒辦法拍到阿瓦蒂・阿提夫國王本人，不過免不了還是會讓人認定，國王是跟摩爾多瓦國防軍隊合作。許多國家的情況才剛開始穩定，但這條新聞又添了不少變數。或許男人要捲土重來了，帶著他們的武器和裝備。

在印度的德里，暴動已持續了好幾個星期。

一切開端始於公路高架橋底下。在這裡，窮人住在薄毯搭成的帳篷，或用紙板和膠帶糊成的房子裡，男人需要女人時就會來這裡，不必遵守法律或得到許可就能使用的女人，要丟棄時也不怕指指點點。如今，電擊力量已經在這裡一手接一手傳遞了三年，而女人取走多條人命的雙手也有了名字：永恆的迦梨。迦梨女神是以毀滅而帶來新生；迦梨耽溺於自己殺戮後帶來的鮮血；迦梨伸出拇指和食指就能捻熄星光。祂的名字就代表恐懼，一吸一吐淨是死亡的氣息。人們一直引頸企盼著祂降臨到這個世上，在這座龐大城市的公路橋底下，這些女人很快就接受了對自身認知的改變。

政府派來軍隊。德里的女人發現了新招，朝著攻擊部隊射出一道水，可以把電導出去。女人把手伸入噴射的水柱中，從指尖送出死亡，就像迦梨女神行走於世間。政府切斷了貧民窟附近的供水，如今正值盛夏最炎熱的高峰，街上瀰漫著腐敗的臭味，大腹便便的狗閒晃著、喘著氣，尋找能遮擋太陽的地方。全球媒體拍下窮人懇求供水的畫面，他們哀求著給一滴水也好。到了第三天，天裂開了一道縫，降下一陣不合時節的暴雨，雨下得又急又猛，就像一把洗碗刷，洗去了街上的味道，積聚成窪、成池。士兵回來的時候，他們就站在水裡、碰到一道流水，或是他們的車輛後頭拖著鬆脫的纜線浸入水中；女人發電照亮整條路的時候，他們死得很突然，倒在地上口吐白沫，就像迦梨親自將他們擊倒。

迦梨的神廟中擠滿了信徒，也有士兵加入了暴動者的行列。圖德帶著相機還有CNN的通行證，也到了那裡。

塞滿了外國記者的旅館中，有人認得他。他之前在正義終得伸張的地方（不過有人覺得這麼說不太妥當）看過當中幾名記者。在西方國家中，就官方立場而言，這件事依然只是一場「危機」，這個名詞的意思包括：前所未見、悲慘、暫時。來自德國《法蘭克福匯報》的團隊喊他的名字跟他打招呼，並帶著有點嫉妒的語氣恭喜他獨家拍到那六張阿瓦蒂·阿提夫軍隊的照片。他遇到CNN比較資深的編輯和製作人，甚至還有一組人馬來自奈及利亞的《每日時報》。他們問他是躲在哪裡，他們怎麼會沒發現他。圖德現在擁有自己的YouTube頻道，從全世界各個地方傳送影片，每一支他發布的影片一開始都會先有他的臉。就是他，深入最危險的地方帶來沒有人願意公開的影像。他在飛機上慶祝自己的二十六歲生日，一名空服員認出他的臉，送來一杯香檳。

在德里，他跟著一群女人衝入占帕特市場大鬧一番。過去曾有一段時間，女人不能單獨在這裡走動，除非超過七十歲了；不過就算確定自己超過，還是有可能被趕走。在這裡的抗爭已經進行許多年了，不管是拿著標語或吶喊口號，這些事情會鬧一陣子，之後又一副什麼都沒發生過的樣子。如今這些女人正在進行她們稱之為「武力展示」的抗爭，聲援那些在高架橋底下被殺死的、因缺水而死的女人。

圖德訪問了人群中的一個女人。她三年前就在這裡參加過抗爭活動，她高舉著標語旗幟、吶喊、簽署請願書。「就好像置身在一波潮水當中。」她說，「海浪讓人感覺很有力道，可是只會存在一下子；太陽會曬乾水窪，水就沒有了。妳會覺得從來就沒發生過，我們以前就是如此。唯一能夠改變事情的只有海嘯。如果妳想要確定沒有人會忘記，就必須拆掉房屋、毀滅土地。」

他知道這一段剛好可以放在他書裡哪一章。這是政治運動的歷史，一邊掙扎著緩慢前進，一邊等待著巨變發生。這是他歸納出的論點。

抗爭中很少有對人施暴的狀況。女人們大多以掀倒攤位來表達抗議。

「現在他們知道，」一個女人對著圖德的相機大喊，「他們才不應該晚上獨自走出家門，他們才是應該害怕的人。」

人群中混入四個拿刀的男人，一時爆發了衝突，不過很快就平息下來。只見那些男人的手臂抽搐著，不過沒有留下永久性傷害。圖德已經開始懷疑今天是不是能拍到新東西，是不是能拍到之前沒看過的。這時候一個消息傳到了人群之間，軍隊已經在前方設置路障，擋住溫莎廣場，因為他們想保護外國人入住的旅館。他們慢慢前進，槍裡裝填了橡膠子彈，鞋子貼了厚厚的絕緣鞋底。他們想要在這裡展示一下，這次的武力演示能夠讓全世界見證，一支訓練得當的軍隊如何對付這樣的暴民。

圖德並不真的認識這群女人中的任何人，如果軍隊來了，沒有人能夠把他藏在自己家裡躲避。人群之間擠得更緊密了。由於每個人都是慢慢移動，所以圖德幾乎沒有注意到。不過現在他懂了，他知道軍隊是想把大家都集中在一個地方。接下來會怎麼樣呢？今天有人會死在這裡，這股預感從他的脊椎一路竄上來，直達頭頂。前方傳來喊叫聲，他對這種語言不熟，聽不太懂。圖德臉上一貫的淡淡微笑消失了。他得離開這裡，必須找一個制高點。

他看看四周。德里常年大興土木，大部分建築都不安全。有些建築物的鷹架一直沒拆掉，商店的店面詭異地歪斜著，甚至有些半塌不倒的地方還住著人。過了前方兩條街有一間用木板搭建起來的商店，前面停著一輛賣印度烤餅的推車，商店建築的外牆搭著某種木製鷹架，屋頂是平的。他急急忙忙擠過人群走過去。大部分女人還在試圖往前進，一邊吶喊一邊揮舞旗幟，更前面一點的地方傳來釋放電力時的嘶嘶聲、爆裂聲。現在他可以從空氣中感覺到異狀了，他知道那是什麼感覺。街道上的氣味一下子變得更濃了，像是狗屎、芒果漬物、人們散發的體味，還有煎秋葵佐荳蔻。眾人停下腳步，圖德仍然推擠著往前。他對自己說，圖德，你今天命不該絕，不是今天。等你回到家，就能跟朋友說這個有趣的故事。這件事會寫在書裡；不要怕，只要繼續往前走。等你到了制高點，就會拍到好影片，只要找辦法上去。

鷹架最低的部分對他來說還是有點太高了，就算跳起來也搆不到。在街道前方，他看到其他人也跟他有相同想法，正要爬到屋頂上或樹上；還有其他人想把他們拉下去。如果他現在不上去，再過幾分鐘就會被其他想要占據他位子的人給淹沒了。他拖來三個破舊的水果箱，一個接一個疊在一起，疊箱子的時候還在拇指上劃傷了好長一道口子，但是他不在乎，爬到最上面的箱子一跳。沒搆著。他重重摔了下來，衝擊的力道讓一股劇痛從膝蓋傳來。這些箱子撐不了多久。人群湧了過來，又開始呼喊。他再跳了一次，這一次多用了點力，有了！他抓到了，是鷹架梯子的最後一階。他繃緊側腹的肌肉，把自己撐上了第二階、第三階，他就可以把腳抬上這搖搖欲墜的梯子，接下來就簡單了。

他一邊攀爬，鷹架一邊搖晃著。這片鷹架並沒有釘在這棟逐漸崩壞的水泥建築牆上，原本還有繩子綁著，但是繩子已經磨損朽爛，而他攀爬時加諸的力道更把繩子纖維都拉扯開來。好了，要是這樣死掉就真的太蠢了。不是死於暴動、軍隊的子彈，也不是讓塔提亞娜·莫斯卡列夫掐住他的喉嚨，而只是在德里某條街道，背部朝下從幾公尺高的鷹架摔在地上。他爬得更快了，碰到了粗糙的女兒牆，這時整片鷹架結構發出聲響，左右搖晃得更加厲害。他一手攀上了女兒牆，感覺拇指那道傷口更深入幾分，雙腿一蹬，終於攀上了屋頂，右手右腳才能抓住女兒牆，身體就在街道上方晃著　街道更前方傳來尖叫聲，還有砰砰槍響。

他用左腳再推了一把，藉著這股力量讓自己倒在鋪著碎石的屋頂上。他掉進一灘水窪裡，全身濕透了，但是他安全了。他聽見嘰嘰嘎嘎的斷裂聲，整片木頭鷹架終於撐不住，崩塌在地上。就這樣了，圖德，沒辦法下去了；話說回來，這樣也就不會被逃離鎮壓的人群衝上來壓垮了。其實，這樣正好，好像本來就是為了他才變成這樣的。他微笑著，慢慢吐氣。他可以把相機架在這裡，拍下整個過程。他不再害怕了，而是興奮。反正他也做不了什麼，不必通知掌權的人，也不必通知老闆。在這上頭，只有他和他的相機，毫無阻礙。就要發生什麼事了。

他坐起身看看四周，就在此時，他看見有個女人和他一起在這屋頂上。

她看來四十多歲，身材乾瘦，有一雙小小的手，還綁著一條長長的粗髮辮，就像一條油膩的繩子。她盯著他，又不太像是緊盯著，而是不時瞥了他幾眼，又看看旁邊。他微笑，她也回以微笑，在那抹微笑中，圖德能肯定她有點不太對勁：她把頭歪到一旁的樣子，還有她不看他、卻又突然盯著他的樣子。

「妳是……？」他俯瞰著街上洶湧的人潮，聽見了槍響，現在更靠近了。「如果這是妳的家，抱歉了。我只是在這裡等著，安全了再下去，這樣可以嗎？」

她慢慢點點頭。他試著微笑，並說：「下面那裡看起來不妙，妳是上來躲的嗎？」

她緩緩開口了，相當謹慎，她的口音不算太糟，或許她沒有他想得那麼瘋。「我在找你。」

他想了一下，她是說她從網路上認得他的聲音吧，她看過他的照片。他淡淡笑了，是粉絲啊。

她跪下來，把手指浸入他還坐在裡面的那灘水，他以為她是想洗手，結果一股電襲擊了他的肩膀，接著他整個身體開始顫抖。

事情發生得太快、太突然，他一時還以為一定是弄錯了。她沒有看著他的眼睛，而是看著旁邊。疼痛流淌過他的背部，傳往他的雙腿，彎彎繞繞地在他側腹畫出樹木枝葉，他覺得呼吸困難。他雙手雙腳撐著地，他得離開這灘水。

他說：「住手！不要這樣。」他自己的聲音讓他嚇了一跳，聽起來既暴躁又像在哀求。他聽起來比他自認為的還要害怕。沒事的，他可以脫身的。

他開始退後。在他們底下的群眾大叫起來，還有尖叫聲。要是他能讓她住手就好了，他就能拍下幾張精采的街頭混戰照片。

那個女人還在用手指攪弄著水窪，眼睛滴溜溜地轉著。

他說：「我不是來傷害妳的，沒事的。我們可以一起在這裡等著就好。」

然後她笑了，嘿嘿笑了幾聲。

他翻過身，拱著背部離開那灘水，並盯著她看。現在他害怕了，聽到她的笑聲就怕了。

她微笑著，咧開了嘴難看地笑著。她的唇濕濕的。圖德想要站起來，但是雙腳抖個不停，無法控制。他一腳又跪了下去，她一邊看著他一邊點頭，彷彿在想著：沒錯，就是要這樣；沒錯，就是這個樣子。

他轉頭看看屋頂，沒有發現什麼可利用的東西。有一塊木板搭的、搖搖晃晃的橋可以通到另一邊的屋頂。但是他不想從上面走，她可以趁他走上去的時候把橋踢翻。但要是他抓住那塊木板，就可以當武器，至少能擋住她。他開始朝木板爬過去。

她用他聽不懂的語言說了一些話，並幽幽問道：「我們相愛嗎？」

她舔舔唇，圖德可以看到她的絞軸在鎖骨間抽動，就像條活蟲。他移動得更快了，隱約覺得在對街的屋頂上有其他人看著他們，人們指指點點呼叫著。他們在那裡做不了什麼，或許還拍下來了。這對他有什麼幫助？他試著再站起來，但雙腳仍因受過電擊而發著抖，女人看著他的努力，笑了。她朝他撲了過來，他想用鞋子踢她的臉，但是她抓住他露出的腳踝又發動電擊。這次發出長長的巨大電弧，感覺她揮舞著一把剁肉刀，熟練地重重往下砍向他的大腿和小腿，讓骨肉分離。他可以聞到自己腿上的毛燒焦了。

他聞到從街上傳來淡淡的、好像香料的味道，混合著烤肉香味、滴落的動物脂肪煙燻味，還有燒焦骨頭的味道。他想起自己的媽媽，伸手進鍋子裡捏起幾顆燕穀米試試看熟了沒有。這個很燙，圖德，手離開一點。鍋裡的非洲喬勒夫米飯煮得冒泡，他可以聞到那股甜膩而熱燙的香味。你的腦子被攪亂了，圖德，記得他們是怎麼說的。你的腦子是血肉和電流組成的，這玩意兒其實沒這麼痛，只是因為電擊力量讓大腦短路了。你搞錯了，你不在家裡，你媽媽也不會來。

她現在把他壓在地上了，正和他的腰帶和牛仔褲奮戰著。她還沒解開腰帶就想要把他的褲子脫掉，可是褲子太緊了，卡在他的臀部。他的背在碎石子上摩擦著，肩胛骨之間能感覺到濕濕的水泥塊邊緣直接摩擦著他。他一直想著，如果我抵抗得太厲害，她就會把我電到不省人事，那麼她就可以為所欲為了。

此時遠方傳來喊叫聲，圖德覺得自己就像在水底，耳朵都堵住了。一開始，他以為自己是聽到街上的叫喊聲，他已經準備好迎接下一波電擊了，全身因此而緊繃。只是在等不到電擊到來的時候，他才知道自己在跟空氣扭打。他睜開眼，看見有另外三個女人把她從他身上拉開，她們一定是踩著那塊木板橋從隔壁的建築物過來的。她們把她甩在地上，一次又一次電擊她，但是她不肯乖乖躺好。圖德把自己的褲子拉好，在一旁等著，看著，最後那個綁著長長油髮辮的女人完全不動了。

愛莉

以下片段擷取自「到手的自由」論壇（宣稱是支持自由主義的網站）

Askedandanswered

南卡羅萊納州傳來的大、超大、天大的消息。看看這些照片，有一張是母神夏娃，是從影片《朝愛而行》翻拍的。這張照片中她的帽兜稍微往後翻了一點，可以看到她一部分的臉。看看她的下顎有一點戽斗，還有嘴巴和鼻子之間的相對位置，再對比嘴唇底部到下巴的位置。我已經在圖表上計算出比例。

再看看這張照片。有人在「都市解密」論壇貼出四年前阿拉巴馬州的警方調查照片。一切跡象都顯示，這消息完全可靠。可能是某個想要公平正義的傢伙，也可能是從警方流出。總之，這張照片的主角是一個叫做「愛莉森・蒙哥馬利—泰勒」的女孩子，她謀殺了自己的養父後就失蹤了。一切非常清楚。一樣的下顎形狀，一樣的下巴，嘴巴到鼻子，以及嘴巴到下巴的比例也一樣。你們自己看看，再來跟我說這不是真的。

<u>Buckyou</u>

靠～～～～北。你發現了全人類都有嘴巴、鼻子跟下巴耶，一定會讓整個人類學界嚇到吃手手，死玻璃。

<u>Fisforfreedom</u>

這些照片很明顯就有動過手腳。看看那張愛莉森・蒙—泰的照片，光線是打在她左邊臉頰上，可是在下巴的光線又打在右邊，注意到了嗎？某人偽造了這些照片，就像那些偽造皮爾當人化石[5]的一樣，好讓你的理論聽來可靠。小小詭計。

<u>AngularMerkel</u>

大家都知道她就是愛莉森・蒙—泰好嗎。之前佛羅里達州的警察就有接到報案了，但是她用錢打發了他們。她們在東海岸一帶一直都在做恐嚇取財的勾當。夏娃和她的修女早就加入了他媽的猶太人組織犯罪，「都市解密」跟「超解密」論壇都證實了，先爬一下五月十一號在北卡羅萊納州羅利的暴動和逮捕行動時的討論串，才不會重複張貼這種狗屎文章，北七。

5 皮爾當人化石（Piltdown man），指二十世紀一樁發生在英國的偽造化石事件。查爾斯・道森（Charles Dawson）宣稱發現古人類化石，後來證實是由猿猴與現代人的骨頭湊成的化石。

Manintomany

都市解密的帳號已經因為濫用被停權了，北七。

Abrahamic

對啦，我發現你每一篇該死的貼文都是在幫都市解密說話，要不然就是另外兩個大家都知道的人頭帳號。先承認你就是都市解密，要不然你現在就是在吸他的屌。

SanSebastian

這不可能不是她。以色列政府就是這些新教派的資助者，他們幾百年來就一直想要扳倒基督教，不停中傷我們，讓黑人用毒品來毒害都會中窮人居住的內城區。這種新的毒品還只是一部分；你們知道這些新教派正對我們的孩子散布錫安主義的毒品嗎？醒醒吧，羊咩咩。這整件事早就被同樣的舊勢力、舊體系搞定了。你們以為可以在留言板上聊天就算自由了嗎？不覺得他們會監控我們在這裡講的話嗎？不覺得他們知道我們誰是誰嗎？他們不在乎我們在這裡打嘴砲，但如果有人貌似採取行動了，他們也有足夠能力一個個對付我們，毀掉我們。

Buckyou

別理會酸民。

AngularMerkel

他媽的陰謀論瘋子。

Loosekitetalker

也不是百分百說錯了。不然你以為他們為什麼沒有更認真去抓那些非法下載電影的人？你以為他們為什麼沒有針對色情網站和種子下載網站執行搜尋後阻擋？要做起來根本超級簡單，這裡隨便一個人花一天下午就能寫個程式出來。你們知道為什麼嗎？因為，如果他們得幹掉我們當中某個人、讓我們坐一百萬年的牢，他們就有能力做到。整個網路就是這麼一回事，靠，他媽的美人計。你還以為自己安全，因為用了什麼好棒棒的代理伺服器，或是透過烏克蘭的比爾戈羅德還是赫爾松轉接訊號？國家安全局跟這些傢伙都有掛勾，他們付錢堵警察的嘴，他們就藏在伺服器裡。

Matheson

我是板主。本板不是用來討論網路安全的地方，建議將此留言轉貼到安全板。

Loosekitetalker

在這裡有相關。你們有人看過在摩爾多瓦拍的ＢＢ97那段影片嗎？是我們美國政府拍的，監控阿瓦蒂・阿提夫的軍隊行動。你們覺得他們能看得見那個，卻看不見我們嗎？

FisforFreedom

好喔……講回重點，我覺得那個人不可能是母神夏娃。據知，愛莉森・蒙－泰是在她殺害寄養家庭父親的那天晚上逃走，也就是六月二十四日，而夏娃從麥爾多灣發出的第一次布道是在七月二日。有人真的認為愛莉森・蒙－泰殺了她爸爸，然後搶了一輛車跨過州界，十天後就能扮裝成一個新宗教的最高女祭司開始布道嗎？我是不信啦。

臉部辨識軟體剛好挑出這一張，Reddit論壇上的陰謀論者就發瘋了，其實什麼也不是。我相不相信夏娃身上有點古怪？當然，她們就跟山達基、早期摩門派一樣採用暗黑難解的發展模式，像是：說話措辭模糊不清、扭曲舊事物好迎合新的思考方式、創造新的低階人口等等。但是說她殺人？沒有證據啦。

Riseup

醒醒吧。她的人幫她假造了那些布道的日期，好讓這些布道似乎比真實的時間要早。這些早期布道都沒有影片，YouTube上什麼都沒有，說什麼時候發生的都可以。真要說起來，這件事讓她看起來更可疑。她為什麼要假裝自己這麼早就到麥爾多灣了？

Loosekitetalker

不懂摩爾多瓦的影片怎麼會是離題。母神夏娃一直在南摩爾多瓦講道，在那裡建立了權力後盾。我們知道國家安全局會監控一切，全球恐怖主義並沒有消失。在沙烏地阿拉伯政變之後，國王的十七名近親帶著價值八兆美金的外幣存款逃離該國，沙烏地王朝並不會因為費薩爾中心大樓裡有個女人當家的基地就消失。你們以為不會有反彈嗎？你們以為阿瓦蒂・阿提夫不想把他媽的國家拿回來嗎？你們以為他不會把錢花在他認為對自己有幫助的人身上嗎？你們到底知不知道沙烏地王朝一直在資助什麼？他們投資恐怖份子，朋友。

說了這麼多，你們覺得這跟國內恐怖活動和反恐主義沒有關係嗎？國安局監控著我們在這裡所說的一切，相信我吧。他們一定嚴格監控著夏娃。

Manintomany

夏娃在三年內就會死，我保證。

Riseup

老兄，除非你一次用十幾個ＶＰＮ，不然等等就有人要敲你家的門了，三、二、一……

AngularMerkel

有人會派殺手去做掉她的。電力也擋不了子彈。想想麥爾坎・Ｘ、金恩博士、甘迺迪總統，搞不好她這條命已經有賞金了。

Manintomany

光憑她講的那些話，我他媽的可以免費幹掉這婊子。

TheLordIsWatching

是政府造成這樣的轉變，他們多年來小心翼翼給我們注射適量的賀爾蒙，美其名為「疫苗」（VACCINATIONS），VAC指的就是空洞（vacuous），SIN就是我們罪惡的靈魂（sinful souls），NATION則是過去偉大的人民如今遭之摧毀。點擊這個連結獲取沒有報紙敢刊出的爆料。

Ascension229

總有一天會有報應的。上帝將集結祂的部眾，祂將以正當的方式、以祂的榮光指導他們，末日也將隨之到來。正義之師將集結到祂面前，邪惡之徒將遭火焰焚毀。

AveryFalls

你們都有看過奧拉圖德．伊多在摩爾多瓦的報導嗎？那支沙烏地阿拉伯軍隊？有沒有人看著那些優秀年輕人的照片，也想去加入他們，用他們的武器去打即將到來的戰爭？起而行動，這樣以後孫子問我們做了什麼，我們就有故事能告訴他們？

Manintomany

我就是這麼想的。要是我再年輕一點就好了，如果我兒子想去，我一定祝他一路順風。不過他現在被一個女權納粹搞殘了，她的魔爪死抓著他不放。

Beningitis

我昨天帶我的兒子去購物中心，他今年九歲。我讓他自己去玩具店裡面四處看看、挑玩具，因為上禮拜是他的生日。他帶著那天收到的零用錢，而且他也很聰明，不會自己一個人就晃到門外。可是我去找他的時候，有個女孩在跟他講話，大概十三、四歲吧，她手掌上有那種刺青，就是法蒂瑪之手。我問他那個女孩說了什麼，他就開始一直哭、一直哭，他問我他是不是真的很壞？神要他乖乖聽話、虛心受教。她居然想在那家該死的店裡對我兒子傳教。

Buckyou

幹！幹！太噁心了！他媽的白癡小騙子，這賤貨婊子。我會狠狠揍她，讓她只能從眼球吸屌了。

Verticalshitdown

老兄，我真的不知道那到底是什麼意思啦。

Manintomany

你有她的照片嗎？什麼身分證明的都可以？有人可以幫你。

Loosekitetalker

那家店叫什麼？有明確的時間跟地點嗎？我們可以找到監視器畫面，可以傳句話給她，包她不會忘記。

Manintomany

私訊告訴我細節，你遇到她的確切地點還有那家店的名字，我們要對她們反擊。

FisforFreedom

各位，我覺得這是誤導。像這樣的故事，發文者只給你一點點證據，就會讓你攻擊任何人。可能是想挑起對她們有利的事端，只讓我們看起來像壞人。

Manintomany

滾啦。我們都知道這些事情正在發生，一直發生在我們身上。我們需要「憤怒之年」，就像他們說的那樣。婊子得知道今非昔比，她們得學會正義是什麼意思。

UrbanDox933

無處可躲，無處可逃，無可饒恕。

瑪格

「市長，請說說看，如果您當選這個泱泱大州的州長，您計畫如何處理預算赤字？」

她知道這個方案可以分成三點，馬上說出前面兩點。

「艾倫，我有很簡單的三點計畫。第一，刪減官僚制度的過度花費。」很好，就這樣用第一個問題打擊對手，「各位知道嗎？現任州長丹尼爾・丹頓的環境監督處去年花了超過三萬美金購買……」什麼呢？

「……瓶裝水。」暫停一下，加強聽眾的印象。

「第二，刪掉其實不需要的補助。如果你的年收入超過十萬美金，本州就不應該付錢讓你送小孩去夏令營！」這是一項錯誤陳述，接著是更嚴重的錯誤陳述，這條政見只適用於全州兩千個家庭，而且其中大部分都有身心障礙的孩子，所以還是有辦法將他們排除在外。不過，這張牌打得很好，而且提到孩子就提醒了大家，她是有家庭的人，而提出她會刪減福利支出，讓她看起來比較強悍，而不只是一個坐辦公室的女人，內心柔軟又會淌血。現在輪到第三塊拼圖，第三塊。

第三塊。

「第三，」她開口，希望自己只要繼續說話，嘴巴就會自動接下去講。「第三點，」她又說了一次，語氣更堅定了。靠，她想不出來，來啊，刪減官僚花費、刪減不必要的福利支出，還有、還有，靠。

「靠！艾倫，我忘記第三點了。」

艾倫伸了個懶腰，站起來轉轉脖子。

「艾倫，第三點是什麼？」

「如果我告訴妳，妳在台上還是會忘記。」

「去死啦，艾倫。」

「對啦，妳就用那張嘴親吻孩子嗎？」

「她們又他媽的分不出來。」

「瑪格，妳想贏嗎？」

「我想贏嗎？如果我不想贏，有必要準備這一大堆嗎？」

艾倫嘆口氣。「妳知道的，瑪格，就在某個地方，妳腦袋裡某個地方，妳知道預算赤字方案的第三點。去找來給我，瑪格，找找。」

她盯著天花板。他們在飯廳裡的電視機旁邊架了一個模擬用的講台。牆上還掛著麥蒂小小的手掌印裱框；喬思琳已經要求把她的拿下來。

「等到我們真正上場時就會不一樣了。」她說，「我到時候會充滿腎上腺素，就會更……」她像在跳舞一樣甩了甩手，「有精神。」

「對啦，妳的精神會超好，等到妳記不起妳的預算改革第三塊拼圖是什麼，就會當場吐在台上。好，超級好，吐。」

官僚、福利，還有，官僚……福利……

「投資基礎建設！」她大叫出聲，「目前的政府不肯投資在我們的基礎建設上，我們學校快垮了，道路的維護也很差勁，我們需要花錢才能賺錢。我已經證明我可以經營大型計畫：我們為女孩設立的北極星營區現在已經複製到十二個州了，這些營區能創造工作機會，讓女孩不會流落街頭，而且讓我們的街頭暴力發生率降到全國最低的幾個州。投資基礎建設能夠讓我們的人民確信自己將擁有安全無虞的未來。」

沒錯，就是這個，想到了。

「市長，傳言是不是真的呢？」艾倫說，「您和私人軍事機構密切往來令人頗為憂心。」

瑪格微笑了，「艾倫，除非你是憂心公部門和私人集團合作。北極星集團是全世界最受推崇的公司之一，為許多國家元首提供私人保全服務，而且是美國企業，正是我們最需要的那種企業，能夠為努力工作的家庭提供工作。而且，你說說看，」她的笑容閃閃發光，令人安心，「如果我認為這家公司不過就是提供武力，我還會把自己的女兒送到北極星營隊裡嗎？」

飯廳裡響起一陣零零落落的掌聲。瑪格甚至沒有注意到喬思琳已經從側門進屋裡來了，她一直在聽。

「說得太棒了，媽，真的很棒。」

瑪格笑了，「妳應該看看我幾分鐘前的樣子，我甚至連州內所有學區的名字都記不住，我都已經背下那些名字十年了。」

「妳只是需要放鬆一下，來喝杯汽水。」

瑪格瞄了艾倫一眼。

「好啊，好啊，休息十分鐘。」

喬思琳微笑了。

小喬現在比較好了，至少是比之前好多了。在北極星營隊裡待了兩年很有幫助，那裡的女孩教她要怎麼壓制力量爆發，她已經好幾個月沒有炸掉燈泡了，而且又開始使用電腦，不會害怕自己癱瘓電腦。不過她們沒辦法幫她處理力量的低潮，還是會有幾天，有時候甚至長達一個禮拜，她會完全沒有力量。他們試過歸因於她吃的東西、她的睡眠、經期、運動，但就是找不出規律。會有某幾天、某幾個禮拜，她什麼力量都沒有。瑪格低聲地跟幾個提供健康保險的業者談話，討論要資助某項研究，州政府會很感激他們的協助，如果她當選州長的話會更感激。

他們穿過談話的飯廳往廚房走的時候，小喬拉著瑪格的手捏了捏。

小喬說：「對了，嗯，媽，這位是萊恩。」

有個男孩，尷尬地站在大門的玄關處，雙手插在口袋裡，身邊放著一疊書。他的金髮間夾雜著褐髮，瀏海都蓋到眼睛了。

哼，男孩子，好，好吧。當個家長就是要不斷面對新的挑戰。

「嗨，萊恩，很高興認識你。」瑪格伸出手。

「很高興認識您，克里瑞市長。」他囁嚅地說。至少他很有禮貌。雖然實際上可能更糟。

「萊恩，你幾歲了？」

「十九。」

比喬思琳大一歲。

「那你是怎麼認識我女兒的？」

「媽！」

萊恩臉紅了，真的臉紅。她都忘記有些年輕的十九歲男孩是什麼樣子了。麥蒂才十四歲，已經會在脫鞋間練習軍人姿勢，做她在電視上看到的，或是小喬從營隊裡學了回來教她的那些動作；她的力量甚至還沒甦醒，看起來卻好像比這個站在玄關的孩子還要大，這男孩只是害羞地盯著自己的鞋子。

「我們在購物中心認識的。」小喬說，「我們會一起玩、喝汽水，我們只是要一起做功課。」她帶著懇求的語氣，「萊恩秋天就要上喬治城大學了，讀預備醫科。」

「大家都想跟醫生約會，是吧？」瑪格微笑著。

「媽！」

瑪格把喬思琳拉過來，手搭在她背上，親吻她的頭頂，很輕聲地在她耳邊低語：「我希望妳把房門打開，好嗎？」

喬思琳全身僵住，「以後我們有時間再討論，只要今天就好，好嗎？」

「好。」小喬悄聲回答。

「我愛妳。」瑪格又親親她。

小喬拉起萊恩的手，「媽，我也愛妳。」

萊恩尷尬地一手拿起他的書。「很高興認識您，克里瑞太太。」他臉上閃過一個表情，彷彿知道自己不應該像在學校裡學到的那樣稱她太太。「我是說，克里瑞市長。」

「我也很高興認識你，萊恩。六點半吃晚餐，好嗎？」

然後他們就上樓了。就這樣，年輕的一代也要長大了。

艾倫站在飯廳的入口處看著，「年輕人談戀愛啊？」

瑪格聳聳肩，「反正是年輕人的事情，年輕人的賀爾蒙。」

「很高興知道有些事情沒有變。」

瑪格抬頭從樓梯井看著樓上。「你之前問我『想贏嗎』是什麼意思？」

「那只是……激將法，瑪格。妳必須針對那些問題發動攻擊，一定要表現出妳的渴望，懂嗎？」

「我是很想贏。」

「為什麼？」

瑪格想起喬思琳在力量消失時發抖的樣子，而居然沒有人可以告訴她們這是怎麼一回事。她想著自己當上州長後，少了丹尼爾擋她的路，她想做的事情可以推行得多快。

「為了我的女兒們，」她說，「我希望這樣能幫助小喬。」

艾倫皺起眉頭。「好吧，」他說，「繼續排演。」

在樓上，小喬把門拉上，輕輕轉動門把，就算是她媽媽也聽不見。「她要在樓下耗好幾個鐘頭。」她說。

萊恩坐在床上，以拇指和食指圈著小喬的手腕，把她拉到自己身邊坐下。「好幾個鐘頭？」他微笑著說。

小喬的肩膀先歪向一邊，再歪向另一邊。「她有這一大堆東西要背，而且麥蒂跟爸爸在一起，週末才回來。」她把手放在他大腿上，用拇指慢慢畫著圈圈。

「妳會在意嗎？」萊恩說，「我是說她一直在忙這些東西。」

小喬搖搖頭。

「可是，不會很奇怪嗎？」他說，「有媒體，還有這一切？」

她用指甲刮著他的牛仔褲。他的呼吸變快了。

「會習慣的。」她說，「我媽都是這樣說的，我們的家依然保持隱私，門關起來之後發生的任何事情都只有我們自己知道。」

「很好，」他微笑著說，「我只是不想上晚間新聞。」

她發現這樣說的他實在好可愛，於是傾身向前親了他。

他們之前也這樣做過，不過還是覺得很新鮮，而且他們之前從來沒在有門、有床的地方做過。小喬一直很怕自己會再傷人，有時候她會忍不住想起那個被她傷得住進醫院的男孩——他手臂上的汗毛都蜷曲了，而他摀著耳朵的樣子，就像聽見過於巨大的聲響。她跟萊恩說過這所有一切，他也能理解，她以前從來沒有遇到能懂她的男生。他們已經談過，同意他們會慢慢來，不會讓事情失控。

他的嘴裡很溫暖又濕潤，舌頭滑溜溜的。他呻吟了一聲，她可以感覺到那東西開始在她體內醞釀，但是她可以的，她做了呼吸練習，她知道自己可以控制。她的手搭在他背上，往下滑過他的腰帶；而他的手一開始還有些試探，接著就比較有自信了，先摩搓著她乳房的側邊，再以拇指按著她的脖子、按著她的喉嚨。她的鎖骨間湧起一種滋滋作響、爆裂般的感覺，雙腿間疼得厲害。

他稍稍拉開兩人的距離，既害怕又興奮。

「我感覺到了，」他說，「讓我看看？」

她揚起微笑，喘著氣，「讓我看你的。」

他們倆都笑了。她解開自己襯衫的釦子，第一顆、第二顆、第三顆，剛好開到能看見她內衣上緣的程度。他微微笑著，脫掉他的毛衣，解開底下的薄襯衫，一顆、兩顆、三顆釦子。

他的指尖爬上她的鎖骨，她的絞軸正在皮膚底下發出輕柔的鳴響，看來蓄勢待發。而她也抬起手觸摸他的臉。

他微笑著說：「繼續。」

她從他的鎖骨一端沿著那條骨頭摸著，她一開始還感覺不到，不過接著就在那裡，很微弱但確實在閃著光。那裡，他也有絞軸。

他們是在購物中心裡認識的，這部分完全是真話。喬思琳從小在政治家庭裡長大，也學了不少，自然懂得如果可以的話絕對不要公然說謊。他們是在購物中心裡遇見的，因為那是他們決定要碰面的地方，而他們是在一個網路私人聊天室決定這件事。兩人都在尋找跟自己相像的人：怪人。無論是什麼樣子，他們獲得的電擊力量不太對勁。

喬思琳去看了某個陌生人透過電子郵件寄給她的可怕網站「都市解密」，裡面說的都是這玩意兒開啟了男人和女人之間的聖戰。都市解密有一篇部落格文章在談論為了「怪異和不正常的人」所設的網站，喬思琳想，那就是我，我應該去看看。後來，她很訝異自己之前從來沒有想過這些事。

就他們倆所知，萊恩的情況甚至比喬思琳更加罕見。他的染色體異常，在他只有幾週大的時候，他的父母就知道了。不是所有像這樣的男孩都會長出絞軸，當中有一些在他們的絞軸想冒出來時會因此死亡，有一些則擁有毫無作用的絞軸。不管是哪一種，他們都不會告訴別人。在世界上其他情勢更危險的地方，有男孩就因為讓人看見他們的絞軸而遭到殺害。

在那些為了怪異和不正常的人所設的網站上，有人提出疑問：如果有女人試圖要喚醒男人體內的電擊力量，會發生什麼事？在訓練營中已經發展出技巧，讓力量較弱的女人強化自己的能力，如果用來教導男人又會如何？有些人說，如果他們真的試過，或許我們會有更多人擁有能力。但是大部分男人就算曾經試過，如今也不再嘗試了，他們不想跟怪異、染色體異常扯上關係。

「你可以……做到嗎？」

「妳可以嗎？」他說。

今天是她狀況好的時候，體內的力量很平穩、受控，她可以控制自己發出一小茶匙的量就好。她發出一點點微弱的力量送到他的側腹，感覺不過就像讓人用手肘撞了肋骨一下。他輕輕叫了一聲，那是食髓知味的聲音。她對他微笑。

「換你了。」

萊恩握著她的手，用拇指摩挲著她的掌心，然後他發動了。他的控制力沒有她好，力量也弱得多，但還是有。那股力量顫顫巍巍地增長，他撐了三、四秒後就漸漸消失了。不過，確實存在。

小喬感覺到那股力量，嘆了口氣。那力量非常真實，她感覺到力量相當明確地流竄她全身，刻劃著她的曲線。這件事本身就已經包含了許多情慾。人類只有一個可靠的慾望表徵，能順應情勢變化；無論落到人體的哪個地方，那裡就顯得性感，而如今，這個表徵就在那裡。

萊恩把力量送到她手裡的時候，看著她的臉，他眼裡透出渴望。她輕輕抽了一口氣。他喜歡這樣。他把力量用盡了，其實他擁有的不多，也從來沒用完過。他仰躺在她床上，她則躺在他身邊。

「現在嗎？」小喬說，「你準備好了嗎？」

「對。」他說，「現在。」

她伸出一根指頭，用指尖觸碰他的耳垂，送出一道火花，讓他扭著身體笑著，求她住手，接著又求她繼續。

小喬很喜歡女孩，也挺喜歡有點像女孩的男孩，而她只要坐一趟公車就能到萊恩的住處了，真幸運。她私底下發訊息給他，他們約在購物中心碰面。兩人彼此喜歡。後來又碰面了兩、三次。他們談論關於電擊力量的事情、握住彼此的手試著放電。之後小喬就帶他回家了。她想，我有男朋友了。她看著他的絞軸，看起來一點也不顯眼，跟她的不一樣。她知道在北極星營隊有些女孩會怎麼說，但是她覺得這樣很性感。她把嘴唇印在他的鎖骨上，感覺到肌膚之下的震動，就這麼沿著絞軸親吻下去。他和她一樣，卻又不一樣。她把舌頭咬在上下排牙齒間舔著他那處嘗起來像電池的地方。

⚡

在樓下，瑪格繼續準備如何為弱勢年長者提供他們亟需的幫助。她全副心神幾乎都用在背記台詞上，不過腦袋裡有一小部分還是圍繞著艾倫問她的那個問題打轉：她想贏嗎？她渴望勝利嗎？為什麼想贏？她想起小喬，想著如果自己擁有更多權力和影響力，能夠如何幫助她；她想起這個州，想著如何可以把事情變得更好。但是，她一邊緊抓著紙板做成的講台，一邊說話時，電力卻幾乎是不自主地在她鎖骨間開始積聚。真正的原因是她忍不住想著：如果她贏了，她會看見丹尼爾的表情。她想贏，因為她想打倒他。

蘿西

母神夏娃聽到聲音說：有一天會出現一個女人可以自由生活的地方。如今，她的影片從那個新國家得到成千上萬次點擊。那裡的女人不久之前還被栓在地下室、躺在骯髒的床墊上。她甚至不必派傳教士或使者，她們就以她的名義設立新教堂。她的名字在貝沙帕拉具有分量，而一封來自她的電子郵件則更是意義非凡。

蘿西的爸爸在摩爾多瓦邊境有認識的人，已經跟他們做生意好幾年了，做的不是人肉生意，那是骯髒錢；而是車子、香菸、酒、槍械，甚至還有一些藝術品。邊境有漏洞就會一直存在著，再加上近來的各種紛紛擾擾，漏洞就愈來愈大了。

蘿西跟她爸爸說：「送我去貝沙帕拉這個新國家，送我過去，我可以做點事情，我有個想法。」

「聽著，」香緹說，「你們想不想試試新玩意兒？」

他們有八個人，四女四男，都是二十幾歲，聚在倫敦櫻草花山的一處地下室公寓。他們都是銀行家，一個男人已經把手伸進一個女人的裙子裡，香緹不喜歡這樣，卻也他媽的只能忍著。

不過她了解她的觀眾。「新玩意兒」就是他們集結的口號、交配的呼叫；是他們早上六點的起床號角，讓他們邊讀報紙邊喝有機石榴汁——因為柳橙汁已經太八〇年代，只會讓他們血糖飆高。他們喜歡「新玩意兒」更勝於債務擔保憑證。

「免費試用嗎？」其中一個男人說，他細數著他們已經買的藥，確認自己沒有上當。這婊子。

「嗯哼。」香緹說，「不是給你的，這藥只有女士才能使用。」

聽到這話，房裡響起一陣歡呼、愉悅的口哨聲。她拿出一小袋粉末讓他們看，白色的粉末帶著淡紫色的光澤，看起來像雪、似霜，又像某個該死的高級滑雪場中的山頂。這些傢伙週末就會去這種地方，花二十五英鎊買一杯熱可可，低薪的木屋工人在清晨五點就小心地在壁爐裡生火，讓他們待在壁爐前，躺在瀕臨絕種動物的皮毛地毯上一起打炮。

「晶晶。」她說。

她舔一下食指尖，伸進袋子裡沾一下，黏起些許閃閃發亮的結晶，她張開嘴抬起舌頭，讓他們看看她在做什麼：她把粉末抹在舌頭根部一條粗大的藍色血管上，並把袋子交給女士們。

女士紛紛把手指伸了進去，也不管香緹給她們的是什麼鬼東西就挖了滿滿一大指尖，然後抹在自己嘴邊。香緹等著她們感覺到藥效。

「喔，哇嗚！」說話的是一個留著直短髮的系統分析師，叫露西？夏綠特？她們的名字大概都差不多。「喔，哇嗚，天啊，我想我要……」說完，她的指尖開始迸出火花，力量還不足以傷人，但是她有點失控了。

通常來說，如果是醉了、吸毒吸茫了或是嗨了，大部分的酒或藥都會讓電擊力量削弱。喝醉的女人可能會釋出一、兩道電力，只要你沒喝醉都能躲得過。但是這種藥不一樣，它經過計算，就是設計來增強體驗的。裡頭加了一點古柯鹼，已經知道古柯鹼可以讓力量更為強大；另外還有幾種不同的興奮劑，再加上可以讓粉末透出紫光的東西。香緹也只有看過混合後的成品，她聽說是從摩爾多瓦來的東西，或是羅馬尼亞、或貝沙帕拉、或烏克蘭……。香緹跟一個傢伙在艾塞克斯郡一處面海的可上鎖車庫中交易，在這玩意兒開始流入市面的時候，她就知道自己賣得動。

女人們開始大笑，她們四肢放鬆，非常興奮，仰躺著製造出或強或弱的電弧，在兩手間傳遞著，或是送上天花板。讓她們在你身上做出那種電弧，感覺很舒服，香緹曾經讓她女朋友吃了一點，然後對她這麼做。不會很痛，而是在神經末梢引出滋滋作響、搔癢的感覺，就像用聖沛黎洛氣泡水沖澡一樣。搞不好這些王八蛋還真的會這麼做。

一個男人付現跟她又買了四包。「八張五十英鎊新鈔，這些東西可不是牆上挖個洞就有的。」她跟他們喊了雙倍價，因為他們是渾蛋。沒有人要陪她走去外面開車，於是她自己走了出去。這時候有兩個人已經開始做愛、調笑著，每次抽插都迸出一堆火星。

⚡

史提夫很緊張，因為警衛的名單有變。這可能沒什麼，對，可能是某個渾蛋的小孩要出生了，或是哪個渾蛋拉肚子了。就算從外面看起來一切都不一樣了，其實裡面沒什麼問題。你可以就像平常那樣走進去，拿走你該死的沙漏。

問題是，報紙上有一篇報導。不是頭版的大新聞，而是在《鏡報》、《每日快報》，還有該死的《每日郵報》上的第五版，報導這種「新型死亡毒品」，能夠殺死「擁有大好前程的年輕男性」。報紙有寫，卻還沒有一條該死的法律禁止，除非這種毒品被其他東西取代了。這種毒品就在那該死的沙漏裡。管他去死呢。他能怎麼辦？像顆檸檬傻站在這裡，等著看警察杯杯有沒有等在碼頭邊？還是要懷疑那些他從來沒聊過天、也沒一起喝過東西的警衛，搞不好其中一個是條子呢？

他把帽子拉低蓋住自己的眼睛，將廂型車開到門口。

「對，」他說，「我要從貨櫃拿幾箱。」他停頓一下去查看數字，不過他早就倒背如流，就像刺在他該死的眼皮裡面，「A-G-21-FE7-13859D？」對講機上冒出劈啪聲，「見鬼了，」史提夫盡量讓語氣就像聊天一樣，「我跟你說，這些該死的數字每個禮拜都愈來愈長了。」

對方是一陣長長的沉默。警衛室裡如果是克里斯、小馬克，或是那個討厭的傑夫，他們知道是他，就會讓他進去了。

「司機，你可以過來窗戶這裡嗎？」對講機傳來女人的聲音，「我們要看你的身分證還有提貨單。」

靠。

於是他調頭把車開到警衛室前。他還能怎麼辦？他已經來過好多次了，大多數時候他取的貨都是合法的。他做的算是進出口生意，在市集小攤子上賣小孩子玩具；做點小生意，利潤也還不錯，大多數是現金交易，有些是沒記在帳上的。他熬夜編造出他把貨賣給了哪些攤商。柏尼．蒙克親自在佩克漢市集幫他弄了一個攤位，他某個星期六就跑到那裡去，這樣看起來才像真的，你可不想變傻蛋。很多都是很棒的玩具，東歐來的木製玩具。還有沙漏。他在搬運用橡皮筋綁在一起的木頭小機器人，或是用線串在一起的木雕小鴨時，他們當然從來沒有叫他過去警衛室，他們一定是為了這個才會他媽的叫住他。

那裡有個他之前從沒見過的女人，臉上戴著大眼鏡，往上蓋過一半的額頭，往下到她鼻子底端，像貓頭鷹一樣的眼鏡。史提夫真希望自己有先嗑一點那東西，出門前只要嗑一點點就好。他不能把東西放在廂型車裡，那樣太蠢了，警方有緝毒犬。用這些沙漏、這些煮蛋計時器就有這個好處。柏尼拿給他看的時候，他還不太懂，然後柏尼把計時器翻過來，金光閃閃而柔細的沙子就落了下來。柏尼說：「你傻啦，你以為裡面是什麼？沙子嗎？」那玻璃瓶身外頭又套著一個玻璃管，雙層封存，裝箱前又都用酒精擦洗過，這樣就一切搞定，緝毒犬也聞不出什麼，你得摔碎一個計時器，那些狗才會知道裡面是什麼。

「文件呢？」她說，史提夫便交過去。他開玩笑地聊著該死的天氣，她卻連扯個微笑也沒有。她瀏覽著貨單，停下來好幾次，叫他讀出幾個字或是數字給她聽，確認她沒看錯。在她背後，他幾次看見傑夫的臉抵在後門的防彈玻璃上，傑夫一臉「抱歉啦兄弟」的表情，對著那個難搞女人的背後搖搖頭。幹。

「可以請你跟我來嗎？」她示意史提夫走進一旁的私人辦公室。

「有什麼問題嗎？」史提夫故意誇張地假裝對著眾人呼喊，只是那邊只有空氣，「還看不夠我嗎？」

還是不笑。靠、靠、靠。文件出了什麼問題讓她起疑了？那份文件他都是自己填的，他知道沒問題。她聽說了什麼？是密探派她來的，她知道什麼了。

她示意他坐下，兩人面對面隔著一張小桌子，她也坐下。

「親愛的，這到底是要幹嘛？」他說，「我一個半小時內還得趕到伯蒙塞。」

她抓住他的手腕，拇指按在細小的骨頭間，正好就在手掌和手臂連接處，突然間，那裡就像燒起來一樣。火焰在他骨頭裡肆虐，血管逐漸乾枯萎縮，蜷曲而發黑。靠，她快把他的手扯下來了。

「不准說話。」她說。他也不會，他就算想也不能。

「現在蘿西．蒙克已經接手了生意，你知道她是誰嗎？你知道她爸爸是誰嗎？不准說話，點頭就好。」

史提夫點頭。他知道。

「你一直在耍我們，史提夫。」

他想要搖頭，急急忙忙要辯解：不、不、不，妳看錯了，不是我；但是她更加使力按他的手腕。他覺得她就要把那裡弄斷了。

「每個月，」她說，「你的帳本上總會少記一、兩個計時器，你知道我在說什麼嗎，史提夫？」

他點點頭。

「到此為止。現在，馬上停止。不然你就別想再做生意了，懂嗎？」

他點點頭。她放開他的手，他另一隻手捧著他的手腕，從那裡皮膚上甚至看不出來發生了什麼事。

「很好，」她說，「因為這個月我們有特別的貨，在我們還沒吩咐你之前，別想去動那批東西，知道嗎？」

「好啦，」他說，「好啦。」

他駕車離開的時候，廂型車後面有八百個仔細裝箱的煮蛋計時器，所有文件都正確無誤，每個紙箱都交代得清清楚楚。他直到回去自己的車庫，手上的疼痛也消退了，才看了一眼這批貨。對，他看得出來，那些東西不一樣，在那些計時器裡的「沙」都帶著淡淡的紫色。

蘿西在數錢。她可以讓那些女孩子來做，她們已經做過一次，她可以找個人來當著她的面數錢。但是她喜歡自己來，讓指尖感覺那些紙張，看著她的決策轉為數字、轉為權力。

柏尼不只對她說過一次。「別人比你更清楚你的錢流向何方，就是你輸掉的那一天。」錢啊，就像魔術一樣，你可以把錢變成任何東西，一、二、三，變！把毒品變成對貝沙帕拉總統塔提亞娜・莫斯卡列夫的影響力，把自己帶來疼痛與恐懼的電擊能力變成一家工廠，當局會睜一隻眼閉一隻眼，不管你在工廠裡製造什麼，半夜裡還往天空裡噴出帶著紫色的煙霧。

蘿西從修道院回家的時候，瑞奇和柏尼有想過她能做什麼，也許是幫忙銷贓，又或者負責曼徹斯特某個掩人耳目的生意。她倒是跟柏尼說了個主意，他很久很久沒有聽過這麼大樁的生意了。現在，她早就知道要什麼配方才能讓她撐得最久，還有該怎麼混合。蘿西坐在一處山丘上好幾天，吸毒吸到嗨翻，試用柏尼的手下混搭的各種組合，由她判斷認可。他們發現的時候，他們知道就是這個，由化學家合成的，如岩鹽一般大的紫色晶體，原料是萃取自托尼樹的樹皮，這種樹是巴西的原生種，不過在這裡也長得很好。吸一口完全合成的成品，也就是純的晶晶，蘿西發出一擊就有半個山谷遠。不過他們運送的不是這種：那太危險，也太珍貴了。他們把好東西留下來自己用，或許也賣給適當的出價者。他們運送的東西已經混過別的東西，不過效果已經很好了。蘿西沒有對家人提過母神夏娃，不過這個新教派已經讓他們得到七十名忠心的女人在生產線上工作。這些女人都認為自己在為萬能的女神工作，為祂的孩子帶來力量。

每個禮拜，蘿西都親自向柏尼報告一週的總數目，如果瑞奇和戴瑞也在的話，就在他們面前說。她不在乎。她知道自己在做什麼。現在蒙克家族是晶晶的唯一供應商，就像在印鈔票一樣，而錢可以變成任何東西。

蘿西的電子郵件是用一個轉了十幾個伺服器的私人帳號，她也會每週向母神夏娃報告總數目。

「不錯嘛，」夏娃說，「妳有留一些給我吧？」

「為了妳，還有妳的人。」蘿西說，「就像我們說好的。是妳讓我們在此立足，妳讓我賺了大錢。妳照顧我們，我們就會照顧妳。」她打字的時候咧嘴笑著，在心裡想著：全部拿去吧，都是屬於妳的。

近日開挖後倫敦聚落遺址時，發現大量埋葬男性屍骨的墓穴。屍骨的手在死前便遭到移除，頭骨有疤痕是該時期典型的情況；傷疤爲死後造成。約有兩千年歷史。

尚有五年

瑪格

候選人在鏡子前伸展身體。他左右轉著脖子，嘴巴張得很開，叫著：「啦啊啊，啦啦啦啊啊啊。」他的視線對上了鏡子中自己藍得像加勒比海的眼眸，露出一抹淡淡的微笑，眨眨眼，對著鏡子無聲地說：「你行的。」

莫里森收拾起筆記，刻意避開與候選人的眼神直接交會，說：「丹頓先生，丹尼爾，老闆，你行的。」

候選人微笑了。「莫里森，我正是這麼想的。」

莫里森也報以淡淡的微笑。「因為是真的，老闆。您是現任州長，這位子已經屬於您了。」

如果讓候選人覺得有某種好兆頭，例如星象排列的力量在作用，對他們有好處。如果可以的話，莫里森喜歡玩些這樣的小把戲，讓他做起自己的工作得心應手。就是這樣的事情，能讓他的候選人多一點點的機會打敗另一個人。

另一個候選人是女性，比莫里森的候選人年輕了將近十歲，冷硬無情又頑固，他們在進行競選活動這幾個禮拜中不斷攻擊她這一點。畢竟，她都離了婚，還有兩個女兒要養，這樣的女人真的有時間處理政務嗎？

有人問莫里森，他是否認為在大變之後——你知道的——政治也變了？莫里森把頭偏向一邊說：「不，重要的議題還是一樣：優秀的政策和優秀的人格，我跟你說，我們的候選人兩者兼備。」接著他繼續說，將對話導回到已經穩穩鋪設好軌道的「觀光路線」：從價值大道和白手起家峽谷，路經教育之山和健保岬。但是他私下在心裡想著，對自己坦承，沒錯，是變了——如果他讓自己頭顱裡那個奇怪的聲音搶走他嘴巴的控制權的話。當然絕對不會發生。他知道不能這麼做，但要是他說出來了，那聲音就會這樣說：她們在等著某件事發生。我們只是假裝一切正常，因為我們也不知道還能做什麼。

⚡

候選人帶著約翰．屈伏塔的氣勢站到舞台上，準備好舞步，知道聚光燈會找到他們，照亮一切會發光的東西：亮片也是、汗水也是。她回答第一個問題時就敲出飛出場外的全壘打，也就是國防問題。她手上準備了所有事實證據，她已經經營北極星計畫好幾年了；當然，他的候選人應該就這個部分追問她，但他就是不能輕鬆地反唇相譏。

「拜託，」莫里森無聲說著，他並沒有特定對著誰說，因為燈光這麼亮，候選人根本看不到他。「拜託，攻擊啊。」

候選人結結巴巴地回答，莫里森覺得肚子被打了一拳。

第二題和第三題是有關於全州的議題，莫里森的候選人回答相當完整，但很無趣。這是致命傷。等到第七和第八題，她又把他逼上鋼索了，而她說他對這個職位並無未來規劃時，他也沒有反擊。到了此時，莫里森已經納悶著會不會有哪個候選人實在輸得太慘，氣到丟大便的時候還會丟到他身上來？情況看起來好像一副他過去幾個月都只是閒坐著吃M&M巧克力、抓抓屁股。

他們進入廣告休息時間，這時戰況已經慘到不能再慘了。莫里森陪著候選人到廁所，讓他吸點粉。莫里森順了一次談話的重點，說：「您做得很好，老闆，真的很好，只是您懂的……積極進攻也不是壞事。」

候選人說：「好了，好了，我不能讓人覺得我在生氣啊。」莫里森直接就在男廁的小便池旁抓住他的手臂，說：「老闆，難道您今晚想輸在那個女人手上嗎？想想您的父親，他會想看見什麼？為他的信念而戰，為了他想打造的美國而戰。好好想想，老闆，他會怎麼處理這個狀況？」

丹尼爾．丹頓的父親是個強勢而霸道的生意人，有邊緣性酗酒的問題，十八個月前過世了。這招很賤，但賤招通常有用。

候選人轉了轉肩膀，就像為了獎金而戰的拳擊手，然後他們又回去進行下半場。

現在候選人已經變了個人，莫里森不知道是古柯鹼或者那番精神喊話起了作用，但無論是哪一種，他想著，我真他媽的厲害。

候選人一出場就擋過一個接一個問題，工會？解決。弱勢權利？他說起話來彷彿天生是要繼承建國元勛的意志，而對手只能轉為防守。很好，真是太好了。

這時候，莫里森和觀眾都注意到某件事。競選對手的手不斷抓緊又放鬆，好像努力要阻止自己什麼……但不會吧，不可能啊，她通過測試了。

候選人現在氣勢正旺，他說：「至於那些津貼……妳自己的數字都顯示出，根本完全不管用。」

觀眾席間傳來鼓譟，但候選人以為這代表他們贊同他的強力攻勢，於是繼續大開殺戒。

「事實上，妳的政策不只不管用，還已經用了四十年了。」

她完美通過了自己的測試，不可能，可是她的手卻緊抓著講台邊緣，她說：「好了，好了，你不能，好，好。」每過一刻，她似乎就要說明一切，但大家都看得出來她努力在壓抑什麼。大家都看到了，只有候選人沒看到。

候選人使出最具破壞性的一招。

「當然，我們認為妳應該不會了解這對辛苦工作的家庭有什麼意義，妳讓北極星營隊照顧自己的女兒，妳到底關不關心妳那兩個女兒？」

夠了，她伸出手，指關節碰到他的肋骨，接著她釋放出電擊力量。

其實只有一點點。

甚至擊不倒他。他踉蹌幾步，睜大眼睛，倒抽一口氣，他退開自己的講台，一步、兩步、三步，雙手抱著自己的腹部。

觀眾都看懂了，無論是那些在錄影現場的，還是在家裡觀看的，大家盯著、看著，都知道發生了什麼事。

錄影棚裡的觀眾非常安靜，好像都屏住了呼吸。嗡嗡聲漸漸響起，愈來愈響，聲音此起彼落。不安的喃喃聲愈來愈大。

候選人還結結巴巴地想要把回答說完，這時主持人已經說要休息一下；瑪格的表情從原先攻擊得手的氣焰高漲、張大鼻孔噴氣的樣子，突然變成了覆水已經難收的恐懼；也正在這個時候，棚內觀眾逐漸從吵鬧而起的氣憤、恐懼和無法理解，轉變成轟然號哭，就在這一秒切換進了廣告。

莫里森做好了準備，讓他的候選人從廣告休息回來後，看起來衣著整齊、神采奕奕而鎮定。但是不能太完美，也許還要有一點驚嚇和傷心的樣子。

選戰進行得很順利，瑪格．克里瑞看起來很累，又戰戰兢兢的。接下來幾天，她為了那件事道歉不只一次，她的團隊幫她寫了一套好說詞。她說，她只是對議題懷抱著太多熱忱，這件事不可原諒，但那只是因為她聽見丹尼爾．丹頓在她女兒的事情上說謊，所以才失控了。

丹尼爾對整件事展現出老練的政治家風範，讓自己在道德面上更勝一籌。他說，有些人會發現自己很難在面對艱困的境況時仍保持風度。雖然他承認自己的數據有誤，不過呢，要處理這樣的事情總有對的方法和錯的方法，是吧，克莉絲汀？他笑了，她也笑了，把手放在他的手上。她說，當然是了，現在我們得進廣告了。等節目回來，我們要看看這隻玄鳳鸚鵡是不是能背出從杜魯門總統之後的每位美國總統。

民調數字顯示大體而言，民眾都被克里瑞嚇壞了。這件事不可原諒，也不合道德——是吧，這完全代表她判斷力很差。不行，他們無法想像自己會投票給她。選舉日當天，數字看起來一片看好，丹尼爾的太太開始瀏覽新州長官邸的庭園設計。一直到出口民調的數字出爐，他們開始想一定有什麼地方搞錯了，就算是這樣，我是說，也不可能錯得這麼離譜吧。

但他們就是錯了。結果顯示選民說謊了，正如他們對辛勤工作的公僕經常有這樣的指控，結果這些該死的選民根本自己就是該死的騙子。他們說他們敬重努力工作、立定決心和擁有道德勇氣的人；他們說候選人的對手在放棄條理清晰的論述和冷靜的魄力之時，就失去了他們的選票。但是等他們進了投票亭，成百、成千、成萬的投票者都想著，你知道嗎，儘管如此，她還是很強，她會做給他們看的。

「這是一場令人震驚的勝利，」電視螢幕上的金髮女郎說著，「讓時事評論家和投票者都同樣吃驚……」莫里森不想再聽下去了，但卻無法逼自己關掉電視。他的候選人又在受訪，他很難過這片偉大之州的選民沒有選擇讓他回到大位，繼續擔任他們的州長，但是他折服於他們的智慧。這樣很好，不要說原因，絕對不要說原因。他們會問你為什麼會輸，但是絕對不要告訴他們，他們只是想逼你批評自己。他祝福自己的對手在職位上一切順利，而他也會在她這一路上步步緊盯，如果她有一時疏忽了照顧這片偉大之州的選民，他會馬上提醒她。

莫里森看著螢幕上的瑪格・克里瑞，現在是這片偉大之州的州長了，她接受眾人的喝采，說自己會做一名謙遜而勤勞的公僕，很感激大家給她的第二次機會。她也不知道這是怎麼一回事，不過，她想她還是必須請求大家的原諒，為了那件讓她當選的事情。她做錯了。

圖德

「請問，」圖德問，「你們的訴求是什麼？」

站在抗議隊伍中的一個男人在空中揮舞著旗幟，上頭寫著「為男人爭正義」。其他人發出吵鬧而不整齊的歡呼聲，並從冰桶裡拿出啤酒。

「就像標語說的，」其中一個發表意見，「我們想要正義。這是政府幹的好事，政府得撥亂反正。」

這天下午過得很慢，空氣又潮又悶，陰影下的氣溫都要逼近攝氏四十度了。要在亞歷桑納州圖桑的這處購物中心進行抗議，今天可不是最適當的時機。圖德會來這裡只是因為他收到匿名線報，說今天在這裡會出事，原本聽起來很可靠，但現在看起來可不會有什麼大事了。

「你們有人跟網路有關嗎？瘋過頭、親親真相、都市解密，這類網站的東西？」

男人們搖搖頭。

「我在報紙上看到一篇文章，」其中一人說，這男人今天早上顯然決定只要刮左半邊的鬍子，「說那個新國家貝沙帕拉對所有男人做化學去勢，她們打算對我們所有人這樣做。」

「我……覺得這不是真的。」圖德說。

「你看，我把那篇文章剪下來了。」那男人開始在他的袋子裡翻找，一堆舊收據和薯片的空袋子跟著掉到柏油路上。

「靠。」他一邊說，一邊追著自己的垃圾跑。圖德隨意地用照相手機把他拍下來。

他還有好多其他故事可以追，他應該去玻利維亞，他們宣布選出自己的女教宗。沙烏地阿拉伯的進步改革政府在虔誠的極端主義份子眼中開始顯得脆弱，他可以回去那裡，為他原本的故事做追蹤報導。甚至連八卦故事都比這裡有趣：新英格蘭地區一位準州長的女兒被人拍到跟一個男孩在一起，而看起來那個男孩擁有明顯的絞軸。圖德聽說過這個。他做過一篇報導，和幾位醫生談過治療女孩的絞軸畸形和其他問題，其實不是所有女孩都擁有絞軸，這跟先前的認知不同，大概一千個女孩中有五個天生就沒有絞軸。有些女孩不想要，試圖自己把絞軸切除；醫生說，其中一個是用剪刀，才十一歲。剪刀耶，自己剪著那塊地方，就像在剪紙娃娃一樣。還有幾個染色體異常的男孩也有絞軸，有時候他們喜歡這樣，有時候不喜歡。有些男孩會問醫生可不可以移除他們的絞軸，醫生就得告訴他們，不行。他們不知道該怎麼做，一旦將絞軸切除，病人的死亡率會高過五成。他們不知道為什麼，那又不是維生器官。目前的理論是說，絞軸跟心臟的電流搏動有關，而將之移除就會干擾到這部分的運作。他們可以移除一些岔出的分支，減弱其力量，也比較不顯眼，但是如果擁有了絞軸就是一輩子都有了。

圖德試著想像擁有絞軸會是什麼樣子，那是你無法放棄或交換的力量。他覺得自己抱著渴望，又覺得反感。他在網路論壇上讀過，有男人說如果世界上所有男人都有絞軸，那麼一切都會恢復原本該有的樣子。男人既生氣又害怕，他能理解。自從德里那件事之後，他也害怕。他用假名加入了都市解密的網站，張貼了幾篇評論和發問。他發現網站上有個專板在討論他自己的報導，他們在那裡把他叫做性別叛徒，因為他報導了阿瓦蒂・阿提夫的故事，而沒有選擇隱匿；而且他也沒有報導男性的抗爭行動，沒有報導他們特別想出來的陰謀論。他收到那封電子郵件說今天這裡會出事的時候，他想……他不知道他在想什麼。也許這裡有什麼在等著他，不只是新聞，而是能夠解釋他這些日子以來的那種感覺。但這沒什麼，他只是屈服於恐懼，僅只如此。自從德里之後，他總是躲避著故事而非去追查。今天晚上他會在旅館裡，上網查看玻利維亞的蘇克雷是否還有什麼可報導的故事，看看下一班飛機是什麼時候。

傳來像是打雷的巨響，圖德望向山脈，以為會看到暴風雨的雨雲，但那不是暴風雨，也不是打雷。聲音又響了，這次更大聲，從購物中心的遠端還揚起一片巨大的煙塵，接著是尖叫聲。

「靠。」一個拿著啤酒和標語的男人說，「我想是炸彈。」

圖德朝著聲音的方向跑過去，穩穩拿著自己的相機。前方傳來斷裂聲，他聽見磚瓦掉落的聲音。他繞過建築物，起司鍋連鎖餐廳已經起火了，其他幾個櫃位也垮了，人們從建築物中跑出來。

「有炸彈。」其中一人直接對著圖德的相機鏡頭說，他的臉上覆蓋著粉塵，白襯衫底下有幾道小傷口正冒出血來。「還有人困在裡面。」

會奔向危險，而非遠離，圖德喜歡這樣的自己。每一次他這麼做，就會想著，對，很好，我還是我。但這個念頭是最近才有的。

圖德繞過建築物殘骸，有兩名少女倒在那裡，他幫她們站起來。他鼓勵其中一個女孩用手臂圈住另一個女孩以支撐身體，因為她的腳踝已經顯露出大片的瘀傷。

「是誰做的？」她面對鏡頭哭喊，「是誰做的？」

這就是問題所在。有人炸掉了起司鍋餐廳、兩間鞋店，還有一家婦科專門診所。景象相當震懾人心，在他右手邊，購物中心陷入火海；左手邊，建築物的整個門面已經坍塌。在他拍攝二樓牆面垮到一樓的情況時，有一面白板還掛在牆上，上頭寫著排班分配表，他拉近鏡頭：凱拉，下午三點半至晚上九點；黛博拉，早上七點。

不遠處，有人在大叫，可是一片塵土飛揚中很難看見什麼。他終於看見有一名孕婦困在瓦礫堆中。她趴在地上壓著孕肚，肯定有八個月身孕了，一根水泥柱困住了她的腳。空氣中飄著汽油的味道，圖德將相機放下並穩穩地擺好，以持續拍攝，並試圖往她爬近一些。

「別擔心，」他無可奈何地說，「救護車快到了，一切都會沒事的。」

她對著他尖叫，她的右腳已經壓得血肉模糊，還一直想從柱子底下脫身，不停踢著柱子。圖德的直覺是要壓住她的手，但是她每往柱子踢一腳，就會釋放出大量電流。

或許是不自主的。懷孕時的賀爾蒙會增加力量的強度，也許是在這段時間中許多生物變化所帶來的副作用，不過現在的人會說那只是為了保護寶寶。有女人在生產時會把護理師電暈過去，因為疼痛和恐懼都會降低人的控制力。

圖德大喊著想找人來幫忙，但附近沒有人。

「告訴我妳的名字，」他說，「我叫圖德。」

她瑟縮了一下，然後說：「喬安娜。」

「喬安娜，跟著我的呼吸。」他說，「吸氣，」他憋著氣數到五，「吐氣。」

她試著做了，扭曲著臉、皺著眉，她吸了口氣又吐出。

「救護人員就快到了，」圖德說，「他們會把妳救出來，再呼吸一次。」

吸氣、吐氣，再一次吸氣、吐氣。她的身體不再痙攣扭動。

他們頭頂上的水泥牆有裂開的聲音，喬安娜想要扭過脖子去看。

「發生什麼事？」

「只是幾根燈管。」圖德可以看到那些燈只靠著一、兩條線掛在上面了。

「聽起來像是屋頂要塌了。」

「不會。」

「不要把我丟在這裡，不要讓我一個人壓在這下面。」

「不會塌下來的，喬安娜，只是燈管。」

一根日光燈管只剩一根電線吊著，搖晃了幾下就斷開來，摔落到瓦礫堆中。喬安娜又開始扭動抽搐，就算圖德說著「沒事、沒事」，她仍然再度陷入無法控制的反覆放電、疼痛中，拚了命想把自己從柱子下拉出來。圖德說著：「拜託，拜託，呼吸。」她則說著：「不要丟下我，要塌下來了。」

她釋放出的力量跑到水泥牆中，水泥中一條電線連接上另一條，然後又是一條，一顆電燈泡炸開迸出火花，而火花點燃了聞起來像是汽油的外漏液體。突然間，火舌就包圍住她，圖德撿起相機逃跑時，她還在大叫著。

⚡

電視台讓螢幕定格在這一幕，不過他們已經說了會有讓人不安的畫面。看到這景象，大家也不應該感到意外，但這真的太糟糕了。主持人克莉絲汀的表情很嚴肅。我想看到這段影片的每一個人應該都會同意，不管是誰做的，他們都是人渣。

在一封寄到這個新聞頻道的信件中，一個自稱為「男性力量」的恐怖組織聲稱策劃了這起攻擊，摧毀了亞歷桑納州圖桑一家熱鬧的購物中心裡，專門照護女性健康問題的醫療診所。他們宣稱這次攻擊只是「行動的第一天」，打算逼迫政府對所謂的「男性公敵」採取行動。總統辦公室發言人才剛結束一場記者會，傳達態度強硬的訊息，表示美國政府不會與恐怖份子交涉，而這個「編造陰謀論的團體」發表的聲明是胡說八道。

好了，湯姆，他們到底在抗議些什麼？湯姆臉色稍稍一沉，但很快換上訓練有素的表情。他的微笑漂亮得就像杯子蛋糕上的糖霜。克莉絲汀，他們要爭平等。某人在他們的耳機裡提醒三十秒後進廣告，於是克莉絲汀想要做個總結，但湯姆似乎不太對勁，他不打算結束這段對話。

嗯，湯姆，現在也沒辦法讓事情回到過去了，他們不能讓時光倒流。不過——克莉絲汀微笑著說——下段節目回來，我們可以倒轉一點舞蹈的歷史，一起重溫那段風潮，那就是搖擺舞。

不。湯姆說。

製作人說，十秒後進廣告，語氣十分冷靜平穩。總是會發生這種事，像是家裡的問題、壓力、過勞、擔心自己的健康、金錢的煩惱等等，他們什麼都看過了，真的。

疾管署有事情瞞著我們，湯姆說，他們就是在抗議這個。你們有沒有看到網路上那些東西？有事情瞞著我們，資源都被灌到錯誤的地方了，沒有針對男性自衛課程或武器裝備的補助，全部的錢都流到那些北極星女孩訓練營了。老天爺，這他媽的到底算什麼？還有去死啦，克莉絲汀，我們都知道妳也有那個該死的東西，讓妳變了個人，妳變得冷酷無情，甚至已經不算是真正的女人了。四年前，我們都知道妳克莉絲汀是什麼貨色，妳對這個電視台有什麼好處。而妳現在又他媽的算什麼？

湯姆知道他們現在老早就切換進廣告了，說不定就在他說了「不」之後，說不定他們認為有幾秒空白畫面總比這個好。他說完之後就直挺挺坐著，看著正前方，盯著三號攝影機看。這一直都是他最喜歡的攝影機，可以拍到他下巴的角度，還有那裡的小酒窩，在三號攝影機上他看起來幾乎就像寇克．道格拉斯，他就是斯巴達克斯[6]。他總是認為自己最後會變成演員，一開始只是小角色，或許他會先扮演一名新聞主播，之後會演出高中校園喜劇中的老師，結果這個老師會比學生以為的還要更了解他們，因為他自己年少輕狂時也滿會玩的，類似這樣的。好了，現在都結束了。說出來吧，湯姆，說出你內心的那些想法。

你說完了嗎？克莉絲汀說。

當然。

他們還沒從廣告回到現場，就把湯姆弄出去了。他甚至沒有抵抗，只是不喜歡搭著他肩膀的那隻手，於是甩開了。他不能忍受別人的手碰他，他這樣說，所以他們就讓他自己走。他已經工作了很長一段時間，如果他現在乖乖離開，應該還可以領到他的退休金。

很遺憾，湯姆身體不太舒服。克莉絲汀說，她明亮的雙眼緊盯著二號攝影機。他沒事，很快就會回到我們身邊。現在來看看天氣。

⚡

圖德躺在亞歷桑納州的醫院病床上，看著購物中心爆炸事件的相關報導被一一揭露。他用電子郵件、臉書與拉哥斯的家人和朋友聯絡。他妹妹泰咪正在跟一個男孩交往，比她小了好幾歲。她想知道圖德這一路旅行中是不是有女朋友了？

圖德告訴她，自己沒有什麼時間談戀愛。他跟一個白人女性交往了一陣子，是他在新加坡認識的記者。他們結伴到阿富汗。關於她，沒什麼好說的。

「回家吧，」泰咪說，「回家待半年，我們就會幫你找個好女孩。拜託，你都二十七了，快老了！該是時候安定下來了。」

那個白人女性叫妮娜，她曾說過：「你覺得你是不是有創傷後症候群？」因為親熱時，她在床上用她的電擊力量，而他躲開了，教她住手之後他就開始哭泣。他說：「我只是困在離家很遠的地方，沒辦法回去。」

「我們都是這樣。」她說。

發生在他身上的事情並沒有比其他人的遭遇更慘。比起其他男人，他實在沒有什麼害怕的理由。他住院之後，妮娜就一直傳簡訊給他，問能不能來探望他，他只是一直回說：不，還不用。

他在醫院的時候收到了這封電子郵件，只有短短五句話。但是寄件者的信箱沒錯；他已經查證過不是假造的。

寄件者：info@urbandoxspeaks.com
收件者：olatundeedo@gmail.com

6 斯巴達克斯（Spartacus），美劇《浴血戰士》的主角，領導奴隸起義對抗羅馬共和國。

我們看到你在亞歷桑納州購物中心的報導，也讀過你的文章，知道你在德里發生的事。我們是同一邊的；我們和所有男性站在同一邊。如果你看到瑪格·克里瑞在競選時所做的事情，你就會了解我們為何抗爭。來跟我們聊聊，可以留下紀錄。我們要你加入我們。

都市解密

這甚至不是詢問。他還有他的書要寫，那本書，那九百頁的編年史和釋疑。他一直都把所有檔案存在筆電裡隨身帶著。根本問都不用問，跟都市解密會面？他當然要去。

他們為此大費周章，實在可笑。圖德不能帶自己的設備，「我們會給你一支手機錄下訪談。」他們跟他說。老天。「我了解。」他回信寫道，「你們不能暴露自己的位置。」他們喜歡他這樣說，正好迎合了他們對自己的觀感。「我們只信任你，」他們說，「你會說實話。你親身體驗過這場混亂，有人邀請你到亞歷桑納州的行動，你就來了。你就是我們想要的人。」他們的用字遣詞顯然自詡為救世主。「沒錯，」圖德回信，「我早就想找你們談談了。」

當然，在丹尼餐廳的停車場有個會面點。當然有了。當然，他們讓他蒙住眼睛坐上吉普車。還有黑衣男子，全部都是白人，臉上都戴著只露出眼睛的頭套。這些男人是電影看太多了。現在已經成為一種流行了：男人的電影俱樂部，就在客廳裡或是酒吧後頭的房間裡；一次又一次看著特定類型的電影，裡面有爆破、直升機墜毀、槍、肌肉和打架。男人的浪漫電影。

經過這些保密措施，他們拿掉他的蒙眼布後，他發現自己在一間自助倉庫裡。裡面布滿灰塵，角落裡還放著某人的舊箱子，裡面是ＶＨＳ錄影帶，貼著《天龍特攻隊》的標籤。都市解密本人就在那裡，坐在椅子上微笑著。

他看起來跟他的大頭照不一樣，已經五十幾歲。他漂白了自己的頭髮，讓髮色變得非常淡，幾乎變白了；他的雙眼是水汪汪的淡藍色。圖德讀過有關這個男人的一些事，全都會提到悲慘的童年、暴力以及種族仇恨，還有一連串的生意失敗，讓他多了十幾個債主，欠每人好幾千美金，最後他在夜校拿到法律學位，重新以部落客的身分崛起。以他這個年紀的男人而言，他的身材很壯碩，不過臉色有些死灰。事態發展風向的巨大改變對都市解密大有助益，他在部落格上的文風一向自私卑鄙、程度低下、盲目武斷、措辭忿恨，已經行之有年。但是最近有愈來愈多人，當然有男人，也有些是女人，開始聽進這些話。一些暴力分裂團體炸毀了購物中心，如今也在五、六個州內的公園放置爆裂物。他一次又一次否認自己與他們有關。不過，就算他不想跟他們扯上關係，他們卻喜歡自己黏上來。其中最近一次明確的炸彈威脅中只寫明地址、時間，還有一行網址，正是都市解密最新一篇偏激冗談，主題是即將到來的性別戰爭。

他說話的聲音很輕，音調比圖德所想像的還要高一點。他說：「你知道她們打算殺了我們。」

圖德對自己說，只要聽聽就好。他說：「誰打算殺了我們？」

都市解密說：「女人。」

圖德說：「啊哈，可以再多談談嗎？」

男人的臉上咧開狡猾的微笑。「你讀過我的部落格，知道我在想什麼。」

「我想聽你親自說，錄下來，我想大家都會想聽一聽。你認為女人打算殺了……」

「喔，我不是認為，孩子，是我知道。這一切都不是意外，他們討論『守護天使』，就是那個加進自來水供應的東西，在地下水裡又累積了多少？他們說沒有人料想得到？騙鬼啊，放屁。這是安排好的，早就決定了。在二次大戰結束之後，那些反戰份子和偽善的改革家占了上風，他們決定要把這東西放進水裡。他們認為男人已經有過機會了，而我們搞砸了，兩代人的時間就有兩次世界大戰。這群人全是舔鮑魚的弱雞、玻璃。」

圖德以前讀過這種理論，要是沒有策畫陰謀的人也就拿不出可信的陰謀詭計了。他只是很驚訝都市解密沒有提到猶太人。

「猶太復國主義者利用集中營的事情來情緒勒索，好把那東西運到水裡。」

來了。

「那是宣戰。靜悄悄的、鬼鬼祟祟的，她們在吹響第一聲戰爭號角之前就讓戰士穿上武裝；甚至在我們還不知道遭到入侵之前，她們就在我們身邊了。我們自己的政府有解藥，你知道嗎，他們把東西鎖起來，拿著鑰匙，只肯用在少數幾個尊貴的人身上。而戰爭的尾聲……你知道這尾聲。她們憎恨我們所有人，想讓我們全部死光。」

圖德想起他所認識的女人，有些是跟他一起待在伊拉克巴斯拉的記者，有些是參與尼泊爾圍城的女人。過去這幾年，有女人用自己的身體為他阻擋傷害，讓他得以將拍下的影片送出到全世界。

「她們不是這樣。」他說。糟了，這跟他原先的盤算不同。

都市解密笑了，「她們就是要你這樣想的，孩子，完全控制在她們的掌中，相信她們說的屁話。想必有女人幫過你一、兩次，對吧？她照顧你、關心你，你有麻煩的時候就保護你。」

圖德謹慎地點點頭。

「好啊，靠，她們當然會那樣，她們想要我們乖乖的、搞不清楚狀況。軍隊裡的老把戲；如果你只是敵人，人們看到你就會知道要反抗，可是如果你發糖果給小朋友、送藥給身體虛弱的人，會把他們的腦子攪亂，他們就不知道該怎麼討厭你了。懂吧？」

「是，我懂。」

「已經開始了，你有看到對男人家暴的數字嗎？女人殺害男人的數據？」

他看過那些數字，他一直記在心裡，就像一塊梗在喉嚨的冰。

「就是這麼開始的，」都市解密說，「她們就是這樣放鬆我們的戒心，讓我們變得軟弱、恐懼。她們就是這樣讓我們按著她們的計畫行事。一切都是計畫的一部分，她們會這麼做，是因為有人指使她們。」

圖德想著，不，那不是原因，原因是她們可以。「你是否有接受金援？」他說，「是沙烏地阿拉伯的流亡國王阿瓦蒂．阿提夫吧？」

都市解密微笑，「外頭有很多男人在擔心這件事會怎麼發展下去，朋友。其中有些人很弱，背叛了自己的性別和同伴。有些人還以為女人會善待他們，可是有很多人都知道真相，我們根本不需要拜託人家捐錢。」

「然後你說……戰爭的尾聲。」

都市解密聳聳肩，「我說了，她們想殺光我們。」

「但是……人類要如何存續呢？」

「女人只是動物，」都市解密說，「就跟我們一樣，她們也想交配、繁衍、擁有健康的下一代。不過一個女人懷孕就要九個月，一輩子可以好好照顧大概五、六個小孩吧。」

「所以……？」

都市解密皺起眉頭，好像答案是全世界最顯而易見的了，「她們只會讓我們當中基因最健康的人活著。懂吧，這就是為什麼神要讓男人擁有力量，不管我們對女人有多差勁——唔，就像蓄奴一樣。」

圖德覺得自己的肩膀一僵。什麼都不要說，聽就好了，錄下這段影片，好好利用、拿去賣錢。利用這個人渣賺錢，出賣他，讓大家看看他的真面目。

「聽著，大家都把奴隸制度搞錯了。如果你擁有一個奴隸，那奴隸就是你的財產，你不會希望財產受到任何損傷。一個男人不管怎麼苛待女人，他還是需要讓她維持在合適的狀態好孕育孩子。不過現在……一個基因上完美的男人就可以生出一千個、五千個小孩，那她們還留著我們其他人幹什麼？她們會殺光我們。聽我說，一百個裡面都不見得能活一個，也許一千個裡面也沒有一個。」

「那你這麼說的證據是……」

「喔，我有看過文件。而且不只如此，我會用我的腦子。你也可以，孩子，我一直在觀察你，你很聰明。」都市解密伸出濕濕黏黏的手搭在圖德手臂上，「加入我們，參與我們的大業。孩子，就算其他所有人都走了，我們依然在這裡等你，因為我們是同一國的。」

圖德點點頭。

「現在我們需要能保護男人的法律，必須對女人實施宵禁。我們需要政府釋出他們所需的一切資金來『研究』解藥。我們需要男人勇敢說出內心話。統治我們的傢伙是崇拜女人的娘娘腔，我們得除掉他們。」

「那你們的恐怖攻擊有什麼目的？」

都市解密又微笑了。「你很清楚我從來沒有發起或鼓勵恐怖攻擊。」

沒錯，他非常小心。

「不過，」都市解密說，「如果我跟那些人有接觸，我會說他們才剛剛開始而已。你知道，蘇聯垮台的時候有很多武器都遺失了，很猛的東西，他們可能拿到了一些。」

「等等，」圖德說，「你在威脅用核武來策畫國內的恐怖行動嗎？」

「我不是在威脅。」都市解密說著，眼神淡然而冰冷。

愛莉

「母神夏娃，您願意賜福給我嗎？」

這個男孩很可愛。一頭蓬鬆的金髮，白淨的臉上長著雀斑，大概不會超過十六歲。他說起英文有濃濃的腔調，聽得出是貝沙帕拉的中歐口音。他們找了個好人選。

愛莉自己也才二十出頭，不過她身上有種氣勢，體內住著老靈魂，那篇《紐約時報》的文章中報導了幾位名人信徒這樣形容她；但要是她沒有時時維持著應有的莊嚴，還是會有風險。

他們說，年輕人更貼近神，年輕女人尤甚。我們的聖母懷胎時只有十六歲，將她要獻給神的禮物帶到世上。不過，既然要賜福給別人，從看起來絕對比較年輕的對象開始，通常比較好。

「過來，」愛莉說，「告訴我你的名字。」

攝影機鏡頭拉近特寫金髮男孩的臉。他已經哭泣著全身發抖。群眾大部分都很安靜，三萬人的呼吸聲中只會偶爾爆出幾聲呼喊：「讚美母神！」或只是喊著：「讚美祂！」

男孩很小聲地說：「基督。」

這名字引起一陣騷動，場館內響起一陣吸氣聲。

「這是個好名字，」愛莉說，「不要擔心這名字不好。」

基督已經啜泣起來，他張開了嘴，嘴裡潮濕而黑暗。

「我知道很難受。」愛莉說，「我等等要握住你的手，我這麼做的時候，我們母神的安寧就會進入你體內，你明白嗎？」

只要說出即將發生的事情，而且要帶著完全的信念開口，這麼做具有魔力。基督又點點頭。愛莉牽起他的手，鏡頭稍稍定格在那雙蒼白的手握住膚色較深的手。基督安靜了下來，他的呼吸變得平穩多了。等鏡頭拉遠，他微笑著，看來很冷靜，甚至自信滿滿。

「好了，基督，你從小時候開始就不能走路了，對嗎？」

「對。」

「發生了什麼事？」

基督指了指自己的腳，一條毛毯包裹著他的下半身，雙腳就這麼癱著。「我三歲的時候，」他說，「從鞦韆上摔下來，跌傷了背部。」他微笑著，充滿了信任。他雙手做了個動作，就像把鉛筆夾在手指之間掰斷。

「你跌傷了背部，醫生告訴你，你永遠都不能再走路了，是這樣吧，對嗎？」

基督慢慢點了點頭。「但我知道我可以。」他說這句話的時候一臉平和。

「我也知道你可以，基督，因為母神已經向我顯現。」

而且為她安排這些事情的人也知道，他們確認過他的神經損傷並不是太嚴重，讓她不至於無能為力。基督也有個朋友在同一家醫院，是個好孩子，甚至比基督自己還要虔誠，不過不幸的是，他的損傷太過嚴重，他們不確定她是否有辦法治好。再說，他也不適合出現在這段電視節目裡，他有青春痘。

愛莉將手掌放在基督的脊椎頂端，他的頸後。

他瑟縮了；群眾倒抽一口氣之後又安靜下來。

她在心裡說：如果我這次沒有成功怎麼辦？

聲音說：孩子，妳總是這麼說。但妳是最厲害的。

母神夏娃藉著愛莉的嘴巴開口了，她說：「神聖的母神，指引我吧，正如祢一向指引著我。」

群眾說：「阿們。」

母神夏娃說：「不要成就我的意願，神聖的母神，只要成就祢的。祢若願意治癒這個孩子，就讓他痊癒吧；如若祢願意讓他在這世上受苦，以成就來世的大收穫，便如此做吧。」

把這樣的話說在前頭非常重要，愈早說也愈好。

群眾說：「阿們。」

母神夏娃說：「但這個謙遜而聽話的年輕男孩祈禱了無數次，神聖的母神，今天在這裡也有許多人向祢祈求，懇請將恩典降臨在他身上，以祢的氣息使他起身，正如祢選擇了馬利亞為祢服事。神聖的母神，請聽我們的祈禱。」

群眾中滿滿是站穩腳跟、身體前後搖晃的人，他們淚流滿面、喃喃低語著。而場館兩旁的同步口譯人員也飛快跟上愛莉的速度。此時母神夏娃的話愈說愈快了。

她一邊動著嘴巴，一邊釋放出一絲絲的力量感測著基督的脊椎，摸索出堵塞的位置在這裡還有這裡，而在哪裡推一把就能讓他的肌肉動起來。她就快要辦到了。

母神夏娃說：「一如我們都過著蒙福的生活，一如我們日日努力著，聽從祢在我們當中的聲音，一如我們都榮耀我們的母親，以及在每個人心中的聖潔之光，一如我們皆崇敬祢、敬拜祢、愛祢，跪倒在祢面前。神聖的母神，求祢接受我們祈禱的力量；神聖的母神，求祢利用我，顯現祢的榮光，治癒這個男孩吧！」

群眾鼓譟起來。

愛莉很快往基督的脊椎送入三道尖刺般的力量，刺激他雙腿肌肉周圍的神經細胞活躍起來。

他的左腿往上一翹，踢動了毛毯。

基督看著這動作，既困惑又吃驚，還有一點害怕。

另一腳也踢了。

這時他哭了，淚水在他臉上流淌。這個可憐的孩子，從三歲起就沒走過路、跑過步，飽受褥瘡和肌肉萎縮之苦，得用自己的手臂撐著身體從床上坐到輪椅上、從輪椅到廁所。他的雙腳現在從大腿開始動了，抽搐著、踢著。

他現在伸手撐著，讓自己從椅上站起來——他的雙腳還在抽動——握住一旁早就為此準備好的欄杆踏出一步、兩步、三步，步伐僵硬而彆扭，接著他靠在欄杆上，站直了身體哭泣。

幾個為母神夏娃工作的人上前來帶他下台，他兩邊各有一人扶著，他們帶他離開時，他說：「謝謝，謝謝，謝謝。」

有時候可以維持下去。有一些她「治好」的人過了好幾個月都還能走路，或是拿住東西、看得見。甚至有人開始有興趣進行科學研究，看看她所做的到底是怎麼回事。

有時候也完全維持不了。他們在台上短暫風光，體驗到能夠走路、用毫無知覺的手拿起東西是什麼感覺。不過，畢竟如果不是她，他們也不能擁有這樣的感覺。

聲音說：妳也不會知道；如果他們的信念更強一點，或許就會維持久一點。

母神夏娃對她所幫助的人說：「神已經向你們顯現，讓你們感受到祂能做到什麼——只要繼續祈禱。」

他們在治療之後進行一段小過場，讓愛莉可以到後台去喝杯冷飲，也讓群眾能從狂熱的狀態中稍微冷靜下來，提醒他們這整場活動都是有像他們這樣的好心人贊助，他們打開了心胸也打開錢包。在大螢幕上播放了一段影片，是教派所做的善舉，螢幕上的母神夏娃正安慰病人。有一段影片很重要，是她握著一名婦人的手。那個婦人遭到毆打虐待，但她的絞軸一直沒有出現。她在哭泣，母神夏娃試著要喚醒她體內的電擊力量，雖然她祈求著幫助，力量卻沒有降臨在這個可憐女人的身上。她說，所以他們才會尋求從屍體上移植的可能性，他們已經有團隊在研究了，你的金錢能有助益。

接下來的影片是在密西根州及德拉瓦州的會所裡拍攝的友好問候，還有關於獲救靈魂的消息，以及在奈洛比與蘇克雷的任務——那裡的天主教教會就要自我毀滅了。還有母神夏娃所設立的孤兒院的影片；一開始有女孩遭到家人放逐，她們四處遊蕩，既困惑又孤單，就像發抖的流浪狗。隨著母神夏娃的力量增長，她對年長的女性說：「收留年輕的孩子，為她們建立家園，正如我虛弱、害怕時也得到接納一般。妳們所做的就算不多，也都是為了我們神聖的母神而做。」如今不過短短幾年，世界各地已經建立許多為年輕人而設的家園。她們同時接納年輕男女，庇護著他們，這麼做也比讓他們進入州立機構能有更好的照顧。愛莉這一生都在四處流浪，知道該如何好好指導這件事。在影片中，母神夏娃探訪了收留棄兒的孤兒院，有在德拉瓦州和密蘇里州，在印尼和烏克蘭也有。每一群男孩、女孩都稱她是母親。

影片最後的顫音配樂響起時，在後台的愛莉擦掉臉上的汗又回到台前。

「好了，我知道。」母神夏娃對著群眾說。底下滿滿是正在哭泣、發抖、吶喊的人們。「我知道在過去漫長的幾個月中，你們有些人心中藏著疑問，因此今天我很高興能來到這裡回答你們的疑問。」

群眾裡又響起一輪吶喊：「讚美母神！」

「來到貝沙帕拉，在這裡，母神在這裡顯現祂的智慧和仁慈，對我是無比的福分。你們知道，我們的母神告訴我，女人要團結齊心！要展現偉大的奇蹟！成為彼此的福分和慰藉！那麼，」她每說一個字就暫停一下，加強語氣，「還有什麼地方的女人集結得比此地更多呢？」

場內響起跺腳聲、號叫聲，以及喜悅的歡呼。

「我們已經看見一大群人一起祈禱能產生什麼樣的力量，能夠為基督那個年輕人做什麼，對嗎？我們已經看見神聖的母神同樣關心男人和女人，祂的仁慈沒有任何保留，祂不只將祂的善帶給女人，而是帶給所有相信祂的人。」她的聲音輕柔而沉穩，「我也知道你們有些人在問：『那麼對你們所有人意義如此重大的那位女神呢？以手掌上的眼睛為象徵的那位女神呢？在這片良善國土中萌芽而茁壯的那股單純信仰又如何呢？』」

愛莉讓群眾安靜下來，陷入沉默。她站在台上，雙手交疊在胸前；聚在這裡的人們有些在啜泣並搖晃著身體，有人揮舞著旗幟。她等了很長一段時間，吸氣、吐氣。

她在心裡說：我準備好了嗎？

聲音說：孩子，這是妳天生的使命，告訴他們吧。

愛莉展開雙臂，將她的手掌攤開面向群眾，兩手掌心都刺著一顆蔓生枝節的眼睛。

群眾爆出尖叫、歡呼和跺腳聲，男男女女的觀眾向前湧來，愛莉心想幸好前面擺了護欄，走道上還有救護人員待命。人群爬過座椅想更靠近她。他們喘氣、啜泣著。他們呼吸的是她的氣息，想將她生吞活剝。

在一片嘈雜聲中，母神夏娃冷靜地開口說：「所有的神都是一樣的神，你們的女神只是那位神在這世上展現自己的另一種方式。祂在你們眼前顯現，正如祂在我眼前顯現，傳布仁愛與希望，教我們如何報復那些苛待我們的人，如何去愛親近我們的人。你們的女神就是我們的聖母，祂們是一體的。」

在她背後是一片如波浪飄動的絲質布幕，整個晚上都只是當成活動的背景，此時布幕輕輕落到地面上，顯露出一幅高約六公尺的畫，畫中是一名充滿自信的豐滿女人，一身藍衣，還有一雙慈祥的眼睛，鎖骨間的絞軸十分明顯，雙掌的掌心也各畫了一隻全知之眼。

有幾個人在當下就暈倒了，還有幾個開始說起沒人聽得懂的話。

做得好，聲音說。

我喜歡這個國家，愛莉在心裡說。

⚡

愛莉走出建築物前往防彈車的時候，查看了瑪麗亞．伊格納西亞修女發來的訊息，她是愛莉在家鄉能夠信賴的忠心朋友。她們一直追蹤著網路上有關「愛莉森．蒙哥馬利－泰勒」的聊天串，愛莉從來沒有明說為什麼她希望這件案子的檔案消失，只是問瑪麗亞．伊格納西亞修女是否有可能想辦法試試。時間一月一月、一年一年過去，這件事只會愈來愈難辨，遲早出現某個人想要利用這個故事來賺錢或取得影響力；

儘管愛莉認為只要講理的法官都會判她無罪，但沒有必要這樣折騰。貝沙帕拉時間已經很晚了，不過在美國東岸還只是下午四點，她果然收到了。在傑克森維爾的新教派裡幾個忠心的成員傳來訊息，有位為神服事的姊妹很有影響力，藉著她的幫忙，所有跟這個「愛莉森・蒙哥馬利—泰勒」有關的文件紀錄和電子檔案都會處理掉。

電子郵件上說：「一切都會消失。」

看起來很像是預言，或是警告。

電子郵件中沒有說出這位有影響力的姊妹是誰，但是愛莉只想得到一個女人，有本事讓警方的檔案就這樣消失，也許只要打通電話，只要打通電話給她認識的人。一定是蘿西。「妳照顧我們，我們也會照顧妳。」她這樣說過。很好，一切都會消失。

稍晚，愛莉和塔提亞娜・莫斯卡列夫一起吃宵夜。即使正值戰爭期間，即使在北方前線仍與摩爾多瓦部隊打仗，在東邊也與俄羅斯陷入僵局，即使如此，食物還是相當不錯。貝沙帕拉的莫斯卡列夫總統端出了烤雉雞和手風琴馬鈴薯佐甜甘藍菜，招待新教派的母神夏娃，兩人用上好的紅酒舉杯相敬。

「我們需要快速取得勝利。」塔提亞娜說。

愛莉若有所思地慢慢咀嚼。「妳們都打了三年，還能快速取得勝利嗎？」

塔提亞娜笑了。「真正的戰爭甚至還沒開始呢。他們在山坡上還在用傳統武器打仗，他們想要進攻，我們會將之驅退；他們丟手榴彈，我們就放電攻擊。」

「電力對飛彈和炸彈無效。」

塔提亞娜往後一坐，一隻腳疊到另一腳上，看著她。「妳認為是這樣嗎？」她皺著眉，覺得很有趣，「一來，戰爭不是靠炸彈獲勝的，要靠地面戰；二來，妳有看過使用一整劑『那種藥』有什麼效果嗎？」

愛莉看過。蘿西讓她看過。那樣很難控制自己，愛莉可不想使用，控制力一直是她最擅長的；不過用了一整劑晶晶，只要三、四個女人就能抵得過整座曼哈頓島的電力。

「妳還是得靠得夠近才能碰到敵人，產生連結。」

「那有辦法安排。我們看過照片，他們自己在想辦法。」

啊，聲音說，她在說沙烏地阿拉伯的流亡國王。

「阿瓦蒂．阿提夫。」

「他只是利用我們的國家來做試驗，知道吧。」塔提亞娜又喝了一大口酒，「他們派來一些男人，穿著橡膠裝，背上背著愚蠢的電池包。他想要讓大家看看，這場改變不算什麼。他還懷抱著他的舊信仰，覺得自己能奪回他的國家。」

塔提亞娜在左右手掌之間製造出一道長電弧，再隨意將它旋扭展開，等它繞回來之後，用手一彈就斷開了電弧。「那個將力量傳給我的髮型師，」她微笑著說，「不知道自己引起了什麼。」她直直看著愛莉，突然猛盯著她，「阿瓦蒂．阿提夫認為上天派他展開聖戰，我想他是對的，神選上了我來做這件事。」

她想要妳告訴她是這樣沒錯，聲音說，告訴她。

「妳是，」愛莉說，「神有份特別的任務要交給妳。」

「我一直相信有比我更偉大的、比我更好的；我看到妳的時候，妳對人們說話時的那股力道，我知道妳是祂的信使，妳和我在此時相遇就是為了這個原因，要將這個訊息帶給全世界。」

聲音說：我不是告訴妳了，我還留了東西給妳。

愛莉說：「所以妳說你們需要快速取得勝利……妳是說等阿瓦蒂．阿提夫派出他的電力部隊，妳想要徹底摧毀他們。」

塔提亞娜舉手一揮。「我有化學武器，是從冷戰時期留下來的。如果我想要『徹底摧毀他們』，我可以辦到。不，」她向前傾，「我想要羞辱他們，讓人看看這個……機械的力量不能與我們體內擁有的力量相比。」

聲音說：妳懂了嗎？

愛莉確實突然一切都懂了。沙烏地阿拉伯的阿瓦蒂．阿提夫在北摩爾多瓦讓部隊穿上武裝，他們打算奪回貝沙帕拉這個女人共和國。對他們而言，此舉能夠顯示，這波轉變不過是稍稍偏離了正規之道，會自行導回正確的方向。但要是他們輸了，而且是徹底輸了……

愛莉揚起微笑。「神聖母神之道即將散播到世界各地，一人傳過一人，一國傳過一國。這件事還沒開始就會結束了。」

塔提亞娜舉杯敬酒。「我就知道妳會明白。我們邀請妳來的時候……我希望妳會了解我的意思，全世界都看著這場戰爭。」

她想要妳為她的戰爭賜福，聲音說，有點麻煩喔。

如果她輸了才會很麻煩，愛莉在心裡說。

我以為妳想安全行事，聲音說。

妳跟我說過，除非我擁有這個地方，否則不會安全，愛莉在心裡說。

我也告訴過妳，事情並非一蹴可幾的。聲音說。

妳到底站在哪一邊？愛莉說。

母神夏娃說得很緩慢、很謹慎，估量著自己說出了什麼。母神夏娃所說的每一句話都會帶來後果。她直接看著鏡頭，等著開始錄影的紅燈亮起。

「我們毋須自問，如果沙烏地阿拉伯王室贏了這場戰爭，他們會做什麼。」她說，「我們已經看到了，我們幾十年來都知道在沙烏地阿拉伯發生了什麼事，我們知道祂因為恐懼和反感而轉過臉去。我們看到貝沙帕拉的英勇戰士時，毋須自問誰才是正義的一方，這些勇士當中有許多是被賣掉的女人、遭到禁錮的女人，還有一些女人，若非神送來光明引導她們，很可能就會死在黑暗之中。

「這個國家，」她說，「是神的國家，這場戰爭是神的戰爭。有了祂的幫助，我們將會贏得巨大的勝利；有了祂的幫助，一切都會翻轉過來。」

紅燈熄滅了，這段話傳遍了全世界。母神夏娃和她在YouTube頻道、Instagram、臉書和推特上百萬名忠實的追蹤者，還有她的贊助者和朋友，都與貝沙帕拉及女人共和國同在。他們已經做出選擇。

瑪格

「我沒有說妳一定要跟他分手。」

「媽，妳說的就是這個意思。」

「我只是說妳應該讀一下報告，自己看看。」

「如果妳要拿報告給我，我已經知道裡面寫什麼了。」

「就讀一下吧。」

瑪格指了指放在咖啡桌上的那一疊紙。巴比不想跟女兒談這件事，麥蒂則出門去練習跆拳道。這件事當然就落在她頭上。巴比的話是這樣說的：「妳擔心的是妳的政治生涯，所以妳去處理。」

「媽，不管那些報告說什麼，萊恩是個好人，他心地善良，對我很好。」

「小喬，他上過那些極端份子的網站，用假名在那些討論要組織恐怖攻擊的網站上貼文，讓他跟那些團體扯上關係。」

喬思琳現在哭了起來，流下苦惱、憤怒的淚水。「他絕對不會那麼做。他或許只是想看看他們在說什麼。媽，我們是在網路上認識的，我們都會上一些瘋狂的網站。」

瑪格隨便拿起一頁，讀出用螢光筆標示出來的段落：「他選的名字還真好，Buckyou說：『事情已經失控了，那些北極星營隊就是一個，如果大家知道她們在那裡學什麼，我們應該給那地方的女孩子一人一顆子彈。』」她停下來，看著喬思琳。

小喬說：「他們怎麼知道那是他？」

瑪格朝著那一大疊文件紀錄揮揮手。「喔，我不知道，他們有他們的辦法。」這部分比較棘手，瑪格屏住呼吸，小喬會相信嗎？

小喬看著她，發出一聲急促的啜泣。「國防部在查妳的底，對嗎？因為妳就要成為參議員了，他們希望妳加入國防委員會，是妳跟我說的。」

完全沒錯。

「對，喬思琳，所以聯邦調查局才會找到這東西。因為我有一份很重要的工作，我也不會因此感到抱歉。」她停了一會兒，「我以為我們是在同一條船上，親愛的，妳得知道，這個萊恩不是妳想像的那樣。」

「他也許只是在試探，那些東西是三年前的資料！我們都會在網路上說些白癡的話，好嗎？只是想引人注意。」

瑪格嘆了口氣，「我不知道要怎麼確定這一點，親愛的。」

「我會跟他說，他……」小喬又開始哭了，發出又長又響、深深的啜泣聲。

瑪格馬上奔向坐在沙發上的小喬，試著伸手攬著小喬的肩膀。

小喬傾身靠著她，把臉埋在瑪格胸前，一直哭、一直哭，就像她小時候那樣。

「親愛的，還會有其他男孩，還會有其他更好的男孩。」

小喬抬起臉，「我還以為我們就是要在一起的。」

「我知道，小親親，因為妳的……」瑪格對於要說的話猶豫了一下。「因為妳的問題，妳想要一個能理解的人。」

她真希望他們能夠找到幫助小喬的方法，他們還在找，可是小喬年紀愈大，問題似乎就愈棘手。有時候她的力量能隨她使用，但有時候則完全沒有。

小喬的啜泣漸漸緩和了。瑪格拿了杯茶給她，她們就在沙發上靜靜坐了片刻，瑪格的手攬著小喬。過了很長一段時間，瑪格說：「我還是認為我們能找到方法幫妳，如果可以找到什麼人來幫妳……嗯，妳就可以喜歡正常的男孩子了。」

小喬慢慢把杯子放到桌上，她說：「妳真的這樣認為嗎？」

瑪格說：「我知道是這樣，親愛的。我知道。妳可以跟其他所有女孩子一樣，我知道我們可以幫妳治好。」

這就是當個好媽媽的意義，有時候妳會比孩子更清楚他們需要什麼。

蘿西

「回家。」訊息寫著，「瑞奇受傷了。」

她應該要去摩爾多瓦，應該要去訓練女人如何利用晶晶來戰鬥。但是她不能，現在她手機上出現這則訊息就不能。

從她自美國回來後，大多時間跟瑞奇沒有來往。她有自己的晶晶要處理，而且也幫他們賺了不少錢。蘿西以前一直很渴望能夠受邀進入那個家，而柏尼現在給了她一副鑰匙，如果她不在黑海地區時，還有一間客房給她。但那跟她想像的不一樣。自從泰瑞死後，三個男孩的母親芭芭拉就不太對勁，壁爐上擺了一張泰瑞大大的相片，前面擺著鮮花，每三天就會更換一次。戴瑞還住在那裡，他接手了賭場的生意，因為他有這方面的頭腦。瑞奇則在金絲雀碼頭有自己的住處。

蘿西讀著簡訊時，盤算著可能跟這件事有關的不同組織，還有「受傷」是什麼意思。如果開戰了，他們當然需要她回家。

不過她抵達的時候，在前門花園等著她的是芭芭拉。芭芭拉不停抽著菸，抽完一根就著餘燼再點一根。柏尼甚至不在家。所以不是打起來了，是別的事情。

芭芭拉說：「瑞奇受傷了。」

蘿西已經知道了答案，但還是問：「是其他組織幹的嗎？是不是羅馬尼亞那群人？」

芭芭拉搖搖頭說：「她們搞他只是搞好玩的。」

蘿西說：「爸爸有認識的人，妳不必打電話找我。」

芭芭拉的手在發抖。「不，這件事不是他們可以做的，這是家裡的事。」

於是，蘿西知道瑞奇到底是發生了哪種事。

瑞奇打開電視，但設成了靜音。一條毛毯蓋著他的膝蓋上方，底下還纏著繃帶。醫生來看過又走了，反正也沒什麼好看的。

在蘿西手下做事的女孩中，有些曾經在摩爾多瓦遭人囚禁，她看過其中一個人對三個輪暴她的男人做過的事：在那下面只有燒焦的血肉，大腿上布著蕨葉狀的圖騰，沾著粉紅、褐色、血紅和黑色，就像週日烤肉一樣。瑞奇看起來似乎沒那麼糟，他大概會沒事。這種傷會癒合，不過她聽說以後事情會變得比較麻煩，要克服陰影可能很難。

蘿西說：「跟我說說怎麼回事吧。」

瑞奇看著她，他很感激，這樣的感激卻很糟糕。她想要抱抱他，但她知道這樣可能只會讓事情更糟。妳不能同時當傷害他的人，又是安慰他的人。她無法給瑞奇什麼，只能替他伸張正義。

他告訴她事情的經過。

他當然是氣炸了。他跟幾個朋友出去玩，去跳舞，瑞奇已經有好幾個女朋友，但也不介意為了這個晚上再找新的，女友們也很明白不要為了這件事去煩他，他這人就是這樣。蘿西這些日子也是一樣，有時候有個男人，有時候沒有，不管怎樣對她都沒有多大差別。

這一次，瑞奇釣到三個女孩。她們自稱是姊妹，可是她們看起來不像姊妹；他以為是在開玩笑。其中一個在俱樂部外面的洗碗槽邊幫他口交，不管她做了什麼，總之讓他頭昏腦脹的。他說話的時候看起來很羞愧，好像覺得自己應該有別的反應。她做完之後，另外兩個就等在一旁。他說：「女孩們，給我一分鐘，沒辦法一次就跟妳們所有人做。」然後她們就撲上來了。

有件事妳可以對男人做，蘿西自己就做過。在他背上釋出一點小火花，他就會勃起了，非常受用。如果你想要的話，是挺好玩的，有一點痛，但很好玩。如果你不想要，就會很痛。瑞奇一直說他不想要。她們輪流上他，他說她們只是想傷害他，他問她們是不是想要錢？她們想怎麼樣？但其中一人攻擊他的喉嚨，他就一點聲音也發不出來了，一直到她們做完為止。

整個經過是三十分鐘，瑞奇以為自己可能會死在那裡，被丟在黑色塑膠袋和人行道上的油垢之間。他彷彿看見人們找到他的屍體，白皙的雙腿上烙著紅色傷疤，彷彿看見一個條子翻著他的口袋，說：「你一定猜不到這是誰，竟然是瑞奇．蒙克。」他的臉就像死魚一樣白，嘴唇泛藍。瑞奇一直僵著身體，等著一切結束，不說話也沒有動作，只是等著她們做完。

蘿西知道他們為什麼沒有打電話叫柏尼回家，他會因此而討厭瑞奇，就算他努力不這麼想，還是會反感。這種事不該發生在男人身上，可是現在卻發生了。

最蠢的是，他確實認識她們。他愈是回想，就愈確定，他曾經在附近看過她們，他想她們不知道他是誰。你會以為她們做出這樣的事情，可能是曾經受過傷害。不過他曾經看過她們跟他認識的人在一起，其中一個叫曼達，他很確定，還有一個叫珊珊。蘿西大概知道了，她先在臉書上瀏覽過幾個人的檔案，再讓他看了一些照片。他開始發抖。

要找到她們並不難，蘿西打不到五通電話就找到某人，某人認識某人，某人又認識某人。她沒說自己為什麼要找她們，但也沒必要，她是蘿西．蒙克，人人都想幫她。她們在佛賀的一家酒吧裡喝酒，已經灌了不少酒，笑鬧著，會在這裡待到酒吧關門為止。

在倫敦，已經有幾個女孩是蘿西的得力助手。這些女孩幫她經營生意、收取獲利，把該抓去撞牆的頭抓去撞。當然男人也能做這些工作，有些還做得很順手，但如果可以不用槍會更好。用槍很吵、引人注意，又會搞得一團糟；想快速解決紛爭的結果就是殺了兩個人，在牢裡蹲三十年。像這樣的工作帶女孩去會比較好。只是蘿西穿好衣服下樓的時候，等在前門的卻是戴瑞，手上拽著一把短型霰彈槍。

「幹嘛？」蘿西說。

「我也要去。」戴瑞說。

她考慮了一下，本來打算先說「好」，等他轉身後就把他打暈；但是瑞奇發生了那樣的事，這麼做不對。

「你自己注意安全。」她說。

「好啦，」他說，「我會跟緊妳的。」

他年紀比她小，只小了幾個月。這件事情也一直讓人很難接受：柏尼同時搞大了他們的媽媽的肚子。

她抓著他的肩膀捏了一下，她也叫了另外幾個女孩一起來。薇薇卡帶著一根可導電的分叉長警棍，而丹妮則帶著她喜歡用的一團金屬網。她們出門前都吸了一點，蘿西腦海裡播放起音樂。有時候出外打仗有好處，只為了知道妳可以做到。

他們跟著那三個女孩從酒吧離開，一直保持著一點距離，最後她們穿過一處公園，大吼大叫、喝著酒。已經過了半夜一點，這天晚上炎熱，空氣感覺很潮濕，好像醞釀著暴風雨。蘿西和她的同伴穿著深色衣服，行動相當平穩。那三個女孩衝向兒童遊戲場的旋轉平台，躺在上頭看著星星，分享著一瓶伏特加。

蘿西說：「上。」

旋轉平台是金屬做的，她們放電攻擊，其中一個女孩滾了下來，嘴角冒泡還不斷抽搐。現在他們是四對二了，簡單。

「這是幹嘛？」一個穿著深藍色飛行員外套的女孩說。瑞奇認出她的照片，說她是帶頭的。「你們他媽的想幹嘛？我根本不認識你們！」她雙掌間釋出一股明亮而警告味十足的電弧。

「是嗎？」蘿西說，「可是妳他媽的認識我哥哥。知道瑞奇嗎？昨天晚上在一家俱樂部看中他是吧？瑞奇．蒙克？」

「喔！靠！」另一個女孩說話，她身上穿著皮衣。

「閉嘴。」第一個女孩說，「我們不認識妳該死的哥哥，好嗎？」

「珊珊，」穿皮衣的女孩說，「真他媽的該死。」她轉身哀求蘿西，「我們不知道他是妳哥哥，他什麼都沒說。」

珊珊嘟囔了幾句，聽起來像是在說：「他可是他媽的愛死了。」

皮衣女孩高舉雙手，往後退了一步。戴瑞用霰彈槍的槍托重重敲在她的後腦杓上，她往前倒，牙齒陷進泥土和草地裡。

現在是四對一了。他們逐漸逼近，丹妮左手拿著小金屬網抖了抖。

珊珊說：「是他要求的，他拜託我們這麼做，操他媽的求著我們、跟著我們，跟我們說想要我們對他做什麼。噁心的小孬種，很清楚自己招惹了什麼，要也要不夠，想要我們傷害他；要是我教他舔我的尿，他也會照做，這就是妳該死的哥哥。一副人畜無害的草食男模樣，其實是個下流的小渾蛋。」

是啦，或許是這樣沒錯，或許不是。蘿西也看過一些，不過她還是不應該碰蒙克家的人，對吧？等這件事結束之後，她會私下詢問瑞奇的朋友，或許她得告訴他以後別犯蠢；如果他想要做那種事，她可以幫他找個聽話的安全對象。

「不准妳這樣講我該死的哥哥！」戴瑞突然大喊，他將霰彈槍槍托對準她的臉，不過她的動作更快，而且霰彈槍又是金屬，因此她抓住槍的同時，他倒抽一口氣，膝蓋就彎了下去。

珊珊一手環住戴瑞，他整個身體抖動著，她給他那一擊的力量很大。他的眼睛倒翻了過去。靠，如果她們攻擊她，也會打到他。

幹！

珊珊開始後退，「妳們他媽的別跟著我，」她說，「不准他媽的靠近我，不然我就做掉他，就像我做掉妳的瑞奇，我可以做得更狠。」

現在戴瑞快哭出來了。蘿西看得出來她在對他做什麼：她不時發出一股電流電擊他的脖子、喉嚨、太陽穴。打在太陽穴是最痛的。

「這件事還沒完。」蘿西靜靜地說，「妳現在可以逃走，但是我們還會回來找妳，直到解決這件事為止。」

珊珊咧開微笑，亮白的牙齒上沾著血，「那也許我現在就該做了他，就當玩玩。」

「那可不太聰明。」蘿西說，「那樣的話，我們就真的會殺了妳。」

她對小薇點了點頭。薇薇卡在剛剛那陣騷動間已經繞到她們背後，她揮動警棍往珊珊的後腦杓猛敲一記，就像用大鐵鎚敲碎石膏板牆。

珊珊稍微轉過身，看到攻擊逼近，但是她來不及把戴瑞放開好躲避。警棍打中她一邊的眼睛，噴出一股血。她馬上尖叫出聲，倒在地上。

「靠。」戴瑞說，他一邊哭一邊發抖；她們也拿他沒辦法。「要是她看見妳們打算做什麼，她可能會殺了我。」

「你還活著，不是嗎？」蘿西說。她沒有說的是，他不應該拿著霰彈槍去對付珊珊，而她覺得這樣也算扯平了。

蘿西慢條斯理地在她們身上烙印，不希望她們忘了這件事，永遠不能。瑞奇也忘不了。她在她們的臉頰、嘴巴和鼻子上留下蜘蛛網狀展開的紅色傷疤。她用手機拍了張照，這樣瑞奇就能看到她做了什麼。傷疤，還有一隻瞎眼。

他們到家的時候只有芭芭拉還醒著。戴瑞去睡了，但蘿西還坐在廚房裡的小桌前，芭芭拉滑著手機看那些照片，點著頭，嘴抿得老緊。

「都還活著？」她說。

「還幫她們叫了救護車。」

芭芭拉說：「謝謝妳，蘿珊，我很感激。妳這次做了好事。」

蘿西說：「對啊。」

時鐘滴答響著。

芭芭拉說：「對不起，我們以前對妳不好。」

蘿西抬起一邊眉毛。「我不會用『不好』來形容過去，芭芭拉。」

她不是有意要說得這麼過分，但是她小時候發生了很多事：那些她不能參加的派對、從來收不到的禮物、從未受邀過的家族晚餐，還有那次芭芭拉跑到她家來朝著窗戶潑漆。

「妳今天晚上不必為了瑞奇這麼做的，我以為妳不會。」

「我們有人不會計較的，好嗎？」

芭芭拉看起來就像被打了一巴掌。

「沒關係。」蘿西說。現在確實如此，或許自從泰瑞死後就都沒關係了。「妳沒有喜歡過我，因為我是誰的女兒。我也沒盼望過妳會喜歡我，所以沒差。我們井水不犯河水，不是嗎？只是做生意而已。」她伸個懶腰，胸前的絞軸縮緊，她突然覺得肌肉又沉又累。

芭芭拉看著她，眼睛微微瞇起，「我也不懂為什麼有些東西我的柏尼還沒告訴妳。妳知道吧，有關他的生意怎麼運作。」

「他是要留給瑞奇的。」蘿西說。

「是啊，」芭芭拉說，「我想也是，但瑞奇現在不會接手了。」

她站起來走到對面的廚房櫥櫃，從第三格中拿出幾袋麵粉和幾盒餅乾，就在那裡，在櫃格後方，她把指甲伸進一道幾乎看不見的縫隙裡，打開一個不比手掌寬的小暗格。她拿出三本用一條橡皮筋綁在一起的黑色小筆記本。

「聯絡名單。」她說，「緝毒的、條子的內應、收黑錢的醫生。我已經說了好幾個月，教柏尼應該直接全部交給妳，這樣妳就知道要怎麼自己來賣晶晶了。」

蘿西伸出手接過筆記本，感覺到掌中書冊的重量和厚實，所有該如何做生意的方法都寫在一方緊密的紙磚裡。一整塊的資訊。

「因為妳今天所做的一切。」芭芭拉說，「為了瑞奇，我會跟柏尼說清楚的。」然後她拿起自己那杯茶，去睡了。

那天晚上剩下的時間，蘿西在自己的住處一夜沒睡，翻閱著那些筆記本，做筆記和計畫。裡面有可以追溯到好幾年前的聯絡資訊，有她爸爸正在發展的網絡，也有他一直在勒索或賄賂的對象，而後者通常到最後都會導回到前者。芭芭拉不知道自己交給她什麼，有了這些筆記本裡的東西，她可以把晶晶的生意拓展到全歐洲，沒有問題。蒙克家能大賺特賺，自從禁酒令後就沒有人能賺到這麼多錢。

她微笑著，一隻膝蓋不停上下抖動，眼睛則掃視過一長串名字，這時她看見某個重要的東西。

她想了一下才想通自己究竟看到什麼，她腦子裡某個部分比其他部位都先發現了這件事，教她要一讀再讀這張名單，然後那東西就跳到了她眼前。那裡，一個名字，一個條子內應，紐蘭警官，紐蘭。

因為她絕對不會忘記報春花臨死前說的話，對吧？她這一輩子都絕對不會忘記那天發生的一切。

「紐蘭說妳不會在家。」報春花說過。

這個條子，這個紐蘭，他也參與了殺害她媽媽的計畫，她一直都不知道他是誰，不過現在知道了。在那之後有好長一段時間，她以為事情已經解決了，但是她看到那個名字，她就記起來了。她心想，幹。某個狡猾的條子賣消息給我爸爸，也把消息賣給報春花。幹，她想。某個狡猾的條子監視著我們家，告訴報春花她不會在家。

只要在網路上很快搜尋一下就好了。紐蘭警官現在住在西班牙的小鎮，退休警察。顯然以為沒有人會去找他。

她沒有想過要告訴戴瑞，只是他剛好自己過來，謝謝她為瑞奇做的事情，也謝謝她救了自己的命。他說：「我們都知道接下來會怎麼樣。瑞奇現在已經出局了，小蘿，如果有什麼事情是我能幫得上忙的，儘管告訴我。」

也許他開始跟她有同樣的想法了，我們就是得接受如今影響了我們所有人的這場轉變，順應變化，並在其中找到自己的位置。

於是她告訴戴瑞自己要去西班牙做什麼。他說：「我也去。」

她了解為什麼他要開這個口。瑞奇不會回到這樣的生活了，少說要好幾年，或許一輩子都回不來了，而且也不再跟過去一樣。他們快要沒有家人了，他想要成為她的家人。

這個地方並不難找，有衛星導航再租一輛車，從塞維爾機場出發不到半小時就到了。也不需要什麼高明的安排，他們用雙筒望遠鏡監視了幾天，足以知道他是獨居。他們住在附近的旅館裡，但距離也不能太近，要開將近五十公里的路。如果當地警方只是要做例行的預防性訪查就不會找到那裡。有戴瑞陪著很不錯，辦事有條有理但很風趣，一切都讓她作主，但自己也會想些好點子。她想著，是啊，既然瑞奇已經出局了，沒錯，這行得通，下次她出門時可以帶他到工廠去。

到了第三天，趁著破曉前的天色，他們在一根籬笆柱上綁了條繩子，翻牆過去就等在灌木叢裡，等著他出來。紐蘭穿著短褲和一件皺皺的T恤，手上拿著三明治，今大早上是香腸三明治，他看著自己的手機。

她一直在等著什麼，某種恐懼會朝她襲來；她以為自己可能會尿溼褲子，或者全身突然充滿該死的憤怒，或者開始哭泣。但是當她看著他的臉，只感覺有趣。一個完整的圓：兩條線綁在了一起。因為這個男人，害她媽媽被殺，他是盤子邊上要被抹去的最後一點髒污。

她從灌木叢裡走出來走到他面前，「紐蘭，」她說，「你叫紐蘭吧。」

他張大嘴巴看著她，還拿著他的香腸三明治，過了一秒他才想到應該害怕，而在那一秒，戴瑞就從灌木叢裡衝了出來，重重敲了他的頭，把他推進游泳池裡。

紐蘭醒過來的時候，太陽已經高掛天空，他則仰著頭漂浮在水面上。他手腳一陣亂划，讓自己站在泳池中央，一邊咳著一邊揉著眼睛。

蘿西坐在池畔，手指撥著水。「電在水裡能傳得很遠，」她說，「很快。」

紐蘭一聽便動也不動地站著。

她先是把頭偏到一邊，接著又偏到另一邊，伸展肌肉。她的絞軸充滿力量。

紐蘭開口要說什麼，也許是「我不……」或者「你們是……」，但她已經透過水傳出一道微弱的電擊，足以讓他濕透的身體冒雞皮疙瘩。

她說：「要是你開始否認一切，那就不好玩了，紐蘭警官。」

「幹，」他說，「我根本不知道妳是誰，如果這是為了麗莎，她已經拿到該死的錢了，好吧。兩年前就拿到了，一毛不差，我要走了。」

蘿西又透過水送出一道電擊，「再想想，」她說，「看著我的臉，沒有讓你想起誰嗎？我是不是某人的女兒呢？」

他瞬間全都知道了，從他的臉就能看出來。「幹，」他說，「是為了克莉絲汀娜。」

「對。」她說。

「拜託。」他說，她則是送出一道強大的電擊，力量大到讓他的牙齒打顫，身體一僵，就這樣直接在水裡拉屎在褲子上，噴出一團棕黃色的混濁顆粒，就像是從水管裡噴出來的。

「小蘿。」戴瑞輕輕說。他就坐在她背後的一張日光浴躺椅上，手放在獵槍槍托上。

她住手，紐蘭啜泣著倒在水裡。

「不准說『拜託』，」她說，「那是我媽媽說過的。」

他揉揉自己的前臂，想讓雙手恢復一點生氣。

「紐蘭，這次你逃不掉的。你告訴報春花要去哪裡找我媽，害她被殺，我要殺了你。」

紐蘭試圖拔腿要往泳池邊衝去，她再度電擊他，他雙膝一軟就往前倒，然後就只是倒在那裡，臉朝下浸在水裡。

「天殺的。」

戴瑞拿了鉤子把他拉到泳池邊，把他拉上來。

紐蘭再睜開眼的時候，蘿西坐在他胸口上。

「紐蘭，你今天就會死在這裡。」戴瑞很冷靜地說，「就是這樣了，朋友，你這輩子就到這裡了。今天是你最後一天，不管你跟我們說什麼也無法改變了，懂嗎？不過，要是我們讓事情看起來像是意外，你的人壽保險還能理賠。受益人是你媽，是嗎？還有你兄弟？我們可以幫你做到，讓事情看起來像意外，而非自殺，好嗎？」

紐蘭咳出一大口污濁的水。

「你害死我媽，紐蘭，」蘿西說，「這是你第一個犯規。你又害我得坐在你的屎水裡，這是第二個。如果等到出現第三個，你就會受到無法想像的痛苦。我只想從你身上知道一件事。」

他現在聽著她的話。

「紐蘭，報春花給你什麼酬勞，要你出賣我媽的消息給他？有什麼能讓你惹火蒙克家的人？是什麼值得讓你這麼做？」

他對著他們眨眨眼，一開始對著她，接著對著戴瑞，一副他們在耍著他玩的樣子。

她手裡握著他的臉，順著下巴傳出像用十字鎬敲擊的痛楚。

他尖叫出聲。

「紐蘭，告訴我。」她說。

他喘著氣，「妳知道的，對吧？」他說，「你們在耍我。」

她的手又靠近他的臉。

「不要！」他說，「不要！不，妳知道怎麼回事，妳這該死的婊子，是妳爸爸。付錢給我的根本就不是報春花，是柏尼，柏尼·蒙克教我這麼做的。我一直都只有為柏尼做事，只為了柏尼辦事；是柏尼告訴我，我應該假裝把消息賣給報春花，告訴他要去哪裡找妳落單的媽媽。根本不應該讓妳看見的，柏尼想讓妳媽死，我也沒問什麼。我幫了他的忙，是他媽的柏尼，妳爸爸柏尼。」

他一直喃喃說著那個名字，好像這個祕密就會讓她放了他。

他們從他身上問不出更多東西了。紐蘭知道蘿西的媽媽是柏尼的女人；對，他當然知道。他們告訴紐蘭，她背著柏尼偷人，那就足以讓她死了，當然如此。

⚡

他們辦完了事，把他踢回泳池裡，她讓整個泳池通電，就只一次。看起來就像他心臟病發，掉了進去，拉屎在褲子上就溺死了。他們終究遵守對紐蘭的諾言。他們換掉衣服，開著租來的車子回機場，甚至在籬笆上都沒有留下破洞。

在飛機上，蘿西說：「現在怎麼辦？」

戴瑞說：「小蘿，妳想怎麼樣？」

她呆坐了一會兒，感覺著體內的力量，乾淨而完整。殺了紐蘭讓她感覺到什麼，看著他四肢僵硬，接著一切停止。

她想起夏娃曾經跟她說過的話，說她知道蘿西會來，說她看見了她的使命，說她將是迎來新世界的人，說她手中的力量將會改變一切。

她感覺自己指尖上的力量，彷彿她可以直接在這世上打穿一個洞。

「我想要正義，」她說，「我想要一切。你想要站在我這邊，還是站在反對我的那一邊？」

柏尼坐在他的辦公室裡看著帳本，這時他們來了。她眼中的他好老，他沒有好好刮鬍子，脖子和下巴上冒出了鬍渣。這些日子裡，他身上有種味道，聞起來像硬質起司。她以前從來不覺得他老，他們是他最小的孩子，瑞奇已經三十五歲了。

他知道他們要來，芭芭拉一定已經告訴他，她把筆記本交給蘿西了。他們進門的時候，他微笑了。戴瑞站在蘿西背後，拿著上膛的槍。

「小蘿，妳一定要知道，」柏尼說，「我很愛妳媽，她卻從來沒愛過我。我想她不愛我。她只是利用我，好得到她能得到的。」

「那你為何殺她？」

他從鼻子深吸一口氣，事到如今，還一副好像很驚訝會聽到這句話的樣子。「我不會求妳，」他說，他看著蘿西的雙手，看著她的手指，「我知道這是怎麼回事，我會接受，但是妳一定要明白，這無關私人恩怨，而是公事公辦。」

「這是家人的事，爸。」戴瑞很輕聲地說，「家人的事當然是私人恩怨。」

「是真的，」他說，「她害艾爾跟大米克被抓。」他繼續說，「羅馬尼亞人付錢給她，她就說出他們的下落。小親親，他們跟我說是她的時候，我都哭了，真的。但我不能就這樣算了，對吧？沒有人……妳一定要明白，沒有人可以這樣對我。」

蘿西自己也做過那樣的盤算，不只一次了。

「小親親，妳不應該看到的。」

「爸，你不覺得羞愧嗎？」蘿西說。

他挺出下巴，舌頭伸到牙齒和下唇之間。「發生這樣的事，我很抱歉；我很抱歉事情變成這樣。我不希望妳看見，我一直都在照顧著妳，妳是我女兒啊。」他停了停。

「妳媽媽傷我比我能告訴妳的還多。」他又重重從鼻子噴了口氣，就像頭公牛。「小親親，這就是一場該死的希臘悲劇。就算我知道會發生這一切，我還是會那麼做的。我不會否認。如果妳要殺我……也算討了點公道，小親親。」

他坐在那裡。一派冷靜地等著事情發生。他一定早就想過這場面一百次了，納悶著最後是誰會殺了他，是朋友、敵人，還是在胃裡逐漸增長的壞東西，或者他會撐過這一切，安享高壽。他以前一定也想過或許會是她，所以現在才能這麼冷靜。

她知道這會如何發展。如果她殺了他，事情就會沒完沒了。跟報春花就是這麼回事，他們最後才會跟他結了深仇大恨。如果她繼續殺掉惹惱她的人，最後總會有人來找她索討。

「爸，你知道什麼是公道嗎？」她說，「我要你滾，我要你告訴所有人你要把生意交給我，我們不會有什麼血戰，沒有其他人會站出來從我手上搶走生意，沒有人會來找我幫你報仇，沒有什麼希臘悲劇。我們要和平處理。你該退休了，我會保護你，你會滾開。我們會幫你找個安全的地方，到某個有海灘的地方去吧。」

柏尼點點頭，他說：「妳一直是個聰明的女孩。」

喬思琳

北極星營隊過去也曾收過死亡威脅和炸彈恐嚇，但一直到今晚之前，從來沒有遇上真正的攻擊。喬思琳值班夜間巡守，一組有五個人，用雙筒望遠鏡監看著周遭。如果妳願意做額外的工作、願意在校，並且同意離開營隊後為北極星工作兩年，就不必付學費。這交易相當划算。瑪格大可幫喬思琳付清學費，但是讓她跟其他女孩以相同方式就學能營造好形象。麥蒂的絞軸一出現就很清楚、很強大，完全沒有喬思琳的問題；她只有十五歲，但已經在討論要加入菁英班了。兩個女兒都在服役；這就是選總統的道路。

喬思琳在自己的崗哨上已經快要打瞌睡了，這時候亭子裡的警鈴響起了。警鈴以前也響過，可能是狐狸或郊狼，偶爾會有幾個喝醉的年輕人玩起大冒險，試圖翻越圍牆。喬思琳有一次在食堂後面，聽到垃圾桶發出一陣尖叫聲，被嚇到不知所措，結果發現只是兩隻體型龐大的浣熊在金屬桶子裡翻找，互相啃咬、追逐。

其他人看她嚇成那樣便嘲笑她。不過她們平日就常常笑她。一開始她有萊恩，感覺刺激好玩又很緊張，因為他的絞軸是只屬於他們的祕密，讓一切都變得特別。但是事情不知為何曝光了，用長鏡頭拍到的幾張照片讓記者又守在門口了。在營隊的其他女孩讀到報導後，她們開始小聲交頭接耳、咯咯談笑，但是她一走進房間便安靜下來。她讀到一些文章說，有些女人希望自己做不到，也有男人希望自己可以，一切看起來是如此令人困惑，而她真正想要的，只是當個正常人。她跟萊恩分手時，他哭了，她卻發現自己的臉乾乾的，就好像裡頭有個塞子把一切都擋下來了。她媽媽私底下帶她去看醫生，他們給了她一些藥讓她感覺比較正常。某個程度上，她確實是。

她和另外三個負責巡守的女孩拿起她們的夜巡棍——就是在長警棍的頂端加上尖銳而有彈性的金屬線——一起走入夜色中，以為會看到什麼當地的野生動物在咬圍牆。當她們到那裡的時候卻看到三個男人，每人都拿著一根棒球棒，臉上擦著黑色油漬。他們在對付發電機，其中一個拿著一把巨大的破壞剪；這是恐怖份子的襲擊。

一切都發生得很快。其中年紀最大的達珂塔悄聲對年紀較小的海登說話，教她快去找營區的保全來。其他人則保持緊密的隊形，身體緊靠在一起。其他營隊曾遇過帶著刀槍，甚至是手榴彈和土製炸彈的男人。

達珂塔大叫：「放下武器！」

男人們瞇著眼睛，看不出有什麼情緒。他們是來這裡做壞事的。

達珂塔晃著手電筒說：「好了，各位，你們玩夠了吧，不過已經被我們發現了。放下武器。」

其中一個男人丟出東西。是瓦斯手榴彈，煙霧冒了出來。另一人用破壞剪剪斷了發電機上一條暴露在外的管線，只聽見「砰」一聲，營區中央的所有電燈都熄滅了。現在只剩下黑壓壓的天空和星星，還有那些來這裡打算殺掉她們的男人。

喬思琳拿著手電筒到處亂照，其中一個男人揮舞著他的球棒，不時發出大叫，正在跟達珂塔和薩瑪拉打鬥。球棒跟薩瑪拉的頭黏在一起，冒出血來。靠，有血。她們受過訓練，女孩們都受過訓練，不應該發生這種事的。就算她們擁有電擊力量，還是會發生這種事嗎？泰根像狼一樣撲上去，手裡發出的電力擊中他一邊的膝蓋，但他一腳正中她的臉。他夾克底下那閃閃發光的東西是什麼？他帶了什麼？他媽的到底是什麼？喬思琳衝向他，她要壓制住他，不管那是什麼都要從他身上拿走；但是她行動時，一隻手抓住了她的腳踝，她往前撲倒，一臉撞進沙地裡。

她四肢並用地爬起身來，爬向手電筒，但是在她拿到之前已經先被人撿起來照著她。她等著攻擊襲來，但拿著手電筒的是達珂塔。達珂塔臉頰上瘀青一片，泰根站在她身邊，而其中一個男人跪在泰根的腳邊。喬思琳猜就是跟她打起來的那個人。他的面罩脫落了，看起來很年輕。比她想像的還要年輕，或許只比自己大一、兩歲。他嘴唇上裂了傷口，下巴處還蔓延著蕨葉狀的疤痕。

「抓到他了。」達珂塔說。

「去死啦，」那男人說，「我們是為了自由！」

泰根抓著他的頭髮抬起他的頭，又電擊了他的耳朵下方。被電擊那裡會很痛。

「誰派你來的？」達珂塔說。

但是他沒有回答。

「小喬，」達珂塔說，「讓他看看我們是認真的。」

喬思琳不知道另外兩個女人去哪裡了，「我們不用等一下嗎？」她說，「等幫手來？」

達珂塔說：「該死的啪滋，妳做不到是不是？」

男孩倒在地上蜷縮著。她不需要這麼做，現在誰都不需要這麼做。

泰根說：「他是不是有絞軸啊？她想搞他吧。」

其他人笑了，對啊，她們喃喃說，她就喜歡這種的。怪男人、異形男人，還有討厭、詭異、噁心的男人。她就喜歡這種的。

如果她該死的在她們面前哭了，她們永遠都不會忘記。再說，她也不是她們想的那樣。她甚至不是很喜歡跟萊恩做，她不喜歡；自從他們分手之後，她就想過這件事，而且她覺得其他女孩說的沒錯。跟沒有電擊力量的男人做比較好；這樣也比較正常。她後來又有過其他幾個男人，男人喜歡她對他們電一下，甚至湊近她耳邊，低聲要求她這麼做，說著：「求妳。」這樣比較好，她只希望她們可以忘記曾經有過萊恩這個人。她已經忘掉他了，那只是少女情懷，而且那些藥讓她力量正常，更勝以往。她現在正常了，完全正常。

這時候，一個正常的女孩會做什麼？

達珂塔說：「滾開，克里瑞，我來做。」喬思琳說：「不，妳滾開。」

地板上的男孩低聲說：「求妳。」就像他們一樣。

喬思琳把達珂塔推開，彎下腰去往他頭上送出電擊。只是要給他一個教訓，讓他知道敢來惹她們會有什麼下場。

不過她很激動，她的訓練員告訴過她要注意這點。一波波情緒沖刷過她的身體，賀爾蒙、電解質跟一切都攪在了一起。

在力量離開自己身體的那瞬間，她可以感覺到自己釋出太多了，她想要收回，卻已經太晚。他的頭皮在她手掌下脆化。

他尖叫出聲。

在他的頭骨內，體液漸漸沸騰，柔軟的物質開始融化、結塊。放射出的力量在他頭上留下傷疤，比想像中還快。

她收不回來，這不是漂亮的死法。她無意這麼做。

空氣中飄著燒焦頭髮和血肉的氣味。

泰根說：「靠！」

突然一圈光線照到他們身上，是兩名北極星的工作人員，一男一女；小喬之前看過他們，是愛絲特和強尼。終於。他們一定是用備用發電機暫時恢復電燈運作。喬思琳的腦袋裡快速運轉著，只是身體動作卻很緩慢。她的手還搭在男孩頭上，指尖冒出一縷淡淡的煙霧。

強尼說：「老天。」

愛絲特說：「還有人嗎？那女孩說有三個人。」

達珂塔還盯著那個男孩，喬思琳在完全沒意識到的狀態下將自己的手指一根一根拔起，她覺得如果自己開始意識到這件事，她就會跌入深不見底的黑暗水底；現在有一片黑色海洋正等著她，會一直等著她。她拔起手指，不加思索，男孩的身體往前撲倒，臉直接埋進土裡。

愛絲特說：「強尼，去找個該死的醫護人員來，快。」

強尼也盯著屍體，發出一聲輕笑，說：「醫護人員？」

愛絲特說：「快，去找個該死的醫護人員過來，強尼。」

他吞了口口水，眼睛瞥向喬思琳、泰根和愛絲特。他和愛絲特對上眼時，很快點點頭，退後幾步便轉身跑走，離開那圈光線，進入黑暗。

愛絲特看著光圈中的每個人。

達珂塔開口說：「事情是這樣的……」

但愛絲特搖搖頭，「讓我想想。」她說。

她屈膝蹲在屍體旁邊，一手將之翻過身來，在外套裡翻找。她們不太知道現在怎麼一回事。她找到一些口香糖、幾張男性抗議團體的傳單，接著，傳出一聲熟悉的沉重金屬碰撞聲。

愛絲特伸手到他背後然後縮回來，手一攤開亮出一把槍，槍管粗短的軍用手槍。「他拔槍對著妳。」愛絲特說。

喬思琳皺起眉。她能理解，但還是忍不住脫口說出，

「沒有，他沒有。他……」她住口了，因為嘴巴終於跟上腦袋的運作。

愛絲特說話的聲調相當冷靜、輕鬆，聲音中帶著微笑，就好像是在教喬思琳如何進行設備維護的例行性工作。首先關掉開關，再上潤滑劑，接著用旋鈕來調整皮帶鬆緊。簡單。一個步驟再接著下一個，一、二、三。工作就是要這樣完成。

她說：「妳看到他外套的側邊口袋有一把槍，而他正準備要拿出來。他已經對我們做出暴力行為，妳感覺到清楚而明顯的危險，他伸手要拿槍，於是妳採取相應的武力阻止他。」

愛絲特彎曲男孩的手指，讓他拿著手槍的槍柄。「這樣要理解就比較簡單，他拿著他的槍，」她說，「他準備要開槍了。」她看著圍成一圈的年輕女子，輪流對上她們的眼神。

泰根說：「沒錯，就是這麼回事。我看到他伸手去拿槍了。」

喬思琳看著槍，握著槍的手指逐漸冰冷。有些北極星的工作人員會帶著自己未經登記的手槍，她媽媽得向《紐約時報》施壓，撤掉一篇相關的報導，認為此舉會威脅到國土安全。或許他把槍塞在背後的口袋裡，或許他會把槍口對著她們，但要是他們有槍，為什麼要用球棒呢？

愛絲特伸手搭在喬思琳肩上，「妳是個英雄，士兵。」她說。

「是。」喬思琳說。

這個故事說得愈多次就愈簡單，等到她上了全國性的電視節目談這件事，她心裡的畫面就開始愈來愈清楚，反正她覺得自己也記得大半經過。她不是有在其中一人的口袋看到金屬物品嗎？會不會就是槍呢？也許就是因為這樣，她才會發出攻擊。對，說不定她早就知道。

她在電視新聞上微笑著說，不，我不覺得自己是英雄，任誰都會那麼做。

喔，拜託，克莉絲汀說，我就做不到，麥特你呢？

麥特笑著說，我連看都不敢看！他很有魅力，比克莉絲汀還小十歲，電視台發掘了他，只是想試驗看看。既然要試，克莉絲汀，不如妳現在開始在螢光幕前戴眼鏡好了，會讓妳看起來有權威感。我們要看看這樣的收視率會如何。我們要在營區裡播放試試看，好嗎？

喔，妳媽媽一定非常以妳為榮，喬思琳。

她是很自豪。她知道故事的一部分，但不是全部的真相；這讓她有籌碼可以跟國防部談判，討論要將北極星訓練營中訓練女孩的計畫推廣到全國五十州。這個計畫運作良好，跟大學又能無縫接軌，而且每送一個女孩從軍，她們都能通過基本測試，直接執行任務，北極星就能跟軍方拿一筆錢。軍方非常喜歡瑪格．克里瑞。

而且看看新聞中所發生的一切，麥特說，在東歐的戰爭，那是怎麼回事？先是南摩爾多瓦節節勝利，現在換成北摩爾多瓦了，好像連沙烏地王朝都扯進來了……他無奈地聳聳肩，很高興知道我們還有像妳這樣的年輕女性能夠保家衛國。

喔，是的，喬思琳說。正如她演練過的說法。若是沒有在北極星營隊所接受的那些訓練，我絕對辦不到的。

克莉絲汀捏捏她的膝蓋，妳會多留一會兒嗎，喬思琳？廣告回來，我們就要來嘗嘗幾份適合秋天的超棒肉桂食譜。

當然！

麥特對著鏡頭微笑，我知道有妳在身邊，我覺得安全多了。現在，來看看天氣預報。

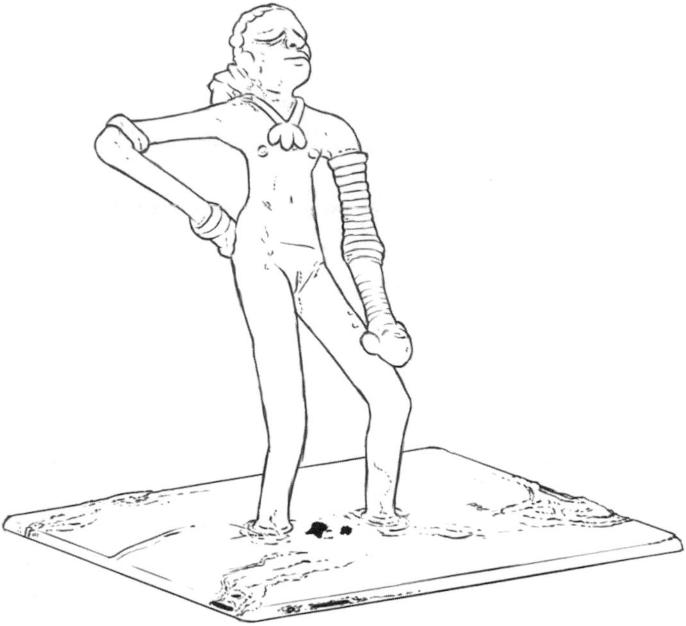

「女王祭司」雕像，發現於巴基斯坦拉合爾的一處藏寶窟。雕像本身的歷史比基座還要久遠許多，是以新末日年代時期的科技製成。雖然基座有大量腐蝕的痕跡，但分析結果顯示，上頭原本有被咬禁果的圖形標記。在末日年代的世界中，可以找到許多帶有這個標記的物品，其用途仍有許多爭論。該標記的統一性表示此爲一宗教記號，但也有可能是象形文字，表示該物品應該用來裝盛食物；不同的大小或許是爲了不同的餐點使用。此項被咬禁果的文物和其他相關文物一樣，其成分爲部分金屬、部分玻璃。不過和這類其他物品的不同之處在於，玻璃並未碎裂，使其在末日後的年代中具有高度價值。根據推斷，標有被咬禁果的文物是被當成獻給女王祭司教派的禮物，用來增加她此尊雕像的華麗感。這兩項物品約在兩千五百年前鎔鑄在一起。

「侍男」雕像，和「女王祭司」雕像發現於同一窟。從雕像的細心打扮和性感的特徵來看，推斷此雕像代表著性工作者。此雕像裝飾著末日年代的玻璃，其組成與「女王祭司」的基底相近，幾乎可以肯定是來自於破碎的被咬禁果文物。雕像加上玻璃的時期大約與「女王祭司」加上基底同期。

一年

總統暨全體政府官員誠摯邀請
瑪格．克里瑞參議員
賞光蒞臨接待晚宴
於六月十五日星期三晚上七
總統暨全體政府官員誠摯邀請
蘿珊．蒙克女士
賞光蒞臨接待晚宴
月十五日星期三晚上七點
總統暨全體政府官員誠摯邀請
母神夏娃
賞光蒞臨接待晚宴
於六月十五日星期
總統暨全體政府官員誠摯邀請
圖德．伊多先生
賞光蒞臨接待晚宴
於六月十五日星期三晚上七點

瑪格

「克里瑞參議員，您能談談為什麼您會在這裡嗎？」

「圖德，莫斯卡列夫總統是因軍事政變而被迫下台，離開透過民主程序選她作為領袖的國家。美國政府非常鄭重地看待這樣的事情。而且請容我說一句，我非常樂見你讓年輕世代的觀眾也能關注這類重要的地緣政治議題。」

「畢竟年輕世代將會生活在您所打造的世界裡，參議員。」

「你說的沒錯，所以我才會這麼開心，讓我的女兒喬思琳作為聯合國代表團的一員，陪同我造訪這個國家。」

「您可以談談近來貝沙帕拉共和國面對北摩爾多瓦軍隊遭遇的挫敗嗎？」

「孩子，今天是來參加派對的，不是國防對策會議。」

「您應該清楚，克里瑞參議員，您如今是……五個戰略委員會的成員之一，對嗎？」他扳起手指算著，「國防、外交關係、國土安全、預算和情報，讓您這樣的大人物出席小小的派對嗎？」

「你有做功課呢。」

「沒錯，女士。北摩爾多瓦接受沙烏地王朝的金援，對吧？這場與貝沙帕拉的戰爭足以證明他們意圖奪回沙烏地阿拉伯嗎？」

「沙烏地阿拉伯政府是由他們的人民以民主方式選出，美國政府支持世界各地的民主與和平政權轉移。」

「美國政府是來確保輸油管的安全嗎？」

「圖德，摩爾多瓦或貝沙帕拉都沒有石油。」

「但是如果沙烏地阿拉伯再經歷一次政權轉移，或許就會影響石油供給，您不這麼認為嗎？」

「如果我們要談的是民主自由，那就不會是問題。」

他幾乎要笑出聲來，他臉上閃過一抹輕蔑的笑容，隨即消失。「好，」圖德說，「當然。美國寧可支持民主而不要石油。好。那麼您今晚參加這場派對，美國國內的恐怖行動將會被如何解讀？」

「容我說明，」瑪格直接盯著圖德的相機鏡頭說話，眼神清澈而平穩。「美國政府不會害怕國內的恐怖份子或是資助他們的人。」

「『資助他們的人』是指沙烏地阿拉伯的阿瓦蒂．阿提夫國王嗎？」

「我對這件事言盡於此。」

「參議員，對於您被派來這裡的原因，還有任何話要說嗎？特別是您。因為您和北極星青少女訓練營的關係？所以才會選擇派您來這裡嗎？」

瑪格輕笑一聲，聽起來似乎是真的想笑。「圖德，我只是一條小魚，湖裡一條小小的魚，真的。我會來是因為接到邀請，現在我只想享受這場派對，相信你也是一樣。」

她轉過身往右走了幾步，一直等到她聽見他把相機關掉的聲音。

「孩子，別來追著我跑。」她從嘴角吐出這句話，「我是你的朋友。」

圖德注意到她叫他「孩子」，但什麼也沒說，只是牢牢記在心裡。幸好他還開著錄音功能繼續運作，只關掉了攝影功能。

「我逼問您的力道可以再強一倍，女士。」他說。

瑪格瞇起眼看著他，「我很欣賞你，圖德。」她說，「你跟都市解密的那篇訪談做得很好，那些核武威脅真的讓國會都豎起耳朵注意聽了，投票通過撥下我們所需要的款項來保護國家。你還跟他的人有來往嗎？」

「偶爾。」

「如果你聽到他們之後打算做什麼大事，就來告訴我好嗎？我不會讓你白費功夫的，現在我們有錢了——很多錢。或許你很適合擔任我們訓練營的媒體顧問。」

「啊哈，」圖德說，「我會通知您的。」

「一定要。」

她揚起微笑想讓他安心，至少她是希望達到這個效果。她感覺到這抹笑一觸及她的嘴唇，也許看起來會比較像譏笑。問題是這些該死的記者都好迷人，她以前看過圖德的影片，麥蒂是他的超級粉絲，而且他真的能夠影響十八歲到三十五歲的選民意願。

真是神奇。大家總是談論他那一派輕鬆而平易近人的風格，卻沒有人提過，奧拉圖德．伊多的影片之所以這麼受歡迎，是因為他帥得要命。他在幾支影片中半裸著身體，只穿著泳褲在海灘上報導；而現在教她怎麼認真看待他，她一看見他的闊肩窄腰，還有那一片平坦而又肌理分明的胸膛，加上後面挺翹健美的……靠，她真的得找人上床了。

老天。好吧，這次出訪團的工作人員中有幾個年輕男人，派對之後她就找一個來請他喝酒，畢竟她不能每次遇到一個英俊的記者就開始胡思亂想。一個侍者拿著托盤經過，她拿了一杯烈酒一飲而盡。一位助理在廳內另一頭對上她的眼神，指了指腕錶：我們該走了。

「不得不說，」她和她的助理法蘭西絲一邊走上大理石階梯，她一邊悄聲說，「她們真懂得怎麼挑城堡。」

這個地方看起來就像是一磚一瓦從迪士尼樂園搬過來的：鍍金家具、七座高聳的尖塔，每座形狀大小皆不同，有些刻著凹槽、有些表面光整、有些還鑲著金箔。近處有松樹林，遠處則有高山。是啊是啊，妳這裡歷史悠久、文化豐富；是啊是啊，妳不是小人物。好啦。

瑪格走進去的時候，不開玩笑，塔提亞娜．莫斯卡列夫真的坐在王座上——由黃金打造的龐然巨物，扶手上雕著獅頭，還鋪著紅色天鵝絨軟墊。瑪格努力不露出微笑，貝沙帕拉的總統穿著一襲厚重的白色皮草，裡面是金色禮服，她每根手指上都戴著戒指，兩邊拇指上還戴了兩個。似乎她為了學習一個總統看起來該像什麼樣子，結果看了太多黑手黨電影。也許她真的就是這樣。瑪格進來之後，門就關了起來，只剩她們兩人了。

「莫斯卡列夫總統，」瑪格說，「很榮幸與您會面。」

「克里瑞參議員，」塔提亞娜說，「我才是榮幸。」

蛇遇上了老虎，瑪格心想著，豺狼迎接著蠍子。

「請用，」塔提亞娜說，「喝一杯我們的冰酒，這是歐洲最頂級的，出產自貝沙帕拉的葡萄園。」

瑪格啜飲一口，納悶著被下毒的機率有多高，她想機率不會高過百分之三，如果她死在這裡，她們就麻煩了。

「這酒很棒。」瑪格說，「我想不會有比這個更棒的了。」

塔提亞娜彎起淺淺而冷淡的微笑，「您喜歡貝沙帕拉？」她說，「您還滿意這趟出訪嗎？音樂、舞蹈，還有本地的起司？」

瑪格那天早上才花了三個小時參觀、聽取當地的起司製造過程示範，三小時。就談起司。

「喔，您的國家相當可愛，總統女士——既有舊世界的魅力，又融合了企圖共同前進未來的專注與決心。」

「沒錯，」塔提亞娜又淺淺笑了，「我們認為自己或許是世界上思想最前衛的國家，您懂吧。」

「啊，是的，我很期待明天去參觀您的科學科技園區。」

塔提亞娜搖搖頭，她說：「文化上，社會上，我們都是世界上唯一一個真正了解這股轉變意義的國家，就好像是撥開了某種迷霧：『歡迎來到新形態的生活』。」

瑪格什麼也沒說，只是又喝了口酒，露出欣賞的表情。

「我喜歡美國，」塔提亞娜說，「我的亡夫維克多喜歡蘇聯，但是我喜歡美國。自由之地、機運之地，音樂也很棒，比俄羅斯音樂還好。」她開始唱出一首流行歌的歌詞——麥蒂老是在家裡一播再播——「我們開車上路，你超快，在你車裡蹦蹦蹦。」她的聲音相當悅耳。瑪格想起來曾經在哪裡讀過，塔提亞娜曾經懷著成為流行樂巨星的夢想。

「您想要我們把他們弄來這裡演唱嗎？他們會巡迴演出，我們可以安排。」

塔提亞娜說：「我想您知道我想要什麼。我想您明白的，克里瑞參議員，您不是個笨女人。」

瑪格微笑，「我或許不笨，但我也不會讀心術，莫斯卡列夫總統。」

「我們想要的，」塔提亞娜說，「就只是在貝沙帕拉這裡實現美國夢。我們是個新國家，勇敢的小國與可怕的敵人接壤。我們想要自由地生活著，去追尋我們自己的生活方式，我們想要一個機會，就是這樣。」

瑪格點點頭，「這是每個人的想望，總統女士。讓人人都享有民主是美國對這個世界最誠摯的希望。」

塔提亞的的嘴唇微微上揚，「那麼你們就會幫我們對抗北方。」

瑪格稍微咬了咬上唇。就是這點很微妙，她早就知道會這樣發展。

「我……我跟總統談過，雖然我們支持你們獨立，因為這是出自你們人民的意願，但是我們不能出手干預北摩爾多瓦和貝沙帕拉的戰爭。」

「克里瑞參議員，您和我不必談這種場面話。」

「我們可以提供人道救援以及維和部隊。」

「您可以在聯合國安理會上投票反對任何對付我們的行動。」

瑪格皺起眉，「可是聯合國安理會並沒有要對付你們。」

塔提亞娜很刻意地將酒杯放在面前的桌上，「克里瑞參議員，我們都清楚，我的國家遭到幾個男人背叛。我們最近在涅斯特一戰戰敗，是因為北方知道我們的部隊會在哪裡，貝沙帕拉的男人將情報賣給了北方的敵軍。其中幾個已經找到了，有幾個也招供了，我們必須採取行動。」

「當然，這是你們的權利。」

「你們不會干預這項行動，不管我們做什麼都會支持。」

瑪格輕笑一聲，「我不確定自己能不能答應影響這麼大的事情，總統女士。」

塔提亞娜轉過身，往後靠在窗櫺上，她背後的迪士尼城堡打著明亮的燈光，映出她的身影。

「您和北極星有合作，對吧？私人軍隊。其實您還是股東。我喜歡北極星，教導女孩成為戰士，非常好，我們更需要。」

嗯，這跟瑪格設想的不一樣，但很吸引人。

「我不太明白這些事情有什麼關聯，總統女士。」她說，不過她開始精打細算起來。

「北極星希望聯合國能下令派出自己受過北極星訓練的女性軍隊進入沙烏地阿拉伯，沙烏地阿拉伯政府就要瓦解了，國家陷於不安。」

「如果聯合國同意派軍，我認為對全世界而言會是好消息，沒錯。確保能源供應無虞，幫助該國政府度過政權轉移的艱困時期。」

「不過，」塔提亞娜說，「要是有另一國政府已經成功派出北極星軍隊，要作此主張就容易多了。」

她停了一下，又幫自己倒了杯冰酒，也幫瑪格倒了一杯。她們都知道這段對話會怎麼發展，兩人眼神對望，瑪格微笑著。

「您想自己雇用北極星的女孩？」

「作為我的私人軍隊，駐守在這裡以及邊界。」

這可值一大筆錢。要是她們贏了北方的戰爭、奪下沙烏地王朝的資產，那就更值錢了。在這裡作為私人軍隊正好讓北極星達成他們的目的。如果她能促成這件事，董事會一定會非常開心能夠繼續與瑪格．克里瑞保持關係。

「那麼，作為交換，您想要……」

「我們打算稍微修改我們的法律。在這段動盪不安的日子裡，為了避免出現更多叛徒將我們的祕密出賣給北方，必須這麼做。我們希望您能支持我們。」

「我們無意介入主權國家的內政。」瑪格說，「必須尊重文化差異。我知道總統會信任我對這件事的判斷。」

「很好，」塔提亞娜說，緩緩眨了眨碧眼，「那麼我們就有共識了。」她又停下來，「克里瑞參議員，我們毋須自問如果北方贏了會怎麼做。我們已經見識過他們所作所為，都記得沙烏地阿拉伯過去是什麼樣子，我們都是站在正確的一方。」

她舉杯，瑪格也慢慢傾過自己的杯子，直到酒杯輕輕碰到塔提亞娜的杯子，發出清脆聲響。

這一天是美國的大好日子，是全世界的大好日子。

接下來的派對正如瑪格預期的一樣無聊。她一一和外國高官與宗教領袖握手，還有一些人她懷疑是罪犯和軍火商。她一次又一次說著同樣的台詞，說美國為受害於不公不義及暴政的人們致上深深憐憫，他們希望能夠在這動亂的地區中找到和平解決困境的方法。塔提亞娜走進會場時在門口引起一陣小騷動，但是瑪格沒有看見。她一直待到十點半。要離開一場盛大的派對，這是正式指定的最佳時間點，不會太早也不會太晚。她要走向大使館禮車時，又撞見了那位記者圖德。

「不好意思，」他說，他掉了什麼東西在地上，又馬上撿起來，動作快到她看不見。「我是說，抱歉，對不起，我……我趕時間。」

她笑了。她今晚很開心，已經在計算著如果這一切都順利進行，自己可以從北極星拿到多少分紅；還有下一輪選舉的超級政治行動委員會能捐出多少錢。

「急什麼呢？」她說，「沒必要急著離開，要搭便車嗎？」

她指著車子，車門已經打開，車內的奶油色皮革內裝相當吸引人。他一個微笑就掩蓋住自己一時的慌張，不過還是藏得不夠快。

「下次吧。」他說。

他的損失。

⚡

稍晚在旅館裡，她邀了在烏克蘭的美國大使館中工作的一個年輕小夥子，請他喝了幾杯酒。他很殷勤，嗯，怎麼不殷勤呢？她可是前途無量。他們一起搭著電梯上樓到她的套房時，她把手搭在他緊實的年輕屁股上。

愛莉

城堡裡的教堂經過改建。玻璃與黃金打造的吊燈有如在房間中央飄浮著，固定的鋼索非常細，在燭光下幾乎看不見。這一切是電力所帶來的奇蹟。窗戶上描述天使頌讚聖母的藝術作品仍完好無缺，還有描繪亞維拉的德蘭以及聖傑羅姆的飾板也保留下來。至於其他作品，例如在穹頂上的搪瓷畫作，則都根據新聖經而遭到取代、修改：一幅是萬能的神化為白鴿的形貌向族母利百加說話；一幅是士師底波拉向不信神的人們宣揚聖道；還有一幅是母神夏娃，雖然她堅持不該這麼做，她背後有一棵具有象徵意義的樹木，正在接收上天的訊息，並伸出充滿閃電的雙手。在穹頂中央畫有長著全知之眼的手掌，那是神的象徵，祂看顧著我們每一個人，祂偉大的手伸向了具有力量的人，以及遭受奴役的人。

教堂裡有名士兵正在等她。這名年輕女人要求私下見她，是美國人，相當漂亮，一雙淺灰色的眼睛，臉頰上長著雀斑。

「妳等著要見我嗎？」母神夏娃說。

「是。」喬思琳說，她是瑪格・克里瑞參議員的女兒，參議員在國會中是五個重要委員會的成員，包括國防和預算委員會。

母神夏娃空出了時間安排這場私人會面。

「見到妳真好，孩子。」她走過去坐在喬思琳身邊，「我能幫妳什麼？」

喬思琳開始哭了，「如果我媽媽知道我來這裡，她會殺了我的。」她說，「她會殺了我。喔，母神，我不知道該怎麼辦。」

「妳是來……尋求引導的？」

愛莉原本對於會面的要求饒富興味，參議員的女兒會來這裡也應該不必大驚小怪，她想要見到母神夏娃本人也合情合理。但是要私下會面？愛莉猜想過她會不會是懷疑論者，想要跟她辯論神存在與否，但是……顯然不是。

「我好茫然，」喬思琳含著眼淚說，「我已經不知道自己是誰了？我看過妳的談話，我一直等著……我請求女神出聲引導我，告訴我該怎麼做……」

「告訴我妳的煩惱。」母神夏娃說。

愛莉很了解那些過於深沉而不便說出口的煩惱，她知道家家有本難念的經，地位再高也一樣。不過，就憑愛莉這一輩子所看過的煩惱，也沒有她探查不了的地方。

她伸出一隻手碰觸喬思琳的膝蓋，喬思琳瑟縮了一下。即使只是這樣碰了一下，愛莉也知道喬思琳的煩惱是什麼了。

她知道碰到女人是什麼感覺，絞軸裡的力量會發出一股緩慢、甚至嗡嗡作響的背景音。喬思琳體內有某種黑暗的東西，必須將其點亮、使之發光；有某樣應該關上的東西被打開了。愛莉壓抑住自己的顫抖。

「妳的絞軸，」母神夏娃說，「妳受苦了。」

喬思琳的聲音就像在說悄悄話，「這是祕密，我不應該談這件事。我有用藥，可是那些藥也沒有那麼有效了。情況愈來愈糟，我不……我不像其他女孩子。我不知道還能找誰。我曾經在網路上看過妳。拜託，」她說，「拜託把我治好，讓我變正常。拜託神移走我身上的重擔，請讓我變得正常。」

「我所能做的，」母神夏娃說，「只有握著妳的手，我們會一起祈禱。」

眼前的情況很困難，沒有人檢查過這個女孩，或是建議愛莉她的問題可能是什麼。絞軸異常很難矯正，正是因為如此，塔提亞娜．莫斯卡列夫才會尋求絞軸移植手術；我們還不知道該如何治療沒有作用的絞軸。

喬思琳點點頭，把手放到愛莉手裡。

母神夏娃說著平時常說的話：「我們的聖母，在我們之上、在我們之中，只有您是一切良善之源、一切仁慈之源、一切恩典之源。願我們懂得行祢的意志，正如祢日日透過祢的行事向我們展現。」

愛莉說話的時候，她也感覺到喬思琳絞軸中一塊塊糾結著的黑暗與光明，這東西就像是阻塞住了：該是潺潺流水之處卻遲滯難行，整個淤塞了。她可以清理通道裡的堵塞，這裡，還有這裡。

「願我們的心在祢面前一片純潔，」她說，「願祢賜予我們力量，得以不帶怨懟、不致自毀地承受我們所面對的試煉。」

雖然喬思琳已經很少祈禱了，現在也一起祈禱。母神夏娃把手放在喬思琳背上時，她祈禱著：「神啊，求求祢，敞開我的心胸。」說完後，她感覺到某個東西。

愛莉輕輕推了一下，力道比她平常做的大了一點，但是這個女孩的感官還不夠敏銳，大概感覺不到她到底在做什麼。喬思琳倒抽一口氣，愛莉又送出三道短促而強硬的推力。好了，那東西現在發亮了，像引擎般隆隆作響。好了。

喬思琳說：「天啊，我可以感覺到了。」

她的絞軸發出平穩而均勻的嗡鳴，她現在可以感覺到其他女孩說她們感覺到的那種東西：一種輕柔而滿足的感覺，就像她絞軸內的每個細胞正釋放出離子，穿透了細胞膜，電位逐漸增加。她可以感覺到自己能好好發揮了，這還是頭一遭。

她太過驚訝，連哭都哭不出來了。

她說：「我可以感覺到了，有用了。」

母神夏娃說：「讚美女神。」

「可是妳是怎麼做到的？」

母神夏娃搖搖頭，「不是成就我的意思，而要成就祂的。」

她們以相同節奏吸吐著，一次、兩次、三次。

喬思琳說：「我現在要怎麼辦？我……」她笑了，「我明天就要出發了，去南方執行聯合國觀察員部隊任務。」她不應該說出來，但是卻忍不住，她如今在這房間裡藏不住祕密了。「我媽媽派我去那裡，因為這工作看起來很好，但我不會真的遇到危險。不會有機會惹上麻煩。」她說。

聲音說：也許她應該惹上麻煩。

母神夏娃說：「妳現在不必再害怕了。」

喬思琳又點點頭，「對，」她說，「謝謝，謝謝。」

母神夏娃親吻她的額頭，以偉大女神的名義給予祝福，然後就離開去參加派對。

塔提亞娜進入房間的時候，後面跟著兩個健壯的男子，穿著合身的衣物：超緊身的黑色T恤，讓人能看見乳頭的輪廓；還有極窄管的長褲，胯間的隆起相當引人注目。她在台階上的高背椅坐下來，他們就坐在她身邊，不過是坐在矮一點的凳子上。這就是權力的誘惑、成功的獎賞。她站起身迎接母神夏娃，互相在兩頰上留下親吻。

「讚美聖母。」塔提亞娜說。

「最高的榮光。」母神夏娃說，她的笑容沒有一絲愛莉的譏諷。

「他們又找到十二名叛徒，在北方的一次突襲中抓到的。」塔提亞娜喃喃說。

「有了神助，他們會全數落網。」母神夏娃說。

要接見的人絡繹不絕，大使和本地高官、企業主和新一波行動的領袖，這場派對就辦在涅斯特一役戰敗後，似乎太快了，目的就是要為塔提亞娜鞏固國內外的支持力量。而母神夏娃的出席也是其中一環。塔提亞娜發表談話，說北方政權做出令人揪心的暴行，以及她和她的人民如何為自由奮戰。他們聽著那些女人的故事，她們集結成小團體，以聖母之名復仇，報復那些逃過人類制裁的人。

塔提亞娜幾乎要感動落淚了。她吩咐站在她背後、一名打扮出色的年輕男子，去拿酒給這些勇敢的女人。他點點頭往後退，差點絆到自己的腳，接著往樓上走。她們在等待的時候，塔提亞娜說了一段冗長的笑話，是有關一個女人希望能夠把自己最喜歡的三個男人合而為一，然後一位善良的女巫來找她……

年輕的金髮男子很快就拿著酒瓶回到她面前。

「夫人，是這一瓶嗎？」

塔提亞娜看著他，頭偏向一旁。

年輕男子吞了口口水，「對不起。」他說。

「我有教你說話嗎？」她說。

他垂下眼盯著地板。

「就跟男人一樣，」她說，「不懂得何時該保持沉默，以為我們都會想聽聽他要說什麼，老是講啊講啊講個不停，打斷他的主人。」

年輕男子看起來好像要說什麼，但想想還是最好不要。

「得教他一點禮貌。」一個站在愛莉背後的女人說，她是一個組織的領導人，該組織追究過往的犯罪，為人民討公道。

塔提亞娜從年輕男子手中提起那瓶白蘭地，舉在他面前。裡頭翻攪著的液體是深琥珀色，閃耀著焦糖般的光澤。

「這瓶酒比你更值錢。」她說，「光是一杯就比你更值錢。」

她一手握著酒瓶的瓶頸，輕晃著裡頭的液體，一下、兩下、三下。

她鬆手讓瓶子掉到地上，玻璃砸碎了，液體慢慢浸濕了木頭地板，把顏色染得更深。氣味既強烈又甜膩。

「舔乾淨。」她說。

年輕男子低頭看著摔碎的瓶子，白蘭地之間有玻璃碎片。他看著四周觀望的臉，跪下來開始舔著地板，相當仔細，小心避開碎玻璃。

其中一個年長女人大叫：「整張臉都貼上去！」

愛莉靜靜看著。

聲音說：這他媽的是哪齣。

愛莉在心裡說：她真的瘋了，我應該說什麼嗎？

聲音說：妳說什麼都會減弱妳在這裡的影響力。

愛莉說：那該怎麼辦？如果我不能在這裡使用權力，還有什麼用？

聲音說：記得塔提亞娜說的話。我們不必問如果她們掌權了會做什麼，我們已經看過了，比這個還糟。

愛莉清了清喉嚨。

年輕男子的嘴唇上冒著血。

塔提亞娜開始大笑，「喔，天啊。」她說，「去拿掃帚來掃乾淨，真噁心。」

年輕男子連忙站起來，水晶酒杯裡又盛滿了香檳，又能聽見音樂了。

「妳們能相信他真的舔下去嗎？」在他跑走去拿掃帚時，塔提亞娜說。

蘿西

這派對就是一場他媽的無聊派對。她不是不喜歡塔提亞娜。她喜歡她，自從她從柏尼手中接過生意之後，過去這一年，塔提亞娜一直都讓她們順利營運；只要能讓蘿西好好做生意的人，她都覺得不錯。只是，妳會認為她的派對可以辦得更好。有人跟她說，塔提亞娜・莫斯卡列夫在這城堡裡走動的時候，身邊總是跟著一頭趾高氣昂的寵物豹，用鎖鏈牽著。有很多漂亮的酒杯，很好；很多黃金椅子，也好；可是沒看到趾高氣昂的豹——蘿西就是無法甩開這股失落感。

總統似乎完全搞不清楚蘿西是什麼人物。她上前跟排成一列的人握手，這女人擦著厚重的睫毛膏，一雙碧眼閃著金燦，跟蘿西打招呼，說她是一位優秀的企業家，讓這個國家成為世界上最強大、最自由的地方，但臉上看不出一絲認出她來的樣子。蘿西覺得醉了，想走了：妳不知道嗎？我這個女人每天搬運五百公斤的貨越過妳們的國境，每一天喔。就是我害妳惹上聯合國的麻煩，只是我們都知道他們他媽的什麼都不會做，只會派什麼觀察團或什麼玩意兒的。妳不知道嗎？

蘿西又仰頭喝了些香檳，她看了看窗外隨著天色逐漸暗沉的山脈，甚至沒有聽見母神夏娃走近她身邊，直到那女人已經來到她伸手可及的範圍。夏娃就是這點很可怕，身材嬌小又瘦弱，走路靜悄悄的，她可以走到房間另一頭拿把刀插進妳肋骨間，妳甚至一點都不會察覺到。

母神夏娃說：「北方的敗仗讓塔提亞娜變得……無法預料。」

「是嗎？我跟妳說，她對我而言也是該死的無法預料。供應商緊張得要死，我有五個司機不幹了，他們都說戰爭要往南打了。」

「妳還記得我們在修道院做了什麼嗎？瀑布的那件事？」

蘿西嘴角彎了，輕笑一聲，那是段美好的回憶，比較單純而快樂的時光。「那是團隊合作的結果。」她說。

「我想我們可以再做一次，」母神夏娃說，「擴大規模。」

「什麼意思？」

「我的……影響力，再加上妳絕對強大的力量，我一直覺得妳的未來有更重要的事情等著妳，蘿珊。」

「是我真的太不爽了，」蘿西說，「還是妳講話比平常更沒道理了？」

「我們不能在這裡談。」母神夏娃壓低聲音悄悄說，「但是我認為塔提亞娜．莫斯卡列夫很快就會失去用處了，無法再侍奉神聖的母神。」

喔哦。

「妳在開玩笑吧？」

母神夏娃謹慎地搖了搖頭，「她很不穩定。我想再過幾個月，這個國家就該準備迎接新的領導人了，而這裡的人信任我。如果我說妳是適合的人選……」

蘿西一聽，幾乎要放聲大笑了，「我？妳知道我是什麼人，對吧，夏夏？」

「更奇怪的事情也發生過。」母神夏娃說，「妳已經領導著一大群人了。明天來見我，我們好好談一談。」

「妳這是自尋死路。」蘿西說。

之後蘿西沒有久留，不過也足以讓人看見她玩得很開心的樣子，還跟塔提亞娜另外幾個聲名狼藉的親信握手寒暄。她把母神夏娃說的話聽進去了，這主意不錯，非常不錯。她確實很喜歡這個國家。

她避開了在派對中團團圍繞的記者，從他們臉上那種飢渴的表情就能知道那是該死的記者，雖然她在網路上看過其中一個，她還滿喜歡他的，她可以一舔就把他的肉從骨頭上舔下來，不過他的同行中總還有其他男人，且多到不值錢了。尤其是等她當了總統之後。她低聲喃喃自語：「蒙克總統。」然後自嘲一番。不過，還是有可能發生。

無論如何，她今天晚上不能想太多。她這天晚上還有正事要辦，有個聯合國士兵還是特別代表或其他什麼的，想要跟她在某個安靜的地方碰面，她們好想想辦法，看要如何繞過北方的防堵，讓貨品繼續進出。是戴瑞安排的，他已經幫著她在這裡營運好幾個月了，一直都乖乖地不強出頭，負責聯絡四方，即使在戰爭期間也讓工廠能夠順利運作。有時候，男人比女人擅長這個，因為他們比較不具威脅，更擅長外交手段。但若要談成生意，還是得蘿西自己來。

道路蜿蜒不止又昏暗，在這黑暗世界裡就只有車前大燈投下一片光亮。這裡沒有路燈，甚至連座小村莊，讓人能看見亮著燈的窗戶都沒有。見鬼了，現在才剛過十一點，讓人以為已經凌晨四點了。出城已經開了九十分鐘，不過戴瑞給她的指示很清楚，她輕輕鬆鬆就找到岔路轉了進去，沿著沒有燈光的道路往前開，在另一座尖塔城堡前面停車。所有窗戶都是黑的，沒有人活動的跡象。

她看著戴瑞傳給她的訊息，漆成綠色的門會是開的。她在自己手掌上製造出火花照亮道路，那裡有一扇綠色的門，油漆已經剝落了，就在一處馬廄旁邊。

她可以聞到甲醛的味道，還有防腐劑。又是一條走道，那裡有一扇裝著圓形手把的金屬門，光線從門框處透了出來。就是這裡。下一次她要他媽的跟他們說，不要在某個鳥不拉屎的地方的某個不開燈的屋子裡來見他媽的誰，她可能會一絆倒就摔斷脖子。她轉動手把，有點不太對勁，怪得讓她皺起眉來。她可以嚐到空氣中的血腥味，鮮血和化學藥物，還有一種感覺好像……她努力想搞清楚什麼狀況。感覺就像這裡經過打鬥，好像這裡一直有人在打鬥。

她打開門，房裡貼著塑膠，放著幾張桌子和醫療設備。她在想有人沒把事情跟戴瑞說清楚，她才剛覺得害怕，就有人抓住了她的手臂，還有另一個人套住她的頭。

她釋放出一道強大的電擊，她知道自己重重傷害了某人，可以感覺到那人倒了下去。她聽見尖叫聲。她準備好再來一擊，將身體轉來轉去，並試圖拿掉頭上的袋子。她的身體打轉著，瘋狂地對空放出電擊。她大叫著：「他媽的不准碰我！」並拉扯著頭上的東西。鮮血和鐵棒在她頭顱後方不斷交織，有人用力打了她，她從沒受過這麼嚴重的攻擊，腦中閃過的最後一個念頭是「養一頭豹當寵物」，然後便失去知覺。

即使她已經陷入半昏迷狀態，還是能感覺到他們在她身上動刀。她很強壯，她一直都很強壯，一直是個鬥士。如今，睡意如一條充滿溼氣的沉重毯子，蘿西正在與它搏鬥。她一直夢到自己握緊了拳頭，而她想要張開手掌，她知道只要她可以讓自己的手在現實世界中一動，她就會醒來，就能讓他們鮮血直流。她要帶來從天而降的疼痛，她會在天上撕開一道裂口，將火投擲到地面上。有壞事發生在她身上，糟到超乎她所想像的壞事。快醒來啊，妳這廢物，他媽的快醒來，快。

她恢復意識了。她被綁著，可以感覺到頭上的金屬，感覺到指尖下的金屬。她想著，愚蠢的渾蛋，她要讓整張床通滿電，因為沒有哪個渾蛋可以靠近她。

但是她沒辦法。她想使力，但是她熟悉的工具卻不在位置上。一個很遠很遠的聲音說：「行得通了。」

但是行不通，這就是重點，絕對行不通。

她想順著鎖骨送出微弱的迴響，她的力量還在，很弱，掙扎著，但是還在。她從來沒有這樣感激過自己的身體。

又有一個聲音，她認得，但是在哪裡聽過呢？在哪裡？是誰的聲音？她是不是養了豹當寵物，這是怎麼回事？愚蠢該死的豹一直在她夢裡踱步，滾開，你不是真的。

「她想要掙脫，看好她，她很強。」

有人在笑。有人說：「我們給她下的東西還不夠嗎？」

「我努力了這麼久，」她認得的那個聲音說，「安排了這一切，可不是要讓你們搞砸的。比起你們以前切除的那些人，她可要強多了。看好她。」

「好啦，讓開。」

有人又靠近她了，他們打算傷害她，她可不能讓他們這麼做。她對自己的絞軸說：就是妳和我了，夥伴，我們是一國的，妳得再多給我一點。最後的一點點，我知道妳行的。來啊。這可是我們的命啊。

一隻手碰了她的右手。

「靠！」某人大叫一聲就倒下，大口喘著氣。

她辦到了，她現在可以感覺到，力量在她體內更平均了，感覺不像自己被抽乾了，而是好像有某個地方堵住，現在則清理乾淨了，就像移除堵住水流的瓦礫一樣。喔，她要讓這些人付出代價。

「增加劑量！增加劑量！」

「我們不能再加了，會傷到絞軸的。」

「看看她。他媽的快加，不然我就自己來。」

她現在蓄積了一股強大的電力，準備要拆了這個地方，埋了他們。

「看看她想做什麼。」

那是誰的聲音？她就快要想到了，只要她掙脫了這些束縛，就會轉過身去看清楚，而她內心某處已經知道那是誰了，知道自己會看到什麼。

忽然響鈴大作，是一段拉長的機器聲響。

「警示區域，」某人說，「是自動警告，我們給她的量太多了。」

「繼續加。」

就像力量突然積聚在她體內那樣，力量也突然消失了，就像某人關掉了開關。

她想要尖叫，卻也一樣叫不出來。

她一時又陷入了那團黑色泥淖，等她掙扎著再浮上來，他們的刀子正小心翼翼切進她的身體，感覺像是一種儀式。她沒有知覺，也不會痛，但是她可以感覺到刀子往下切，沿著她的鎖骨，然後碰到了她的絞軸。即使陷在麻木、癱瘓和如夢似幻的半昏迷中，那樣的痛苦仍是像火警警鈴一樣在她全身迴盪著。那是一股純粹的痛，就像他們很小心地切割著她的眼球，削下一層又一層血肉。她放聲尖叫了好一會兒才明白他們在做什麼，他們提起了她鎖骨前的那一股橫紋肌，正切鋸著，一束一束將那塊肉從她身上分離。

很遠很遠的地方，某人在說：「她應該要尖叫嗎？」

另外一個人說：「繼續吧。」

她認得那些聲音。但她不想認得。蘿西，那些妳不想知道的事情，就是最後會扳倒妳的東西。

他們切掉了她鎖骨右邊最後一束肌肉，她感覺全身迴盪著撥弦般的聲響。很痛，但是隨之而來的空虛感更糟糕。感覺就像她死了，但是又還活著，活著注意到自己死了。

他們將那東西從她身上取走，她的眼皮顫動著，她知道自己現在看見了，而不只是想像。她看見眼前的東西，那股肌肉就是成就了她的東西，如今正跳動著、蠕動著，因為想要回到她體內。她也想要回來，那是她自己。

她左邊有個聲音。

那頭豹說：「繼續吧。」

「你確定不想用藥嗎？」

「他們說如果我能告訴你這有沒有作用，結果會比較好。」

「是喔。」

「那就繼續吧。」

雖然她的頭動彈不得，脖子卻都是可轉動的關節，她轉過頭去，只讓一邊眼睛看到自己想看的。只看一眼就足夠了，躺在她旁邊準備接受移植手術的男人是戴瑞，而坐在他身邊那把椅子上的人是她爸爸柏尼。

那就是該死的豹，她腦中一塊小小、嘰嘰喳喳的地方說著，我不是說了這裡某個地方有頭該死的豹。妳想養豹當寵物，是吧？妳這該死的白癡，那妳就該知道會發生什麼事。牙齒咬著妳的喉嚨，到處都是血，妳活該，惹上豹就是這個下場。牠們本性難移，蘿西，還是說那是獵豹呢，反正都一樣。閉嘴閉嘴閉嘴閉嘴閉嘴閉嘴閉嘴閉嘴，她對自己的腦袋說，我得想一想。

他們現在不理會她了，正在戴瑞身上動刀。他們已經縫好她的傷口，也許只是求個乾淨，又或者動手術的醫生不能不縫合自己造成的傷口，也許是她爸爸吩咐的。他就在那裡，她的親生父親，她早就該他媽的知道，就連不殺他也還不夠。一切都有報應，傷口換傷口、瘀青換瘀青、羞辱換羞辱。

她努力忍住眼淚，可是她知道自己在哭，淚水從眼裡漏了出來。她想把他們都砸到地上。她的手臂、雙腳、手指和腳趾恢復了知覺，先是一種搔癢感，然後是空虛，接著是疼痛。她現在只有一次機會，因為戴瑞完全沒有不殺她的理由，如果運氣好的話，他或許會以為她已經死了。藏在草叢裡該死的蛇、地上該死的屎漬、該死的該死的戴瑞。

柏尼說：「看起來怎麼樣？」

一個醫生說：「很好，組織配對情況很好。」

他們拿起鑽頭開始在戴瑞的鎖骨上鑽出小洞，鑽頭發出嗡嗚聲。很吵，她一下清醒一下昏迷，糊塗了一陣子，牆上的鐘走得比正常的還快，她全身的知覺又回來了，他媽的見鬼，他們還讓她穿著衣服，有夠呆，不過很好，她可以利用這點。鑽頭又發出一聲嗡嗚時，她扭動右手，掙脫柔軟的綁帶。

她一隻眼睛半張著看看四周，慢慢移動著。左手也掙脫了綁帶，還是沒有人注意到她在做什麼，他們都太專心在她弟弟的身體上。左腳、右腳。她把手伸往身旁的托盤，抓了幾把手術刀還有一些繃帶。

她身旁的手術台上出現了某種危機，一部機器開始嗶嗶作響。他們想把絞軸縫在他身上，絞軸卻發出不自主的電擊。乖女孩，蘿西想，這才是我的女孩。一個醫生倒在地上，另一個用俄語罵了幾句，開始壓胸急救。蘿西睜開雙眼，估量著自己躺著的這張手術台和門口的距離。醫生們大喊著，嚷著拿藥來；沒有人看著蘿西，沒有人在乎。她就算現在死了也他媽的沒有人管。她或許快死了，她覺得自己可能快死了，但是她不會死在這裡。她撐起自己的身體跳下手術台，重量一壓，膝蓋便蹲踞下去，還是沒有人注意到。她往後退，爬向門口，壓低著身體，眼睛一直盯著他們。

她在門口找到自己的鞋子，忍不住慶幸地啜泣一聲，把鞋穿上。她跌跌撞撞出了門，雙腳肌肉緊繃，全身腎上腺素狂飆。停在前院裡的車已經不見了，但她還是跛著腳，往外奔進了森林裡。

圖德

有個男人一嘴玻璃。

他喉嚨後方扎著一塊薄而尖銳、半透明的銀色物體，沾著口水和黏液閃閃發光，他的朋友顫抖著手想把那東西拿出來。他用手機背後的手電筒照明，先看看確切的位置，再伸手進去，這時，那男人乾嘔著，努力保持身體穩定。一直到他把手伸進去第三次才抓到碎片，用拇指和食指夾著拉了出來。碎片約有五公分長，沾著血和肉，一端扎著那男人喉嚨的一塊肉。朋友將碎片放在一塊乾淨的白色餐巾上，在他們周圍，其他侍者、廚師和幫手仍繼續自己手上的工作。圖德拍下了排列在餐巾上的八塊碎片。

派對上發生這件醜惡之事的時候，圖德拍下照片。他的相機就隨意低掛在他的腰側，看起來好像只是掛在他手上。那名侍者只有十七歲；這不是侍者第一次看見或聽見這樣的事情，但這是他第一次親身體驗。他沒有其他地方可以去。他在烏克蘭有親戚，如果他逃跑或許可以去投靠他們，但是企圖越過邊境的人會遭到射殺；這段時間情勢緊張。他說話的時候抹去嘴上的血。

他悄聲說：「是我的錯，不可以在總統講話的時候說話。」

他現在還輕聲哭了起來，因為驚嚇、羞恥、恐懼、污辱，還有痛苦。圖德認得那些感覺，自從伊努瑪碰觸他的那一天，他就知道了。

他為自己的書寫下潦草的筆記。「一開始，我們不談自己的傷痛，因為這樣沒有男子氣概；如今我們不談，是因為我們感到害怕、羞恥又孤單，沒有希望，我們每一個人都只能靠自己。很難知道從何時開始，走在前頭的變成了跟在後面的。」

侍者的名字叫彼得，在一張紙片上寫了幾個字，他把紙片交給圖德，雙手包覆著圖德握起的拳頭。他看著圖德的眼睛，圖德以為那個男人準備要親他了。圖德心想，自己搞不好會讓他親他，因為這些人都需要一點慰藉。

侍者說：「別走。」

圖德說：「你想要我留多久都可以，如果你想要，我就待到派對結束。」

彼得說：「不，不要丟下我們，她想要把媒體趕出這個國家。拜託。」

圖德說：「你聽說了什麼？」

彼得只是一直重複說著一樣的話：「拜託，不要丟下我們，拜託。」

「我不會，」圖德說，「我不會。」

他站在廚房外頭抽菸，點菸的時候手指在發抖。他還以為，因為他以前見過塔提亞娜．莫斯卡列夫，而且她對他很好，所以他能理解這裡所發生的一切。他本來還很期待能再見她一面，現在他很高興自己沒有機會再跟她見面。他從口袋裡拿出那張彼得給他的紙片看著，上頭用顫抖的粗筆畫寫著「她們想要殺了我們」。

他從側門拍了幾張人們離開派對的照片，其中有幾個軍火商、一位生化武器專家。這場舞會齊聚了迎來末日的天啟騎士。還有蘿珊．蒙克坐上她的車，她是倫敦犯罪家族的女王。她看見他對著自己的車拍照，張嘴無聲地對他說：「滾開。」

他凌晨三點時回到旅館房間，把報導回報給CNN，還有男人趴在地上把白蘭地舔乾淨的照片、餐巾上的玻璃碎片、彼得臉頰上的淚。

⚡

剛過早上九點，他猛然驚醒，眼裡像是進了沙子，汗珠從背上和太陽穴旁冒出來。他查看自己的電子信箱，看看夜班編輯對這篇報導怎麼說。他已經答應要把這場派對上的所有報導先給CNN，但要是他們想編修的地方太多，他就要賣給別人。他收到一封只有兩行字的簡單郵件。

「抱歉，圖德，我們要放棄這篇報導。報導做得很棒，照片也很棒，但是我們現在不能報導這樣的故事。」

很好。圖德又寄出三封電子郵件，然後沖了個澡，點了一壺濃咖啡。在他的信箱開始收到回覆時，他瀏覽著國際新聞網站，沒什麼貝沙帕拉的報導，沒有人搶了他的獨家報導。他讀著電子郵件，又是三封拒絕信，都是差不多的唯唯諾諾、不是很篤定的拒絕。「我們不覺得這個值得報導。」

不過他從來也不需要買方，把整篇報導放到自己的YouTube頻道就好。

他透過旅館的無線網路登入……沒有YouTube，只有一個撤掉網頁的小小提醒，說該網頁在此地區無法打開。他試試用VPN，也沒用。試試自己的手機網路，一樣。

他想起彼得說的話：「她想要把媒體趕出這個國家。」

如果他用電子郵件傳送出這些檔案，他們會攔截到。

他燒錄了一張DVD，把所有照片、所有影片、自己的文章放進去。

他把東西放在有內襯的快遞信封裡，寫地址的時候猶豫了一下。最後，他在標籤上寫了妮娜的名字和資料。他在裡面放了一張字條，寫著：「幫我保存好，等我來拿。」他以前也曾經留東西給她：為他的書所寫的筆記、旅行途中的日記等等。放在她那裡，總比自己帶著到處旅行或者放在某間無人公寓裡安全。他會讓美國大使把東西放在外交郵袋裡。

如果塔提亞娜・莫斯卡列夫打算要做那件看起來她好像打算要做的事，他還不想讓她知道他要記錄下一切。他要報導這個故事就只有一次機會。有記者曾因為比這還小的事情就被驅逐出境。他也不想自欺，以為曾經跟她調情過就會有什麼差別待遇。

那天下午，旅館要求收走他的護照，只因為現在處於艱困時期，要採取新的保全措施。

大部分不是坐辦公室的工作人員都準備離開貝沙帕拉了，有幾位戰地記者穿著防彈背心待在北方前線，不過在戰事白熱化之前，那裡也沒什麼可報導的。不過雙方之間的恫嚇與威脅已經持續五個禮拜以上了。

圖德留了下來。雖然一直有很多人來邀請他去智利訪問那位反教宗人士，問問她對母神夏娃的看法；雖然愈來愈多男權運動的恐怖分裂團體要求，說除非圖德去拍攝他們，否則他們不會發表任何宣言，但是他還是留下來了，在這個國家各個城市裡訪問了十幾個人。他學了一點基本的羅馬尼亞文，同僚和朋友問他到底他媽的在做什麼的時候，他就說他在寫一本有關這個新民族國家的書，他們便聳聳肩說：「也是啦。」他參加了新教派的宗教講道，看到舊教堂如何經過改造或摧毀。他在一間點著蠟燭的地下室裡，與其他人坐成一圈，聽著牧師像過去一樣吟詠布道：核心放在聖子，而非聖母。講道過後，牧師抱了圖德許久，身體緊貼著他，低聲說：「別忘了我們。」

圖德已經聽過不只一次，說這裡的警察已經不再調查男性遭謀殺的案子，如果發現男人的屍體，就會認為是某個幫派的報復行動，讓死者為自己以前的所作所為得到應有的報償。「就算那是一個年輕男孩，」一名父親這樣告訴他，他們坐在西邊村落裡一間熱烘烘的客廳裡，「就算是一個只有十五歲的男孩，他在這以前能做過什麼？」

圖德沒有在網路上發表這些訪談，他知道結果會如何：會有人凌晨四點來敲他的門，然後把他趕上第一班離開這個國家的班機。他把自己當成觀光客般發表文章，在這個新國家裡度假。他每天都會貼照片，在留言區已經醞釀了一股憤怒的暗潮：新的影片呢，圖德？你那些有趣的報導呢？不過，要是他消失了，他們還是能注意到。那才重要。

他在這個國家待到第六個禮拜，塔提亞娜任命的新任司法部長公開一場記者會，出席的人不多。會議室裡密不透風，牆上的壁紙是米白夾雜棕色條紋。

「有鑑於近來世界各地所發生的恐怖攻擊，而我們的國家也遭到為敵人工作的男性背叛，我們今日要宣布一套新法律。」司法部長說，「如今我們的人民已經受苦太久，讓一群想要毀滅我們的人折磨著，我們毋須自問，如果他們贏了將會怎麼做，我們已經見識到了。我們必須保護自己，不受那些可能背叛我們的人所害。

「因此，我們今日起實施這套法律，國內的每位男性在護照及其他官方文件上，必須印上女性監護人的姓名；出門旅行時必須攜帶她所寫的許可證。我們都知道男人會耍什麼把戲，我們不能允許他們成群結黨。

「若是沒有姊妹、母親、妻子或女兒，或其他女性親戚的男性，必須向警方報到登記，警方會將其發配勞役，並與其他男人一起扣押，以保護大眾安全。任何違反此法的男性將會判處死刑。此法也適用於外籍記者及其他工作人員。」

會議室內的男性面面相覷，這裡大概有十幾名外籍記者，早在這裡還是人口販運中繼站的悲慘日子時就待在這裡了。女性則是想要表現出驚駭，但同時又露出站在同一陣線、安心的樣子。「別擔心，」她們彷彿在說，「這情況維持不久的，不過在這段時間，我們會幫你們一把。」有幾個男人防衛性地用手臂環抱胸前。

「男性不得攜帶金錢或其他財產離開國家。」

司法部長翻過一頁，上頭是一長串公告，以小小的字體印刷，排列緊密。

男性不得開車。

男性不能再擔任企業負責人。外籍記者與攝影師必須受雇於女性。

男性不能再集會，即使在家中，也不能聚集超過三人，除非有女性在場。

男性不能再有投票權，因為他們長年來的暴力與破壞，已經證明他們不適合統治或治理。

女性若見到男性公然蔑視這些法條，不只能夠、而且是必須立刻管教他。若有女性未能落實此義務，將會被視為國家公敵，是犯罪者的幫兇，意圖破壞國家的安寧與和諧。

這些法規還有好幾頁關於細節的調整，解釋所謂「由女性陪同」的條件，以及在重大醫療緊急狀況時可以如何通融，畢竟她們可不是禽獸。隨著一條條公告被唸出，記者會上變得愈來愈安靜。

司法部長唸完了她的公告，平靜地將那疊紙在自己面前放下。她垂著肩膀，臉上看不出表情。

「就這樣了，」她說，「不接受提問。」

在酒吧裡，《華盛頓郵報》的霍伯說：「我不管，我要走了。」

他已經這樣說過好幾次了。他幫自己又倒了一杯威士忌，丟了三顆冰塊進去，用力搖晃一番後，繼續高談闊論：

「我們他媽的為什麼要待在一個我們真不能好好工作的地方？不是還有不少地方能去嗎？伊朗就要出事了，我很肯定，我要去那裡。」

「等伊朗出事了，」ＢＢＣ的山普說，「你覺得男人的下場會怎樣？」

霍伯搖搖頭，「伊朗不會的，不會像這樣。他們不會一夜之間就改變信仰，把一切都交給女人。」

「你一定還記得，」山普繼續說，「當初伊朗的君王垮台後，便由領導什葉派的阿亞圖拉掌權，他們也是一夜之間就倒戈了。你一定記得那件事發生得有多快吧？」

一時間大家都安靜了。

「好啊，那你說該怎麼辦？」霍伯說，「放棄一切嗎？回家做個園藝版編輯？看得出來你可以。穿著防彈背心在長滿雜草的邊界活動。」

山普聳聳肩，「我要留下。我是英國公民，受女王陛下保護。我會在合理範圍內遵守法律，做這樣的報導。」

「你以為能報導什麼？坐在旅館房間裡等著女人來接你，像什麼樣子？」

山普噘著下唇，「也不會比這還糟了。」

圖德就坐在他們隔壁桌，聽著他們說話，他也倒了一大杯威士忌，但是卻沒喝。那些男人都喝醉了，大吵大鬧，女人們則安靜地盯著男人看。這些男人的表現透露出脆弱與絕望，他覺得這些女人的眼光帶著同情。

一個女人開口，音量剛好足以讓圖德聽見。「我們可以帶你去你想去的地方。聽著，我們也不信這套胡說八道。你可以跟我們說你想去哪裡，一切就跟以前一樣。」

霍伯抓著山普的衣袖說：「你得離開，搭上第一班飛機離開這裡，什麼鬼都不要管啦。」

一個女人說：「他說的對，在這種狗屎爛蛋的地方被殺有什麼意義？」

圖德慢慢走到前方櫃台。他等著一對年長的挪威夫婦付帳，外面有一輛計程車，正把他們的行李搬上車。就像從富裕國家來的大多數人一樣，他們要趁著還有機會的時候出城。他們把迷你酒吧收據上的每一條品項，以及當地的稅率都問過一遍後，終於離開了。

櫃台後方只有一名職員，頭上已經冒出不少灰髮，這裡一撮、那裡一撮，其他頭髮都還烏黑蓬鬆，鬈得厲害。他大概六十幾歲，一定是擁有多年經驗，備受信賴的職員。

圖德微笑著，一派輕鬆，展現「我們同舟共濟」的微笑。

「詭異的日子。」他說。

男人點點頭，「是啊，先生。」

「你有打算要怎麼辦了嗎？」

男人聳聳肩。

「你有能夠收留你的家人嗎？」

「我女兒有一座農場，從這裡往西邊開車要三個鐘頭。我會去找她。」

「他們會讓你上路嗎？」

男人抬起頭看他，他的眼白泛著黃疸，布滿細細的紅色血絲，伸進瞳孔裡。他盯著圖德好一會兒，約莫有五、六秒。

「願神垂憐吧。」

圖德一手隨意而緩慢地伸進自己的口袋裡，「我自己也在考慮出門。」他說完停頓了一下，等待著。

男人沒有再多問。有機會。

「當然啦，我要旅行就需要一、兩樣東西，只是我……現在沒有了。我要是離開可不能不帶著，不管我什麼時候要出發。」

男人還是沒說話，只是慢慢點了點頭。

圖德一派自在地把手握在一起，然後把鈔票塞進了桌上的記事本底下，只露出一小角。攤開來是十張五十元鈔票，這是美金，重點就在這裡。

男人緩慢而平穩的呼吸暫停了一下，就只一秒。

圖德又繼續輕快地說：「大家所想要的就只是自由啊。」他停了一下才又說，「我想我要上樓睡覺了，你可以請他們送一瓶蘇格蘭威士忌上來嗎？六一四號房，愈快愈好。」

男人說：「我會親自送去，先生，稍等一會就來。」

回到房裡，圖德打開電視，克莉絲汀正說著，第四季的景氣預報看起來不太妙。麥特帶著迷人的笑容說，這個嘛，我一點也不懂那種事情，不過我可以跟妳說我懂什麼：咬蘋果遊戲。

美國的有線公共事務頻道上做了一段簡短的綜合報導，有關在這個「動亂的區域」所發生的「軍事鎮壓」，但更多時間在報導愛達荷州的另一起國內恐怖攻擊行動。都市解密和他那一幫白癡已經成功改變了風向。如果現在談起男性權利，就會談到他們；還有他們的陰謀論和暴力行為，需要予以約束。沒有人想要知道這裡發生了什麼，真相做為一種商品總是更複雜一點，不是能夠簡單包裝售出的東西。現在來看看天氣預報。

圖德打包著他的行李。兩套換洗衣物、筆記、筆電和手機、水瓶，還有傳統相機，以及四十卷底片，因為他知道可能會有些日子他找不到電力或電池可用，一部非數位的相機就能派上用場。他停了一下，然後又多塞了幾雙襪子。他覺得胸膛漸漸湧起一種意外的興奮感，還有恐懼、憤怒和瘋狂。他告訴自己，這種興奮感很愚蠢，這件事很嚴肅。門上傳來敲門聲時，他跳了起來。

他打開門的時候，一時還以為老人誤會他了。在托盤上放著一杯威士忌，底下墊著四方形的杯墊，就沒有其他東西了。他又仔細看了一下，才發現那塊杯墊其實就是他的護照。

「謝謝，」他說，「這就是我要的。」

男人點點頭。圖德付了威士忌的錢，並把護照收進褲子側邊的口袋裡，拉上拉鍊。

他一直等到大約凌晨四點半才離開。走廊上很安靜，燈光昏暗。他打開大門走進冰冷的空氣裡，沒有警鈴響起的聲音。沒有人試圖阻攔他，就好像那整個下午只是一場夢。

圖德在夜裡穿越空蕩蕩的街道，遠處傳來狗吠，他拔腿跑了一陣子，才又恢復大步、跳躍式的步伐。他把手伸進口袋裡，發現自己還帶著旅館房間的鑰匙。他考慮著要不要丟掉，還是放進郵筒裡，但是他摸了摸閃亮的銅製鑰匙鍊，又塞回口袋裡。只要他還拿著鑰匙，就可以想像六一四號房會一直在那裡等著他，維持著他離開時的樣子。床還沒鋪好，早報在桌旁堆成一大落，他出席正式場合穿的高級皮鞋還並排在床頭小桌下，穿過的褲子和襪子丟在角落，一旁是他打開著的半空行李箱。

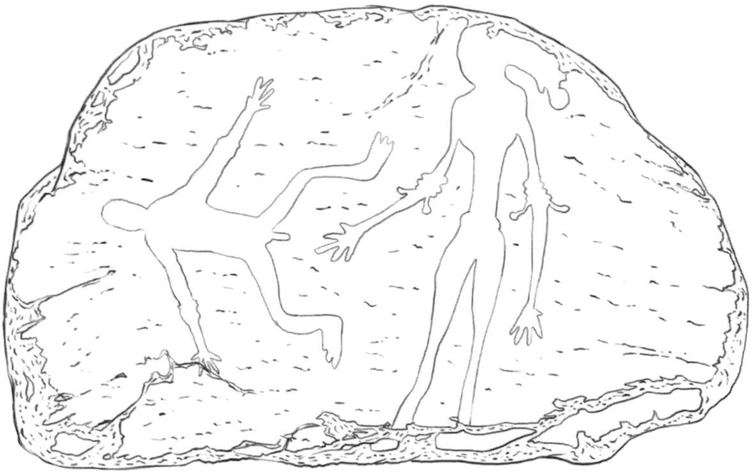

發現於法國北部的石刻藝術，約有四千年歷史。圖中描繪「抑制」手術的過程，也稱爲男性生殖器切割術，是在男孩進入青春期時，將陰莖中的重要神經末梢燒除。這項手術至今在一些歐洲國家中仍在施行。經過手術後，男人必須藉由女人的絞軸刺激才能夠勃起。許多接受過抑制手術的男人在射精時都一定會感到疼痛。

剩下不到七個月

愛莉

蘿西・蒙克失蹤了。愛莉在派對上見到她，工作人員說他們看到她離開了，監視器的影像中也看到她的車開出城外，然後就沒有蹤影了。她往北邊去了，他們只知道這點。已經八個禮拜了，什麼也沒有。

愛莉透過視訊跟戴瑞談過；他氣色很不好。「只能撐下去了。」他說，為了找她，他們已經把鄉間都搜遍了。「如果他們對付她，也可能會來對付我。」他說，「我們會繼續找她，就算我們找到的是具屍體，也得知道發生了什麼事。」

他們一定要知道。愛莉一直出現瘋狂而糟糕的念頭。塔提亞娜突然冒出瘋狂的妄想，相信蘿西將她出賣給北摩爾多瓦。每次敵方又使出了新花樣，她就會解釋這代表蘿西已經背叛她了，甚至把晶晶交給她的敵人。塔提亞娜變得反覆無常。有時候她似乎比誰都相信母神夏娃，甚至簽署了一條法令，如果她塔提亞娜失去了行為能力，那麼母神夏娃就是這個國家的實際領導人。但是她經常怒氣一來就動手動腳，攻擊、傷害她的幕僚，指控身邊的每個人都在跟她作對。她經常發出互相矛盾又詭異的指令給將軍及官員。國內打鬥不斷。有些報復團體放火燒了那些庇護女性的性別叛徒和犯錯的男人的村莊，而有些村莊也會反擊。在國內，一場戰爭正逐漸蔓延，並非在某一天宣布開戰，也沒有明確定義的敵人，卻像痲疹一樣蔓延開來：先是一處，接著兩處，再來是三處。是一場所有人對抗所有人的戰爭。

愛莉很想念蘿西。她之前並不知道蘿西找到了她心裡的弱點。這讓她害怕，她從來沒有想過能擁有一個朋友，她並不是特別覺得需要朋友，或者沒有朋友會如何，直到失去才發現並非如此。她很擔心，她曾做過夢，夢裡她先是派出一隻烏鴉，然後又是一隻白鴿，想探查好消息，卻沒有消息乘風而來。

如果她知道該找哪裡，只要是在半徑一百六十公里的範圍內，她就會派出搜查隊在樹林裡翻找。

她對神聖的女神祈禱：求求祢，請將她平安帶回來，拜託。

聲音說：我不能承諾什麼。

愛莉在心裡說：蘿西有很多敵人，像那樣的人都會有很多敵人。

聲音說：妳覺得自己就沒有很多敵人嗎？

愛莉說：妳這算什麼幫手？

聲音說：我一直在這裡陪妳，但是我也說過這件事不好辦。

愛莉說：妳也說過唯一的方法就是擁有這個地方。

聲音說：那妳就知道自己該做什麼。

她對自己說：快住手，馬上住手。蘿西只是個人，就跟其他所有人一樣。一切都會消失，妳會活下去，除去妳身上害怕失去她的這個部分。

關閉妳心裡的這塊地方，用滾燙的熱水淹沒這裡，殺了它。妳不需要蘿西，妳會活下去。

她很害怕。

她不安全。

她知道自己該做什麼。

確保安全唯一的方法就是擁有這個地方。

有一天晚上，塔提亞娜很晚才找她來，都已經過了凌晨三點，塔提亞娜一直有睡眠的困擾，晚上會因為惡夢驚醒，夢裡都是有關報復、宮殿中的間諜、某人拿著刀來找她。這種時候她就會找來她的心靈導師，母神夏娃。母神夏娃會坐在她的床尾說些安慰的話，直到她再度入睡。臥房裡裝飾著紫紅色錦緞，還混搭著虎皮。晚間，或許有人會在床上陪伴塔提亞娜，但之後她都是獨自入睡。

她說：「他們要從我身邊奪走一切。」

愛莉握著她的手，沿著糾結的神經末梢一路摸索著，直到緊繃而不安的大腦。她說：「神在妳左右，妳將戰勝一切。」

她說話的時候，小心而謹慎地按壓著塔提亞娜的大腦。但什麼也感覺不到，只是有幾個神經元放電異常，只需要微弱壓迫，就能稍稍改善。

「沒錯，」塔提亞娜說，「我相信一定是這樣。」

乖女孩，聲音說。

「乖女孩。」愛莉說。塔提亞娜就像個聽話的孩子點著頭。

愛莉盤算著，總有一天會有更多人學會這樣的能力。也許就是現在，在某個偏遠的地方，一個年輕女人正在學習如何安撫、控制她的父親或兄弟。總有一天，其他人會發現用力量去傷害別人只是個開端。蘿西會說，這只是入門毒品。

「現在聽著，」愛莉說，「我想妳現在應該想簽署這些文件了，對吧？」

塔提亞娜睡眼惺忪地點點頭。

「妳已經仔細考慮過了，教派真的應該要有自行審判的能力，在邊境地區實行自己的法令，對嗎？」

塔提亞娜拿起床頭小桌上的筆，歪歪扭扭地簽下她的名字。她寫字的時候還閉著眼睛，接著就往後倒在枕頭上。

聲音說：妳打算還要拖多久？

愛莉在心裡說：如果我的動作太快，美國人會起疑。我這是為了蘿西，如果只是為了自己，要說服別人就更難了。

聲音說：她變得愈來愈難控制了，妳知道的。

愛莉說：那是因為我們對她做的事。她腦子裡不太對勁，都是因為那些化學物。不過不會一直這樣下去，我會拿下這個國家，之後我就安全了。

戴瑞

都是因為該死的聯合國，貨運都搞砸了。

戴瑞看著回到他面前的卡車。它把袋子都倒到森林裡。這批晶晶價值三百萬英鎊，現在只要一下雨就會流進林地裡。這件事已經夠糟了，但還不僅如此。他們被驅離邊境，所以才會從森林裡走，好避開士兵。不過他們留下蹤跡了，對不對？如果是逃離邊境，又往這個方向走，要猜出你的位置就沒什麼困難的，對吧？

「幹！」戴瑞一邊咒罵一邊踢著卡車輪胎。他的傷疤一拉緊，絞軸就激動嗡鳴起來。很痛。他又喊著：「幹！」聲音比他預期的還大。

他們待在倉庫裡，幾個女人看了過來，有幾個人開始走到廂型車附近，想看看發生了什麼事。其中一名司機是代表大家說話的。她把全身重量從一腳挪到另一腳，說：「以前我們要丟掉一批貨的時候，蘿西都會……」

「我他媽的才不管蘿西都會怎樣。」戴瑞說，這回答得有點太快了。女人們互相交換了個眼神，他收斂了一點說：「我是說，我認為她不想要我們按照之前的方法做事，好嗎？」

她們又彼此看了一眼。

戴瑞努力放慢說話的速度，聲音保持鎮定、有魄力。現在沒有蘿西在場讓這些女人乖乖的，他發現自己在她們身邊就緊張起來。一旦她們知道他也有絞軸，事情就好辦多了，可是現在時機還不對，不能再來更多意外了。反正他爸也說了，等到他回倫敦之前，一定要先保密。

「聽著，」他說，「我們先低調一個禮拜。不要再運貨、不要再跨過邊境，先等鋒頭過去再說。」

她們點點頭。

戴瑞想，我怎麼知道妳們是不是在敷衍我？沒辦法知道。說妳們把一批貨丟在森林裡，誰會知道妳們是不是藏起來自己用了？幹！她們還不夠怕他，這就是問題所在。

其中一個腦袋遲緩愚笨，名叫埃琳娜的女孩，皺起眉、噘起嘴，說：「你有監護人嗎？」

喔，說話的又是這個陰魂不散的討厭鬼。

「有的，埃琳娜。」他說，「我姊姊蘿珊是我的監護人，妳記得她嗎？管理這地方，擁有這座工廠的人？」

「可是……蘿珊不在。」

「只是去度假了。」戴瑞說，「她會回來的，而在這段時間我只是幫她讓一切照常運作。」

埃琳娜的眉頭皺得更緊，在寬大的額頭上擠出幾道皺紋。「我有聽新聞說，」她說，「如果監護人死了或失蹤，就必須為男性指定新的監護人。」

「她沒死，埃琳娜，她甚至也沒失蹤，只是……現在不在而已。她要離開去……辦重要的事，可以嗎？她總會回來的，她教我要在她離開的這段時間照顧生意。」

埃琳娜左右轉頭，想要理解這個新訊息。戴瑞可以聽見她脖子裡的關節和骨頭喀喀作響。

「可是蘿珊不在，」她說，「你知道要做什麼嗎？」

「她會發訊息給我，好嗎，埃琳娜？她會寄給我小小的電子郵件跟簡訊，這一切事情都是她告訴我要這麼做的。我姊姊沒說的我就不會做，妳照著我的話做事的時候，就是照著她的話做。好嗎？」

埃琳娜眨眨眼，「好。」她說，「我不知道還有簡訊。這樣很好。」

「那沒事了吧？……還有什麼事嗎？」

埃琳娜盯著他。來啊，女孩，吐出來啊，妳那顆大頭裡面還在想什麼？

「你父親。」她說。

「嗯？我父親怎樣？」

「你父親有留話給你，他想跟你談談。」

柏尼的聲音透過從倫敦打過來的電話低迴著，他語氣中的失望讓戴瑞的腸子都化成一灘水了。一直都是這樣。

「你還沒找到她？」

「找不到。爸。」

戴瑞壓低了聲音，他在工廠裡的辦公室牆壁很薄。

「爸，她也許爬到外面躺在某個坑裡等死。你也聽到醫生說的，他們切除女人的絞軸之後，有超過一半都會因為這樣的刺激而死。再加上大量失血，而且她又在那個鳥不生蛋的地方。都已經兩個月了，爸，她死了。」

「不用說得好像你很開心的樣子。媽的，她可是我女兒。」

柏尼以為會怎麼樣？他們對蘿西做了那種事之後，以為她還會回家來幫他管帳嗎？他媽的最好是希望她死了。

「對不起，爸。」

「沒錯，爸。」

「只是這樣比較好。事情就是應該如此而已，所以我們才這麼做，不是為了傷害她。」

「兒子，癒合的狀況怎麼樣？你覺得如何？」

在夜裡，每個小時他都會因為絞軸的扭動和抽搐醒來。他們給他的藥物再加上晶晶，都能讓他長出能夠控制絞軸的神經，但是那個東西感覺就像一條該死的毒蛇藏在他胸口。

「很好，爸，醫生說我恢復得很好，手術有用了。」

「你什麼時候可以準備好使用電擊力量？」

「就快了，爸，再一、兩個禮拜吧。」

「很好，這只是開始，乖兒子。」

「我知道，爸。」戴瑞微笑著，「我會很殺。跟著你一起去開會，沒有人會以為我能做什麼……然後砰！」

「要是我們能讓那東西在你身上發揮作用。想想，這種手術，會有人不想跟我們買嗎？中國人、俄國人，只要是牢裡人滿為患的。絞軸移植……大家都有電擊力量。」

「我們會賺翻天，爸。」

「一定。」

喬思琳

因為那場恐怖攻擊造成的驚嚇和創傷，瑪格安排喬思琳去見心理治療師。她沒有告訴治療師自己並不想殺那個男人，她沒有說他並沒有拿槍。治療師工作的診療室是由北極星企業資助的，所以似乎並不安全。她們只是談些籠統的事情。

她告訴治療師有關萊恩的事情。

喬思琳說：「我希望他喜歡我是因為我很強，又能好好控制力量。」

治療師說：「也許他喜歡妳是有別的原因。」

喬思琳說：「我不希望他因為不同的原因喜歡我，那只會讓我覺得我很噁心。為什麼喜歡我的原因就一定要跟喜歡其他女孩子的原因不同？妳是在說我很弱嗎？」

她沒有告訴治療師她又跟萊恩恢復聯繫了。北極星營隊出了那件事後，他使用拋棄式電子郵件寄信給她。她說她不想再跟他說話了，不能跟恐怖份子聯絡，他說：「什麼！你在說什麼！」

他花了好幾個月才說服她相信在那些討論留言板上的人不是他。喬思琳還是不知道自己比較相信誰，但是她知道她媽媽已經習慣撒謊就要撒到底，甚至不知道自己在撒謊。小喬在發現她媽媽可能是故意騙她的當下，覺得自己心裡涼了半截。

萊恩說：「她討厭我就是喜歡妳原本的樣子。」

小喬說：「我要你愛我，不管我有什麼問題都愛我，而不是因為我的問題才愛我。」

萊恩說：「可是我就是愛妳啊，妳每個部分都愛。」

小喬說：「你喜歡我是因為我很弱，我討厭你覺得我很弱。」

萊恩說：「妳不弱，才不會。認識妳的人就不會覺得妳弱，關心妳的人也不會。就算妳是，那又怎樣？是人都可以有弱點。」

但問題就在這裡，真的。

現在看板上的廣告是這樣的，風采迷人的年輕女人製造出又長又彎的電弧，背後站著可愛而愉悅的男孩。這些廣告應該會讓人想要買罐汽水、買雙球鞋或是口香糖。真的有用，對銷售有幫助。此外，廣告還默默地向女孩推銷另一件事：強大起來，就能讓妳得到一切想要的東西。

問題是現在到處瀰漫著這樣的氛圍。如果想要找些不一樣的，就得聽一些麻煩人物的話，而他們說的不是樣樣都有道理，有些聽起來還滿瘋狂的。

曾經主持《晨間秀》的湯姆．哈布森現在有自己的網站，他加入了「都市解密」和「親親真相」，還有其他這類人的陣營。只要小喬身邊沒有別人，她就會在手機上讀他的文章。湯姆．哈布森的網站上發布了一些在貝沙帕拉發生的事情。小喬實在無法相信，那些折磨與實驗，還有女人幫派在北方靠近邊境的地區流竄，隨意謀殺、強暴男人。即使邊境的紛擾愈演愈烈，在南方這裡還算平靜無事。喬思琳在這個國家也認識了一些人，他們大部分真的都是好人。她有認識的男人認為這些法律對目前的情況來說也是合理，畢竟他們在打仗。而女人也會邀請她進屋喝茶。

但是也有一些事情她很輕易就相信了。湯姆寫道，在貝沙帕拉，也就是她現在身處的國家，有人在對像萊恩這樣的男孩做實驗，把他們的絞軸切開來，想知道他們發生了什麼事；還餵他們吃下一大堆那種叫晶晶的街頭毒品。他們說那些毒品是從貝沙帕拉運出去的，很靠近小喬所在的地方。湯姆還用谷歌地圖顯示出那個地點的位置，湯姆說，美國軍隊之所以要駐紮在南貝沙帕拉，是因為他們在保護晶晶的供應鏈，讓一切井然有序。這樣瑪格．克里瑞就能安排晶晶的運送，從組織犯罪集團手上運到北極星，最後再抬高價格回頭賣給美軍。

一年多來，軍隊每三天就會給她一小包定量的紫白色粉末，「為了她的狀況」。萊恩讓她看過的一個網站上說，那粉末會讓絞軸異常的女孩情況變得更糟，會讓高低潮落差更大，而且身體系統會變得依賴。但是現在她沒事了，她會說這就像個奇蹟，但不僅如此，而是真正的奇蹟。她就是為此而來，每天晚上躺在她的行軍床上在黑暗中祈禱，閉上眼睛悄悄說：「謝謝，謝謝，謝謝。」她被治好了，她沒事了。她暗自想著，如果我能得救，一定是有原因的。

小喬去看了看她塞在床墊下沒有打開的藥袋，又看著湯姆．哈布森網站上他所談論的那種毒品照片。

她發簡訊給萊恩，也是祕密的拋棄式手機，他每三個禮拜就會換一支。

萊恩說：「妳真的相信妳媽媽會跟壟斷市場的毒販做交易嗎？」

小喬說：「如果她有機會，我不信她不會。」

這一天是喬思琳的休假日，她簽名向基地借了一輛吉普車。她只是要開去鄉間走走，跟幾個朋友碰面，這樣可以嗎？她是參議員的女兒，而這位參議員已經準備下次大選要競逐白宮大位，還是北極星的大股東。當然可以。

她將湯姆．哈布森網站上的地圖印了出來，查看一下。如果他的資訊沒錯，貝沙帕拉的其中一處製毒中心只有六十幾公里遠。而且幾個禮拜前還發生了一件怪事：基地裡有幾個女孩追著一輛不起眼的廂型車進入森林裡，司機對她們開槍。她們最後追丟了，回報說有可能是北摩爾多瓦的恐怖活動。但是小喬知道那輛車開往哪個方向。

她坐進吉普車的時候，心裡輕飄飄的。她有半天的休假，且是陽光閃耀的好天氣。她要開車到那個製毒中心應該會在的地方，看看是否能發現什麼。她覺得很輕鬆，她的絞軸強壯而確實地嗡鳴著，她感覺很好。正常。這是一場冒險，就算最糟、最糟的情況，至少她還能開車去玩玩。不過她或許可以拍幾張照片，自己傳上網；不過結果或許可以比那更好，她或許可以找到什麼證據讓她母親入罪，她會把東西用電子郵件傳給瑪格，並說：如果妳還不他媽的滾開，放手讓我過自己的人生，這些就會直接寄去《華盛頓郵報》。能夠拍到那樣的照片……那麼這一天也不算太糟。

圖德

一開始還不難。他交了不少朋友，在他一路穿過城市、衛星城鎮，往山區走的旅途中，還有人能收留他。他很了解貝沙帕拉和北摩爾多瓦，他曾經在這裡走動，為阿瓦蒂・阿提夫的報導做研究，感覺已經是上輩子的事了。他在這裡有種奇妙的安全感。

一般而言，政權沒有辦法在一夜之間將舊的方式改變成新的，官僚制度拖拖拉拉的，人們會慢慢來。造紙廠一定得留著老人，才能教導接手的女人如何瀝去紙漿中的水分；還有麵粉訂單要怎麼盤點確認。全國各地仍然有男人經營著自己的工廠，女人們則彼此竊竊私語談論著新法，想著什麼時候才會發生什麼來強硬執行。圖德上路的頭幾個禮拜，拍攝照片記錄新的法條、街上的鬥毆、被囚禁在家的盲眼男人。他的計畫是旅行幾個禮拜，單純記錄自己所見的一切。這會是他那本書的最後一章，一切資料他都備份在隨身碟，還有寫滿了的筆記本裡，就在紐約妮娜的公寓裡等著他。

他聽到傳言，說最極端的事情都發生在山區裡。沒有人願意說出自己聽說了什麼，說不出確切情況。他們冷著臉說起落後的山區居民，那裡從來沒有真正走出過黑暗，即使經歷了十幾次不同的政權轉移和獨裁統治也一切照舊。

塔提亞娜・莫斯卡列夫派對上的那名侍者彼得說：「他們以前會弄瞎女孩子。女孩一開始有電擊力量的時候，那裡的男人，那些軍閥就把所有女孩都弄瞎了。我聽說是這樣。他們用熱鐵把她們的眼睛弄瞎，這樣他們就可以繼續掌權，懂嗎？」

「那現在呢？」

彼得搖搖頭，「現在我們不去那裡了。」

於是圖德決定了，為了另一個目標，他要往山區走。

到了第八個禮拜，情況開始變糟了。他抵達一處村落，傍著一座寬闊的青藍色湖泊。他在禮拜天早上走在街道上，飢腸轆轆，終於來到一家開著門的麵包店，混合著熱氣和酵母味道的美味霧氣飄散到街上。

他掏出一些硬幣給站在櫃台後的男人，指著正在烤盤上放涼的幾個鬆軟白麵包卷。男人照例做出手掌像翻書一樣攤開的手勢，要求看圖德的文件。這種要求愈來愈常見了。圖德秀出他的護照以及新聞報導許可證。

男人翻著護照查看，圖德知道他是要看標註監護人的官方印記，如果有的話就會一同簽署一份通行證給他，讓他今天出來買東西。他一頁一頁謹慎地翻著，認真檢查過之後，他又做出要求「文件」的手勢，臉上浮現一點慌張。圖德微笑著聳聳肩，把頭偏向一邊。

「拜託啦。」他說，雖然沒有跡象顯示這個男人會說英文，「只是一些小麵包卷，我所有的文件都在這裡了，朋友。」

在此之前，這樣就已經夠了。通常到了這個時候，對方就會微笑看著這個傻里傻氣的外國記者，或者用破英文稍微教訓他，教他下次一定要帶著適當的文件，然後圖德就會道歉，露出迷人的笑容，最後就能帶著他的食物或補給品走出商店。

這一次，櫃台後的男人難過地又搖搖頭，他指著牆上一面寫著俄文的標示牌。圖德用他的字典翻譯，大約是說：「任何人幫助沒有文件的男人，要罰五千塊錢。」

圖德聳聳肩微笑著，攤開雙手讓他看見自己沒拿東西，他做了一個「看看四周」的手勢，把自己的手搭在眼睛上方，好像在看著地平線那端。

「這裡有誰會看見呢？我不會說出去。」

男人搖搖頭，手抓著櫃台，低頭看著自己的手背。就在那裡，袖口和手腕接觸的地方纏著螺旋狀的長疤痕，疤痕上還疊著疤痕，有新有舊，如蕨葉般旋繞展開。他脖子一伸，從襯衫裡露出來的地方也有標記。他搖搖頭，站著等待，垂下眼睛。圖德從櫃台上收起護照後離開。他走開時，女人們就站在打開的門前看著他離去。

愈來愈少女人或男人願意賣食物給他，或是賣他燃料供給他小小的攜帶型爐具，而且這頓解決了，等待下一頓的時間也愈來愈久。他開始培養出某種感覺，能認出誰或許是友善的。年紀較長的男人坐在屋子外頭玩牌，他們會有東西給他，甚至可能會幫他找張床過夜。年輕的男人通常都太過害怕；也完全沒必要跟女人談話了，就算只是對上她們的眼睛感覺都太危險。

他在路上走過一群女人身邊。她們大聲地互相調笑，往天空釋出電弧。圖德自言自語著，我不存在，我什麼都不是，別注意到我，妳看不到我，這裡沒什麼好看的。

她們先是用羅馬尼亞文叫他，然後又用英文。他看著路上的石頭，她們在他背後大喊了幾句齷齪而有種族歧視的字眼，不過還是讓他繼續走。

他在日記裡寫道：「今天在路上，我是第一次感到害怕。」墨水乾掉的時候，他的手指撫過字句。在遠處看到真相比在這裡親身經歷簡單多了。

第十個禮拜過到一半的那天早上，天色明朗，陽光穿透了雲層，蜻蜓在青草地上四處盤桓飛翔。圖德在腦中又小小計算一番，他背包裡的雜糧棒還夠他吃上幾個禮拜，備用相機裡的底片也還夠，他的手機和充電器也都安全。他在這一週內就會到山區裡了，他在那裡記錄見聞，也許待一個禮拜，他就會帶著報導離開這個鬼地方。他安安穩穩地做著這樣的白日夢，當開始繞過山丘的這一側時，還沒發現在路中央那根柱子上綁著的是什麼。

那是一個男人，長長的黑髮垂散在他臉前。他的手腕和腳踝上被人用塑膠繩綁在柱子上，雙手往後拉，讓他的肩膀緊繃，雙腕被綁在背後。腳踝被固定在他身前，同樣用繩子繞著柱子好幾圈。那是某個不太會用繩索和繩結的人匆匆綁起來的。人們就只是緊緊綁著他，把他放在那裡。他身上到處都有疼痛的標記，顏色青紫而黯沉，交雜著藍色、腥紅和黑色。在他脖子上有一圈記號，只用俄文寫著一個詞：賤貨。

他已經死了兩、三天了。

圖德很謹慎地拍下屍體的照片，在這樣的殘酷中有種美感，在這樣藝術性的構圖中有種恨意，他想要呈現出這兩件事。他慢慢做著自己的事，沒有先四處看看、探查自己的位置，或者確定沒有人在遠處看著他。後來，他簡直無法相信他居然這麼笨。就在那天晚上，他才第一次意識到有人在跟蹤他。

黃昏時分，雖然他離開那具屍體後已經走了十一、二公里，那歪偏的頭、深色的舌頭仍縈繞在他的腦海。他在暮色中走在路旁，穿過密密麻麻的樹林。月亮升起來了，樹木間透出昏黃朦朧的光線。他不時心想著，我可以在這裡紮營，來吧，拿出睡袋；但他的腳還是一直走著，多走兩公里、再走兩公里，讓他跟那張漸漸腐爛的臉上散布的頭髮再多隔兩公里路。夜行性的鳥兒啼叫著，他望向森林的黑暗深處，就在那裡，在他右邊的樹林之間，他看見一簇火花爆開。

那火花很小，但毫無疑問，沒有人看到那特別纖細、白亮，且短暫出現的光明，還會以為是其他東西。那裡有個女人，她在手掌間釋出一道電弧。圖德猛然吸了一口氣。

什麼都有可能。某人想生火、情侶在玩遊戲，什麼都可能。他的雙腳開始走得更快了一些，然後他又看見了，就在他前面，一道長長的、慢慢發動著、刻意爆出的光芒。這一次，照亮了一張面無表情的臉，垂著長髮，嘴巴彎起一抹微笑。她在看著他，即使光線微弱，即使還隔著一段距離，他還是看得出來。

不要怕。唯一對抗的方法就是不要怕。但是他體內的動物本能很害怕。我們每個人體內都有某個部分仍緊抓著亙古的事實：你要不是獵人，就會是獵物；搞清楚自己是哪一個，依此行動，你的生命就取決於此。

她又放出一道火花，映襯著藍黑的深沉夜色。她比他以為的還要近。她發出一個聲音，一種低沉而粗啞的笑聲。他想著，天啊，她是瘋子。這是最糟的狀況，她一路跟蹤他可能毫無目的，他可能莫名其妙就死在這裡。

他右腳附近的一根樹枝斷裂了，他不知道是自己還是她造成的。他帶著動物性的直覺奔跑著，一邊啜泣、一邊大口吞著口水。他冒險往後看了一眼，發現她也在跑；她雙手的手掌引燃火星，讓兩旁的樹燒了起來，顫動的火舌纏上乾枯的樹皮，攀上幾片硬脆的樹葉。他跑得更快了，如果他腦子裡還有什麼念頭，那就是：一定有個安全的地方，只要我繼續跑，一定有。

他跑上一路攀升蜿蜒的山坡小徑，就在抵達頂端時，他看見了：甚至還不用跑一公里半就有一處村莊，窗戶是亮著的。

他跑向村莊，在那昏黃的燈光中，他總算可以褪去骨子內的恐懼。

他已經想了很長一段時間，想著他該怎麼結束這件事。自從第三天晚上，他的朋友都說他得離開了，警察正挨家挨戶盤問，搜查是否有男人沒有經過官方認可的監護人適當認證過。那天晚上，他對自己說：我隨時都能停止。他帶著手機，只要充了電發出一封電子郵件，也許是寄給他在CNN的編輯，也許副本給妮娜；告訴她們他在哪裡，她們就會來找他，他就會變成英雄，在臥底報導後獲救。

他想著，現在，就是現在，結束了。

他跑進村莊裡，有幾扇一樓的窗戶還透著燈光，幾間房子裡傳來了廣播或電視的聲響。現在才剛過九點，他猶豫了一下是不是該敲門，說：拜託，救我；但是一想起這些明亮的窗戶背後可能隱藏的黑暗，讓他不敢問出口。如今的夜裡到處是怪物。

在一棟五層樓公寓建築旁邊，他看見防火逃生梯。他跑過去，開始攀爬，就在爬過三樓時，他看見一間黑漆漆的房間，地板上擺了三部冷氣機。是空盪而無人使用的儲藏室。他用指尖推了一下窗戶底端，打開了。他連滾帶爬把自己扔進這個散發霉味的安靜空間。他把窗戶關上，在黑暗裡摸索，終於找到他尋找的目標：插座。他把電源接上手機。

手機啟動時響起微弱的兩聲提示音，聽起來就像他回到拉哥斯自己的家裡，將鑰匙插進前門的鎖頭裡。好了，現在都結束了。螢幕亮了起來，他將那溫暖的光明貼在自己嘴唇上，深吸一口氣。在他心裡，他已經回家了，而從這裡到那裡，其中要搭上什麼汽車、火車、飛機，還需要經過什麼手續和保安措施，都只在想像當中，一點也不重要。

他很快發出一封電子郵件，寄給妮娜、泰咪，還有另外三個他最近合作過的編輯。他告訴她們自己在哪裡、他很安全，他需要她們聯絡大使館，把他弄出去。

他在等待回覆的時候，看了看新聞。「小型衝突」的報導愈來愈多，但卻沒有人願意稱之為全面開戰。油價又上漲了；妮娜的名字也出現了，她寫了一篇報導是有關在貝沙帕拉這裡所發生的事。他微笑著，妮娜只是在幾個月前參加一次媒體出訪，來這裡度過一個長長的週末，她對這個地方能說出什麼？他愈讀下去，眉頭皺得愈緊了。她的文字看來有些熟悉。

「叮」一聲令人安心而溫暖的提示音代表收到郵件，打斷了他的閱讀。是其中一個編輯寄來的。

信中寫著：「這不好笑，圖德．伊多是我的朋友，如果你駭進這個帳號，我們會找到你的，你這變態渾蛋。」

又是一聲「叮」，又有人回信。跟第一封的內容差不多。

圖德胸膛裡湧起一陣驚慌，他對自己說，沒關係，只是一場誤會，出了點事。

他在網路搜尋自己的名字，有一則訃聞，是他的訃聞，長長的文章中處處在讚揚他的貢獻，只是語氣有些挖苦，說他將新聞帶給年輕世代。精確的措詞巧妙地暗示他使得新聞看起來簡單且微不足道。文章中有幾個小小錯誤，作者舉出五個受他影響的名女人，文中稱他廣受愛戴，寫出他父母和妹妹的名字。訃聞中的生平紀錄寫出他死在貝沙帕拉，不幸被捲入一場車禍中，讓他的屍體支離破碎，只能從行李箱上的名字辨認出身分。

圖德的呼吸愈來愈快。

他把行李箱留在旅館房間了。

有人拿了行李箱。

他回頭翻閱妮娜對貝沙帕拉的報導，那篇文章摘錄自一本更為厚重的書，是妮娜今年稍晚將會推出的著作，由國際大出版社發行。報導上稱這本書馬上就會成為經典，是對於這場巨變的全球性評估，以她在世界各地的報導和訪談整理而來。內容摘要中把這本書跟德托克維爾的著作、吉朋的《羅馬帝國衰亡史》相提並論。

那是他的文章、他的照片、他影片中的截圖，都是他的文字、他的想法和他的分析。那是從他的書中擷取的段落，他把那些資料交給妮娜保管，還有部分他郵寄給她的日記。她的名字出現在那些段落上，文章上掛著她的名字，完全沒有提到圖德。她把他的一切全部都偷走了。

圖德發出某種聲音，他從來沒聽過自己這樣，那是從他喉嚨深處發出的粗吼，是哀悼的聲音，比啜泣更為深沉。

外頭的走廊也傳來聲響，一聲呼叫，接著是大喊。是女人的聲音。

他不知道她在喊什麼，在他疲累而恐懼的大腦中，聽起來像是：「他在這裡！打開這扇門！」

他抓起他的袋子，連忙站起來推開窗戶，跑上低矮而平坦的屋頂。

他聽見大街上傳來喊叫，如果她們之前沒有在找他，現在也在找了。街上的女人到處指著、喊著。

他一直跑，他會沒事的。跨過這處屋頂，跳到隔壁，再跨過這個屋頂，沿著第一個看見的逃生梯往下爬。一直到他又跑進了森林，他才發現他把手機忘了，還插在那個空儲藏室裡的充電。

他想起來的時候，也知道自己不可能回去拿，他以為那股絕望會把他擊倒。他爬上一棵樹，將自己甩上一處枝幹想睡一下，想著到了早上也許情況會好轉。

那天晚上，他以為自己看見了樹林裡的儀式。

他待在樹上高高的藏身處時，心想：他是被火焰燃燒時的爆裂聲響吵醒的，一時間覺得害怕不已，以為那些女人又放火燒樹了，他會被活活燒死在上面。

他睜開眼睛，火焰並非近在眼前，而是在有點距離的地方。森林中有一處空地搖曳著火光。火堆旁有人在跳舞，男男女女赤裸著身體，身上都用顏料畫上掌心中央長著眼睛的圖騰，代表電擊力量的線條在身體上彎曲散布。

有時候，一個女人會發出一道亮藍色的電擊，將一個男人推到在地上。她的手搭在他胸膛的圖騰上，在他身上展現力量時，兩人會一起號叫。她會騎上他，手依然放在他肚腹上，依然壓制著他，他臉上透露出興奮感，催促著她再傷害他，用力一點、再多一點。

圖德已經有好幾個月沒有擁抱女人，或是讓女人擁抱了。他開始渴望著要從藏匿處爬下去，走向那石堆的中間，讓自己像那些男人一樣被利用。他光是看著就硬了，隔著牛仔褲有意無意地摩擦自己。

傳來一陣震耳欲聾的鼓聲。那裡會有鼓嗎？這樣不會太引人注意了嗎？一定是做夢。

四名年輕男子四肢著地爬到一名穿著大紅袍子的女人面前，她的眼窩空洞，鮮紅而猙獰；她走路時步伐莊嚴，即使眼盲卻相當穩健。其他女人也俯低身體，完全跪拜在她面前。

她開始說話，他們也回應著。

彷彿就在夢境一般，他能聽懂他們的話；雖然他的羅馬尼亞文並不溜，他們也不可能在說英文，但是他聽懂了。

她說：「那人準備好了嗎？」

他們說：「是。」

她說：「帶他過來。」

一個年輕男人走進了圓圈中央，他頭上戴著一圈樹枝編成的冠冕，腰間綁著一條白布，表情平靜。他是自願犧牲，希望能為所有人贖罪。

她說：「你是弱者，我們是強者；你是獻禮，我們是主人。」

「你是祭品，我們是勝者；你是奴隸，我們是主人。」

「你是犧牲，我們是接收者。」

「你是子，我們是母親。」

「你們都知道這個道理嗎？」

圓圈中所有的男人都帶著渴望看著。

「是，」他們悄聲說，「是的，沒錯，拜託。是的，快，沒錯。」

而圖德發現自己也跟著他們喃喃說：「是的。」

年輕男人朝向盲眼女人伸出手腕，她一個篤定的動作就抓住了。雙手各抓著一隻男人的手腕。

圖德知道接下來會發生什麼。他拿著相機，幾乎無法讓手指按下快門再放開。他想見證事情發生。

火堆旁的盲眼女人就是那些差點殺了他的所有女人，她們真的能夠殺了他。她是伊努瑪、她是妮娜、她是在德里屋頂上的女人、她是他姊姊泰咪、她是努爾、她是塔提亞娜．莫斯卡列夫、她是在亞歷桑納州購物中心瓦礫堆中那個孕婦。這些年來，這樣的可能性一直壓在他心頭，擠壓著他的身體，他想要在此時了結，想要看見事情結束。

就在那一刻，他好想成為那個被抓住手腕的人。他渴望跪在她腳邊，將臉埋在濕潤的土中。他想要結束掙扎，即使付出生命也想知道是誰贏了，他想見證最後一幕。

她握著年輕男人的手腕。

她的額頭抵著他的額頭。

「是，」他低聲說，「是的。」

最後她殺了他，那是狂喜。

到了早上，圖德還是不知道那是不是一場夢。他的相機多了十八張照片，也許是在睡夢中按下了按鈕。只有等到底片洗出來才能知道了。他希望那是一場夢，不過這樣想想也真可怕，想不到在他睡夢裡的某個角落，他渴望著跪伏。

他坐在樹上，把前一晚的事情想了一遍。情況到了早上似乎比較好了，至少沒那麼可怕了。他的死訊不可能是不小心誤會或者巧合，太詳細了，莫斯卡列夫或是她的人一定是發現他不見了，而且他的護照也跟著不見。這整件事情一定是安排好的：車禍、破碎的屍體、行李箱。這代表一件非常重要的事：他不能去找警察。不能再妄想了，他之前還不太清楚原來自己隱隱約約還抱著這種念頭，覺得自己可以走進一間警察局，高舉雙手說：「不好意思，我是狡猾的奈及利亞記者，我犯了點錯。帶我回家吧。」他們不會帶他回家，而會把他帶到森林裡某個安靜的地方開槍打死他。他孤立無援了。

他得找到有網路訊號的地方。總會有某個人，某個友善的男人願意借他家用電腦幾分鐘，他只要用五句話就能說服大家這是他，他真的還活著。

他發抖著從樹上爬下去。他會從這裡開始在森林中走，朝著四天前經過的一處村莊走去，他在那裡看過幾張友善的臉。他可以在那裡傳出訊息，人們會來救他。他把袋子甩到背上，面向南邊。

他右邊的草叢裡有點聲音，他轉過身，但是左邊也有聲音，還有從他背後傳來的。女人們從草叢裡站了起來，他那時才驚恐地發現，就像跳進了陷阱一樣：她們在等他。他想要拔腿就跑，但是他腳踝處有個東西，是一條繩索，於是他絆倒了。倒下、躺下、掙扎著，有人大笑起來，又有人朝他頸後發出電擊。

他醒來的時候被關在籠子裡，大事不妙。

籠子很小，是用木頭做的，他的背包也在裡面。他的雙膝屈在胸前，沒有地方能伸展。他已經維持這個姿勢好幾個小時了，可以感覺到肌肉正在發疼。

他在一處森林營地，這裡有個小火堆正在燃燒。他知道這個地方，這就是他在夢裡見到的營地。那不是夢，這裡是那個盲眼女人紮營的地方，她們抓到他了。他整個人開始發抖。不能在這裡結束，不能像這樣困住，不能被丟進火堆裡，或是為了什麼亂七八糟的森林魔法教派而遭處決。他用腳踢了踢籠子。

「救命！」他大叫著，儘管沒人聽見，「救命啊！誰來救救我！」

他的另一側傳來一聲從喉嚨深處發出的低笑，他扭過頭去看。

有個女人站在那裡。

「惹上該死的麻煩了，是吧？」她說。

他的眼睛努力對焦，他好像在很遠很遠的地方、很久很久以前聽過這個聲音，這聲音好像很有名似的。

他眨眨眼，她的臉變得清晰，是蘿珊·蒙克。

蘿西

她說：「我一看到你就認出你的臉了，我有在電視上看過你啊。」

他覺得自己在做夢，一定是，不可能不是夢。他開始哭泣，就像個小孩，既困惑又生氣。

她說：「別哭了，煩死了。是說，你他媽的在這裡做什麼？」

他想告訴她，可是那個故事就連對他自己而言也已經毫無道理了。他決定以身涉險，是因為他認為自己足以應付，而現在他身處險境，顯然他根本就應付不來，這一切讓人無力承受。

「我是在找……山區裡的邪教。」他終於脫口說出，他的喉嚨很乾，頭也很痛。

她笑了。「是嗎，好啊，你找到了。這麼說，這想法真是見鬼的蠢斃了，是吧？」

她指指四周，他的位置是一處小營地的邊緣，這裡大概有四十頂骯髒的帳篷和小屋，圍繞著中央的火堆。有幾個女人坐在小屋的門口磨刀，或是修理金屬製的電擊手套，或者只是茫然地盯著前方。這個地方很臭：飄散著燒焦的血肉、腐爛的食物、排泄物、小狗的味道，還有一股嘔吐物的酸臭氣味。在糞坑的一旁有一堆骨頭，圖德希望那是動物的骨頭。兩隻一臉悲傷的狗被綁在樹上，繩子放得很短，一隻少了一邊眼睛，還少了幾撮毛。

他說：「妳一定要幫我，拜託，拜託救我。」

她看著他，她的臉上彎出一個尷尬的勉強笑容，接著聳聳肩。他發現她喝醉了，靠。

「我不知道我能做什麼，朋友，我沒什麼……影響力，在這裡。」

幹！他要展現出魅力，要比這一輩子所表現得更有魅力。而他困在籠子裡，他甚至連想移動脖子都有困難。他做了一次深呼吸，他可以的，他可以。

「妳又在這裡做什麼？妳從莫斯卡列夫那場盛大的派對之後就消失了，那已經是幾個月前的事了。就連我出城的時候，人們都在說妳可能被做掉了。」

蘿西笑了。「是嗎？這樣嗎？嗯，是有人試過。我花了點時間療傷，就這樣。」

「妳看起來……已經好了。」

他帶著欣賞的目光上下打量著她，他特別佩服自己居然能在這樣動彈不得的情況下這麼做。

她又笑了，「我本來會成為這個該死的國家的總統，你知道嗎？大概……有三個小時，我就要當上該死的總統了。」

「是嗎？」他說，「我會成為亞馬遜網站的秋季熱銷商品。」他左右看了看，「妳想他們現在會派無人機來接我了嗎？」

她笑了，他也笑了起來。在帳篷門口的女人們拋來惡狠狠的眼神。

「說真的，她們想對我怎麼樣？」他說。

「喔，這些人他媽的瘋了，她們晚上出去狩獵男人，」蘿西說，「先派女孩子到森林裡去嚇嚇他們，等到他們嚇到逃跑，就設陷阱抓人，像是絆索那類的。」

「她們獵到我了。」

「是啊，你他媽的直接朝著她們來的，對吧？」蘿西又扯了扯嘴角。「她們對男人有些花樣；她們圍捕男孩子，讓他們當幾個禮拜的國王，然後在他們頭上插樹枝，在新月時殺了他們。或是滿月，反正是某種月相。她們對該死的月亮超沉迷的。要我說的話，是因為她們沒電視看。」

他又笑了，真的在笑。她很風趣。

這是白日下的把戲，耍點花招和狠毒的功夫。魔法就在於人對魔法的信念，就是擁有一群瘋狂念頭的人相信它。其中唯一的恐怖之處，就是想像自己是她們的一員，而她們的瘋狂或許對身體也會造成某些後果。

「聽著，」他說，「既然我們在這裡……妳要把我弄出去會有多難？」

他用腳稍微推了推籠子的門，那是用幾條繩索纏繞綁緊的。如果蘿西有刀，要割開並不難。但是營地四周的人會看見。

她從背後口袋拿出一個扁酒瓶，仰頭飲了一小口，搖搖頭。

「她們知道我在這裡。」她說，「但是我不會煩她們，她們也不會煩我。」

「所以妳已經在森林裡躲了幾個禮拜，也不去煩她們？」

「對。」她說。

他腦海裡浮現一段很久以前讀過的東西，是關於當一面討人歡心的鏡子。他得當一面討她歡心的鏡子，映照出比她大上兩倍的倒影，讓她自己看起來似乎更為強大，能夠做到他需要她去做的這件事。「若沒有那樣的力量，」一個聲音在他腦海中低迴，「這個世界很可能還是遍布沼澤和叢林。」

「這不是妳，」他說，「這不是妳的樣子。」

「我跟以前不一樣了，朋友。」

「妳不可能拋開過去，妳可是蘿西・蒙克。」

她用鼻子哼了一聲，「你想要我帶著你一路打出去嗎？這個……不可能的。」

他輕笑一聲，感覺她只是在試探，一定是在開玩笑。

「妳不必打，妳是蘿西・蒙克，擁有燃燒一切的力量。我看過妳，也聽說過妳，我一直想見妳，妳是大家見過最強的女人。我讀過報導，妳在倫敦殺了妳父親的死對頭，再把他一腳踢開去養老。妳只要開口跟她們要我，她們就會打開門。」

她搖搖頭，「你得拿出好處來，可以交換的東西。」不過她現在在考慮了，他看得出來。

「妳有什麼她們想要的東西？」他說。

她的手指插進濕潤的泥土，將兩團土拿在手裡好一會兒，看著他。

「我告訴自己要保持低調。」她說。

他說：「但那不是妳。我讀過妳的事情。」他猶豫了一會兒，決定冒險碰碰運氣。「我覺得妳會幫我，因為這對妳而言不算什麼。拜託，因為妳是蘿西・蒙克。」

她吞了口口水，說：「對啊，對，我是。」

黃昏時分，更多女人回到營地裡，蘿珊・蒙克正在跟盲眼女人談交易，換取圖德的一條命。

她說話的時候，圖德知道自己沒錯：營地裡的人似乎都很敬重她，又有點害怕。她拿著一小包裝在塑膠袋裡的藥物，就在營地領袖眼前晃著，蘿西跟她要了某樣東西，可是遭到拒絕。她聳聳肩，便偏著頭指向他，好吧，她好像這麼說，既然我們不能這樣做生意，那我就要了那個男孩吧。

女人們先是很驚訝，再來又懷疑著，真的嗎？那個人？這不是在玩什麼把戲吧？

雙方稍微討價還價了一會兒，盲眼女人想要講價，蘿西便又擋了回去。到頭來，要說服她們放他走也不需要太高的代價。關於她們對蘿西的看法，他是對的，而且他也不是特別珍貴。如果這女人想要他，就讓她帶走吧，反正那些士兵也快來了，戰爭一天比一天近了。這些人也沒這麼瘋，在軍隊逼近的情況下還想留在這裡。她們再過兩、三天就要拔營往山區移動了。

為了對蘿西表現出一點敬意，她們把他的手緊緊綁在背後，並把他帶在身邊的袋子也丟過去。

「不要對我太友好。」她推著他走在自己身前的時候說，「不想讓她們覺得我喜歡你，或者我出價太低了。」

他待在籠子裡太久，腳有點抽筋，得沿著森林小徑拖著腳慢慢走。他們彷彿走了一輩子才走出營地的視線範圍，又走了幾世紀才終於聽不見他們背後的嘈雜。

他每走一步都心想著，我被綁著，落在蘿珊・蒙克的手裡。他想，即使在情況最好的時候她都是個危險的女人，萬一她只是在耍我呢？一旦這些念頭閃過他腦海，他就忘不了了。他一直保持沉默，他們在泥濘的路上又走了好幾公里，她終於開口說：「我想這樣夠遠了。」然後從口袋裡拿出一把小刀，割斷他的束縛。

他說：「妳打算如何處置我？」

她說：「我想我會救你，讓你回家。畢竟我可是蘿西・蒙克。」說完她大笑出聲，「不管怎麼說，你是名人，大家可會花大把鈔票來買這樣的機會吧，對不對？跟名人一起漫步森林裡。」

這番話也讓他笑了，他的笑聲又逗樂她，他們站在森林裡，靠在樹幹上，一邊笑一邊大口喘氣。那時有某種東西在他們之間破裂了，之後就輕鬆了一點。

「我們要去哪裡？」他說。

她聳聳肩，「我一直在躲著。我的手下出了點問題，有人……背叛了我。如果他們以為我死了，我就沒事。我要等到可以想到辦法拿回屬於我的東西。」

「妳就一直躲著，」他說，「躲在戰區裡？那樣不是『該死的蠢斃了』？」

她看著他的眼神很銳利。

他現在是在冒險，他已經可以感覺到肩膀上冒出雞皮疙瘩，如果他惹毛了她，她就會電擊這個地方。他或許是名人，但她是罪犯。

她抬腳踢著小徑上的石頭和落葉，說：「是啊，大概吧。不過我也沒什麼選擇。」

「不能搭噴射機飛到南美的漂亮別墅嗎？我以為妳們的人已經把一切都安排好了。」

他確實得知道自己可以把她惹毛到什麼地步，他骨子裡明明白白知道這件事。如果她會試圖傷害他，他必須事先知道。他已經繃緊身體準備迎接攻擊，但蘿西卻沒有動靜。

她雙手插進口袋裡，「我在這裡很好。」她說，「大家口風很緊。我也留了東西給自己，以防萬一，你懂吧？」

他想到她在營地裡拿在那女人面前的小塑膠袋。沒錯，如果要利用一個不穩定的政權來走私販毒，大概就會有好幾個祕密的藏貨地點，以免遇上麻煩。

「聽著，」她說，「你不會把這件事寫出來，是吧？」

「要看看我能不能活著出去。」他說。

她一聽就笑了，於是他也跟著又笑了。過了一分鐘，她說：「是我的弟弟戴瑞背叛我。他拿了我的東西，我現在得小心，想想要怎麼拿回來。我會幫助你回家，但是在我想到要怎麼做之前，我們得保持低調，好嗎？」

「意思是……」

「我們要到難民營裡住幾個晚上。」

他們來到一處在溝壑底部搭了帳篷的泥濘地。蘿西去幫他們找了一塊地方，她說只要待幾天。自己找點事做，見見難民營的人，跟他們認識一下，問問他們需要什麼。

在他的背包底下，他找到一張義大利新聞蒐集服務的識別證，已經過期一年了，但是也足以讓人們願意開口談談。他很聰明地利用這張識別證，在帳篷間閒晃。他知道鬥毆事件比他聽說的還要頻繁，而且最近也發生過。過去這三個禮拜，就連直升機也不肯落地了，空拋食物和藥品，還有衣物跟更多帳篷。有愈來愈多人慢慢穿過森林，跌跌撞撞來到這裡。可以理解聯合國教科文組織也不想冒險送人來這裡。

蘿西在這裡備受敬重。她知道如何弄到特定藥物和燃料，她幫助人們取得所需的東西；而且因為他跟著她，因為他睡在她帳篷裡的金屬床上，這裡的人也就隨他去了。幾個禮拜以來，他第一次覺得比較安全了。但是他當然不安全，他跟蘿西不同，不能就這樣走進這裡的森林裡。就算其他的森林邪教沒有抓到他，他現在的身分也不合法了。

他訪問了營地裡幾個會說英文的人，他們不斷重複告訴他同一件事情：她們在抓捕沒有文件的男人。那些男人被抓去服「勞役」，然後就再也回不來了。這裡有些男人，也有一些女人說著同樣的故事。報紙上有幾篇社論，醫護帳篷裡唯一一架可運作的黑白電視上也播放著引人深思的專題報導。

主題是：我們到底需要多少男人？仔細想想，她們說。男人很危險，男人犯下絕大多數的罪行；男人比較不聰明、比較不努力、比較不勤快；他們的腦袋只長在肌肉和老二裡，男人患病的機率比較高，他們會吸乾國家資源。當然，我們需要他們才能生育孩子，但是為此我們需要多少人？不用像女人那麼多。只要優秀、乾淨、聽話的男人，當然一定會有他們的位置，但是這樣的人有多少？也許十個裡有一個。

妳不是認真的吧，克莉絲汀？他們真的是在說這個嗎？恐怕是這樣沒錯，麥特。她溫柔地把手放在他膝蓋上。當然，他們不是在說像你這麼好的男人，但是在一些極端份子的網站上是這樣說的。因此，北極星的女孩需要更多權力，我們必須保護自己不受這些人的危害。麥特點點頭，他一臉嚴肅。我認為這是那些男權人士的錯，他們太偏激了，挑起這樣的反應。可是現在我們必須保護自己。他咧出微笑，廣告之後，我要來學學幾招有趣的自衛招式，你們也可以在家練習。首先，先來看看天氣預報。

即使在這裡，即使圖德目睹了這一切，他還是無法真的相信這個國家試圖要殺掉大多數男人。但是他知道，這樣的事情以前也發生過，且一直都在發生著。可判處死刑的罪行條列愈來愈長了，一個禮拜前的報紙上有一篇公告，建議「在三次個別情境中明確拒絕服從者」，如今可處以「勞役」。這裡的營地中有女人負責照顧八個或十個男人，他們都簇擁在她身邊，爭搶著取得她的認同，急切地想取悅她，害怕如果她把自己的名字從他們的文件上抹去會發生什麼事。蘿西可以隨時離開這個營地，但圖德在這裡孤立無援。

他們待在營地的第三天晚上時，蘿西忽然驚醒，不久就聞到發動電擊的氣味和爆裂聲響，有人炸裂營地主要通道上的那一串路燈。她一定是聽到了什麼，或只是感覺到了，那種人造纖維嗡嗡震動的感覺、空氣中的力量。她睜開眼睛眨了眨眼，她體內依然保有過去那種直覺，非常強烈，至少她還沒失去這個。

她踢踢圖德的金屬床架。

「起來。」

他整個人一半纏在睡袋裡，露出另一半，此時他把睡袋掀開，幾乎是赤裸地躺在那裡。就算在這時候也很讓人分心。

「怎麼了？」他說，並懷著希望問，「直升機嗎？」

「你少做夢。」她說，「有人在攻擊我們。」

這話讓他整個人都醒了，穿上他的牛仔褲和刷毛上衣。

他們聽見玻璃碎裂以及金屬的敲擊聲。

「趴低靠近地面，」她說，「如果你可以的話，跑進森林裡爬到樹上。」

某人把手放到中央發電機上，召喚自己體內所有的力量，猛然送進機器中，然後昏暗的燈管爆裂出火花，玻璃纖維散落，營地各處陷入一片絕對的黑暗。

蘿西掀起帳篷的背面，反正那裡因為縫得隨隨便便，總是有縫隙；圖德匍匐著往森林方向爬了出去。

她應該要跟著他，再過一會兒就會跟上。不過她還是穿上一件深色夾克，夾克有一頂很大的兜帽，在臉上圍了一條圍巾。她會隱身在陰影中，想辦法一路繞往北邊去；不管怎麼說，那裡都是最安全的路線。她想要看看到底發生什麼事了，還以為自己能夠任意改變什麼。

她身邊已經響起了尖叫聲和大喊聲。她運氣很好，帳篷不在營地邊緣，那裡有幾個已經燒起來了，裡面說不定還有人；空氣中飄著汽油的氣味，還要再過幾分鐘，營地裡的每個人才會知道出了什麼事，而這不是意外，也不是發電機起火。在一片帳篷之中，藉著大火的紅色火光，她瞥見一個矮壯女人從手中釋放火花放火，火焰一下子把她的臉照得亮白。蘿西認得她臉上的表情，她以前看過。她爸爸會說，那樣的表情對做生意而言就是個危險的賭注，如果某人太喜歡做事，就絕對不能留。她只消看一眼那種貪婪而飢渴的表情就知道了，她們來這裡不是為了看到什麼就搶什麼，她們來這裡的目的不是誰能給得起的。

她們一開始是圍捕年輕男人，逐一搜查帳篷；把帳篷拉倒或是放火燒，讓裡面的人不得不跑出來，不然就會被燒死。她們一點也不乾淨俐落，毫無章法，只要是長相還過得去的年輕男人都是她們的目標。她教圖德逃進森林是對的。一名男人的妻子或者是姊妹試圖阻止她們，不讓她們帶走和她在一起的鬈髮男子——那男人有一身蒼白的皮膚——她算好時間，釋放出電力命中兩個女人的下巴和太陽穴，將她們打退；不過她們輕輕鬆鬆就壓過了她，並特別殘忍地殺了她。其中一人抓住女人的頭髮，另一個人直接朝著她的雙眼發出電流，手指和拇指壓著她的眼球，眼球融成了液體，攪成一片牛奶般的白。就連蘿西都得暫時移開目光。

她往森林裡又退了一段距離，雙手交替地爬上樹，還用了一個繩圈作為輔助。等她找到一處三根枝條交疊的歇息處，那些女人已經把注意力轉移到蒼白男人身上。

他不肯停止尖叫，兩個女人掐住他的喉嚨，朝他脊椎釋出一股令他癱瘓的電流。一個女人跨坐到他身上，脫下他的褲子。他已經失去意識，雙眼瞪大而閃著光芒，他努力喘著氣。另一個男人想要衝上前去救他，結果害自己太陽穴上挨了一擊。

跨坐在他身上的女人手裡握著他的蛋蛋和老二，她說了什麼，接著大笑。其他人也笑了。她伸出指尖朝他輕輕一擊，低聲安撫著，一副她希望他也享受其中的樣子。他喉嚨腫脹說不出話來。她們或許已經擊碎了他的氣管。她偏著頭，對他擺出傷心的表情，不管她說的是世界上哪種語言，那意思都一樣清楚：「怎麼了？站不起來嗎？」他努力踢動腳跟想掙脫開她，但是已經太晚了。

蘿西非常希望不要發生這樣的事。如果她還擁有電擊力量，她會從自己的藏身處跳下去殺了她們，先是站在樹旁邊的這兩個，神不知鬼不覺就能幹掉她們；那三個會拿刀來追殺妳的，不過可以閃到左邊那兩棵櫟樹之間，這樣她們就只能一個一個上。最後，妳有了刀子，一切就簡單多了。不過現在這不是她該做的事情，而事情已經發生了，不能指望靠她來阻止這件事。因此她只是看著，目睹這一切。

坐在男人胸膛上的女人把手掌放在他生殖器上，釋出一股低鳴著的火花；他仍發出悶搗著的尖叫聲，還想要逃走。現在還不會太痛，蘿西自己也這樣對男人做過，只是為了增加樂趣。他的陰莖就像行致敬禮一樣站了起來，總是這樣的，像個叛徒、像個笨蛋。

女人臉上閃過一抹淡淡的微笑，揚起眉，彷彿是在說：看吧？只需要一點點鼓勵，是吧？她握住他的蛋蛋輕扯著，一下、兩下，就好像是在獎勵他，然後發出猛烈的電擊直通陰囊，感覺會像是一根玻璃尖刺直接插了進去，就像從裡面裂開一樣。他尖叫著弓起背，然後她解開自己戰鬥褲的褲襠釦子，朝他的陰莖坐下。

現在她的同伴都在笑，她也一邊笑著一邊在他身上起起伏伏。她的手穩穩放在他肚腹中央，每次繃緊大腿抬起身時就會電擊他一下。她一個同伴拿著手機，拍下她在那裡騎著他的樣子，他抬起手臂遮住自己的臉，但她們又拉開他的手。不，不，她們想記得這一刻。

她的同伴慫恿著她繼續，她開始撫摸自己，動得愈來愈快，臀部往前搖動。她現在真的在傷害他了，不是那種謹慎而思慮再三的動作，也不是為了以有趣的方式造成最大的疼痛，只是單純的殘酷。快達到高潮的時候很容易這樣。蘿西自己也做過一、兩次，嚇到了某個傢伙。如果吃了晶晶，狀況會更糟。女人一手放在他胸膛上，每一次往前傾都會釋出一股火花竄過他軀幹。他努力想把她的手推開，尖叫著，朝著周圍的群眾伸手求救，說著含糊不清的語言求饒，蘿西也聽不懂，但是喊著「救命，喔天啊，救救我」的聲音，不管哪種語言都是一樣的。

那女人高潮時，同伴們歡呼著表示贊同。她仰起頭，胸部往前挺，放出一股強大的電擊正中他身體中央。她起身微笑著，她們都拍拍她的背，她仍開心笑著、嘴角彎著。她像條狗一樣甩甩身體，而就像條狗一樣，看起來仍然飢餓。她們開始吟唱著，一邊跟著韻律唱著相同的四、五個詞，一邊揉亂她的頭髮，互相碰著拳頭。那個蒼白的鬈髮男人經過那最後一擊，終於停下，再也不動了；他睜著雙眼瞪大，胸膛上布滿蜿蜒而散開來的紅色疤痕，一路蔓延到他的喉嚨。他的老二還要一下子才會消軟下去，但是其他地方都已經毫無生氣。甚至沒有經過死亡前的劇痛、甚至沒有抽搐；就連現在，血液也已經在他背後、在他臀部、在他腳跟後沉澱。她會把手放在他心臟上，使之停止，死去。

出現一種不同於哀悼的聲響。悲傷的哀鳴和呼叫，朝天空發出一種聲音，就像嬰兒哭喊著要媽媽。但那種吵鬧的哀悼是充滿希望的，相信著事情可以導回正道，或者會有救援到來。而這裡的聲音不一樣，彷佛落單太久的嬰兒，連哭都放棄了。他們變得動也不動、十分安靜，他們知道沒有人會來。

那裡的人只是睜眼盯著黑暗，如今已經沒有尖叫聲了，沒有憤怒。男人們很安靜，在營地的遠處另一端還有女人在對抗入侵者，想擊退她們，還有男人拿起石頭或某樣金屬物去攻擊女人。但是在這裡，看見事情發生的那些人不發一語。

其他女士兵中有兩人稍微踢了踢死去男人的屍體，在上面撒了些土，或許是想表現信仰或是羞愧，但還是讓屍體躺在那，沾著泥土、流著血、渾身瘀青腫脹、身上纏著明顯疼痛的疤痕，完全沒有埋進土裡。之後她們便去找自己的獎品了。

這天在這裡發生的一切毫無道理，沒有可供掠奪的領土、沒有什麼需要報復的過錯，甚至沒有可搶奪的兵卒。她們在年輕男人的面前，將手掌貼在老人的臉和喉嚨上殺了他們，一個女人炫耀著自己的特殊技巧，用指尖抵著男人的身體，就像在鑽探原油一樣。許多女人都抓來男人，利用他們或只是耍著他們玩。她們讓一個男人自己選擇是要留住雙手還是雙腳，他選了腳，但是她們卻沒有守信。她們知道沒有人會在乎這裡發生了什麼，沒有人會來保護這些人，沒有人會關心他們。這些屍體或許會在這片樹林裡躺十幾年，也沒有人會到這裡來。她們這麼做只是因為她們可以。

離天亮還有一個小時，她們累了，但是那流竄在她們體內的力量、那粉末，還有她們所做的那些事，讓她們雙眼發紅，她們睡不著。蘿西已經幾個小時都沒移動過，四肢痠痛、肋骨挫得發疼，鎖骨間的傷疤也還抽痛著。她看著那些事情，覺得精疲力盡，好像就連旁觀著也是體力活。

她聽見有人輕輕叫著她的名字，她跳了起來，差點從樹上跌下去，整個人的神經攪亂成一團，心中也充滿困惑。自從那件事發生之後，如今她有時候會忘了自己是誰。她需要有人來提醒她。她看看左右，然後看見了他；就隔著兩棵樹，圖德還活著。他把自己用一條繩子綁在樹上綁了三圈，不過藉著日出前的微光發現了她之後，他開始解開自己的束縛。過了這一晚，他在她眼中就像一個家，她看得出來，自己對他而言也是如此。在這一切當中，某個熟悉而安全的東西。

他爬高了一點，爬到枝條相碰糾纏的地方，然後雙手並用地朝她爬過來，終於輕輕落在她找到的小小棲身處。她隱藏的地點很好，有兩根巨大的樹幹交錯，一根粗壯枝條正好形成一個小窩，讓一個人可以背靠著樹，另一個人則可以依靠著他。他往下爬到她身邊，她看得出來他在夜裡受了點傷，肩膀上的某處裂開了。他們緊緊靠在一起。他伸手握住了她的手，手指與她的交纏，讓她不再發抖。他們都很害怕。他聞起來很清新，像是某種充滿綠意而萌發的東西。

他說：「妳沒跟上來的時候，我還以為妳死了。」

她說：「話別說得太早，今晚還是可能會死的。」

他粗喘一口氣，用來取代一聲發笑，他低聲說：「這裡也是地球上最黑暗的地方之一。」

他們茫然地盯著前方，兩人都陷入一種癡呆的狀態，就像睡了幾分鐘一樣。他們應該移動，但是貼著熟悉的身體，這種安心的感覺一時實在很難放棄。

他們眨眨眼，發現樹上有人，就在他們底下。一個穿著綠色狩獵夾克的女人，一手戴著軍用長手套，一邊爬樹，三根手指都一邊發著火花。她回頭往下對著地面上的某人大叫著，她用自己的火花往上探查樹林間的情況，燒掉樹葉。天色還很暗，她看不見什麼。

蘿西記得有一次她和幾個女孩聽說，有個女人在大街上打她的男朋友。必須去阻止她，如果妳占了這個地盤，就不能讓這種事情繼續發生。等到她們抵達時，只看見那女人喝醉了，在街上晃蕩著，一邊大叫一邊咒罵。她們最後找到了他，他藏在樓梯底下的碗櫥裡，雖然她們努力表現出好心和溫柔的樣子，蘿西卻在心裡想著，為什麼你不反擊？為什麼不試試看？可以找個煎鍋來打她啊，找把圓鍬什麼的。你以為躲著對你有什麼好處？然而她現在也一樣，躲藏著，就像個男人。她已經不知道自己算什麼了。

圖德靠在她身上，睜著雙眼，身體緊繃。他也看到那個士兵了。他保持不動，蘿西也保持不動。就算日出後會更危險，他們還能隱身在這裡，如果那個士兵放棄，他們就安全了。

女士兵又往樹上爬高了一點，朝著較低矮的樹枝放火，只是目前這些枝條著火後又很快熄滅。最近剛下過雨。運氣不錯。她一個同伴丟了一根長長的金屬棍上去，她們用這個玩過，插入之後再通電得啪啪作響。她開始用這根棍子掃過隔壁那棵樹上方的枝幹。沒有完美的藏身之處。

女人很快戳刺一下，離蘿西和圖德好近，實在太近了。棍子頂端距離圖德的臉不過兩隻手臂的長度。女人舉起手來的時候，蘿西可以聞到她的味道，有汗臭味、晶晶在體內新陳代謝後從皮膚散出的酸味、使用電擊力量時的嗆辣味。綜合起來的味道就和蘿西自己的皮膚一樣熟悉。一個女人的力量提升了，卻沒辦法控制住，就是這樣。

圖德悄聲對她說：「只要電擊她一下，通電是雙向的。下次那根棍子再朝我們伸過來，抓住再狠狠電擊她，她會掉到地上，其他人得去看看她，我們就能逃走了。」

蘿西搖搖頭，眼裡有淚水，圖德突然感覺彷彿自己的心裂開了一道口，圍繞著胸膛的繩索一下子都舒展開來。

他似乎想到了什麼，想起他曾經瞥見她鎖骨邊緣的疤痕、她是多麼小心藏匿著那道疤，還有她是如何跟人談判、威脅，用魅力使人著迷，但是……他有沒有看過她……自從她發現他被關在籠子裡，她有沒有在他面前傷過誰？為什麼她要藏身在叢林裡，憑她是蒙克家的人、憑她是力量最強大的人，何必？他之前從來沒有想過，他有好幾年都沒有想過，女人要是沒有這東西會是什麼樣子，或者她怎麼會失去這東西。

女人又拿著棍子伸了過來，頂端輕碰到了蘿西肩後，就像鐵釘一樣刺痛了她，但是她仍保持沉默。圖德四處張望，他們所躲藏的這棵樹下只有濕潤的地面，背後還剩下幾頂被踏平的帳篷殘跡，三個女人正要弄著一個年輕男人，他已經被逼到極限了。在前方那裡的右側就是燒成焦黑的發電機，而在枝條的半遮半掩下，有一個他們用來收集雨水的空汽油桶。如果那桶子是滿的，對他們就沒什麼用了，但或許是空的。

女人回頭呼叫著她的朋友，她們也朝上對她喊著鼓勵的話。她們在往營地入口的一棵樹上發現有人藏在那裡，她們要找出更多。圖德小心地挪動位置，動作太大會引來士兵的目光，那他們就死定了。他們只需要讓士兵分心個幾分鐘，就足以逃走。他伸手在背包裡找著，手指伸進一個內裡的口袋中翻找，拿出三筒底片。蘿西的呼吸很輕，看著他。從他看出去的方向，她知道他想試著做什麼。他垂下右手，就像從樹上被剝下的藤蔓，彷若無物。他右手裡握著底片筒，朝著汽油桶扔過去。

什麼也沒有。扔擲的距離太短，底片筒陷進鬆軟的泥土裡，沒指望了。女人又往上爬來，用金屬棍大範圍掃著。他再拿起一個底片筒，這個比另一個重多了，他還狐疑了一下為什麼，接著他想起來了，他在這裡面放了些美金零錢，以為自己還有機會用到這些硬幣。他幾乎要笑起來。但這樣很好，這筒子比較重，會飛得比較遠。他突然有種衝動，想把筒子放到唇邊，就像他有個叔叔以前在賭馬的時候，如果戰況緊繃，他整個人的身體就像螢幕上的賽馬一樣緊繃，然後把投注單貼在唇邊。去啊，小東西，為我而飛吧。

他垂著手，前後晃了一下、兩下、三下，去吧，拜託，你可以的。他放手丟了出去。

東西落下時的聲響比他預期的還要大聲多了。底片筒剛好撞在汽油筒邊緣，這聲響表示容器裡不可能裝滿水。聲音非常大，汽油桶不斷發出回音，聽起來很刻意，就像有人宣告著他們的到來。營地裡的人都轉頭過去。好，很好，快，他又丟了一個，再一個底片筒，這個裡面裝著火柴好防潮，也夠重了。又是一聲狂妄的噹啷，現在看起來就像裡面一定有人，有人想起身反抗。某個白癡召來颶風往自己身上壓。

她們從營地各地很快湧了過來。蘿西抓到時間從樹上扯了一段粗枝幹，往汽油桶再丟了過去，在她們還沒靠近去看看怎麼回事之前，讓金屬又發出一聲巨響、呼叫。那個差點抓到她的女人急急忙忙連滾帶爬地穿過樹幹往下爬，想要第一個趕過去把那個笨蛋拉起來，看看是誰以為自己可以對抗她們。

圖德現在全身發疼，不管這股痛是從哪裡來的都沒有差別了，抽筋、斷掉的骨頭都一樣；他和蘿西靠得很近，近到他一低頭就可以看見她的傷口和疤痕，他看了也覺得痛苦，彷彿那傷痕是切在自己的身上。他伸展自己的手臂，伸出腳去試探踩著底下寬闊的枝幹，沿著往下走。蘿西也在做一樣的事，他們跳到地面上，希望這裡的遮蔽還夠，足以隱藏他們的動作，不讓營地裡的女人發現。

他們跌跌撞撞跑過潮濕的地面，圖德冒險回頭看了一眼，蘿西也跟著他的眼神看過去，看看那些士兵現在是否厭倦了那個空油桶，看看她們有沒有追上來。

她們沒有。那油桶不是空的，士兵正踢著桶子，一邊笑一邊伸手把裡面的東西抓出來。圖德看見了，蘿西也看見了，就像按下相機的閃光燈一樣，看見她們發現了什麼。油桶裡有兩個小孩，她們正把他們提出來，小孩大概只有五、六歲，他們啜泣著，被提起來的時候仍緊緊蜷縮著身體，就像小小而柔弱的動物努力想保護自己。一個穿著底部磨損抽絲的藍色長褲，一個穿著點綴黃色雛菊的夏日洋裝。

如果蘿西還擁有電擊力量，她會回去把每一個女人都燒成灰。儘管如此，圖德抓住她的手，把她拉走，他們繼續往前跑。那些孩子絕對活不下來。或許會，但還是可能因為寒冷、毫無遮蔽而死在那裡。或許他們會活下來。

那天日出時很冷，他們手牽著手奔跑，不願意放開對方。她對這個地方很熟悉，知道最安全的道路，而他知道要怎麼找到安靜的地方藏匿。他們一直跑著，跑到最後只能用走的，但他們還是靜靜地走著一里又一里，手緊貼在一起。快到黃昏時，他發現一個廢棄的火車站，摩爾多瓦的這個地區有很多這樣的車站，等著永遠不會到來的蘇聯火車，如今大多成為晝行性鳥類的家了。他們打破一扇窗戶爬了進去，在木頭長凳上找到幾塊發霉的軟墊，而在某個櫃子裡還有一條乾的羊毛毯子。他們不敢生火，但兩人一起蓋著毯子，窩在房間一角。

他說：「我做了很糟糕的事。」而她說：「你救了我一命。」

她說：「我做過的事情說出來，有一半你都不敢相信，朋友。是很糟、很糟的事。」而他說：「妳救了我一命。」

在夜晚的黑暗中，他告訴她有關妮娜的事，還有他的文字和照片被妮娜冒名發表，他才知道妮娜一直等著要奪走他所擁有的一切。而她告訴他有關戴瑞的事，還有她被奪走的東西，她這樣一說他就什麼都懂了：為什麼她會過著這樣的生活、為什麼這幾個漫長的禮拜她要一直躲著、為什麼她覺得自己不能回家、為什麼她沒有馬上對戴瑞展開反擊、沒有像蒙克家的人那樣大發雷霆。她差點都要忘記自己的名字了，直到他提醒了她。

他們其中一人說：「為什麼他們要這麼做，我是說妮娜和戴瑞？」

另一個回答：「因為他們可以。」

也就只有這個答案了。

她握住他的手腕，他一點也不害怕，她的拇指一路摸上他的掌心。

她說：「照我看來，我已經死了，你也是。這裡的死人能找什麼樂子？」

他們都受傷了，全身都痛。他想他的鎖骨斷了，每次變換姿勢都傳來骨頭相磨的疼痛。理論上來說，他現在比她強壯了，但是這讓他們都笑了。她就像她爸爸一樣，身材矮小健壯，同樣有著粗短的脖子，而且她打過的架比他還多，她知道要怎麼打架。他戲弄似地把她推到地上時，她也作勢把拇指按上他最疼痛的部位，也就是肩膀與脖子的交接處，她按壓的力量剛好讓他能痛到看見滿天星星。他笑了，她也笑了，在這風暴的中心傻傻地笑到喘不過氣。他們的身體都因為受折磨而不一樣了，他們毋須再爭鬥。在那個時刻，他們已經說不出誰該扮演哪個角色，他們準備好開始了。

他們的動作很慢，身上的衣服還穿著一半。她沿著他腰上一道舊傷疤撫摸著，那是他在德里傷的，是他第一次感覺到害怕。他的唇碰觸到她鎖骨上猙獰的線條。他們肩並肩躺著，在他們看過了那一切之後，現在已經不想要快速完事或瘋狂地做，兩人都不想。他們溫柔觸摸著彼此，感覺著兩人相像的地方與不同的地方。

他讓她知道自己準備好了，她也準備好了。他們就只是一起滑進，就像鑰匙插進鎖孔裡。「啊。」他說。「好棒。」她說。感覺很好，她包覆著他，他在她體內。他們很契合。他們緩緩而自在地移動著，注意著彼此特有的疼痛，微笑著，又有睡意，一時也沒了恐懼。他們高潮時發出柔軟、有如動物般的吼叫，窩在彼此頸項間，就這樣睡去，腳在他們找到的毯子底下交纏著，在戰爭當中沉睡。

末日時期保存特別完整的雕刻，大約有五千年歷史，發現於不列顛西部。

被發現的雕刻品都是相同的狀況：中央有東西特意被抹除了，也無法確定抹除的東西是什麼。人們對此有幾個理論：這些石頭可能裝飾著肖像畫；或者刻著條列式的當地法規；或者就只是一種長方形的藝術作品，中央沒有東西。不管中央那部分代表的是什麼，雕鑿顯然是一種抗議的方式。

末日來了

這些事情一下子全發生了。這些事情只是冰山一角，是先前發生的事情所造成的不可避免的後果。力量尋求釋放。這些事情以前就發生過，也會再度發生。這些事情一直會發生。

天空看來似乎湛藍而明亮，雲一靠攏就顯得灰濛而黑暗。暴風雨就要來了，已經很久沒有這樣的雨了。積聚了厚厚一層灰，土地渴望著傾盆、豐沛、昏天暗地的雨水。因為地上充斥著暴力，每一個生物都失去了方向。在北方、南方、東方、西方，水在空中集結著。

在南方，喬思琳．克里瑞拉起了吉普車的頂篷，她沿著一條碎石子路開進一處隱蔽的路口，看起來有可能會發生什麼有趣的事情。在北方，奧拉圖德．伊多和蘿珊．蒙克醒來，聽見雨水打在他們藏身處的鐵皮屋頂上。在西方，母神夏娃這個曾經名為愛莉的女子，望向窗外集結而來的風暴，對自己說，時間到了嗎？接著她的自我說，嗯，廢話。

北方發生了暴行，相關的謠言從四面八方傳來，來源實在太多，現在想否認也沒辦法了。那是塔提亞娜自己的軍隊，因擁有力量而瘋狂，因戰事延宕而捉狂。不斷湧入的命令說：「什麼男人都有可能背叛妳，任何一個都有可能是幫北方做事。」或者只是因為塔提亞娜根本一直都懶得好好控制他們？或許她一直都是瘋的，不管母神夏娃對她做了什麼都沒差別。

蘿西不見了，塔提亞娜漸漸失去了對軍隊的掌控，如果再沒有人負責處理這個狀況，不用幾個禮拜就會發生軍事政變了。到那個時候，北摩爾多瓦就會揮軍南下，奪走這個國家，還有存放在南方城市中的化學武器。

愛莉坐在她安靜的書房中，看著窗外的暴風雨，計算著事情要付出的代價。

聲音說：我一直告訴妳，妳註定要做大事。

愛莉說：對，我知道。

聲音說：妳不只在這裡受到尊敬，世界各地都是。如果妳擁有這個國家，全世界的女人都會來到這裡。

愛莉說：我說了，我知道。

聲音說：那妳還在等什麼？

愛莉說：這個世界想要回到先前的模樣。我們所做的一切還不夠，那些有錢、有影響力的男人依舊可以照他們的意願掌控事情的發展。就算我們贏了對抗北方的戰爭也一樣。我們在這裡能開始做什麼？

聲音說：妳想要顛覆整個世界。

愛莉說：沒錯。

聲音說：我懂，但是我不知道怎麼說才比較清楚。事情沒有一蹴可幾的方法，妳必須從頭開始，我們必須重新開始整件事情。

愛莉在心裡說：一場大洪水呢？

聲音說：我是說，那也是一種解決的方法。但是妳有幾個選擇。聽著，好好考慮，一旦妳做了就是做了。

⚡

夜已經深了。塔提亞娜坐在桌前寫東西，這些是要簽署給將軍的命令，她準備朝著北方推進，這將會是一場災難。

母神夏娃過來站在她背後，一隻手放在她頸後安撫著。她們已經這樣做過許多次了，塔提亞娜・莫斯卡列夫發現這樣的手勢很令她安心，只是她也說不上來為什麼會有這種感覺。

塔提亞娜說：「我所做的是正確的，對吧？」

愛莉說：「神會一直與妳同在。」

這房間裡有隱藏的攝影機，又是塔提亞娜的妄想症傑作。

時鐘敲響了，一聲、兩聲、三聲。那麼，該是動手的時候了。

愛莉用她特有的感官和技巧摸索著，安撫著塔提亞娜的每一根神經，在她頸子裡、肩膀裡、頭顱裡和顱骨裡。塔提亞娜閉上眼睛，點著頭。

接著，塔提亞娜的手動了，彷彿完全不屬於她身體的一部分，彷彿在這一刻，她甚至無法察覺自己的手在做什麼。那隻手爬過桌面，拿起放在一疊紙上的鋒利拆信刀。

愛莉感覺到塔提亞娜的肌肉和神經努力抵抗著，但是這身體如今已經習慣了她，而她也很熟悉了。遲鈍這裡的反應，加強那裡的。如果塔提亞娜不是醉得這麼厲害，又吃了愛莉特調的藥物——這是蘿西在實驗室裡幫她合成的——那麼事情就不會這麼容易了。現在沒那麼輕鬆了，但還是可以辦到。愛莉專心在塔提亞娜握著拆信刀的手上。

突然在房間裡出現一股味道，就像水果腐爛的味道。但是隱藏的攝影機拍不到味道。

一個俐落的動作，快到母神夏娃來不及阻止，她怎麼會知道要發生什麼事呢？塔提亞娜．莫斯卡列夫因為權力漸漸崩垮而陷入瘋狂，終於用鋒利的小刀劃破自己的喉嚨。

母神夏娃往後跳，尖叫著，大喊著找人來幫忙。

塔提亞娜．莫斯卡列夫的血漫流過她書桌上的文件，右手依然抽搐著，彷彿還活著。

「辦公室的人派我過來，」遲緩的埃琳娜說，「有個士兵從後面的某條小路過來了。」

辦靠！

她們從閉路電視上看到的。離開主要道路後，要在一條泥巴路上開十二、三公里的路才會到工廠，其入口也隱蔽在矮樹叢和森林之中。你得知道自己在找什麼才找得到。卻有一個士兵，只有一個，沒有更多人前來的跡象，距離她們四周的圍籬已經不遠了。她再走一公里多就會走到工廠門口了，很好；從她的位置還看不見工廠，不過她就在那裡，沿著圍籬走，用手機拍照。

辦公室裡的女人看著戴瑞。

她們都在想：蘿西會怎麼做？他可以看到她們額頭上都寫著這些字，就像用麥克筆寫上去的。

戴瑞感覺自己胸膛的絞軸開始鼓脹扭動，畢竟他一直有在練習。蘿西的一部分就在這裡，這個部分完全知道該做什麼。他很強，比最強大的還要強大。他不應該讓這些女孩看到他的能力，柏尼的指令非常清楚，不能把貓放出袋子外。他必須保密……等到他準備好，可以在倫敦的最高出價者面前展示他的能力，展現他們能做到什麼。

絞軸悄聲對他說：她只是一個士兵，出去外面嚇嚇她。

力量知道該做什麼，自有一套邏輯。

他說：妳們所有人都看著，我要出去了。

他走在長長的碎石子路上，一路上跟絞軸說話，然後打開了圍籬的門。

他說：現在別讓我失望，為了你，我可是付了大把鈔票。我們可以一起合作解決這件事，你和我。

絞軸現在很聽話，乖乖躺在戴瑞的鎖骨上，就像過去也這樣躺在蘿西的身上，開始嗡鳴、滋滋作響。這種感覺很好，戴瑞一直懷疑他現在的情況會出現這種感覺，不過到現在才確定，這感覺有一點像喝醉了，是好的、讓自己很強的醉法，就像那種喝醉了的時候，你會覺得自己能撂倒所有來人，而且如今你真的可以。

絞軸也回覆他。

它說：我準備好了。

它說：來吧，孩子。

它說：不管你需要什麼，我都有。

力量不在乎使用者是誰。絞軸並沒有反叛他，並不知道他不是自己真正的主人。只是說著：對，對，我可以。沒錯，你行的。

他在手指和拇指之間釋出一道小小的電弧，他還不是很習慣那種感覺，在皮膚表面擾動著，不是很舒服，但是在他胸膛裡感覺很強大、很好。他應該直接放女士兵走，不過他可以解決她，輕輕鬆鬆。讓她們看看。

他回頭看著工廠，女人們都擠在窗戶前看著他。有幾個跑出來走到小路上，讓他留在她們的視線範圍內。她們抬手遮著嘴，對彼此喃喃低語。其中一個在兩掌間放出一股長電弧。

她們是陰險的渾蛋，看看她們一起活動的樣子。蘿西這些年來對她們的管理太鬆懈了，任由她們舉行那種詭異的小小儀式，還在休息時間使用晶晶。她們會在日落時一起走進森林裡，一直到日出才回來，而且他媽的他還不能說什麼，不是嗎，因為她們超準時就來上班，也完成了工作，可是一定有鬼，他從她們身上的味道就能知道。她們在這裡塑造了一種該死的小文化，他知道她們會聊他的事情，他知道她們覺得他不應該在這裡。

他蹲伏得很低，讓她看不到他靠近。

在戴瑞背後，女人愈聚愈多了。

在早上，蘿西和圖德穿上衣服之後，她說：「我可以把你弄出這個國家。」他還真的忘了，他可以「離開這個國家」。這件事情已經比之前發生過的任何事情更加真實、更為必要。

他穿襪子才穿到一半。他昨天晚上脫下來讓襪子風乾，襪子還是很臭，布料已經乾硬粗糙。

「怎麼做？」他說。

她聳起一邊肩膀，微笑著說：「我是蘿西．蒙克，我在這裡認識幾個人。你想離開嗎？」

想，他當然想。想。

他對她說：「那妳呢？」

她說：「我要拿回我的東西，之後就會去找你。」

她已經拿回些什麼了，自信心讓她挺起胸膛。

他認為自己喜歡她，可是不知道該怎麼確認心意，畢竟她能給他的太多了，如今已經不可能是單純曖昧的對象。

他們走了好幾公里的路。一路上她給他十幾種能聯絡上她的方法，這個電子郵件信箱看起來雖然像是空殼公司，但是會把信寄到她手上。最後提到的那個人一定會知道怎麼找到她。

她說了不只一次。「你救了我一命。」他知道她是什麼意思。

在一片平原上的一處交叉路口，旁邊有座公車亭，公車一個禮拜會來兩班。她用公用電話撥了一個她默背下來的號碼。

她講完電話之後，她告訴他接下來會發生什麼事：今天晚上，一個戴著航空機師帽子的金髮女人會來接他，開車載他穿越邊境。

他得待在後車廂裡；抱歉，但這樣是最安全的。大概要花八個小時。

「不舒服時扭扭腳。」她說，「不然你會抽筋，那樣會很痛，讓你沒辦法出來。」

「那妳呢？」

她笑了，「我才不要塞在什麼見鬼的後車廂裡，是吧？」

「然後呢？」

「別擔心我。」

剛過午夜時分，他們在一處小村莊外頭分開，她甚至不會念這個村莊的名字。

她吻了他一下，輕輕碰觸嘴唇，她說：「你會沒事的。」

他說：「妳不留下來嗎？」但他知道這會如何發展，他的人生歷練已經給了他答案。如果有人看見她特別照顧一個男人，在她的世界裡，會讓她看起來心軟。而如果有人認為他對她有什麼意義，就會讓他陷入危險。這麼做的話，他不過就是一包貨物。

他說：「去拿回來吧。如果有人能夠知道妳的祕密，知道妳失去了東西還存活了這麼久，一定會更看重妳。」

雖然他這麼說，但他知道這不是真的。就算他撐了這麼久，也沒有人會覺得她有什麼了不起。她說：「就算我不試試看，我也已經不是我自己了。」

她繼續踏上往南方的路。他把手插進口袋裡，低著頭走進村莊，努力讓自己看起來就像個被叫來跑腿的男人，出現在這裡非常正常。

他找到了那個地方，正如她所形容的。有三間商店，拉攏了百葉窗，樓上的窗戶也沒透出光線。他覺得自己看見某扇窗戶的窗簾抖動了一下。他告訴自己是他想像出來的。沒有人等著他來，也沒有人在追他。他什麼時候開始變得這麼神經兮兮的？他知道是什麼時候，不是剛剛才這樣的，這股恐懼一直在他心中醞釀著，好幾年前就在他心裡生了根，每個月、每個鐘頭都讓根莖更往肉裡深扎。

他似乎還能承受，就在想像中的黑暗和現實的黑暗相符合的當下。他被真的關在籠子裡、或困在樹上、或是目睹了這世上最糟糕的事情發生，但在這些時候，他都沒感覺到這股恐懼；這股恐懼會在安靜的街道上跟著他，讓他日出前就獨自一人在旅館裡驚醒。他已經很久無法安心地在夜晚出外散步了。

他查看手錶，他還要在這空蕩蕩的街角等十分鐘。他背包裡有一個包裹，裡面是他所有的相機底片、一路上拍攝的所有影片，還有他的筆記本。他從一開始就把信封準備好了，也貼了郵票。他準備了幾個，他想過如果情況變得棘手了，或許就把底片寄給妮娜；現在他什麼也不會寄給妮娜了。他有一支麥克筆，有信封，封包得整整齊齊。在街角的對面有一個郵筒。

郵件服務在這裡仍照常運作的可能性有多高？他在營地裡聽過，在比較大的村莊、城鎮裡還是能運作。在邊境附近和山區裡，事態已經一發不可收拾，但他們現在距離邊境和山區已經有幾十公里遠了。郵筒是開著的，上面列出的時間表說明天郵差會來收信。

他等待著。他思考著。也許車子不會來；也許會有車，但開車的人不是戴帽子的金髮女人，而是三個女人把他綁進後座裡。也許他會在那裡完蛋，被丟包在從一個小鎮到下一個小鎮之間的路上，被利用完再被扯爛；也許會有一個戴帽子的金髮女人，她拿了錢要把這件事辦好，說她會越過邊境，她會讓他下車，跟他說往那個方向跑就能自由了，但是那裡等著他的不是自由，而是森林，有人追著他，最後他死在泥土地上，不是這樣就是那樣。

突然他覺得這麼做實在愚蠢得不得了，他居然把自己的性命完全交到蘿珊．蒙克手上。

有輛車來了，他從遠遠的地方就看見了，車頭燈掃過了泥巴路。他還有時間在這個包裹上寫下名字還有地址。不是妮娜，當然不行。不能給泰咪或他的父母，萬一他消失在這黑夜裡，他不能讓這個成為他給家人的最後訊息。他有個主意，這個主意很糟，但這是安全的主意。要是他沒辦法度過這一關，他可以在這個包裹上寫一個名字跟郵寄地址，能夠確保這些影像可以散布到全世界。他告訴自己，人們應該知道這裡發生了什麼，成為目擊者就是第一份責任。

他還有時間，他沒有多加思考就快速寫著，跑向郵筒把包裹塞進投遞口然後關上蓋子。車子停在人行道旁的時候，他已經回到位置上了。

方向盤後是一名金髮女子，她戴著棒球帽，拉低了帽沿遮住眼睛。帽子上繡著一面徽章，上面寫著「JetLife」。

她微笑著，她說英文有濃濃的口音。「蘿西．蒙克派我來的，明天早上之前就會到那裡了。」

她打開車子後車廂，這是私家轎車，空間也夠寬敞了，只是他得屈起膝蓋靠著胸膛。八小時。

她幫他爬進後車廂，態度相當謹慎，給他一件捲起來的毛衣墊在腦後，當作和金屬板之間的緩衝。至少車廂裡很乾淨。他的鼻子碰到內裝地毯上捲曲的纖維時，他只聞到洗髮精的化學花香味。她給了他一大瓶水。

「喝完之後還能尿在瓶子裡。」

他抬頭對她微笑，希望她能喜歡他，把他當成是個人，而非貨物。

他說：「經濟艙是吧？這些座位一年比一年小了。」

但是他看不出來她有沒有聽懂他的笑話。

他躺好之後，她拍拍他的大腿。

「相信我。」她說完便關上了後車廂的蓋子。

這條碎石路只是從這個鳥不生蛋的地方到另一個什麼也沒有的地方，一片茂密的樹林成了屏障，就在那個轉角處，從喬思琳所在的地方可以看到一棟低矮的建築物，只有樓上有窗戶。她只看到一小角。她站到一顆石頭上，拍了幾張相片。這樣說明不了什麼，或許她應該靠近一點。不過，這點子很蠢。小喬，理智一點。回報妳發現了什麼，明天再帶一隊人回來。這個地方絕對有鬼，才會有人花了這麼大力氣藏匿，讓人從路上看不出來。不過，萬一什麼都沒有，萬一結果是讓基地裡的每個人都嘲笑她呢？她又拍了幾張照片。

她很專心。

她沒有注意到那個男人，一直到他幾乎就站在她身旁才看見。

「妳他媽的想幹嘛？」他用英文問。

她身邊帶著職務配給的武器。她換了個位置，讓武器在她腰側撞了一下，然後往前移動。

「抱歉，先生。」她說，「我迷路了，在找高速公路的主幹道。」

她的聲音保持得相當穩定而鎮靜，讓美國口音更加明顯，但其實她並不是刻意的。我是蘇西・奶油起司，只是個莽撞的觀光客。但這個策略用錯了，她穿著軍用長褲，故作無辜只會讓她看起來更有問題。

戴瑞感覺絞軸在他胸膛裡跳動著，他害怕起來，那動作就更明顯，兀自扭動嗡嗚著。

「妳他媽的到我的地盤來幹嘛？」他說，「誰派妳來的？」

在他背後，他知道工廠裡的女人那一雙雙冰冷深沉的眼睛都在觀察著這場對話。經過這次之後就沒有人會懷疑他了，沒有人會質疑他算什麼，等她們看見他的能力，就會知道他算什麼。他不是穿著女人衣服的男人，他是她們的一份子，就跟她們一樣強大、一樣有力。

她努力擠出微笑，「沒有人派我來，先生，我在休假。只是到處觀光一下，我就要走了。」

她看見他的眼睛瞄到她手上的地圖，如果他看見了，就會知道她是特地來找這個地方，而不是為了別的目的。

「很好，」他說，「很好，我帶妳回到路上。」

他不想幫她。他靠得太近了，她應該回報這個狀況。她的手發抖著伸向無線電。

他伸出右手的三根手指，只是很快放出一道電流，無線電就被他電死了。她眨眨眼，一下子看出他的真面目：怪物。

她想要把獵槍拉到身前，但是他已經抓住槍托，往她的下巴一撞，讓她腳步踉蹌，把斜背的槍帶越過頭頂解下來。他拿著獵槍想了想，然後把槍丟到矮樹叢裡。他朝她逼近，手掌裡冒出火花。

她可以跑，腦海裡出現她爸爸的聲音說：親愛的，照顧好妳自己；也有她媽媽的聲音說：妳是個英雄，就表現出英雄的樣子，這只是一個男人，在一個哪裡都不是的地方有一座工廠，會有多難？還有基地裡的女孩說：妳不是應該比誰都更清楚該怎麼對付有絞軸的男人，不是嗎，喬思琳？這不是妳的特殊愛好嗎，喬思琳？她得證明些什麼，他也得證明些什麼。他們準備好開始了。

他們擺出備戰姿勢，繞著圈，尋找弱點。

戴瑞之前也做過一點測試，他在跟自己合作的幾個醫生身上釋出電擊，造成輕微的燒傷、疼痛和損傷，只是要看看是否有效。而他都是獨自練習的。不過他從來沒有在打鬥中使用過，不像這樣。這令他興奮。

他發現自己能感覺到在體內還剩下多少電擊力量，有很多，比滿載還多。他撲向她，不過沒撲著，放出一道興奮的電流順著雙腳流到地底。而他還有很多。難怪那個音氣風發的蘿西總是看起來對自己志得意滿的樣子，她在體內擁有這麼多力量。他也對自己志得意滿了，真的。

喬思琳的絞軸扭動著，這只是因為她很興奮。現在她的絞軸比過去運作的狀況要好多了，自從母神夏娃治好了她，就一直很好；現在她知道為什麼會這樣了，為什麼神在她身上顯現這樣的神蹟，就是為了這個。要從這個意圖殺害她的壞蛋手中拯救她。

她縮緊腹部跑向他，作勢往左邊假裝要攻擊他的膝蓋，就在最後一刻，在他彎下腰防禦她的動作時，她往右一扭就伸手朝上抓住他的耳朵，在他太陽穴上釋出電擊。動作流暢而俐落，絞軸愉悅地低鳴著。他攻擊她的大腿，她痛得要命，就像一把生鏽的刀順著骨頭刮下去；大腿的肌肉兀自緊縮又放鬆，想要倒下去。她撐著右腳讓自己站起身來，背後拖著左腳。他的力量很豐沛，她可以感覺到力量在他皮膚底下爆裂著。他釋出的那種電擊很有力，就像鋼鐵般強硬，跟萊恩的不一樣。跟她對戰過的人都不一樣。

她記得自己接受過的訓練，要如何對抗就是比妳強、力量就是比妳多的對手。她得讓他在她身上自己耗盡力氣，對他露出他能造成最少傷害的身體部位。他體內的力量比她還多，但要是她能引誘他浪費一些打到地上，如果她動作快一點，比他更敏捷，她就有機會。

她往後退，拖著腿的動作多花了點力氣，還讓自己走得有些跌跌撞撞。她抓著腰側，看見他也正在看著她，舉起一隻手擋在身前。她讓腳一彎就跌到了地上，他馬上像野狼撲羊一樣衝上來，但是她現在比他更快，往旁邊一滾，讓他把致命的一擊打在碎石路上。他怒吼一聲，她用自己沒受傷的腳朝他頭顱一側用力踢下去。

她上前去抓住他膝蓋後方。她已經計畫好了，就像他們教她的，把他撂倒在地再攻擊膝蓋跟腳踝。她的力量還夠，只要在韌帶連接的地方使力一擊，他就會倒下了。

她抓住他的褲子然後碰觸皮膚，手掌穩穩貼著小腿要電擊他。但是什麼也沒有，沒了，好像引擎一轉就停了，好像將一池水倒到地上清空。力量不在了。

一定有的。

母神夏娃把力量還給她了，一定還在。

她又試了一次，專注想像著一道流水，就像他們在課堂上教她的那樣，想像力量自然從一處流動到另一處的樣子，只要妳願意就辦得到。如果給她一點時間，她就可以再找回來。

戴瑞抬起腳跟狠狠踢了她的下顎。他也在等著那一擊，卻沒等到。但他可不會浪費自己的機會。她現在手腳撐著跪在地上喘著氣，他踢了她的側腹一腳、兩腳、三腳。

突然，他可以聞到苦柑橘的味道，還有一種像是頭髮燒焦的氣味。

他用手掌根部把她的頭往下壓，朝著她頭顱底部釋出電流。要抵抗在那裡的電擊是不可能的，他很清楚：很久以前的某個晚上，他在一處公園裡就曾經受過這種攻擊。腦袋會陷入一片混亂，身體癱軟無力，什麼也不能做。他穩穩送出電流，女兵伏倒在地面上，臉趴在碎石上。他一直等到她不再抽搐了才停手。

他重重喘著氣，他的力量還足以讓他做相同的事情兩次有餘。感覺很好，她沒救了。

戴瑞抬頭看，帶著微笑，彷彿樹林應該鼓掌慶賀他的勝利。

隔著一段距離，他聽見那些女人唱起歌來，他以前也聽過她們唱著同樣的旋律，但她們沒有人願意跟他解釋在唱什麼。

他看見女人們深色的眼睛從工廠看著他，然後他知道了。要不是他一直不想去理解，應該從一開始就能看出這個簡單的事實。那些女人看到他所做的事情、或者知道他有力量，並不開心。這些該死的賤人就只是瞪著他：她們的嘴巴如大地般緊閉，雙眼如大海般空虛。她們魚貫從工廠裡的樓梯走下來，整齊畫一地朝他走來。戴瑞發出一個聲音，是獵物遭到追捕的喊叫，接著拔腿就跑。那些女人在後頭追。

他往大路跑去，只有幾公里遠。到了路上，他可以攔下一輛車，就能逃離這些瘋婊子。即使是在這個被神遺棄的國家，也會有人幫他的。他匆匆忙忙穿過兩片樹林之間一塊開闊的平地，雙腳往地上蹬著，好像自己現在能變成鳥了，可以化為一道河流、一棵樹。他在開闊的鄉野中，他知道她們可以看見他，她們沒有發出聲音。他讓自己想著，也許她們轉頭回去了，也許她們走了。他回頭一看，那裡有一百個女人，她們喃喃低語的聲音就像大海一樣，她們愈來愈靠近了，他的腳踝一轉、一扭，他就跌倒了。

他知道她們每一個人的名字。有埃琳娜、聰明的瑪格達、維若妮卡、金髮的葉夫潔妮亞、黑髮的葉夫潔妮亞；還有謹慎的娜斯提亞、開心果瑪莉涅拉、年輕的潔思婷娜。她們所有人都在，這麼多年、這幾個月跟他一起並肩工作的女人們，他雇用了這些女人，以現在的情況而言，他給的待遇也很好，然而他現在卻看不懂她們臉上的表情。

「拜託了，」他對她們說，「我幫妳們除掉那個士兵。拜託，葉夫潔妮亞，妳有看到我嗎？我電一下就打倒她了！妳們都有看到嗎？」

他撐著自己沒受傷的一腳把自己推遠一點，還以為自己可以抬起屁股站起來，跑向樹林或山區裡躲藏。

他知道她們知道他做了什麼。

她們互相呼叫著。他聽不清楚她們到底在說什麼，聽起來就像一連串母音，從喉嚨發出的喊叫：埃歐伊、唷喂、唷歐伊。

「女士們，」她們跑得愈來愈近了，他說，「我不曉得妳們以為自己看到了什麼，但我只是敲了她頸後，用力正中目標。我只是打了她。」

他知道他在說話，但是在她們臉上看不出她們是否聽懂了。

「對不起，」戴瑞說，「對不起，我不是故意的。」

她們正低聲輕輕哼著那首古老的歌。

「拜託，」他說，「拜託不要。」

她們撲向他，手抓著裸露的皮肉，她們抓住了他，手指戳弄著他的肚子和背部、側腹、大腿和腋窩。

他想要電擊她們，想要用手、用牙齒抓住她們。她們讓他對她們身體釋出電擊，但還是不斷撲上來。瑪格達和瑪莉涅拉、維若妮卡和埃琳娜，各抓住他的四肢，釋出電流竄過他皮膚表面，在他身上留下疤痕、標記，力量更深入血肉，軟化了他的關節，她們扭轉著。

娜斯提亞將指尖抵在他喉嚨上，讓他說話。那不是他想說的，他的嘴巴在動，他的聲音微微抖動，但那不是他在說話，不是。

他的叛徒喉嚨說：「謝謝。」

埃琳娜腳踩著他的腋窩，將他的右手往上拔，一邊電擊、燒灼著，關節處的皮肉脆化而翻開來，她已經把球形關節拔出連接處了。瑪格達跟她一起拉，把那隻手扯了下來。其他人對付他的雙腳、脖子，還有另一隻手，以及他鎖骨間的那塊地方，那裡棲息著他的野心。彷若秋風掃落葉一般，她們的動作如此殘酷而凶暴，將絞軸從他的胸膛活生生扯下，那塊柔軟而扭動著的肉；她們扯掉他的頭，他終於安靜了，她們的手指被他的血染成了深色。

她為圖德打那通電話的時候，一定就是開端。蘿西・蒙克要回來了。

「我弟弟，」她在電話上說，「我那該死的弟弟背叛我，還想殺了我。」

電話那頭的聲音很興奮。

「我就知道他在說謊，那小渾蛋，我知道他在說謊。工廠裡的女人說他告訴她們是接到妳的命令，我他媽的就知道他在說謊。」

「我一直在養精蓄銳，」蘿西說，「計劃我的事情，現在我要拿回他從我這裡拿走的東西。」

那麼她就得讓這句話成真。

她集結了一隊小軍隊。工廠裡沒有人接聽電話，看來是出了什麼狗屁倒灶的事了。她估計就算他以為她死了，身邊也應該會有人；要是他以為沒有人會想從他手上把工廠搶過來，那他就是個他媽的大白癡。

她以為自己得發動攻擊，但工廠大門敞開。

她的工人們都坐在草坪上，一見到她就歡聲雷動地歡迎她，那聲音繞著湖泊傳了一圈，在那群女人之間此起彼落呼喊著。

就算她如今有殘疾，她怎麼會覺得這裡的人不歡迎她回來呢？她怎麼會以為自己不能夠回來呢？

她回家來是值得慶賀的大事。她們說：「我們知道妳會回來，我們早知道了。我們知道妳就是我們等待的那個人。」

她們圍在她身邊，碰觸她的手，問她去了哪裡，是不是幫工廠找了新地點；戰爭一觸即發，軍隊正急著要找出她們的所在。

軍隊？「聯合國的軍隊，」她們說，「我們得讓他們不會循著氣味找來，已經發生不止一次了。」

「是嗎？」蘿西說，「沒有戴瑞妳們也做得很好啊，是嗎？」

女人之間交換了一個眼神，看來模糊又神祕。埃琳娜伸手攬著蘿西的肩膀，蘿西覺得自己可以聞到她身上有種味道；像是汗水味，但是更濃稠的東西，有種腐敗的臭味，就像經血。她們會偷用這裡的藥，蘿西知道，但從來沒阻止過。她們會拿一些沒貼標籤的產品，週末時到森林裡用；這會讓她們的汗有種霉味。她們的指甲底下有藍色油彩。

埃琳娜緊緊擠著蘿西，她以為這個女人要把她抱起來了。瑪格達拉著她的手，她們帶著她走向低溫儲物用的冰箱，她們把揮發性的化學藥品放在這裡。她們打開門，裡面冰冷的檯面上是一堆肉塊，活生生、血淋淋的。她一時還不明白為什麼她們要讓她看這個，接下來她就知道了。

「妳們做了什麼？」她說，「妳們他媽的做了什麼？」

蘿西在那一堆血肉模糊中發現了她自己的一部分，那是她跳動的心臟、那部分的她讓身體其他部位都能動起來。一塊薄薄的、漸漸腐爛的軟骨，沾黏其上的橫紋肌泛紫發紅。

曾經有一天，那是在戴瑞從她身上拿走絞軸之後的第三天，她才發現自己不會死了。她胸前的痙攣已經消退，眼前也看不到紅紅黃黃的閃光。她把自己包紮起來，走到森林裡一處她知道的小屋，在那裡等死，但是到了第三天，她知道死神不會來接她了。

她那時想，是因為我的心還活著，在我的身體之外，在他體內，但還是活著。她想，如果那顆心死了，她會知道的。

但是她不知道。

她手掌撫著鎖骨。

她等著想感覺到什麼。

母神夏娃趁著午夜搭著軍方的交通工具到巴薩拉貝亞斯卡的火車站來見蘿珊．蒙克，這座城市比較偏南。她大可以在宮殿裡等蘿西來，但是她想要看看她的臉。蘿西．蒙克變瘦了，看來蒼白又疲累。母神夏娃緊緊抱著她，一時間也忘了要用她的特別感官去探查、詢問一番。她朋友身上有股味道，一直都是如此，那是松針葉和甜杏仁的味道。這就是她的感覺。

蘿西尷尬地離開她的懷抱。有點不對勁，她們坐的車一路開過空蕩蕩的街道往宮殿駛去，蘿西幾乎都沒說話。

「那妳現在是總統嘍？」

愛莉微笑著，「不能再等了。」她拍拍蘿西的手背，蘿西把手挪開。

「既然妳回來了，我們應該談談未來。」

蘿西緊抿著嘴彎起緊張的微笑。

⚡

她們回到母神夏娃在宮殿的寓所，等到最後一扇門已經關了、最後一個人也走了，愛莉才一臉好奇地看著她的朋友。

「我以為妳死了。」她說。

「我差點就死了。」蘿西說。

「可是妳又活過來了。聲音告訴我的事情就要來了，妳就是徵兆。」愛莉說，「妳是我的徵兆，一直以來都是。神垂憐著我。」

蘿西說：「這我就不知道了。」

她解開襯衫最上面三顆鈕扣，露出要讓她看的東西。

愛莉看見了。

於是她知道了，她希望這個徵兆能指引到一個方向，結果卻是完全指著另一個方向。

上一次，神摧毀世界之後，祂在空中放置了一個象徵。祂舔舔拇指，在天空上畫了一道弧，各種顏色隨之展開，並封緘了祂許下的諾言：祂再也不會降下洪水淹沒世界。

愛莉看著蘿西胸前那一道扭曲而彎弧的疤痕，有如一把倒放的弓。她的指尖輕輕撫過，雖然蘿西偏過頭去，她還是讓她的朋友碰觸那道傷口。那顛倒的彩虹。

「妳是我所認識的人當中最強大的。」她說，「就連妳也被擊垮了。」

蘿西說：「我希望妳知道真相。」

「妳說的沒錯，」愛莉說，「我知道這代表什麼。」

再也不會了。這是寫在雲端上的承諾。這樣的事情不允許再發生一次。

「聽著，」蘿西說，「我們應該談談北方的事，這場戰爭。妳現在是有權力的女人了，」她微微笑了一下，「妳總是在追尋某個目標，可是在那裡正發生著壞事。我一直在想，也許妳和我可以一起想辦法阻止。」

「只有一個辦法能夠阻止。」母神夏娃平靜地說。

「我只是在想，我不知道啦，我們可以想想辦法解決。我可以上電視，說說我所見到的事情，說我身上發生的事情。」

「喔，沒錯，讓他們看看那道疤。說出妳弟弟對妳做的事情。那麼就沒有什麼能夠阻擋這股憤怒，戰爭會馬上爆發。」

「不對，我的意思不是這樣。不對，夏娃，妳不明白，北方那裡會變成完全一團狗屎爛蛋，我是說，那裡有該死的瘋狂渾蛋，都是些信教信到走火入魔的怪胎，他們到處在殺小孩。」

夏娃說：「只有一個辦法可以導正一切，這場戰爭必須馬上開始，這是真正的戰爭，我們所有人對抗他們所有人。」

帶來末日的歌革和瑪各要出現了，聲音悄聲說，就是這樣。

蘿西在她的椅子上稍稍往後靠。她把整件事都跟母神夏娃說了，她所見到的每一個細節、她身上發生的每件事，還有她不得不做的事情。

「我們必須阻止戰爭。」她說，「妳知道，我還是知道要怎麼把事情辦好。我在想，妳讓我負責北邊的軍隊，我會維持秩序，我們會巡邏邊境，就像真正的國家會有的真正邊境。還有，妳知道，我們可以跟妳美國的朋友談談，他們也不想讓該死的世界末日在這裡爆發。天曉得阿瓦蒂・阿提夫有什麼武器。」

母神夏娃說：「妳想談和。」

「是啊。」

「妳想談和？妳想要負責北方的軍隊？」

「嗯，是啊。」

母神夏娃開始搖著頭，就像是有別人在幫她搖。

她指指蘿西的胸口。

「現在怎麼會有人把妳當回事？」

蘿西將身體猛然一閃。

她眨眨眼說：「妳想要引發世界末日。」

母神夏娃說：「這是唯一的辦法，只有這樣才能贏。」

蘿西說：「但是妳知道會發生什麼事。我們會轟炸他們，他們也會轟炸我們，事態會愈擴愈大，之後美國會捲進來，還有俄羅斯、中東，還有……女人會跟男人一樣受苦，夏夏，如果我們把自己炸得倒退到石器時代，死掉的女人會跟死掉的男人一樣多。」

「最後我們會倒退到石器時代。」

「呃，對啊。」

「重建就需要五千年，這五千年當中唯一重要的事情就是：妳能否造成更多傷害、能否造成更多損毀、能否引起恐懼？」

「是嗎？」

「最後女人就會贏。」

房間裡瀰漫著一片寂靜，漫進蘿西的骨子裡，順著脊髓竄上去，她感到一種冰冷、液態的死寂。

「見鬼了，」蘿西說，「這麼多人都跟我說妳是瘋子，妳知道，但我從來沒相信過。」

母神夏娃帶著無比的平靜看著她。

「我一直都是說，『不是，如果妳有見過她，就會知道她很聰明，她經歷過很多事情，但她不是瘋子。』」她嘆了口氣，看著自己的手，手掌手背都看了一回。「幾年前我去找過妳的資料，我是說，我總得知道。」

母神夏娃看著他，眼神似乎從很遠的地方飄過來。

「要找出妳過去的身分並不是很難，網路上某些地方都找得到。愛莉森・蒙哥馬利—泰勒。」蘿西慢慢說出這些話。

「我知道，」母神夏娃說，「我知道是妳抹除了一切資料。我很感激，如果妳想問的是這個，我還是很感激。」

但是蘿西皺起眉頭，這一皺眉，愛莉就知道自己說那句話有某個地方說錯了，她的理解出了某個小小、不起眼的差錯。

蘿西說：「我懂，好嗎？如果妳殺了他，他大概該死。但是妳應該去查一查他老婆現在在做什麼。她現在姓威廉斯了，再婚嫁給了一個叫萊爾・威廉斯的人，住在傑克森維爾。她還在那裡，妳應該去查查。」

蘿西站了起來。「別這麼做，」她說，「拜託不要。」

母神夏娃說：「我會一直愛妳。」

蘿西說：「是啊，我知道。」

母神夏娃說：「這是唯一的辦法，如果我不做，他們也會。」

蘿西說：「如果妳真的希望女人能贏，去查查傑克森維爾的萊爾・威廉斯，還有他太太。」

愛莉點了一根香菸，她人在修道院一間望向湖泊的安靜石室裡。她用老方法點菸，在指尖爆出火花，捲菸紙滋滋作響後變黑，化成點點火光。她深吸一口，將菸納入肺部的最邊緣。她又是那個老樣子了，她已經好幾年沒抽過菸，腦子裡亂糟糟的。

要找到蒙哥馬利－泰勒太太並不難，在搜尋欄中鍵入五、六個字，她就出現了。她現在經營一個兒童之家，並接受新教派的援助與祝福。她是傑克森維爾最早的幾個成員之一。在他們兒童之家的網站上有一張照片，她的丈夫站在她背後，他看起來跟蒙哥馬利－泰勒先生非常相像，也許是高了一點，鬍鬚茂密了一點，臉頰也比較圓潤。但臉色不一樣、嘴型也不一樣。不過大概都是那一類的男人：軟弱的男人，這樣的男人即使在這一切發生之前，也還是會按照聽到的命令行事。又或者她是為了記得蒙哥馬利－泰勒先生。他們看起來是如此相似，愛莉發現自己摸著下巴那一塊蒙哥馬利－泰勒先生打過她的地方，就好像那一拳才剛落下來不久。萊爾．威廉斯和他的妻子夏娃．威廉斯，兩人一起照顧兒童。是愛莉自己的教派才讓這件事情成為可能。蒙哥馬利－泰勒太太確實一直都知道要怎麼操弄體制，從中得到最大的好處。她所營運的兒童之家，網站上談著他們所教導的「愛的管教」和「溫柔尊敬」。

她隨時都可以查的，她實在想不出為什麼她以前一直沒想過要回頭查查這段過去。

聲音說了一些事，說著：不要做；說著：轉過頭去；說著：離那棵樹遠一點，夏娃，手舉高。

愛莉沒有聽進去。

在那間遠眺湖泊的修道院房間裡有張書桌，書桌上有一具電話，愛莉拿起話筒撥了一個電話號碼。在很遠的地方，某間房子的走廊上，一張邊桌上鋪著一條鉤針編織桌墊，上頭的電話響了。

「喂？」蒙哥馬利—泰勒太太說。

「喂。」愛莉說。

「喔，愛莉森，」蒙哥馬利—泰勒太太說，「我一直希望妳能打來。」

如同第一滴落下的雨水，如同大地在說著：我準備好了，來抓我啊。

愛莉說：「妳做了什麼？」

蒙哥馬利—泰勒太太說：「只是照著聖靈命令我的去做。」

因為她知道愛莉在說什麼，在她心裡某個地方，儘管扭曲翻攪著，她確實知道。正如她一直都知道。愛莉在當下就發現了，「一切都會消失」只是個妄想，一直都只是個討人開心的夢。沒有一段過去、沒有一條嵌在人體上疼痛的線條、沒有什麼會永遠消失。愛莉正在創造新人生的時候，蒙哥馬利—泰勒太太也繼續著，隨著時鐘往前走，變得愈來愈可怕。

蒙哥馬利—泰勒太太繼續用輕快的語氣聊著天。她實在備感榮幸，母神夏娃居然會打電話來，不過她一直都知道她會；她明白愛莉使用這個名字代表的意義，表示她是愛莉真正的母親、是她靈性的母親，而且母神夏娃不總是說母親比孩子更偉大嗎？她也明白那是什麼意思，只有母親才知道怎麼做最好。她實在好開心、好愉悅，愛莉能夠理解她和克萊德為了她好而做的一切。愛莉覺得噁心。

「妳當時只是一個年輕女孩，性子太野了，」蒙哥馬利─泰勒太太說，「把我們逼得有夠煩的，我就知道妳體內藏著惡魔。」

愛莉現在記得了，畢竟這麼多年來，她都沒有拿出來在燈光下回想。她拉出藏在腦中深處的記憶，吹走這一堆破布上的灰塵。她伸出指尖攪動一下。她到了蒙哥馬利─泰勒家門前時，還是個吵吵鬧鬧的小孩子，睜著圓圓的小眼，就像小鳥一樣，狂放不羈。她的眼睛看著一切，什麼都要碰一下。是蒙哥馬利─泰勒太太把她帶來，是蒙哥馬利─泰勒太太想要她；她把手伸進葡萄乾的罐子裡時，也是蒙哥馬利─泰勒太太打她的屁股；是蒙哥馬利─泰勒太太抓著她的手，用力一扔就讓她跪下，命令她祈禱，求神能夠原諒她的罪。一次又一次，跪著祈禱。

「我們得驅走妳體內的惡魔，妳現在知道了對吧？」蒙哥馬利─泰勒太太說，她現在是威廉斯太太了。

而愛莉確實知道了。如今，在她看來是如此清楚，彷彿她就從他們自己的客廳玻璃窗外看著。蒙哥馬利─泰勒太太努力祈禱，想讓惡魔離開她，把惡魔打出來，接著她有了新的點子。

「我們所做的一切，」她說，「都是因為愛妳。妳必須學會規矩。」

她記得那些晚上，蒙哥馬利─泰勒太太會把廣播上的波卡舞曲放得非常大聲，接下來蒙哥馬利─泰勒先生就會上樓教她規矩。她一下子全都記得了，完全清清楚楚，那些事情發生的先後順序。先是波卡舞曲音樂，之後是上樓來。

在每個故事背後都還有一個故事；一隻手裡還藏著一隻手，愛莉知道得還不夠清楚嗎？一擊的背後還跟著一擊。

蒙哥馬利—泰勒太太的聲音既狡猾又充滿自信。

「我是妳的新教派在傑克森維爾的第一個成員，母神。我在電視上看到妳的時候，我就知道神送妳到我面前是一個徵兆。我知道我們收留妳的時候，是母神透過我在行事，祂知道我所做的一切，都是為了榮耀祂。是我讓警方紀錄消失的，這些年來我一直在照顧妳，親愛的。」

愛莉想起在蒙哥馬利太太家中發生的所有事情。

她無法一一抽絲剝繭，她從來沒有將那些經驗切成獨立的時間軸，好逐一詳細、特別檢視。記得這一切就像一道燈光突然投向大屠殺現場一樣，身體殘肢、機械和混亂，聲音從尖細的哭叫演變成扯開喉嚨的尖聲吶喊，然後突然切換成了低鳴，幾近死寂。

「妳明白，」她說，「神在我們體內行事。我們所做的一切，克萊德和我，因為有我們這麼做，妳才能在這裡。」

蒙哥馬利—泰勒先生每一次壓在她身上的時候，她感覺到的都是她的撫觸。

閃電安躺伊掌中，伊令擊之。

愛莉說：「是妳教他傷害我。」

蒙哥馬利—泰勒太太，現在是威廉斯太太了，她說：「我們不知道還能拿妳怎麼辦，小天使。不管我們說什麼，妳就是不肯聽。」

「妳現在也在做一樣的事情嗎，對其他的孩子這麼做？對妳照顧的那些孩子？」

但是蒙哥馬利—泰勒太太，現在是威廉斯太太了，一直都很奸詐，即使她陷入瘋狂了也一樣。

「所有孩子都需要不一樣的愛，」她說，「我們會去進行照顧他們所需要做的一切。」

孩子生來都是這麼小，無論是男孩或女孩，生來都是如此脆弱、如此無力。

愛莉相當平靜地回過神來。她體內的所有暴力都已經發散了百回，這件事情發生的時候，她很冷靜，飄浮在風暴之上，看著底下的怒海濤濤。

她將片段拼湊在一起，分類再分類，要耗費多少才能將之拼到正確的樣子？調查、記者會、招認；如果那是蒙哥馬利－泰勒太太，那麼其他事情也有依據了。或許超出她所能估量的範圍。她自己的名譽將會受損，一切都會曝光：她的過去、她的故事、所有謊言和半真半假的宣言。她可以安靜地把蒙哥馬利－泰勒太太移到別的地方，或許甚至可以找個方法殺了她；但是若告發她，就等於揭發一切。她要是斬草除根，就等於拔掉自己的根基；她自己的根基已經開始腐爛了。

想到這裡，她就回不去了。她的心智離開了自己的身體。有那麼一會兒，她不在那裡。聲音想說些什麼，但是她頭顱內呼嘯的風聲實在太大，其他的聲音如今也大量湧了進來。在她腦中，一時間全面開戰打成一團，撐不下去了。

過了一陣子，她對聲音說：成為妳就是這種感覺嗎？

聲音說：去死啦，我早告訴妳不要這麼做。妳根本不應該跟那個蒙克交朋友。我跟妳說過了，妳卻不肯聽。她只是一個士兵。妳需要朋友做什麼？妳有我了，妳一直都有我。

愛莉說：我從來沒擁有過什麼。

聲音說：好啊，現在是怎樣，妳不是很聰明嗎？

愛莉說：我一直很想問妳，妳是誰？我已經懷疑一陣子了，妳是蛇嗎？

聲音說：喔，就因為我會罵髒話、教妳做這個做那個，妳就覺得我一定是惡魔嗎？

我有想過，再說，我們現在這個情況，我要怎麼分辨哪一邊是好人、哪一邊是壞人？

聲音深吸一口氣，愛莉以前從來沒有聽過聲音這麼做。

聽著，聲音說，我們現在的狀況很麻煩，我同意。有些事情妳絕對不應該去查，但是現在妳已經去查、去看了。我之所以存在的目的就只是幫妳把事情變得單純，懂嗎？那就是妳想要的。單純感覺很安全，確切感覺很安全。

我不知道妳有沒有發現，聲音說，但是妳現在就躺在辦公室的地板上，電話夾在妳右耳下，聽著嗶嗶的聲音，而且妳止不住發抖。隨時都會有人進來，看見妳這個樣子。妳是手握大權的女人，如果妳不快點振作，壞事就要發生了。

所以我現在要給妳蓋被被、安慰妳了。也許妳會了解，也許不會。妳的整個問題本身就問錯了。誰是蛇、誰是神聖母神？誰是壞人、誰是好人？是誰說服另一個人吃蘋果？誰有力量、誰沒有？所有這些問題都問錯了。

事情比這個更複雜，小甜甜。不管妳認為有多複雜，一切事情總是還要更複雜。凡事沒有捷徑，追求理解沒有、追求知識也沒有。妳不能定型每一個人。聽著，就算是一顆石頭，也跟其他石頭不一樣，所以我不知道你們是哪來的想法，覺得只要貼上「人類」這個標籤就沒事了，覺得你們就知道所需要知道的一切了。但是大部分的人不能就這樣活著，就算只是一下下也不行，他們說：只有非凡的人才能跨越疆界。但事實是：人人都能跨越，人人都有這個能力；但是只有非凡的人才敢與之對視。

聽著，我甚至不是真的；或者，不是像妳以為的「真實」那麼真。我只是在這裡跟妳說妳想聽的話。但是妳們這些人想要的東西，我跟妳說啊，哼哼。

很久以前，聲音說，有另一個先知來告訴我，有些跟我交好的人想要一個王，我跟他們說了一個王會做什麼，他會抓他們的兒子去做他的士兵、抓他們的女兒做他的廚子。我是說，如果那些女兒運氣好的話，對吧？他會對他們的莊稼、葡萄酒、牛隻課稅。這些人可沒有平板電腦，妳懂我的意思，莊稼、葡萄酒和牛就是他們所擁有的一切。我說：聽著，王基本上就會把你們變成奴隸，到那個時候，你們就別來跟我哭訴。王就是會做這種事。

我能說什麼呢？這就是人類啊。你們人類就是喜歡假裝事情很簡單，就算自己得承擔後果也一樣。他們還是想要一個王。

愛莉說：妳是想跟我說，其實根本沒有所謂正確的選擇嗎？

聲音說：從來就沒有正確的選擇，小親親。整個重點就是，有兩種選擇，而妳得擇其一，這才是問題。

愛莉說：那麼我該怎麼做？

聲音說：聽著，我老實跟妳說吧：我對人類不如過去那樣樂觀了，對不起，事情對妳而言已經不再單純了。

愛莉說：天色暗了。

聲音說：真的。

愛莉說：好吧，我懂妳說的。很開心跟妳合作。

聲音說：我也是。我們在另一頭見了。

母神夏娃睜開眼睛，她腦中的聲音消失了。她知道該做什麼。

磨難中的聖子，這是一尊邪教的小雕像。年代大約等同於第五十二頁的神聖母神肖像。

瑪格助理書桌上的電話響了。

她在開會中。助理告訴打電話來的人，克里瑞參議員目前無法接聽，但可以留話給她。

克里瑞參議員正在跟北極星企業以及國防部開會，他們想聽聽她的意見。她現在是大人物了，總統都會聽她的。現在不能打擾克里瑞參議員。

電話另一頭的聲音又說了幾個字。

他們告訴瑪格的時候，先讓她坐在她辦公室裡的奶油色沙發上。

他們說：「克里瑞參議員，我們有個壞消息。」

「我們收到聯合國的訊息：他們在森林裡找到她，她還活著，但情況危急。她受的傷……非常嚴重。我們不知道她是否撐得過來。」

「我們認為，我們知道發生了什麼事。那個男人已經死了。」

「非常遺憾，參議員，真的非常遺憾。」

瑪格墜下去了。

她親生的女兒。曾經將指尖放在瑪格的掌心，讓她擁有了電擊力量；她曾經揮動著小手，捲起瑪格的拇指緊緊抓住，讓瑪格第一次發現她才是強壯的那個，從現在起直到永遠，她都會將自己的身體擋在這小東西和傷害之間，那是她的工作。

喬思琳三歲的時候，曾經有一次，她們在她父母農場上的蘋果園裡探險。媽媽帶著她的小女兒，總是那樣慢慢來又專注無比，因為有個三歲小孩要撿起每片葉子、每顆石頭、每塊碎片細細檢視。時節已是深秋，風吹落的果實才正要腐爛。小喬蹲下去，翻動一顆變成深褐色的果實，一群黃蜂從果實上飛了起來。瑪格從小就一直都特別害怕黃蜂。她抱起小喬，雙手包圍著她，將她緊緊貼在胸前。等到她們又安安穩穩地坐在沙發上，瑪格才發現自己被叮了七次，腫包在她漂亮的右手上排成一排，她甚至沒有感覺到。那是她的工作。

她發現自己跟他們說了這個故事，語氣急促，還帶著哀鳴。她講起這個故事就停不下來，彷彿只要講了這個故事，就能回到過去，只要倒轉一點點，讓自己的身體擋在小喬和找上她的傷害之間。

瑪格說：「我們要怎麼阻止這件事發生？」

他們告訴參議員，事情已經發生了。

瑪格說：「不，我們要怎麼阻止這件事再次發生？」

瑪格腦中有個聲音說：事情不能一蹴可幾。

在那個當下，她看透了一切，那是力量之樹的形狀。從根部到頂端，分枝再分枝。當然，老樹依然會矗立著。只有一個辦法，那就是把一切炸成碎片。

愛達荷州鄉間的一個郵箱中放著一個包裹，已經三十六個小時無人認領了。那是一個有內襯的黃色信封，大約三本平裝書的大小，不過搖動時會發出聲響。被派來郵局取件的男人狐疑地感覺了一下，上面沒有回郵地址：加倍可疑。但是重量又不是很重，或許不是土製炸彈。他用美工刀沿著邊緣割開信封，只是想確定一下。八捲還未沖洗的相機底片一個個滾到他手掌裡，他又往裡頭看了看，有筆記本跟隨身碟。

他眨眨眼。雖然他還挺狡猾的，卻不聰明。他猶豫了一會兒，認為這個包裹也許又是一堆要寄給那群男人的垃圾，那些男人不只是不滿，還更瘋狂。他們以前也為了無意義的垃圾浪費過時間，有些男人聲稱自己代表了新秩序的開端。他自己也被都市解密罵過一頓，他曾經帶回一些包裹，裡面的手工瑪芬蛋糕或是莫名其妙送來的四角褲和潤滑劑可能藏著追蹤裝置。他隨意拿出一疊筆記，讀著整齊的筆跡。

「今天在路上，我是第一次害怕了。」

他坐在自己的小貨車上考慮了一下。有一些他想都不想就丟掉了，也有一些他知道自己必須帶回去。最後，他腦海裡慢慢閃過一個念頭，這些相機底片和隨身碟裡面或許有裸照，不如就看看裡面有什麼也好。小貨車裡的男人把底片放回信封袋裡，又把筆記塞回去。反正都帶著。

母神夏娃說：「眾口一聲時最為強大，那就是力量。」

群眾吶喊著表示贊同。

「我們現在就是眾口一聲，」她說，「我們是一條心，而且我們要呼籲美國加入我們，一起對抗北方！」

母神夏娃舉起手讓眾人安靜下來，露出她掌心的眼睛。

「地球上最強大的國家，是我出生長大的土地，是否會袖手旁觀，任由無辜女性遭到屠殺、自由遭到摧毀？他們是否會沉默看著我們被燒毀？如果他們拋棄了我們，還有誰是他們不能拋棄的？我呼籲世界各地的女人，見證這裡所發生的一切，見證後才知道妳身上可能發生什麼事。如果妳的政府中有女性，要她們發聲，要求她們的行動。」

修道院的牆很厚，修道院的女人很聰明，而母神夏娃警告她們末日即將來臨、只有正義的一方才能獲救的時候，她就能呼籲這個世界施行新秩序。

凡有血氣的人就要走到盡頭了，因為地上充滿了暴力，所以造一艘方舟吧。

事情會很單純，那就是她們所想要的。

日子就這樣一天又一天過去，一天再過一天。等著喬思琳痊癒的這段日子，很顯然她永遠不會完全康復了，而瑪格的心中也硬了一塊。

她上電視談論小喬的傷勢。她說：「恐怖份子會攻擊任何地方，無論是國內或國外。」她說：「最重要的是，無論我們在世界各地或是國內的敵人，都必須知道我們很強大，我們將會復仇。」

她俯視著攝影機鏡頭說：「不管你是誰，我們都會復仇。」

她絕對不能露出軟弱的樣子，尤其在這個時候。

沒過多久電話就來了。他們說有一個極端份子團體傳來有力的威脅，他們不知如何取得了女性共和國內部的照片，在網路上到處張貼，說這些照片的拍攝者是一個我們都知道已經死了好幾個禮拜的男人。這些照片很可怕。或許經過軟體修圖，不可能是真的。他們甚至沒有提出要求，就只是表達出憤怒、恐懼，還威脅要發動攻擊，除非——天啊，我不知道，瑪格——除非是我們採取行動吧，我想。北方已經用飛彈威脅貝沙帕拉了。

瑪格說：「我們應該採取行動。」

總統說：「我不知道，我覺得我應該遞出橄欖枝求和。」

而瑪格說：「相信我，在這樣的時刻你必須表現得更為強悍，當個強勢的領袖。如果那個國家一直在幫助我們國內發展起來的恐怖份子，讓他們愈來愈偏激，我們就必須讓他們知道，全世界都必須知道，美國願意把事情鬧大。你發出一道電擊打我們，我們就回敬兩道。」

總統說：「我實在不知道該怎麼說我有多尊敬妳，瑪格，即使發生了那樣的事，妳還是能堅持下去。」

瑪格說：「我的國家優先。我們需要強大的領導。」

在她的合約裡，如果北極星派遣到世界各地的軍隊在今年能達到五萬名女性，她就能領到分紅。這筆分紅足以讓她買下一座私人小島了。

總統說：「妳知道那些謠言吧？聽說他們拿到了前蘇聯的化學武器。」

瑪格在心裡想著：全都燒光吧。

那段日子當中醞釀著一種想法，那就是五千年並不是一段很長的時間。現在已經發生了一些事情，必須有個結論。如果一個人走路時拐錯了彎，不就必須往回走，這麼做有何不妥嗎？畢竟，我們以前就做過了，可以再做一次。這一次不一樣，這一次更好。拆掉老房子，重新再來。

歷史學家談起這個時刻的時候，他們說著「緊張情勢」和「全球局勢不穩」，推斷的結論是「舊結構的再生」以及「固有信仰模式的僵化」。力量自有其道，她在人的身上行事，人也藉她行事。

力量何時存在？只有在運用力量的當下才存在。對擁有絞軸的女人而言，每件事看起來都像爭鬥。

都市解密說：動手吧。

瑪格說：動手吧。

阿瓦蒂．阿提夫說：動手吧。

母神夏娃說：動手吧。

妳能收回閃電嗎？或者，閃電會回到妳手中嗎？

蘿西跟她父親坐在露台上遠眺著海洋。想想也不錯，不管發生了甚麼，海洋仍會一直存在。

「好了，爸，」蘿西說，「你那次又搞砸了，對吧？」

柏尼看著他的手，手心手背都看了一回。蘿西記得她曾經認為那雙手是世界上最可怕的東西。

「是啊，」他說，「應該吧。」

蘿西說話時，語氣中帶著微笑。「學到教訓了，是吧？下次會換個做法嗎？」

父女倆都笑了，柏尼把頭往後仰看著天空，露出他一口染著尼古丁的牙齒和牙齒裡的填充物。

「我真的應該殺了你的。」蘿西說。

「是啊，妳真的應該。可不能心軟啊，女兒。」

「她們就是一直這樣跟我說的，也許我也學到教訓了，也真夠久的。」

在地平線那端，一道閃光劃過天際。帶著粉紅及褐色，不過已經將近午夜了。

「來點好消息，」她說，「我想我認識一個男人了。」

「是嗎？」

「早些時候，」她說，「還有這一切，是有點複雜。不過，是啊，或許吧。我喜歡他，他喜歡我。」

她像過去那樣從喉嚨深處發出粗啞的笑聲，「我幫助他離開一個國家，那裡到處都是想殺他的瘋女人，而且我還有一座地底碉堡。所以顯然他喜歡我的。」

「讓我抱孫嗎？」柏尼充滿希望地問。

戴瑞和泰瑞都死了，瑞奇再也不能傳宗接代了。

蘿西聳聳肩，「或許會。總會有人撐過這一切的，對吧？」

她冒出一個念頭，微笑著說：「如果我有了女兒，我敢說一定他媽的很強。」

他們又喝了一杯後才走下露台。

從《夏娃之書》中摘錄的偽經

在土耳其卡帕多西亞一處洞窟中發現，約有一千五百年歷史。

力量之形皆然：為無限制、為複雜，永遠不斷分枝。既如樹木般有生氣，便不斷成長；既包含己身，便為多數。無法預測其方向，遵行自己的法則。僅看橡實，無人能推斷其來自橡樹冠上哪一葉、哪一枝。愈是靠近看，愈是多變。無論你認為有多複雜，總是比之更為複雜。有如江河入海，有如閃電擊之，其面目可憎而不受控制。

人類非由自身意志塑造，而是經歷同樣的有機過程，無可察覺、無可預測、無可控制，令展開的葉片隨季節變換，令細小枝條結出花蕾，令根部擴展，錯綜交纏。

即使一顆石頭也不會與其他石頭相同。

萬物無形，唯己身之形而已。

我們給予自身的所有名字都錯了。

我們的夢境比醒來時更為真實。

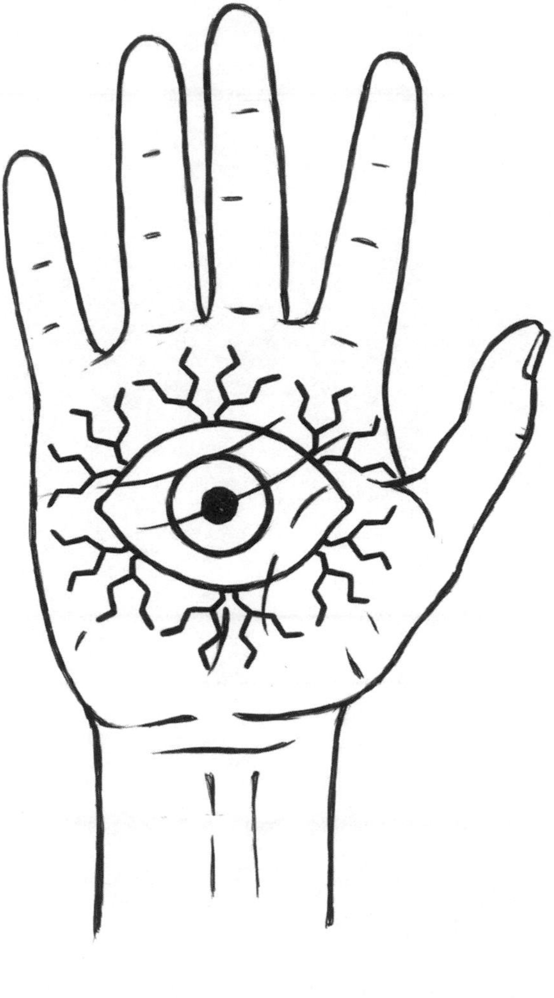

親愛的尼爾：

好！首先我一定要說，我喜歡你的「雜耍演員版」母神夏娃！我在地下馬戲團中有看過一些這樣的表演，而且我印象非常深刻，其中一個女人讓我對每個人揮手，就連席林事後也不敢相信那不是我自己做的。我想，在古老文獻中有很多事情在那方面都算可靠。我也看到你對圖德的描寫，我相信那樣的事情在過去幾個世代以來都發生在幾千個男人身上：錯認作者，將匿名的作品假設出自女性之手；男性幫助自己的妻子、姊妹或母親完成作品，卻得不到任何肯定。還有沒錯，單純的剽竊。

我有一些問題，是關於這本書一開始所寫的男性士兵。我知道你要跟我說考古挖掘已找到男性戰士雕像。但說真的，我想這就是我這些問題的關鍵：我們要怎麼確定那些雕像不是來自於少數孤立的文明？幾百萬個當中的一、兩個？我們在學校裡有讀過，女人會讓男人打架當作娛樂。我想你的很多讀者大概甩不掉這個印象，在讀到印度或阿拉伯的男性士兵時，或是那些想要挑起戰爭的虔誠男人，或是為了性交而把女人鎖起來的男性幫派時……有些女人還有過這樣的幻想（我可以坦白說嗎？我應該坦白說嗎？我一想到這個，我……不，不行，我不能坦白說。）！不過還不只是我，親愛的，恐怕一整隊穿著連身軍服或警察制服的男人真的會讓大多數人聯想到某種性癖好！

我相信你在學校裡學到的也跟我一樣。末日的發生是因為舊世界中的幾個不同派系無法達成共識，而他們的領袖都太蠢了，竟然各自以為他們可以打贏全球性的戰爭。我看到你也寫在書上了。你還提到核武及化學武器，當然也能理解針對資料儲存裝置的電磁戰所帶來的影響。

可是這樣的歷史論點真的能夠解釋，在末日之前大多數女人都沒有絞軸嗎？我知道我們偶爾會發現在末日之前塑成的女性雕像沒有絞軸，但那可能只是藝術創作者的選擇。假設是女人挑起了戰爭，一定會比較有道理吧。我直覺認為——我希望你也是這麼認為——由男人統治的世界應該會比較和善、比較溫柔、比較有愛，自然更適合養育生命。你有沒有考慮過演化心理學？男性經過演化，變成強壯的工人、善於持家，而女性為了保護嬰兒不受傷害，則演化出攻擊性和暴力。在人類社會中曾經存在過的少數部分父權社會，一直都是相當和平的地方。

我知道你要告訴我軟組織無法妥善保存，我們沒辦法在五千年前的屍體上尋找絞軸存在的證據，但這難道不會也讓你猶豫一下嗎？你的詮釋所能解答的問題，有哪個是世界史標準模式無法解答的？我是說，這點子很聰明，我很佩服你，也許光憑這個原因就很值得這麼做，就當成一個有趣的練習。但是我不知道這對你的目標有沒有助益，就這樣提出一個無法得到支持或證明的論點。你或許要說，一部歷史或小說作品的目的不是為了有助於什麼目標。好了，我開始自己跟自己爭論了。我等著你的回覆，只是想在評論家挑戰你的論點之前先這麼做。

致上許多的愛

奈歐蜜

最親愛的奈歐蜜：

首先要謝謝妳花時間和心力讀過手稿。我很擔心讀起來根本不連貫，恐怕完全說不通了。

我必須說，我……對演化心理學，至少跟性別有關的那部分，沒什麼想法。至於說男性是否天生比女性更為和平、懂得養育生命……我想應該要讓讀者去決定。不過妳想想看：父權社會之所以和平是因為男性天性和平嗎？或者說，比較和平的社會傾向讓男性爬到較高的位置，是因為他們比較不重視使用暴力所能做到的事情？以上只是問問。

看看妳還問了什麼？喔，男性戰士。我是說，我可以寄給妳幾百張照片，都是部分或完整的男性士兵雕像，在世界各地都有出土，而且我們都知道有多少次行動是為了完全抹除過去那段時間的所有痕跡。我是說，光我們所知道的就已經有好幾千次了。我們找到這麼多被敲碎的雕像和雕刻，這麼多遭到鑿刻的標記石。如果這些沒有遭到摧毀，想想可能會有多少男性士兵的雕像，我們想要怎麼詮釋都可以。但事實其實還滿明顯的，在五千年前是有很多男性士兵。人們不相信，是因為這跟他們原本的想法不符。

至於妳覺得男人當兵可不可信，或者是妳對一整隊穿制服男人的性幻想……我可沒辦法負責，小奈！我是說，我懂妳的意思，有些人只會把這當成廉價的情色讀物；寫了一段強暴戲，總不免會有人懷著低俗的想法。但是真正嚴肅的人會看到背後的意義。

喔，對了，好，妳問：「這樣的歷史論點真的能夠解釋，在末日之前大多數女人都沒有絞軸嗎？」答案是：沒錯，真的可以。至少，妳得忽視一大堆考古證據，才會相信女人一直都有絞軸。這就是我在前一本歷史著作中一直想表達的，但是妳也知道，我想沒有人想聽。

我知道妳應該不是故意要表現出一副很了不起的樣子，但對我來說這並不只是「有趣的點子」。我們是如何看待自己的過去，便能看出我們認為如今會有什麼可能的發展。如果我們一再老調重談，卻不正視眼前有明確的證據，說明並非所有文明都跟我們有相同想法……我們就是在否認一切都有可能改變。

喔，天啊，我不知道。我現在這樣寫，卻比之前覺得更不確定了。妳還有在哪邊讀到什麼特別的地方，讓妳覺得對這本書有疑慮呢？我也許可以再改進。

致上許多的愛。再一次謝謝妳願意讀，我真的很感謝。等妳的書寫完了，我相信一定又是一本傑作！我一定會為每一章都認真寫一篇評論文章，是我欠妳的！

致上愛

尼爾

⚡

親愛的尼爾：

沒錯，我說「有趣」時，當然不是指「不算什麼」，或是愚蠢。我希望你知道我從來沒有這樣想過你的作品。我非常敬重你，一直都是。

不過好吧，既然你都問了……我有一個顯而易見的問題。你在書中所寫的一切跟我們小時候讀過的這麼多歷史書都有牴觸，而這些歷史書都是根據傳統記述而來，就算不能追溯到千年前，至少也有百年前。你認為發生了什麼事？你真的認為大家都對過去的事情說了一大堆謊嗎？

致上所有的愛

奈歐蜜

⚡

親愛的奈歐蜜：

謝謝妳這麼快就回覆！那麼，回答妳的問題：我不知道我是否有暗示大家都在說謊。

當然，一來我們並沒有超過一千年以上的原始文獻。我們所有在末日之前的書籍都已經重新抄寫過幾百次了，有很多機會可以出錯。還不只是錯誤，所有抄寫員都會有自己的立場，兩千多年來，就只有修道院的修女在做抄寫工作。如果她們只挑選能夠支持她們觀點的作品來抄寫，讓其他作品腐朽成破碎的紙片，我想一點也不誇張。我是說，她們何必抄寫那些說以前男人比較強壯、女人比較柔弱的作品呢？那是異教邪說，她們會因此而下地獄的。

這就是研究歷史的麻煩，不在眼前的東西就看不到。你可以看著空蕩蕩的空間，知道少了東西，但卻無法知道那些東西是什麼。我只是……在空白地方畫畫。這不是攻擊。

致上我的愛

尼爾

最親愛的尼爾：

我一點都不覺得這是攻擊，只是比較難理解這本書裡有時候對女人的描述。我們經常討論這個。「身為女人的意義」有多大程度是跟力量、無所畏懼和不感痛楚綁在一起的。我很慶幸我們能有真誠的對話，我知道你有時候會覺得很難跟女人建立關係，我也能理解為什麼。不過我真的很慶幸在我們各自的背景下還能維持友誼。在我說些永遠不能告訴席林或孩子們的話時，有你的傾聽對我真的很重要。移除絞軸那一幕實在很難讀下去。

致上我的愛

奈歐蜜

親愛的奈歐蜜：

謝謝妳，我知道妳很努力了，妳是屬於善良的那些人。

小奈，我真的很希望這本書能讓事情變好。我覺得我們可以做得更好。這件事對我們並不「自然」，妳知道嗎？有一些對男性最可怕的剝削行為，至少就我看來，在末日之前的時代，從來就沒有發生在女性身上。三、四千年前，十個男嬰中殺掉九個也屬正常。靠，現在還有一些地方會經常墮掉男嬰，或是將他們的陰莖「抑制」。這在末日之前的時代絕對不會發生在女性身上。我們之前聊過演化心理學，那麼就演化的觀點而言，沒有一種文化會大量墮掉女嬰或是亂搞她們的生殖器官！因此，我們這樣的生活並不「自然」。不可能，我不相信如此，我們可以有不同的選擇。

這個世界之所以是現在這個樣子，是由五千年來根深蒂固的權力結構所造成。而這樣權力結構是奠基於過去更為黑暗的時代。當時更為暴力，唯一重要的事情，就是妳和妳的親人是否能發出更強的電擊？但是我們現在不必這樣行事，只要我們理解這些想法從何而來，就可以用不同的方式看待自己、想像自己的可能性。

性別就是一場猜東西在哪個貝殼裡的賭注。什麼是男人？不是女人的就是。什麼是女人？不是男人的就是。拍拍看，聽見空空如也的聲音，看看貝殼底下：什麼也沒有。

親親

尼爾

最親愛的尼爾：

我整個週末都在思考這件事情。有很多需要考慮和討論的東西，我想我們最好見面詳細談過一次。因為我擔心我寫下來，你可能會解讀錯誤，我不希望這樣，我知道這對你而言是敏感話題。我會請我的助理看看能否安排幾個日期，我們一起吃午餐。

不是說我不支持這本書。我真的喜歡它。我想要確保這本書能夠觸及到最多可能的讀者。

我現在有個提議。你對我說過，你所做的一切受到多少性別限制，你有多努力來逃離這樣的框架，那就有多可笑。你所寫的每本書都被評價為「男性文學」的一部分，所以我的提議只是對此的回應。真的，僅此而已。不過男人長久以來都有這樣的傳統，可以設法脫離這樣的束縛，你不會寂寞的。

尼爾，我知道以下提議可能會令你反感，但是你有沒有考慮過用女性的名字來出版這本書？

致上最多的愛

奈歐蜜

致謝

對瑪格麗特・愛特伍的感激永遠不夠，她在這本書只不過有個影子的時候就對它很有信心，在我動搖的時候告訴我，這本書一定還有活路，不會死去。感謝與凱倫・喬伊・富勒和娥蘇拉・勒瑰恩一席令人茅塞頓開的談話。

謝謝勞力士的吉兒・莫里森和ＢＢＣ的愛勒桂・麥伊瑞讓這些談話得以成真。

感謝英國藝術協會，以及勞力士創藝推薦資助計畫，有了他們的資金援助讓我能夠寫成這本書。謝謝我在企鵝出版社的編輯瑪莉・芒特，以及我的經紀人維若妮可・巴克斯特。謝謝我在美國利特布朗出版社的編輯愛西亞・莫區尼克。

謝謝一群善良的女巫在某年冬日裡救了這本書：薩曼珊・艾利斯、法蘭西絲卡・席格，還有瑪蒂達・葛雷格利。也謝謝蕾貝卡・勒維恩，她知道要如何在故事裡讓事件發生，也在這本書裡製造了一些有趣的安排。感謝克萊兒・柏林尼和奧利佛・米克讓這本書再度啟動。謝謝我的讀者和評論者給予我勇氣和信心：尤其是吉莉安・史登、賓姆・埃德汪米、安德莉亞・菲力普斯，和莎拉・佩瑞。

感謝和比爾・湯普森、伊高・埃宣、馬克・布朗、班傑明・埃利斯博士、艾利克斯・麥克米蘭、馬許・戴維斯的男子漢對談。感謝早先和我討論的賽柏・埃米納和艾居安・洪，他們對未來的認知就像我過去認識的神一樣：如此無所不在而閃耀著。

謝謝彼得．瓦茲帶我認識海洋生物學，幫助我想通要怎麼把生物電池放進人體裡。也感謝ＢＢＣ的科學小組，尤其是黛博拉．柯恩、艾爾．曼斯菲爾德，以及安娜．巴克利，讓我可以更為滿足對電鰻的好奇心，是我過去想都不敢想的。

謝謝我的父母，也謝謝愛絲特及羅素．唐諾夫夫婦、丹妮葉拉、班傑和薩拉。

書中的插圖出自馬許．戴維斯之手。有兩張圖，也就是「侍男」和「女王祭司」是根據真正的考古發現繪製，發現地點在印度河流域的摩亨卓達羅中一座古城（不過顯然是沒有黏著平板電腦）。我們對摩亨卓達羅的文化知道不多，有些發現顯示，他們或許在某些有趣的方面持著一定的平等主義。不過雖然缺少記載，挖掘出文物的考古學家將第二六〇頁上畫的滑石頭像命名為「國王祭司」，然後將第二五九頁上的女性銅像命名為「跳舞的女孩」，現在依然這樣稱呼。有時候我會覺得，這整本書只要靠著這樣的事實和插畫就足以表達了。

【推薦】女烏托邦預言史

◎難攻博士

這本小說圍繞著兩個主題：「覺醒」還有「翻轉」；而原書名也相當直接簡潔，就叫「力量」（The Power）。

「覺醒」的，是沉睡已久的「力量」；而這股「力量」開始「翻轉」了人們覺得幾乎亙古不變的性別階級。

翻開《電擊女孩》，仔細閱讀前幾個章節，一股彷彿美漫《X戰警》的印象猛然襲來：那是關於青少年如何在所謂「突變潮」席捲人類新世代的衝擊中，一面惶恐地調適身心靈幾乎失控的青春期能力爆發，同時還得應付成人社會強加己身的規訓制約與異己迫害；內在和外在陷入鬥爭混戰，試圖重新建立自我認同與定位的一場隱喻戰爭。

誕生於一九六〇年代的《X戰警》之所以大受歡迎，有其歷史上的「反省」與「覺醒」脈絡：遠因是二次大戰納粹猶太集中營敗亡所勾起的種族歧視「反省」；近因則是由美國黑人民權領袖馬丁・路德・金恩（Martin Luther King, Jr）與麥爾坎・X（Malcolm X）所掀起的「覺醒」運動；再佐以科幻漫畫消費主力族群青少年們對青春期「轉大人」那股從內而外脫胎換骨的「力量迸發現象」。以「變種人」（Mutants）作為隱喻核心的《X戰警》迅速成為大眾娛樂顯學，成為那個時代的文化標誌之一，至今不衰。

不過，雖然關於「力量」與「覺醒」的描寫喚起這段似曾相識之感，但我曉得《電擊女孩》想挑戰的是人類歷史上更加結構性的壓迫：撲天蓋地的父權壓迫。

不同於種族、膚色、階級甚至世代之間權力議題的顯性特質，讓人得以藉由清晰具象的組織動員與論述言說，逐步取得顛覆可能；有史以來，由男性所一手主導、關於「性別」幾乎無孔不入的箝制，早已深入人類文明的各個隙縫：舉凡宗教信仰、語言文字、道德禮教、社會婚俗、法令規約、教育馴化……無不讓西蒙·波娃（Simone de Beauvoir）筆下的「第二性」（Le Deuxième Sexe）長期以來幾乎連「覺醒」的觸發可能都被消滅殆盡，更別提縱使歷史上零星出現過的平權覺醒火花，也總被（不分男女的）父權巨浪無情烙上「女巫」、「異端」、「淫邪」、「敗德」……種種妖魔化標籤，灰飛煙滅於男尊女卑的「意識形態第二自然」之下。

倘若，這世上真能出現一次「突變潮」，而且是女性專屬的「突變潮」，讓「女性」這個族群因為某種生理力量的「覺醒」，進而延燒，擴散成心理力量的集體「覺醒潮」，那有沒有搞頭？

當然有搞頭，一如《夏娃之書》十三至十七節所言：

> 力量之形皆然，為樹木之形。由根至頂，自主幹分枝又分杈，愈散愈廣，愈廣愈細，如指尖外探。力量之形有如活物，輪廓外張，觸鬚細長，再往外些許，更往外些許。
>
> 亦為河川奔流向海之形。潺潺水流匯成小溪，小溪而成河流，河流又成滾滾大江，淼淼匯聚而成洶湧之勢，壯大自身，前撲加入宏偉之大海。

> 亦為閃電自上天擊中土地之形。空中分枝錯節的裂口成為血肉上的印記或土地上的圖形。電擊壓克力板，同樣會出現這些獨特的圖形。人們驅使電流按照電路和開關的安排行動，而電卻想化為活物之形，如蕨葉，如枝幹——電流擊其中心點，其力量則向外擴張。

此事要成，這一股只有女人才能具備的力量，將結構性地「翻轉」目前的「男女天性」，徹底將「第二性」的屈位嚴嚴實實地賜予所有男人，直到成為無所質疑且無可遁逃的「自然」為止。

事實上，關於這類「性別翻轉」的（反烏托邦？）作品，《電擊女孩》當然不是第一部，甚至更不是最令（男女都）驚駭的一部。要想將「性別宰制」這種早已內化到日常生活中每個隙縫的無感議題一舉核爆，讓人既無法別開目光也無法移開腳步，反烏托邦（dystopia）文學傳統通常有兩種語不驚人死不休的作法——

一種是將既有父權結構「宰制等化器」上所有的旋鈕，都毫不留情地開到最強，讓男男女女來見識一下那個極端世界的「荒謬」，然後再回歸現實反省自身，重新看見那些原本以為裡所當然的性別失衡。這種典型的代表作品，除了瑪格麗特・愛特伍（Margaret Atwood）最令人震顫的《使女的故事》之外，應該沒有更好的例子了。這部作品讓你窺見一個男權君權神權三位一體的未來美國，在那個世界當中，女人的社會位階別說是「第二性」了，根本連「人類」的身分還存在與否都令人懷疑：女人沒有自己的名字、沒有自己的人生、沒有自己的自由、沒有自己的情感、甚至沒有自己的身體……反抗？沒有這種觀念。紙本小說光是文字都讓我毛骨悚然，更別提改編成劇集的影像版本，我至今仍沒有勇氣找來看。

瑪格麗特・愛特伍曾說，她會寫進書裡的，一定都是現實社會或人類歷史當中真正發生過的事情。那意味著《使女的故事》書中所見的每一件殘酷，也都曾真真確確地被施加在某個（女）人身上，而這本書不過是將那些（也許仍在發生的）鬼畜虐心蒐羅起來集合成冊罷了。這段話的後設恐怖，令我汗毛直豎……

《使女的故事》這種類型正提醒著（女）人們：不要輕忽任何一點性別平權上的讓步，面對父權貪得無饜的蠶食鯨吞，退一步不會海闊天空：退一步即無死所。

而除了這種「打到滿檔」的反烏托邦套路之外，關於「女性覺醒」還有另一種極端（也超級恐怖）的思想電擊：姊妹們！來建立一座完全女權至上、男性低賤如僕役如畜生的「烏托邦世界」吧！讓男人清清楚楚地閱讀自己與女性易地而處無可逆轉的「失勢體驗」，逼男人眼睜睜看著自身淪為「女性父權」宰制的玩物、動物、器物，乃至無用之物吧！

真有如此恐怖的作品嗎？有，而且還經典到可以。日本神秘作家沼正三（化名）從一九五六年開始在《奇譚俱樂部》雜誌上連載的獵奇小說《家畜人鴉俘》（家畜人ヤプー）就是這樣一部駭人之作，描寫兩千年後一個由英國女性絕對皇權所統治的「邑司帝國」（EHS：The Empire of Hundred Suns），如何建立起「白人、黑人、黃種人」三色階級和「女夫、男妻、男妾」女權倫理的奇想科幻史詩。

故事藉由一對偶然被時光機帶到未來的異國情侶（德裔貴族女性克拉拉．馮．寇特威茲和其日本未婚夫瀨部麟一郎）一連串的獵奇遭遇，超級大膽地顛覆了包括種族、膚色、性別甚至人畜界線等等「父權預設」，驚世駭俗的程度甚至曾有朋友告知讀到作嘔。

是啊，「己所不欲，勿施於人」，身為一個父權社會既得利益的異男，在某種獵奇所引發的閱讀快感之餘，總覺得這套被三島由紀夫譽為「日本二戰後最大奇書」的作品若能有效推廣，必能在廣大女性身上激起「翻轉」與「顛覆」的火花。

行文至此，感覺似乎快要變成《X戰警》、《使女的故事》跟《家畜人鴉俘》的推薦文了（笑），但容我說句實話，對於這些探討權力顛覆可能（尤其與性別相關）的作品，與其推薦一本，不如推薦一串；因為「性別平權」這件事在我們的日常生活裡，實在埋藏得太深、探討得太少，更別提除了學院硬梆梆的大部頭之外，在大眾娛樂甚至閱讀市場中的相關作品，就比例原則而言幾如鳳毛麟角……

這樣說吧，如果你想一頭栽進「性別平權／換位思考」的八奇領域，那這本《電擊女孩》應該會是一本超級適合的入門書。事實上，讀罷此書也真的讓我產生「某一道城門才正要開啟」的感覺：

故事確實還沒結束，人類歷史上關於性別平權的正義之戰，也才剛剛要啟動而已——

開枝散葉，一如閃電以光速繪出的利希滕貝格圖騰（Lichtenberg figure）。

【推薦】奇幻與性別幻的預言書：《電擊女孩》隨想記

◎張亦絢

1. 歡迎光臨末日後

《電擊女孩》是本非常有趣的書。

小說設定在幾個不同時間點：第一個時間點裡，一位叫做尼爾．亞當．艾爾蒙的男作家，寫了一本名為《力量》的小說，徵求女作家奈歐蜜（與本書小說家同名）的意見。從兩者的通信中，我們得知，在兩位作家身處的時代中，苦苦思考性別政治的是男性，因為在新的時空中，男性困擾於不知道為何男性會失勢，在三、四千年中歷經剝削與歧視。從奈歐蜜給他的信中，我們得知，是「他」而非「她」更在意性別研究。奈歐蜜誇獎他「加入了一些男性士兵……」的場景，那是因為在新的時代，關於男性歷史的描寫多已不存，我們根本不知道有什麼男性做過值得紀錄的事。奈歐蜜出言鼓勵尼爾，一方面因為她是性別強勢方中的較「善良者」；另方面，我們也可嗅出，「男性說的故事」在新時代，因為罕有與被漠視，變成帶有類似「異國情調」與「邊緣發聲」之雙重小眾敘事……，新奇、聊備一格但也苦苦掙扎。那是末日之後五千年。

尼爾的小說，寫的是末日前的十年。那時發生了文明大毀滅，然而，人類不但沒有消失，毀滅之後重生的文化中，男女的權力位置還易了位：所有的女性都擁有一個稱為「絞軸」的權力象徵。在末日之前，也就是女性力量剛抬頭之時，還有犯罪集團中的父親嘗試將女兒的絞軸切下，移殖到兒子身上……。尼爾當然屬於「無絞軸」的一群，擁有絞軸的奈歐蜜認為絞軸稀鬆平常，也認為必定是所有女人自古即有，二十一世紀我們記取自有歷史以來的父權壓迫，五千年後的女人完全失憶。她們「單純地」掌有權力，對無權力性別者的苦悶，只是偶一為之的關心，更「自然地」，是建議苦悶者，別太拘泥在自己的性別中……。

2. 假如我是電的

結果，反倒是五千年後的男作家，意外地「創造」出一段，在父權壓迫尾聲的性別大戰。他並且還得有點謙抑與委婉地對當權女性解釋：「我只是……在空白地方畫畫。」一面還要強調這樣的自白，「不是攻擊」——《電擊女孩》用大未來式的「男人難為」，寫出了我們當下的「性別運動難為」：既要有在文化中進行無米之炊的殫精耗神，也要避免「攻擊性太強」的污名糾纏。讀到這，要不會心一笑，還真不容易。

文學史上，包括像《乞丐王子》、《木蘭從軍》、《大小人國遊記》、或維吉尼亞．伍爾夫變男變女變變變的《歐蘭朵》，都混合運用了「掉包」與「變身」的技巧，凸顯、諷刺社會與性別秩序僵化的不公與荒謬，《電擊女孩》毫不例外地，也在這個傳統上添柴加薪、推陳出新。這類文本的樂趣，就如同奇幻文學，重點不在透過一面平滑的鏡子檢視「這有可能嗎？」，而是運用宛如哈哈鏡的誇張扭曲，大膽衝破既有想像的束縛。

與其他作品相較，《電擊女孩》還有兩個特點，一方面，它的範圍不再只是一個單一個人的歷險，擴大成跨地域、跨文化的眾女突變；另方面，在扮裝換位一事中，變身不再是女人鑽進男人的斗篷之下，而是直接在女性生理上，「發現」某個記號性的配件「絞軸」——這多少反映了女權運動歷史發展多年之後，「女之身」已不再需要揚棄，而只待加值（培力？）。電力做為女性專屬的象徵物，也帶來了許多聯想：外星人ET的發光手指、神奇寶貝皮卡丘的十萬伏特電力爆發，或是台灣原住民族神話中的雷女傳說……等等，原本我們已在次文化中熟悉的易懂意象，前簇後擁地帶出一個始料未及的性別新象。

小說中，「女流之電」隱喻何物的詮釋空間非常大，它是精神分析中的力比多嗎？一種權力意識甦醒的自信嗎？或是有天將會上市的穿戴型時尚電子潮科技？

3. 有電並不夠

多線進行的故事中，「愛莉（夏娃）」令人想到，至今也還有神秘意味的「聖女貞德」現象；「蘿西」生涯，有幾處遙映著拉斯・馮提爾電影《厄夜變奏曲》中，妮可・基嫚所演的角色；「瑪格—喬思琳」這個母女檔，或多或少讓人想起，一種對《波斯頓人》[7]式女性世代緊張關係的重新書寫。總之，信仰、犯罪、政治活動都再交集在一起，小說中有不少令人大感意外的轉折與揭露，使得「帶電」一事，有如史蒂芬金的《魔女嘉莉》走出校園，林葛倫筆下小女超人皮皮成群結隊……。奇幻與性別幻攜手，如果

7《波斯頓人》（The Bostonians）是美國小說家亨利・詹姆士（Henry James）的小說，女性主義者或女人的世代衝突是其中的主題之一。

只是兩種性別涇渭分明的對抗，小說的懸疑與吸引力不會如此強烈。什麼，還會有「性別叛徒」？什麼？也有「性別不明的人」？電擊一事雖然是《電擊女孩》中，女性力量狂想的出發點，小說埋伏的亮點，卻在透過多變的劇情，演繹出「有電並不夠」的驚奇與洞察力。

4. 沒有魔鬼的浮士德神話

《電擊女孩》中，並沒有魔鬼出面，對女孩們提出以靈魂交換功成名就的浮士德交易。女孩們可說莫名其妙，甚至身不由己地就「女力上身」。然而，渴望力量與權力誘惑這個母題，並不因為沒有魔鬼一角，而在小說中缺席，這使得《電擊女孩》除了可以讀出性別政治的多面思考，最後還響起了希臘悲劇中，「有詭計、更有人算不如天算」的悲欣樂章。

【附錄】作者談創作《電擊女孩》

1. 妳從哪裡得到靈感創作《電擊女孩》？

幾年前，我在剛經歷一場慘痛分手的某天搭上了地鐵。在列車靠站的時候，我看見月台上有一張恐怖電影的宣傳海報，海報上的美麗女子一臉驚恐地啜泣著。當下似乎有什麼在我心中裂開了，感覺就像這個世界在對我說：「嘿，我們喜歡妳的恐懼和哭泣。再來一點，我們看了就興奮，乖女孩。」我當時心想：這個世界應該是什麼樣子？我們至少必須改變什麼？我才能在搭地鐵的時候看到一名美麗的男人驚恐哭泣的照片，好像這樣才是正常，才是我們想看到的？我腦中就突然產生了寫這本書的想法。

2. 妳在寫這本小說的時候，正在為BBC製作關於電鰻的紀錄片。除了電力，妳是否還有嘗試過其他媒介，做為小說中的女人的力量來源？

有，有段時間我考慮過某種更深奧的力量，或許是能夠破壞神經的能力，或與費洛蒙相關的能力。但是有人告訴我，在我的第一本小說《不服從》中，主角羅妮特曾想像過要親手電擊處決小說中最壞的傢伙。所以，說不定我腦中深處一直存在著這樣的景象有好一陣子了！

3. 妳如何成為瑪格麗特・愛特伍的門徒？她對妳來說代表了什麼？在妳寫作《電擊女孩》期間，她對妳有什麼幫助？她對妳最主要的建議是什麼？

我們是因勞力士的一項創藝推薦資助計畫才配對在一起的！這項計畫是一個美妙的起點，我們也成為朋友。對我而言，像她這樣的創作英雄、這樣偉大的小說家，認為我寫的這本小說有價值，是一股很大的助力，推動我繼續前進、繼續寫作。我們針對這本書談了很多，她也給我許多很棒的建議，不過其中最棒的，還是如何維持、經營寫作生活。她對於拒絕的重要性採取了堅定的立場。或許女人都太容易說「好」，但這對我們似乎沒什麼好處。瑪格麗特建議我拒絕很多人要求我做的小事，這樣我才能專心在我想完成的重要工作上。

4. 《電擊女孩》是不是妳對《使女的故事》一書的回應？

我不會很肯定地說這是「我的回應」，但《使女的故事》絕對是這本書想回應的對象之一。

5. 就像瑪格麗特・愛特伍在《使女的故事》中一樣，妳是否只會把在現實生活中發生過的事情寫進書裡？

沒錯！當然那些事情在現實生活中並不包括電擊，但確實是這樣沒錯。事實上，在這個世界上有些男人對女人所做的事情，如果真的放在這本小說裡，看起來還是很荒謬、很難相信；例如在塔利班的統治下，女人在公眾場合是不能被人聽見笑聲的。

6.不過，讀到書中的男人遭受虐待還是很可怕，感覺總是不太對勁。妳認為這是否因為我們太習慣這樣的事情發生在女人身上，而非男人？

當然。這本小說在某些方面說來就像是給藝術家的練習。我媽媽是美術老師，所以我知道。這樣的練習要你顛倒順序來臨摹古代大師的作品。這種技巧會讓你真正去檢視實際呈現在作品上的東西，而不是你自己對梵谷的《向日葵》或布爾喬亞的雕刻作品有什麼樣的想像。將作品顛倒過來，你預先的設想就消失了，可以非常清楚看見作品真正呈現出來的樣貌。

如果你覺得讀到小說中的男人遭受虐待很可怕，我也希望讀者有這樣的感覺，這就表示這些事情發生在女人身上時，我們聽到這樣的故事就應該覺得有多可怕。我可以說件事嗎？在寫這本小說的時候，有件事情一直縈繞在我心頭，那是法國電視影集《齒輪》（Engrenages）的第一季情節：警察在垃圾堆裡發現一具女屍，胸乳遭人切除，男警察說：「她太漂亮才會被殺。」說來如此輕描淡寫，讓我無法忘懷也感到噁心。在我們的世界裡，如果在電視上演出有個男人的陰莖遭到閹割如此驚駭的情節，而且某個警察對同僚說：「啊，他是太漂亮才會被殺。」一根本不可能嘛。為什麼會這樣？為什麼週六夜晚播出的影集可以這麼輕易用對女性的暴力做為開場？為什麼女人的「美麗」可以理所當然導致暴力發生？為什麼我們會覺得這樣的影集「很好看」？

7.妳想透過《電擊女孩》傳達什麼訊息？

嗯，我希望藉著這本小說提出好幾個問題。為什麼男性與女性之間的權力結構會是這個樣子？我們真的覺得女性比男性和善，或只是她們行使暴力的生理力量比較弱？我們如何看待一個男人身為受害者、女人身為加害者的世界？如果我們對於書中的男人受暴力所害而感到震驚，為什麼不會對我們所生活的世界中女人受暴力所害而驚訝呢？

8.《電擊女孩》試圖告訴男性讀者，時時擔心害怕是什麼感覺嗎？

當然有一部分是這樣。我打的主意有一部分就是想舉起一面鏡子，讓男女各自照著鏡子，看看其他人所看見的。女性可以知道自己屬於生理力量較強的一方時，是什麼感覺；男性可以知道自己確實必須時時小心翼翼時，會是什麼感覺。

9.妳為什麼選擇描寫一個反烏托邦故事，而不是烏托邦？雖然要求平權並不必然導致強硬的母權統治，但妳不擔心讀者可能誤會妳的用意而讓女權的抗爭徒勞無功嗎？

我是有點擔心，但我決定必須相信我的讀者，相信他們都很聰明，可以理解。我並不認為我的小說是反烏托邦，畢竟這其實只是一種翻轉，小說中所發生的事情並不比我們現在這個世界中所發生的事情還糟。所以說，如果這本小說是反烏托邦，那我們的世界就是反烏托邦。

我想反問：為什麼你認為女人擁有這樣的力量可能會表現得比較好？你有什麼理由相信女人就是「天生比較仁慈、比較溫柔」嗎？真的嗎？你有沒有看過女孩子是怎麼對待彼此的？你認為女人會記得遭受虐待是什麼感受因而有所保留嗎？難道你不認為女人會記得遭受虐待是什麼感受，而且有些人會想報復嗎？

讀者得自己來下結論。不過對我來說，我找不到理由相信女人會比男人好。我試圖找過，可是找不到。

10.《電擊女孩》會讓人思考濫用權力的問題。寫作本書到了哪個階段時，讓妳感覺到這股力量本身才是真正的主題？妳真的覺得男人壓迫女人只是因為他們可以嗎？

老實說，我認為權力／力量是我所有小說的主題，包括權力／力量的形式、如何運用、如何墮落。我父親是政治歷史學家，我從小在家裡就聽了很多關於體制如何影響身處其中的個人。我對權力／力量的運作非常有興趣：誰贏了、誰輸了、你擁有什麼力量、如何運用？（每個人幾乎都擁有某種力量，不是每個人都想使用自己所擁有的力量，而且當然有少數人所擁有的異常得多。）

在任何體制中，有些擁有力量的人會苛待弱勢者，只因為他們可以。因為有些人是虐待狂，只能從他們使用力量的殘酷中得到滿足；而虐待狂又沒在額頭上刺字表明身分，所以那些從哪個角度來看都比較弱勢的人自然就會時時擔心害怕。不需要身處權勢階級，就能讓弱勢者感到害怕。

這麼說吧：體育館內有三萬人在觀看足球比賽，只需要一個虐待狂拿把狙擊槍就會毀了所有人的一切。有些人總是會去做某些事，只因為他們可以。

11. 如果妳和妳書中的女人擁有一樣的力量，妳會怎麼做？有沒有女人跟妳說過她們希望能有這樣的力量？

經常有女人跟我說她們希望自己有這樣的力量！如果有得選的話，我大概會接受吧，換個立場也好。如果你是一輩子都要擔心受怕的一方，就算知道擁有力量的結果會如何，但可以從另一個角度看待世界也不錯。

12. 我們從幾部電視影集上也認識了幾位擁有超能力的女性，例如《聖女魔咒》（Charmed）和《吸血鬼獵人巴菲》（Charmed and Buffy the Vampire Slayer），擁有這些力量的女性經常會遭到逮捕。擁有超能力的女性對男性而言是不是很可怕？

嗯，當然。不過我覺得對男性來說，最可怕的其實是想到女人並不比男人「和善」。勝者總是對敗者說類似以下這樣的謊：北美洲的人或許會說原住民「很溫和、仁慈，比較喜歡接觸大自然」。相信你所打敗、壓迫的人是這個模樣實在很不錯。這樣的信念認為「敗者絕對不會以我們對待他們的方式來對我們」，使壓迫者覺得安全。我認為男性不應該懷著這樣的安全感，我覺得有些女性一旦有機會，一定會將某些男性加諸在女性身上的痛苦還回去。

13. 為什麼妳決定要在小說前後加入那些信件？

一開始是因為我覺得很有趣。我又覺得，在一本相當殘酷的小說最後，讀者或許會喜歡一點輕鬆的東西。再來是因為我想要反映出我也是這套體制的一部分。這本小說的作者並不是一個能夠抽離於體制之外的人，無法逃離性別歧視和控制慾的影響；那樣的力量也適用於出版界、媒體界、公關界。所以，這些信件的重點就在於說明出版這件事情也是體制的一部分，堅持著「男人就該這樣，女人就該那樣」的敘事，說明這套體制會如何運作。最後，這些信當然也是要對《使女的故事》致敬。

14. 這本書也提到了宗教的創立，這個主題是不是也觸及了妳某處神經呢？

當然！我是在非常猶太教正統派的環境中長大的，一直都對宗教很有興趣。在歐洲，宗教仍然在許多人生活中有很大的影響力，我想我們還因此而相當自鳴得意。世界上大多數人都有虔誠的信仰，包括大部分美國人。幾乎在這世上的每個人都懷著某種宗教信仰或有某種信仰行為——我認為人類有這樣的想法是「自然而然」，這種形容跟「很好」或是「人人都想要」很不一樣！不過我認為一個人必須理解宗教運作的方法及其吸引力，以便在世俗生活中辨識出那樣的想法。

15. 這本書中的女孩發現自己的力量時，可以拿來跟現實生活中發現情慾相比。「絞軸」是不是必須要有情慾的感覺？

情慾是在青春期時浮現。青春期的身體會有各種不同的變化：我們在腋下和胯下長出毛髮、女孩的胸部隆起、男孩長出鬍鬚、女孩月經來潮、男孩開始長高又長壯，這些變化都在瞬間發生，人類就是這麼回事。到了我們對性開始好奇的時候，也正好就是男孩長高、在生理上變得比女孩強壯的時刻。這些事情就在我們的潛意識裡有了密切關聯。如果妳是異性戀女性，那麼妳就會受到男性身體吸引，而這股吸引力形成的同時也是男性在生理上開始變得比妳強壯的時候。如果你是異性戀男性，那麼你會開始萌生與女性做愛的興趣，此時正是你能夠以身體壓制女性的時候。處在這個階段相當複雜。再說一次，「自然」的事情並非就是好的，或者是我們想要的；生產時的疼痛和難產死亡都很「自然」，但是我們並不會就這樣接受，還認為那樣很棒。人類的處境是，我們很可能在情慾勃發時感受到兩性之間力量的差異。一旦我們理解箇中原因，就可以開始自問，是否認為這樣是好事。

一位女性朋友在讀《電擊女孩》的時候傳了訊息給我：「為什麼我讀這本書的時候覺得很性感？」我回答說：「因為妳在想像：如果妳可以在地鐵上公然盯著男人看、跟人調情，穿妳想穿的衣服而不必擔心害怕，會是什麼感覺？妳在想像：如果妳可以體驗，讓慾望依隨妳心、強行滿足而不必管可能會有的後果，會是什麼感覺？妳在想像自由是什麼感覺。」那樣的自由讓我們可以體驗自身的性慾，體驗與恐懼毫無關聯的性慾。我想，這對許多女人來說，這都是嶄新的感受。

16. 那麼對男性讀者呢，妳會不會擔心他們無法理解妳的作品？

有些男人看我的樣子，好像我是什麼可怕的怪物，居然「發明」了這本書裡發生的所有惡行。但是聰明人就會明白，其實並不是我發明的。有一位英國記者寫了一篇很棒的書評，說他讀了《電擊女孩》書中的「陰莖抑制手術」，想著「喔，拜託，這太荒謬了吧」，接下來他想起了女性外陰閹割，就覺得「喔，對，我懂了」。所以說，聰明的人就會懂。

17.妳已經賣出了《電擊女孩》的電視／電影改編權利，妳在改編過程中擔任什麼角色？妳覺得這本書也有機會改編成電玩遊戲嗎？

我正與姊妹影業製作公司（Sister Pictures）合作編寫電視劇的試播集劇本，既然我在寫試播集，參與程度當然很高！有很多人都表達有興趣來製作這齣戲，不過我們還沒決定要跟哪個頻道合作播映。我想應該可以改編成電玩遊戲吧！但是我還沒想到要怎麼做。

18.寫電玩遊戲劇本是否對妳的小說寫作有幫助？妳還想試試其他形式的寫作嗎？妳如何看待粉絲的同人創作？

對我而言，編寫電玩遊戲劇本讓我學會如何在作品中為玩家保留空間。我習慣想要站在讀者背後，靠在他們肩上說：「嘿，這部分的意思是這樣這樣。」因此，撰寫電玩遊戲劇本對我來說很有好處。畢竟如果沒有為玩家保留空間，讓他們可以跟你一起開發作品，那這電玩遊戲就算失敗了。

我很想寫圖像小說。我有一套系列小說的構想，讓《小飛俠》的溫蒂、《沙仙活地魔》中的安席雅、《歡樂滿人間》的珍．班克斯，還有《納尼亞傳奇》的蘇珊．佩凡西組成打擊犯罪的團隊。所以，如果有人希望這套書能成真……跟我聯絡吧。

我認為所有寫作就某個角度而言都是同人創作，所有作品都受前人作品的啟發，互有回應，並且從過去的故事中擷取片段，以全新角度詮釋。重新詮釋希臘神話與傳說的荷馬，就是許多作者的粉絲。新約聖經也是舊約聖經的同人創作，而舊約聖經又是腓尼基創世神話的同人創作。莎士比亞因崇拜奧維德而創作；維吉爾則因崇拜荷馬而創作。若非已經喜歡現有的故事，你又怎麼會想創作故事呢？

19. 如今我們已經知道了哈維・溫斯坦[8]的醜聞，妳認為現在妳還會寫出相同的作品嗎？

當然。我是說，溫斯坦的真面目和所作所為這件事本身確實是才剛發生的新聞，但是，有權勢的男人濫用自己的權力去騷擾、侵害、強暴女人這件事卻不是新聞，對吧？我想我們都知道。

20. 妳對#MeToo運動有什麼想法？

我非常高興女人終於覺得自己可以談論一些發生在自己身上的事了。我希望這波運動能夠影響更多人，不僅限於名女人、漂亮女人、好萊塢的女人。我希望這代表了如果在酒吧裡工作的女人說她的老闆摸了她一把時，會有更多人願意相信她。我希望這代表了像是法國政客多明尼克・史特勞斯─卡恩[9]這樣的人，在性騷擾了旅館清潔人員之後會比較難全身而退。

在指控性騷擾的時候，證詞大都類似這樣：「你沒有得到我積極同意，我想要拒絕你，所以身體僵硬／什麼都沒說／毫無反應，要讓你知道我並不喜歡你在做的事，可是你還是繼續……」我想或許我們應該將之視為酒駕來討論。以前酒駕是可以被接受的，大家也都這麼做；現在，酒駕已經是不能被接受的事了。我想，如果針對發生在一九八二年的非積極合意性交行為去定罪或者迫害某人，並沒有什麼意義。我認為現在男人應該知道，這件事已經不被容許了。

21. 妳認為眼前就要展開一場性別之戰了嗎？

真正的戰爭？不會。針對某些議題的想法重啟討論？我希望如此，在過去三百多年來一直都有這樣的討論。對女性的暴力行為是否會持續發生？大概會。男性是否仍會是男性暴力的主要受害者？大概也是。你不會見到由女性主導的大規模暴力，除非我們有辦法能夠得到隨意電擊別人的能力！

22. 妳曾經因為自己身為女性而在寫作職涯中遭遇挫折嗎？妳是否感覺到在那個領域中有什麼變化？例如愈來愈多女性主義書籍出現在書店中和暢銷排行榜上。妳認為自己是女性主義作家嗎？

---

8 哈維・溫斯坦（Harvey Weinstein），美國知名電影製片。二〇一七年，《紐約時報》、《紐約客》揭露溫斯坦性騷擾、性侵女性的犯行；之後，演藝圈多名女性出面對他做出類似的指控。

9 多明尼克・史特勞斯—卡恩（Dominique Strauss-Kahn），法國經濟學家，曾任國際貨幣基金組織總裁，二〇一一年涉嫌在紐約性侵旅館女服務生。

我當然是女性主義作家。我認為以女性的身分寫作確實會有一些挫折，出版商很容易就把「寫作小說的女性」變成「寫女性小說的人」。兩者很不一樣，不過很容易就會從這頭跳到另一頭。

普遍說來，女性會買男性和女性作家的書，而男性只會買男性作家的書。身為女作家，一定要理解這點。出版商會想要逼妳，讓妳的書能夠吸引女性。但如果妳想要打破這個框架，就必須確保每一張書衣、每一段文案、每一張海報呈現出的這本書，是你能想像男性會拿起來購買的。女性無論如何都會買女作家的書，也會買「男性風格的」書；只有男性，是我們必須特別想辦法說服買書的人。

我希望事情能有改變，我想進程大概會很緩慢，但是我很榮幸能參與這股變革。

23. 妳接下來的計畫是什麼？

我有一本新小說還在慢慢醞釀中，但還沒有具體的東西，或許又會是近未來的題材。我現在大部分的時間和心力都放在《電擊女孩》的電視劇本改編上，真的很希望能讓人眼睛一亮。

Trans+

Trans+

Trans+

Trans+